声

アーナルデュル・インドリダソン

クリスマスシーズンで賑わうレイキャヴィクのホテルの地下室で、一人の男が殺された。ホテルの元ドアマンだったという地味で孤独な男は、サンタクロースの扮装でめった刺しにされていた。捜査官エーレンデュルは捜査を進めるうちに、被害者の驚愕の過去を知る。一人の男の栄光、悲劇、転落……そして死。自らも癒やすことのできない傷をかかえたエーレンデュルが到達した悲しい真実。全世界でシリーズ累計1000万部突破。翻訳ミステリー大賞・読者賞をダブル受賞。家族の在り方を描き続ける著者の、『湿地』『緑衣の女』に続くシリーズ第3弾。

登場人物

エーレンデュル……………………レイキャヴィク警察犯罪捜査官
エリンボルク……………………エーレンデュルの同僚
シグルデュル＝オーリ…………エーレンデュルの同僚
ヴァルゲルデュル………………国立病院付属の病理学研究所の助手
ハットルドーラ…………………エーレンデュルの離婚した妻
エヴァ＝リンド（エヴァ）……エーレンデュルの娘
シンドリ＝スナイル……………エーレンデュルの息子
ベルクソラ………………………シグルデュル＝オーリのパートナー
マリオン・ブリーム……………引退した警察官。エーレンデュルの元指導官
グドロイグル・エーギルソン…ホテルの元ドアマン
支配人……………………………
フロントマネージャー…………
コック長…………………………ホテルに勤めている人々
ローサント………………………ホテルのレストランの給仕長
ウスプ……………………………ホテルの清掃係

デニ……………………………………厨房の下働き
レイニル………………………………ウスプの弟
ヘンリー・バートレット……………ホテルの客。株ブローカー
ヘンリー・ワプショット……………ホテルの客。古レコード蒐集家
スティーナ……………………………エヴァ＝リンドの友人
ステファニア…………………………グドロイグルの姉
グドロイグルの父親…………………グドロイグルに歌の手ほどきをした
バルデュル……………………………グドロイグルのかつての友人
ガブリエル・ヘルマンソン…………ハフナルフィヨルデュル少年合唱団の元指揮者
アディ…………………………………暴力を振るわれた少年
アディの父親…………………………ＩＴ企業の社長
アディの母親…………………………病気で療養中

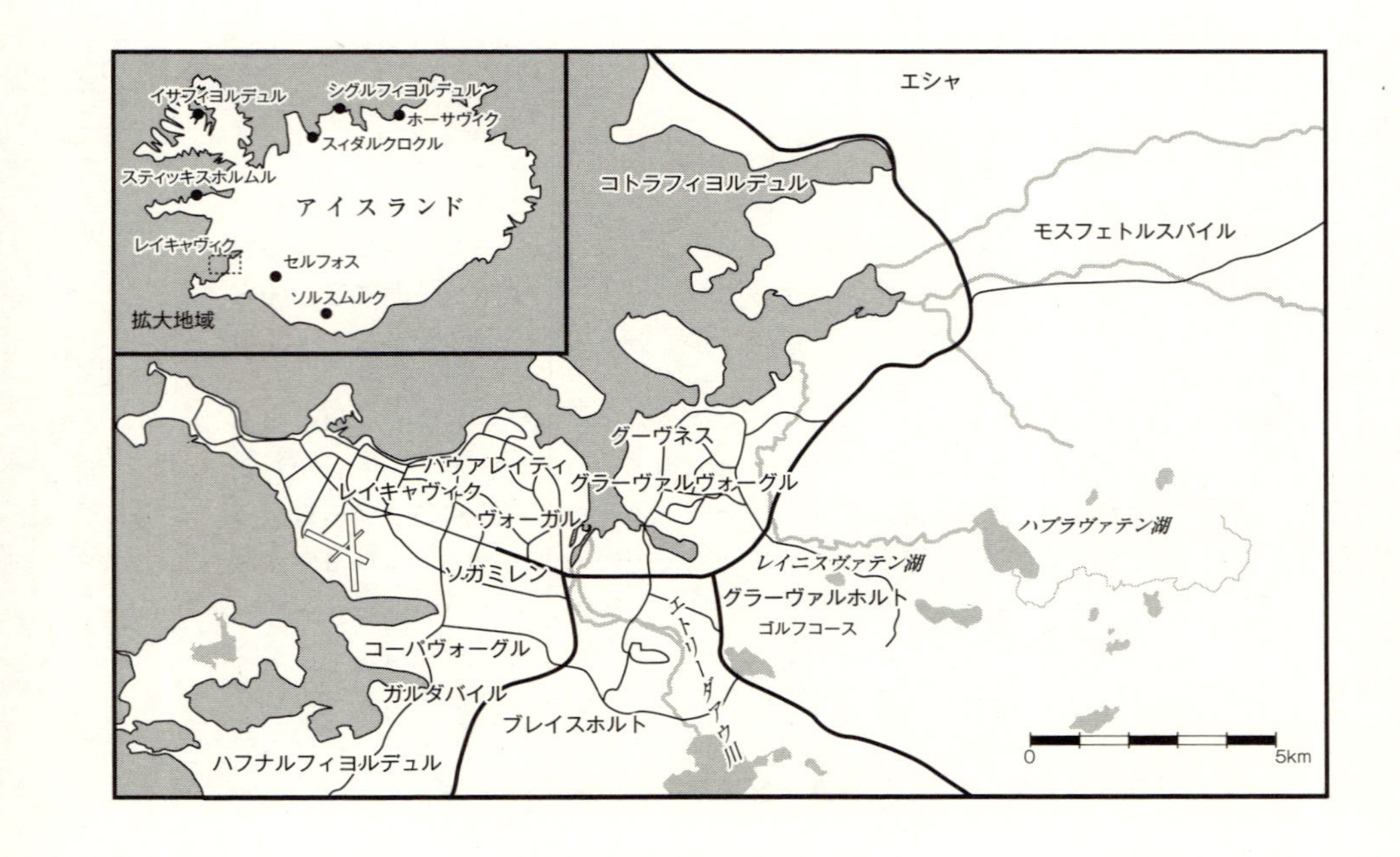
イサフィヨルデュル
シグルフィヨルデュル
ホーサヴィク
スィダルクロクル
スティッキスホルムル
アイスランド
レイキャヴィク
セルフォス
ソルスムルク
拡大地域
エシャ
コトラフィヨルデュル
モスフェトルスバイル
グーヴネス
ハウアレイティ
グラーヴァルヴォーグル
レイキャヴィク
ヴォーガル
ハプラヴァテン湖
レイニスヴァテン湖
ソガミレン
グラーヴァルホルト
エトリーダアウ川
ゴルフコース
コーパヴォーグル
ガルダバイル
ブレイスホルト
ハフナルフィヨルデュル
0
5km

声

アーナルデュル・インドリダソン
柳　沢　由　実　子　訳

創元推理文庫

RÖDDIN

by

Arnaldur Indriðason

Title of the original Icelandic edition: Röddin
This book is published in Japan
by TOKYO SOGENSHA Co., Ltd.
Japanese translation rights
arranged with Forlagið. www.forlagid.is
through Japan UNI Agency, Inc., Tokyo

声

ああ悲し、どこで私は
冬ならば、花を手に入れ、どこでなら
日の輝きを、
大地のかげを？
壁が立つ、音もなく冷たいままに
風の中、鳴る風見鶏。

フリードリヒ・ヘルダーリン（一七七〇年―一八四三年　ドイツの詩人・思想家）の〈生の途上〉より
小林籁吉訳

ついにその瞬間(とき)がやってきた。カーテンが上がり、会場が目の前に開かれた。彼は聴衆の目がいっせいに自分に注がれるのに喜びを感じ、いつも感じる恥ずかしさも消えた。クラスメートや教師の姿もちらほら見え、少し離れたところに校長先生もいて、やさしそうにほほ笑んでいる。だが、聴衆の大部分は知らない人たちだ。こんなにたくさんの人たちが彼の歌を聴きに来ているのだ。いまでは国内ばかりか海外にまで知れ渡った美しい声を聴こうと。

ざわめきが海の潮のように引き、人々の目が静かな期待を込めて彼に注がれた。

最前列の真ん中に父親が座っていた。太い黒縁の眼鏡をかけ、脚を組み、膝の上に帽子をのせている。眼鏡を通して父親ががんばれというように彼に向かってほほ笑んでいる。これは彼らの一世一代の大舞台だ。このあとはなにもかもが変わる。

指揮者が手を上げた。会場は水を打ったように静まり返った。

そして彼は歌いはじめた。父親が天使の歌声と呼ぶ、透き通った美しい声で。

一日目

1

エリンボルクはホテルで待っていた。

ロビーには巨大なクリスマスツリーが設置され、どこを見てもモミの木の枝やキラキラ光るカラーボール、さまざまなクリスマスデコレーションで飾り立てられていた。なにもかもが華やかで、スピーカーからはクリスマスソングが流れている。大型バスがホテルの前に何台も横付けされ、客が次々にロビーに入ってくる。クリスマスと新年をアイスランドで祝おうとやってくる外国人観光客たちだ。アイスランドはスリルがいっぱい、冒険が待っているという観光宣伝の文句に乗せられて。到着したばかりというのに、もう厚手のアイスランド・セーターを着込んでいる者もいる。〝世界でもとびきりユニークな冬の国アイスランド〟のホテルにチェックインしただけで感激し、興奮している。エーレンデュルはオーバーコートに残っていた雪を手で払った。シグルデュル＝オーリがロビーを見渡し、エレベーターのそばに立っているエリンボルクを見つけた。上司の袖を引っ張り、二人はロビーを横切ってエリンボルクのほうへ行った。すでに彼女は現場を見ていた。最初に現場に駆けつけた警察官たちが部外者が立ち入らないように見張っている。

　ホテルの支配人は警察に、目立たないようにしてくれと注文をつけていた。すでに通報電話の段階で、そう頼んできた。こちらはなんといってもホテルでして、ホテルは評判がすべてなのです、それをどうかお忘れなきよう。ホテルの前に点滅ランプ付きのパトカーが停まっていないのも、ロビーに制服姿の警官がいないのもそのためだった。ホテル支配人は、いかなることがあっても客に不安を与えるようなことがあってはならないとエーレンデュルに釘を刺していた。

　アイスランドはスリルと冒険の国。しかし度を超してはならない、というわけか。

　いまそのホテル支配人はエリンボルクのそばに立ち、エーレンデュルとシグルデュル＝オーリと握手を交わしていた。その体軀は肥満の頂点にあり、特別仕立ての黒いスーツの前がほとんど閉まらないほどだった。上着のボタンは一つしかはまらず、それもいまにもはじけそうだ。前にはみ出ている腹の肉がズボンのベルトの上に乗っかり、顔は首まで汗でぐっしょり濡れていた。吹き出てくる汗を真っ白い大判のハンカチでひっきりなしに拭いている。白いシャツのカラーはすっかり濡れていた。エーレンデュルはそのべっとりと濡れた手を取って握手した。

「わざわざどうも」とホテル支配人は心配そうなため息とともに言った。それは言葉というよりもクジラが潮を噴いているような音に聞こえた。そして、二十年もこのホテルの支配人をしているが、今回のようなことはまったく初めてだと言った。

「しかもクリスマスラッシュの真っ最中ときてる」とため息をつく。「こんなことが起きるなんて、まったく信じられない！　どうしてこんなことが起きるのか」と言葉を繰り返した。ただただ信じられないという表情だ。

「それで、被害者はどこか、上のほうにいるんですか？」エーレンデュルが訊いた。

「上のほう？」と太っちょの支配人は息を吐き出した。「あの男が天国へのぼったとでもいうのかね？」

「そう。調べなければなりませんね」エーレンデュルが表情も変えずに言った。

「エレベーターで行きますか？」シグルデュル＝オーリが訊く。

「いやいや」と支配人はなぜそんなばかなことを言うのかという顔つきでエーレンデュルを見返した。「地下ですよ。彼の部屋は地階にあるんです。われわれとしては追い出すこともできなくてね。それなのに、こんなとんでもないことになってしまって」

「なぜ追い出したかったのですか、そもそも」エリンボルクが訊いた。

ホテル支配人はじろりと彼女を見返した。

一同はロビーのエレベーターのすぐそばにある階段を下りた。支配人が先頭に立った。そのしんどそうな下りかたを見て、戻るときはもっと大変だろうとエーレンデュルは思った。

警察は客のためにある程度の配慮をすることに同意した。エーレンデュルは車を目立たないようにホテルの正面玄関に静かにつけた。命じたわけではなかったが、他の警察の車三台と救急車はホテルの裏側にまわった。警察官と救急隊員たちは裏口からホテルに入った。地域担当医はまもなく到着する。医者は死亡を確認したら担架を呼び寄せるだろう。

彼らは潮噴くクジラを先頭に長い廊下を渡った。制服姿の警察官が現場に立っていた。廊下の奥に行くほどにあたりの暗さは増した。廊下の電球がほとんど切れている。新しい電球に付け替えられることもなく打ち捨てられている片隅なのだ。ようやく暗い廊下の先の、ドアの開いている小さな部屋の前まで来た。部屋というより倉庫というほうがふさわしかった。中には幅の狭いベッドが一つ、小さな机が一つ、汚れた石の床にぼろぼろのマットが敷いてあった。片面の壁の高い位置に小窓がある。

男はベッドに腰掛けて壁に寄りかかった姿勢のままだ。真っ赤なサンタクロースの衣装を着て、頭にも真っ赤な帽子をかぶっている。帽子は少しずり下がり、目のあたりまで隠れていた。サンタクロースの大きな白い付けひげが顔の残りの部分を覆っている。幅広のベルトはゆるめられ、衣装の上着のボタンは外されている。その下には白いアンダーシャツしか着ていない。胸に深い傷がある。腹には切り傷が幾筋も見えるが、胸の傷がいちばん深そうだ。両手にも切り傷が無数に見える。襲われたとき抵抗した痕だろうか。

ズボンは引き下げられていた。性器の先にコンドームが垂れ下がっている。

「ハロー、サンタクロース」とシグルデュル＝オーリが低く歌った。

エリンボルクがシーッとたしなめた。

部屋には小さなクローゼットがあり、扉が開いていた。棚の上には畳まれたズボンやセーター、アイロンのかかっているシャツと下着、ソックスが見える。ハンガーには濃紺のホテルの制服。肩に金糸の飾りがあり、ピカピカ光る金メッキのボタンがついている。クローゼットのそばによく磨かれた黒い革靴が一足そろえて置かれていた。

床には日刊紙や週刊誌が散らかっている。ベッドのそばに小テーブル、その上に電気スタンドが一個。小テーブルの上には本が一冊あった。『ウィーン少年合唱団の歴史』

「ここに住んでいたんですか、この男は?」エーレンデュルが部屋を見回して言った。彼とエリンボルクは部屋の中にいた。シグルデュル＝オーリとホテル支配人は廊下に立ったままだ。部屋が小さすぎて一度に四人は入れない。

「住まわせてやっていたんですよ」と支配人はいかにも不愉快そうに言い、ひたいの汗を拭った。「この男はここで長いこと働いてきた。私よりも前からいたんですから。ドアマンとして」

「見つかったとき、部屋のドアは開いていたのですか」さっきクリスマスソングを口ずさんだ失敗の埋め合わせをしようと、シグルデュル＝オーリが改まった訊きかたをした。

「うちの清掃員に訊いてください」と支配人が言った。「彼を発見した娘ですよ。従業員休憩室で待っているはずです。おわかりと思いますが、かなりショックを受けていますからお手柔らかに」

支配人は小部屋の中を見ようとはしなかった。

エーレンデュルは死体のそばにかがみ込み、胸の傷に顔を近づけた。凶器は刃物だが、刃物の種類を傷から推し量ることはできなかった。顔を上げると、壁に古い映画のポスターが貼ってあった。シャーリー・テンプルの写真だった。エーレンデュルはその映画は知らなかったが

〈シャーリー・テンプルのリトル・プリンセス〉とあった。そのポスターが部屋の唯一の装飾品だった。

「あれ、だれですか?」戸口に立ったシグルデュル＝オーリがポスターのほうに頭を傾けて訊いた。

「ここに名前が書いてある」エーレンデュルが言った。「シャーリー・テンプルだ」

「だから、それ、だれなんです? まだ生きているのかな?」

「シャーリー・テンプルがだれかって、あんた本気で訊いてるの?」エリンボルクがシグルデュル＝オーリの無知さにあきれ顔で叫んだ。「彼女がだれか知らないの? あんた、アメリカの大学で勉強したんじゃなかったっけ?」

「ハリウッドのスターかな?」シグルデュル＝オーリはつぶやき、ポスターに見入った。

「ああ、そうだ。それも有名な子役スターだ」エーレンデュルが苛立って言った。「いまでも生きているかどうか知らない。スターだったのは昔の話だからな」

「へええ?」シグルデュル＝オーリはまだよく話がのみこめない様子だ。

「子どものときにスターだったってことよ」エリンボルクが説明した。「たぶんまだ生きていると思うわ。自信ないけど、たしか国連の親善大使をしていると思う」

　小部屋にはそのポスター以外、なにも個人的なものがないことにエーレンデュルは気がついた。部屋の中をよく見た。本棚もCDプレーヤーも、パソコンも、ラジオもテレビもない。机が一つとベッドが一つ、その上に枕と汚れた寝具があるだけだった。まるで刑務所の監房のように見えた。

　エーレンデュルは廊下に出て、暗い廊下の突き当たりを目を凝らして見た。なにかがこげたような匂いがする。あたりがあまりにも暗いので、だれかがマッチを擦って灯したのかもしれないと思った。

「この廊下の奥になにがあるんですか？」エーレンデュルはホテル支配人に訊いた。

「なにもない」と言って、支配人は天井を見上げた。「廊下の突き当たりがあるだけで。電球が切れてるな。だれかに持ってこさせよう」

「彼はこの部屋にどれくらい住んでいたんだろう？」小さな部屋に戻ってエーレンデュルがつぶやいた。

「わからない。私がここに来たときにはもういたと思う」

「それは、あなたがここの支配人として働きはじめたとき、という意味ですか？」

「そうです」

「このみすぼらしい穴蔵に、彼は二十年も住んでたというんですか？」

「ええ、そのとおり」支配人が答えた。

　エリンボルクが目を凝らしてコンドームを観察して言った。

「少なくとも、安全なセックスを心がけたらしいわね」

「だが、完全に安全ではなかったというわけだ」シグルデュル＝オーリが皮肉った。

　ホテルの従業員に案内されてこの地域の担当医が現れた。従業員はすぐにいなくなった。支配人ほどではなかったが医者もまたでっぷりしたタイプだった。その巨体が小部屋に入ろうとしているのを見て、エリンボルクは急いで部屋の外に出た。

「やあ、エーレンデュル」医者が声をかけた。

「死因はなんだろう？」エーレンデュルが訊いた。

「心肺停止」とグロテスクなジョークで知られる医者が言った。「いや冗談はさておき、ちゃんと見てみよう」

シグルデュル＝オーリとエリンボルクが必死に笑いをこらえている。

「事件の発生時間は？」

「そんなに経ってないと思うよ。せいぜい二時間前だろうな。まだ体が冷たくなっていない。トナカイも近くにいるのかね？」

エーレンデュルはため息をついた。

医者は握っていた死人の手を放した。

「すぐに死亡証明書を書くよ。そしたらまっすぐこの男を死体保管所に送って、解剖してもらえばいい。オーガズムは死の一種だといわれているが、この男は少なくとも二回達したことになる」と医者は死体を見下ろして言った。

「二回？」エーレンデュルはいぶかしげに訊き返した。

「ああ、オーガズムを二つさ」と医者は言った。「それで、写真は警察が撮るんだろうな？」

「もちろん」エーレンデュルが答えた。

「家族のアルバムにりっぱな一枚が貼られるわけだ」

「いや、そうはならないだろう。この男には家族はいないらしいから」と言って、エーレンデュルはあたりを見回した。「検査はもう終わったか?」少しでも早くこの不愉快な医者を追い出したかった。

地域担当医はうなずき、狭い廊下を大きな体を揺すって歩いていった。

「ホテルを閉鎖するべきじゃないでしょうか?」とエリンボルクが言い、ホテル支配人を震え上がらせた。「出入り口を封鎖して、人の流れを止めるんです。宿泊客と従業員の全員を事情聴取するべきじゃないですか? 空港を閉鎖し、船舶も往来停止に……」

「冗談じゃない!」支配人が吐き出すように言った。ハンカチを握りしめてエーレンデュルを懇願するように見る。「被害者はただのドアマンじゃないか!」

マリアとヨセフもきっとここでは門前払いを食らったことだろう、とエーレンデュルは心の中でつぶやいた。

「これは……こんな不祥事はホテルとは関係ない、お客さまとは関係ないんだ!」支配人は叫んだ。顔が真っ赤に上気して、興奮のあまり呼吸が乱れてしまっている。「お客さまのほとんどは外国からの観光客で、国内のお客さまだって田舎から観光のためにやってきた方々だ。大きな漁船の持ち主とか、みんな身元の明らかな、ちゃんとした方々ばかりだ。ホテルのドアマンなどと関わりのないお客さまばかりなのだ。うちはレイキャヴィクで二番目に大きなホテルですよ。クリスマスホリデーの間はすべて満室なんだ。ホテルの封鎖などとんでもない! そんなことはさせはしない！」

「いや、必要とあらば、警察は封鎖を命じることができる。ただ、今回それはやりません」とエーレンデュルは支配人を落ち着かせた。「ただ、何人かの客と従業員全員の事情聴取はしなければならないでしょう」

「ああ、それならばかまわないが」ホテル支配人がほっとしたように言った。「この男の年齢は五十歳前後だろう。そしてお察しのように、家族はいないと私も思いますよ」

「だれか訪ねてきた人間がいるんですかね？」

「さあ、それはまったくわからない」支配人は吐き出すように言った。

「なにかこの男と関係があることで、いつもとは異なるようなことは？」

「ない」

「この事態と関係があると思われるようなことはなにもないと言うんですか？」

「ああ、そうだ。私の知るかぎり」

「ホテルの従業員の中にとくに仲が悪かった人間もいなかった？」

「そう。私の知るかぎり」

「ホテルの外には？」

「それは知らない。そもそも私はこの男と親しくないから。いや、親しくなかったから」と支配人は言い直した。

「二十年もの間？」

「そう。ほとんど知らない。この男はあまり人づきあいが好きではなかったようだ。いつも一人でいたがっていた」

「ホテルという職場にそんなタイプの人間がふさわしいんですかね？」

「私の意見を求めているのかね？　さあどうだか……。彼はいつでも礼儀正しく、一度もお客さまから苦情がきたことはなかったとはいえるが」

「とはいえる、とは？」

「彼の仕事に苦情を言う者はいなかった、仕事はきちんとやっていたということですよ」

「休憩室というのはどこにあるんですか？」

「こちらにどうぞ」

支配人はひたいの汗を拭った。ホテルの閉鎖はしないと聞いて安心した様子だった。

「いつも自分の部屋に客を通していたんでしょうかね？」エーレンデュルが訊いた。

「はあ？」支配人が訊き返した。

「彼の客ですよ。まったく人とつきあいがなかったというわけじゃないでしょう」

支配人の目が死んだ人間のほうに動き、その目がコンドームに釘付けになった。

「彼の女性関係についてはなにも知らない。いっさい、なにも」

「この男についてあなたの知っていることは、じつに少ないですな」

「彼はうちのホテルのドアマンでした」それ以上でもそれ以下でもない、なにも付け加えることはないという態度だった。

彼らは穴のような部屋を出た。鑑識班が器具や道具を持ってやってきた。数人の警官があとに続いている。支配人の巨大な腹のそばを通り過ぎるのに苦労する者もいた。エーレンデュルは廊下を、とくに暗い奥のほうを念入りに調べるようにと注文をつけた。シグルデュル＝オーリとエリンボルクは現場に残った。

「こんなふうに見つかりたくはないもんだ」シグルデュル＝オーリがつぶやいた。

「そうかしら、死んでしまえばどうってことないでしょ」とエリンボルク。

「まあ、それはそうだけど」

「その中、入ってるのかな？」エリンボルクがピーナッツの小さな袋をポケットから取り出しながら言った。彼女はいつもなにか口に入れている。シグルデュル＝オーリは彼女のこのくせはもう病気といっていいと思っていた。

「その中って？」シグルデュル＝オーリが訊き返した。

　エリンボルクは死んだ男のほうを頭で示した。シグルデュル＝オーリは彼女を見、言わんとしていることを理解した。一瞬迷ったが、男の前にしゃがみ込み、コンドームの中を目を凝らして見た。

「なにもない。空っぽだな」

「それじゃ、この人は昇天する前に女に殺されたってことよ。医者は……」

「女？」

「そうに決まってるでしょ」と言ってエリンボルクはまた手のひらにピーナッツをのせ、口に放り込んだ。シグルデュル＝オーリにも袋を差し出したが、彼は首を振って断った。「これ、娼婦のしわざじゃないの？　ここに女を連れ込んだのよ、きっと」

「ま、それがいちばん簡単な説明だろうな」と言ってシグルデュル＝オーリは立ち上がった。

「そう思わないの？」エリンボルクが訊いた。

「どうだろう。ぜんぜんわからない」

2

従業員の休憩室はホテルの豪華なロビーやエレガントなインテリアとはまったく別のものだった。クリスマスの飾り付けは皆無で、クリスマスソングも流れていない。ただ汚いテーブルにいす、擦り切れたビニール織りのマット、片隅に小さなコーヒーメーカーと棚、それに小型冷蔵庫があるだけだった。部屋の中は一度も掃除されたことがないように見えた。テーブルの天板にはコーヒーのこぼし跡が無数にこびりついていたし、飲みっ放しのコーヒーカップがあちこちにそのまま置かれ、コーヒーメーカーはスイッチが入ったままで、ゴボゴボという音が鳴っていた。

従業員たちが何人か、死体発見者の若い娘のまわりを囲むように立っていた。娘はまだショックで青ざめ、がたがたと震えている。涙でマスカラが溶けて頬を黒く濡らしていた。ホテル支配人といっしょに入ってきたエーレンデュルに気がつくと目を上げた。

「この娘ですよ」と支配人はまるで彼女がホテルの平安を破った不届き者でもあるかのような口調で言い、他の従業員を追い払った。エーレンデュルはその娘と二人きりで話をしたいと言って、支配人に退席をうながした。支配人は驚いた目で見返したが、抗いはしなかった。仕事がたくさんあるので、ありがたいというようなことを言い、従業員の部屋を出て行った。

若い娘は頰の涙を拭うと、これからなにを訊かれるのかおそるおそるエーレンデュルを見た。エーレンデュルはほほ笑み、いすを引っ張ってきて、娘の正面に座った。娘は彼の娘とほぼ同じ年齢——おそらく二十歳前後——で、不安そう、そしてまださっき見たもののためにショックを受けていた。黒っぽい髪で、体は細く、就業規則どおり、清掃係の空色の制服を着ていた。胸ポケットの上に名札がつけられている。ウスプとあった。

「ここではどのくらい働いているの?」エーレンデュルが訊いた。

「もうじき一年です」とウスプは答えて、目を上げてエーレンデュルを見た。それほど怖い人ではないかもしれないという顔つきだった。

洟をすすり上げて、いすの上で背を伸ばし、きちんと座り直した。死体を見つけたことがショックだったのは見るからに明らかだった。細かく震えていた。〝ポプラ〟という意味のウスプという名前はこの娘によく似合っているとエーレンデュルは思った。風に揺れるポプラの葉っぱのようだ。

「それで、ここは職場として気に入っているのかな?」

「いいえ」娘が言った。

「それじゃなぜここで働いている?」

「食べていかなければならないから」

「なにが嫌なのかな、ここの」

娘はちらりとエーレンデュルを見て、その質問に応える必要はないという顔つきをした。

「寝具を取り替える仕事をしています。トイレの掃除、掃除機をかけるのも。でも、スーパーマーケットでレジを打つよりはいいかと思って」

「ふーん。それで、同僚とはどうなの？」

「あの支配人、最低」

「彼は漏れている消火器のような音を出すね」エーレンデュルが言った。

ウスプの顔に笑いが浮かんだ。

「お客さんの中には、ここで働いている女は客の求めに応じると思っている人もいるんです」

「きみはどうして地階へ行ったの？」エーレンデュルが訊いた。

「サンタクロースを呼びにいったんです。子どもたちが待っていたので」

「子どもたち？」

「ええ、クリスマスパーティーで。ホテルは毎年従業員とその家族のためにクリスマスパーティーを開くんです。それにはホテルに泊まっているお客さんの子どもたちも招かれます。彼はそこでサンタクロースになって現れることになっていたの。でも、いつまで経っても現れないので、あたしが呼びにやらされたんです」

「嫌なものを見てしまったね」

「あたし、いままで死んだ人を見たことがなかった。それにあのコンドーム……」

ウスプは記憶を追い払いたいというように首を振った。

「彼はホテル内に女友達がいたんだろうか？」

「知らない」

「ホテルの外の人とつきあっていたかどうか、知っている？」

「あの人のことほんとになにも知らないし、知りたくないことは知ってしまったわ」

「ことを、だよ」とエーレンデュルは言葉を直した。

「なに？」

「知りたくないことを知ってしまった、だ。知りたいことは、ではなく」

ウスプはお気の毒に、という顔でエーレンデュルを見た。

「そんなこと、重要なんですか？」

「ああ、重要だ」とエーレンデュルは答えた。

ウスプは遠くを見る目つきで首を振った。

「それで、とにかくきみはあの男のつきあいについてはなにも知らないんだね」とエーレンデュルは助詞についての注意はこれっきりというように話題を変えた。この娘は助詞を間違えたことを知っているという気がしたので、それ以上の追及はやめることにした。

「ええ」

「あそこへ行ったとき、部屋のドアは開いていたか？」

ウスプは考えた。

「いいえ。あたしが開けました。ノックしても返事がなかったので、かまわず入ろうとしたら、ドアが閉まっていたので、開けなくちゃと思ったのを憶えてます。鍵がかかっているだろうと思ったけど、かかっていなくて簡単に開きました。そしたらベッドにあの人があんな格好で座っていて……」

「なぜ鍵がかかっていると思ったのかね？」エーレンデュルが訊き返した。

「だって、あそこはあの人の部屋だから……」

「地階の彼の部屋へ行く途中でだれかに会わなかったか？」

「いいえ、だれにも」

「彼はきっとクリスマスパーティーへ行くつもりだったんだろう。サンタクロースの格好をしていたからね。そこにだれかがやってきて邪魔をした」

ウスプは知らないというように、肩をすくめた。

「彼の部屋の寝具はだれが取り替えていたのかな？」

「え、なんのこと？」

「だれがシーツなどを替えていたんだろう？　ずいぶん長い間取り替えられていないようだ。シーツが汚れてた」

「知らないわ。自分で替えていたんじゃないかしら？」

「ショックだっただろう、中の様子を見て」

「ものすごく気持ちが悪かった」ウスプが答えた。

「わかるよ。できるだけ早くこのことは忘れるといい。できれば、の話だが。彼のサンタクロースの評判はよかったのかね？」

娘はエーレンデュルを見上げた。

「え、どうだった？」

「あたし、サンタクロースなんて信じてない」


クリスマスパーティーを企画した女性は、小柄で、ファッション雑誌から抜け出てきたような格好をしていた。年齢は三十歳ぐらいだろうか。マーケティング部の主任と自己紹介したが、エーレンデュルはそれ以上聞く気にならなかった。近ごろ会う人間の肩書きはほとんどみなマーケティング部門のなにかに担当、だったからだ。オフィスはホテルの二階にあり、エーレンデュルがドアをノックしたとき、彼女は電話で話していた。マスコミがホテルで事件が起きたと嗅ぎつけたらしい。電話の様子では、マーケティング部主任はジャーナリストを黙らせるべく、適当な嘘をでっち上げている最中と見えた。だが電話はいきなり終わった。主任は一言も書くなと叫ぶと、受話器を叩きつけて通話を終わらせた。

エーレンデュルは名前を名のり、握手した。乾いた手だった。まず地階の……男と、最後に話をしたのはいつかと質問した。ホテルのドアマンと言うべきかサンタクロースと言うべきか、迷った。それに、名前が思い出せなかった。サンタクロースと言うのはふさわしくないにちがいないと思った。シグルデュル＝オーリのほうがよっぽどサンタクロース的だ。衣装こそ着ていないが。

「グドロイグルのことですか？」と主任は言い、エーレンデュルの問題を解決してくれた。

「今朝ですよ。クリスマスパーティーのことで念を押したんです。回転ドアのそばで。彼は仕事中でした。ドアマンだったんですよ。ご存知かもしれませんが。もっともドアマンと言っても、ほかにもいろいろと。何でも屋だったみたいだけど。修理したり使い走りをしたり、ありとあらゆることをしていたみたい」

「仕事熱心だったわけですね？」エーレンデュルが訊いた。

「はあ？」

「頼めばすぐ手を貸してくれた、仕事熱心で、何度も説明する必要がなかったとか？」

「さあ、どうだったのかしら。わたしは知りませんけどね。それ、どうでもいいことでしょう？　わたしは彼となんのやりとりもありませんでしたから。というか、わたしは彼の助けを必要としなかったというほうが正しいわ」

「なぜ彼はサンタクロース役をしていたんですか？　とくに子ども好きだったとか？　子どもたちを笑わせたんですか？　ユーモアがあったとか？」

「わたしがここに雇われる前からの伝統だったみたい。わたし、ここでは三年働いています。だから今年が三度目のクリスマス。去年も一昨年も、彼がサンタクロースをしてました。その前もそうだったらしいけど。まああだったんじゃないかしら、サンタクロース役。子どもたちに人気があったわ」

グドロイグルの死は彼女にとってなんの意味ももたないらしかった。まったく平然としていた。彼の死はマーケティングの活動に短期間影を落とすかもしれないが、それだけのこと。エーレンデュルはどうして人間はここまで冷淡でいられるのだろうと不思議に思った。

「どういう人でしたか？」

「さあ、知りません。つきあいがなかったので。うちのホテルのドアマンです。それとサンタクロース。それだけ。そうね、わたしが彼と関わりをもったのはそのときだけだったわ。彼がサンタクロースになるとき、という意味だけど」

「サンタクロースが死んでしまって、クリスマスパーティーはその後どうなりました？」

「中止にしました。ほかの方法がなかった。もちろん死者を尊重する意味でも当然ですけど」

とマーケティング部主任は、少しは人間味を持ち合わせているところを見せるかのように付け加えた。だが、それはいかにも取ってつけたような言葉だった。地階での殺人事件は自分に関係ないという態度はあまりにも歴然としていた。

「このホテルでこの男をいちばんよく知っていたのはだれですか？」

「さあ、わたしはまったく知りません。フロントマネージャーに訊いたらどうですか？　ドアマンは彼の管轄下ですから」

電話が鳴り、主任は応えた。エーレンデュルを見た目つきがいかにも邪魔そうだったので、彼は部屋を出た。そういつまでもマスコミをごまかすことはできないぞと心の中でつぶやきながら。

フロントマネージャーは時間がないと言って、エーレンデュルをしりぞけた。カウンターには観光客が詰めかけ、彼は三人のフロント係といっしょに手早く対応していたが、とてもさばききれるものではなかった。エーレンデュルはフロント係が宿泊客に宿泊カードの書き込みをさせ、パスポートをチェックし、鍵を渡し、最後ににっこり笑って、次の客に取り組むのをしばらく観察していた。客の列はホテルの入り口の回転ドアからずっと続いている。ガラスの回転ドア越しに早くも次のバスが到着するのが見えた。

いまではホテル全体に私服姿の警察官が配置されていて、従業員に聞き込みをしていた。その中心は地下にある従業員休憩室で、そこから捜査作業の指令が飛んでいた。

エーレンデュルはロビーのクリスマスデコレーションを見上げた。アメリカのクリスマスソングが鳴り響いていた。ロビーを横切ってレストランに入った。そこではまさにクリスマスの食事のためにやってきた最初の客が食事を始めるところだった。クリスマスディナーを盛りつけたビュッフェテーブルを横目で見てゆっくり歩いた。イワシの酢漬け、ラムステーキ、ブタのもも肉、牛タンなどクリスマス料理がずらりと並んでいる。そのあとに美味しそうなデザートが続いている。アイスクリーム、クリームたっぷりのケーキ、チョコレートムース、甘いもののオンパレードだ。

口の中につばが湧いてきた。朝からほとんどなにも食べていなかった。

あたりを見回し、すばやく香料がたっぷり振りかけてある牛タンのスライスを一枚指でつまんで口に放り込んだ。だれも見ていないと思ったので、後ろから鋭い声をかけられて飛び上がった。

「おいこら！　そんなことをしちゃいかんだろう！」

振り返ると、大きなコック帽をかぶった男が目を剝いて向かってきた。

「落ち着いてくれ」と言ってエーレンデュルは取り皿に手を伸ばした。そして初めからそのつもりだったというように、皿の上に食べ物をすばやくのせた。

「サンタクロースの男、あんたの知り合いだったか？」牛タンから注意を外らそうと、コックに話しかけた。

「サンタクロース？　どのサンタクロースのことだ？　こっちはただ、直接手で食べ物を取ってもらっちゃ困ると言ってるんだよ。行儀が……」

「グドロイグルだ」とエーレンデュルは相手の話の腰を折って言った。「知り合いか？　ここのドアマンをしていた。ま、どうやら使い走りの仕事も引き受けていたらしいが」

「グッリのことか？」

「ああ、そうだ。グッリだ」と言ってエーレンデュルはハムを一枚皿に取り、ヨーグルトソースをかけた。そうしながら、心の中ではエリンボルクを呼ぼうかと考えていた。料理上手で美食家のエリンボルクは、料理本を出すために美味しい料理のレシピを集めている。彼女はこのクリスマス・ビュッフェの大テーブルをどう評価するだろうか。

「いや……、あんた、グッリを知ってるかって、なぜ訊くんだ？」コックが訊き返した。

「まだ聞いていないのか？」

「なんだ？　なにかあったのか？」

「死んだんだ、殺されて。まだホテル内にその噂が広まっていないんだな？」

「殺された？」コックがうなった。「殺されたって！　このホテル内でか？　あんた、だれなんだ？」

「地下の小さな穴蔵のような部屋でな。警察から来た者だ」

エーレンデュルはご馳走の前を行ったり来たりした。コックは牛タンのことは忘れてしまったようだ。

「殺されたって、どのように？」

「それについてはあまり話せない」

「このホテル内でか？」

「ああ、そうだ」

コックはあたりを見回した。

「信じられん。それじゃもう、なにもかもおしまいだな」

「ああ。ひどいことになるだろうな」エーレンデュルは相槌を打った。

実際彼は、このホテルはこれから先、殺人のあったところという汚名を払拭することはできないだろうと思っていた。これからこのホテルはサンタクロースがコンドームをつけたまま死んだところとして人々の記憶に残るはずだ。

「グッリという その男とはつきあいがあったか？」

「いや、名前だけだ。ドアマンで、何でも屋だった」

「何でも屋?」

「ああ。壊れたものを修理したり、小さなものを買いに走ったり」

「このホテルでグッリのことをいちばんよく知っていたのはだれだろう?」

「知らない。いや、本当、おれはあいつのことはぜんぜん知らない。いったいだれが殺したんだ? しかも、このホテルの中で? ああ、創造主よ、ってとこだよな」

その口調にエーレンデュルは、人が殺されたことよりもホテルの評判を気にしていると感じた。よっぽど、殺人のおかげでホテルが有名になって、レストランに来る人の数がもっと増えるかもしれないぞと言ってやりたかった。近ごろではそんな物好きな人間がいるのだ。いっそのこと宣伝に使うことだってできるではないか。

正真正銘の殺人現場。犯罪のテーマにそったお楽しみ旅行。そこまで考えて立ち止まった。いまはとにかくこの皿の上に取り分けたものを食べたい。数分でいいから、だれにも邪魔されたくない。

そのときシグルデュル=オーリが入ってきた。

「なにか見つかったか?」エーレンデュルが訊いた。

「いえ」と言って、シグルデュル=オーリは急ぎ足で厨房のほうへ引き揚げるコックの背中を目で追った。

「いま食べるんですか?」その声に不快そうな調子があった。

「いまはなにも言わんでくれ。ちょっとまずい状況になってるんだ」

「地階の男ですが、なにも所有物はありません。もしなにか私物があったとしたら、よそに預けていたんでしょう」シグルデュル＝オーリが言った。「エリンボルクが昔のビニールのレコードをクローゼットで見つけましたが、それがすべてです。やっぱりホテルを閉鎖したほうがいいんじゃないでしょうかね？」

「それはまったく考えられないな」エーレンデュルが言った。「ホテルを閉鎖するって、どうやって？　それと、いつまで？　一つ一つの客室をパトロール隊を組んでまわろうというのか？」

「いやそうではないけれども、犯人はホテルの客だという可能性は否定できない」

「なんだってあり得るんだ。二つの可能性がある。一つは、犯人はホテルの客か従業員でホテル内にいる。もう一つはホテルとまったく関係のない人間だ。まずわれわれはホテルの従業員全員と話さなければならない。またこれから数日間にチェックアウトする客、とくに予定よりも早く引き揚げる客をマークすることだ。もっとも、犯人が賢かったら、チェックアウトを早めてわざわざわれわれの注意を引いたりしないだろうが」

「そうですね、たしかに。ぼくはコンドームのことを考えました」シグルデュル＝オーリが言った。

エーレンデュルは空いているテーブルを探し、一つ見つけて腰を下ろした。シグルデュル＝オーリもついてきて同席した。料理が文字どおり山と積み上げられたエーレンデュルの皿を食い入るように見つめている。いまにもよだれが垂れそうだ。

「つまりですね、もし相手が女だったら、コンドームをつけなければならない、つまり妊娠可能な年齢の女ということになりますよね」

「ああ。これが二十年前だったらそうだろう」と言ってエーレンデュルは薫製のハムにかぶりついた。「だがいまではコンドームは避妊のためだけに使われるわけじゃない。クラミジアやエイズ、あらゆる性病予防に使われている……」

「コンドームは彼がえーと、なんというか、いっしょにいた相手をよく知らなかったという証拠かもしれませんよ。一度きりの関係だったとか。もし相手をよく知っていたら、使わなかったかもしれない」

「とにかく、コンドームを使っていたからといって、相手が女とはかぎらないということだけは憶えておこう」エーレンデュルが言った。

「ナイフはどんなものだったかですが？」シグルデュル＝オーリが訊いた。

「解剖の結果を待とう。ホテルだから厨房にはナイフがある。刃物を手に入れるのは簡単だったはずだ。もちろんそれは、ここの従業員が犯人だった場合の話だが」

「それ、旨いですか？」シグルデュル＝オーリが訊いた。エーレンデュルが皿の上のものを次次に平らげるのを見ているうちに、たまらなく食べたくなったのだが、これ以上注目を集めるのはまずいと思っているのだ。殺人捜査中の捜査官二人が、捜査をそっちのけにしてクリスマスディナーを楽しんでいると見えるにちがいない。

「あれの中になにかあったか見るのを忘れた」エーレンデュルが口をもぐもぐさせながら言っ

た。

「殺人があった場所でそんなふうにご馳走を片っ端から食べていいと思ってるんですか?」

「ここはホテルだよ」

「それはそうですが……」

「まずい状況になったからだと言ったじゃないか。こうする以外に方法がなかったんだ。それで、コンドームの中を調べたか?」

「なにもありませんでした」シグルデュル＝オーリが言った。

「地域担当医は被害者はオーガズムに達した、しかも二度も、と言っていた。彼の言わんとしたことがよくわからなかったが」

「あの医者の言うことがわかる人間なんていませんよ」とシグルデュル＝オーリ。

「つまり、セックスの最中に死んだということか?」

「ええ、突然死ぬということはよくありますからね」

「そんなにうまくいっていたんだったら、どうしてナイフなんか必要だったのかな?」

「ゲームの一部だったんじゃないですか?」

「ゲーム?」

「セックスはもはや昔からの〝宣教師の教え〟の正常位だけでおこなわれるわけじゃないんですよ」シグルデュル＝オーリが言った。「そうか、それじゃ犯人は男でも女でもあり得るというわけですね?」

「ああ、そのとおり」エーレンデュルが言った。「ついでだが、なぜ正常位を宣教師の教えというのかな？　第一なんの宣教なんだ？」

「知りませんよ、そんなこと」とシグルデュル＝オーリはため息をついた。ときどきエーレンデュルの出す問いにつきあいきれないと思うことがある。単純な問いなのだが、よく考えると答えるのがとんでもなくむずかしいことばかりなのだ。

「アフリカと関係あるかな？」

「または、カトリック教と」シグルデュル＝オーリが答えた。

「なぜ宣教師なんだ？」

「わかりません」

「コンドームを使っていたからといって、相手は女とはかぎらない。それだけははっきり憶えておこう。コンドームについてはなにも想定しないことだ。そういえば、支配人になぜあの男を追い出そうとしていたのか、その理由を訊いたか？」

「いいえ。そうなんですか？　あの男を追い出そうとしていたんですか？」

「ちらっとそんなことを言っていた。だが、説明はなかった。どういうことだったのか、調べてみよう」

「はい、メモしておきます」と、いつもペンとメモ帳を持ち歩くシグルデュル＝オーリが言った。

「もう一つ、コンドームをふだんから頻繁(ひんぱん)に使う連中がいる」

「はあ?」シグルデュル＝オーリの顔に大きな疑問符が浮かんでいる。

「金で体を売る女たちだ」

「コールガール、ですか? このホテルにコールガールが入り込んでいるというんですか?」

エーレンデュルはうなずいた。

「彼女たちはよくホテルで〝宣教〟しているからな」

シグルデュル＝オーリは立ち上がって、エーレンデュルの前に立ちはだかった。エーレンデュルはすでに一皿平らげ、目をクリスマスディナーの大テーブルのほうに走らせている。

「えーと……、あのお、今年はどこでクリスマスを祝うんですか?」しまいにしぶしぶといった感じでシグルデュル＝オーリが訊いた。

「クリスマスを祝うって? おれは……いったいなんの話だ? おまえに関係ないだろう」

シグルデュル＝オーリはためらっていたが、しまいに意を決したように言った。「ベルクソラが、もしかするとあなたが一人じゃないかと言ってるんで」

「エヴァ＝リンドがなにか計画していると思う。ベルクソラがなんだって? まさかおまえのところに来てくれと言ってるんじゃないだろうな?」

「あ、それはどうでしょう。女ってなにを考えてるんだか、ぼくにはさっぱりですよ!」

そう言うと、シグルデュル＝オーリは急ぎ足で地階へ下りた。暗い廊下を渡って殺された男の小部屋まで行くと、エリンボルクが部屋の前に立って鑑識班の仕事ぶりを見ていた。

「エーレンデュルは?」と言って、ピーナッツの袋を振って最後の数個を口の中に放り込んだ。

「クリスマス・ビュッフェでご馳走を食べてるよ」シグルデュル＝オーリがクスッと笑って言った。

その日の夕方に明らかになった初期段階の検視報告書には、コンドームには唾液がついていたと特記されていた。

3

司法解剖担当の医師はコンドームについていた唾液を発見するとすぐにエーレンデュルに連絡した。彼はまだホテルの中にいた。犯行現場はいっとき写真家のアトリエのような様相になった。暗い廊下に絶えずフラッシュが光った。死体は考えられるかぎりの角度から写真を撮られ、それと同じくらい小部屋内部の写真も撮られた。死体はその後バロンスティーグルにある死体保管所(モルグ)に運び込まれ、そこで解剖がおこなわれた。鑑識班はドアマンの部屋にあった相当数の指紋を警察のデータと突き合わせるべく持ち帰った。ホテル従業員全員の指紋はすでに採取が終わっていた。そしてこんどは、全員が唾液の採取にも協力させられることになった。

「なるほど。でも、ホテルの客はどうするんですか?」エリンボルクが訊いた。「ホテルの客にも同じ検査をしなければならないんじゃないですか?」

エリンボルクは帰宅したくてうずうずしていた。この質問はするべきじゃなかった。もう今日は終わりにしたかった。クリスマスを心底大切にしているので、家族のもとで過ごしたいのだ。家をクリスマスデコレーションやイルミネーションで飾り立てたい。美味しいクッキーを何種類も焼いて、飾り絵のついている丸い缶にぎっしり詰めて、缶のふたに中身のクッキー名を書いておきたい。彼女の作る素晴らしいクリスマス料理の評判は家族や親戚の間はもちろん、友人知人、果ては食べたことのない人たちの間にまで広まっていた。メインディッシュはスウェーデン料理のハムで、まず塩水に漬けたブタの尻肉を十二日間寒いバルコニーに置いておくところから始まる。まるで飼い葉桶の中の生まれたてのキリストのようにうやうやしく扱うらしい。

「まず、犯人はアイスランド人であるという仮説を立てよう」エーレンデュルが言った。「ホテルの客は、いまは除外する。現在ホテルにはクリスマスをここで過ごそうとする客が大勢押しかけていて、チェックアウトする客は少ない。チェックアウトする客には事情を話し、唾液と指紋の採取の協力を求めよう。観光客が帰国のためアイスランドの外に出るのを阻むことはできない。引き留めるためには相当な根拠が必要となる。それから、事件発生時すでにホテルに滞在していた客のリストをホテル側に提出させよう。事件発生後に到着した外国人客は捜査から除外する。できるかぎり単純にするのだ」

「でも単純にいかない場合は？」

「いまこのホテルに滞在している客で、殺人事件がここで起きたということを知っている人間は一人もいないと思う」シグルデュル＝オーリが言った。

シグルデュル＝オーリもまた家に帰りたかった。妻のベルクソラが少し前に電話してきて、まだ帰れないのかと訊いたのだ。いまはまさに絶好のときで、あなたが帰ってくるのを待っていると。シグルデュル＝オーリは〝絶好のとき〟の意味がなんだか、よく知っていた。二人は子どもをもうけようとしていたのだが、妻はなかなか妊娠しない。シグルデュル＝オーリは人工授精を試みることも話し合っているとエーレンデュルに打ち明けていた。

「試験管を提供しなければならないのか？」話を聞いたとき、エーレンデュルが言った。

「試験管？」シグルデュル＝オーリが訊き返した。

「毎朝、精子を試験管に入れて持っていくんじゃないのか？」

シグルデュル＝オーリはエーレンデュルをまじまじと見た。

「そもそも、あなたに話すべきじゃなかったんだ」とぼそっと言った。


エーレンデュルは苦いコーヒーを一口飲んだ。三人は地階の従業員休憩所に座っていた。鑑識の徹底捜査は終わり、捜査官と鑑識官は引き揚げ、グドロイグルの住んでいた小部屋には立ち入り禁止の封印が押された。エーレンデュルは急いでいなかった。家で待っている者もいない。暗くて陰気な部屋が待っているだけだ。クリスマスなどまったく関心なかった。数日間のクリスマス休暇があるが、なんの予定もなかった。娘のエヴァは来るかもしれない。そしたら二人でラム肉の料理でも作るかもしれない。息子が来ることもある。エーレンデュルはそういうときでも部屋で本を読んでいることが多い。祝日であろうがなかろうが、関係ない。

「あんたたちは家に帰っていい。おれはもうしばらくここでぶらついていようと思う。フロントマネージャーと話がしたい。フロントが忙しすぎて、話が聞けなかったからな」

エリンボルクとシグルデュル＝オーリは同時に立ち上がった。

「あなたはどうするんですか？」エリンボルクが訊いた。「もうすぐクリスマスですよ。あなただって家に……」

「なんなんだ、二人とも。なぜおれをそんな目で見る?」

「だって、クリスマスだから……」と言いかけてエリンボルクはため息をついた。少し迷ってから「なんでもありません」と言って、シグルデュル＝オーリといっしょに従業員休憩室を出て行った。

エーレンデュルはしばらくそこで考えに沈んでいた。クリスマスはどうするのかというシグルデュル＝オーリの問い、そしていまのエリンボルクの言いかけたことを考えた。脳裏に自宅の暗い部屋が浮かぶ。肘掛けいす、テレビ、本がうずたかく積み上げられた壁。

ときにはリキュールのシャルトリューズを一本クリスマスのために買うこともある。それをグラスに注いでそばに置き、失踪者や遭難者のことが書かれた本を読む。人々が徒歩で移動し、クリスマスが意味のある祝日だったころの話を。当時、人々はどんなに悪天候でもクリスマスには親戚や愛する者たちを徒歩で訪ねていった。ときには自然の脅威にさらされ、道に迷ったり、遭難することさえあった。救世主の誕生日は田舎の農民には悪夢にもなり得たのだ。見つかった者たちもいたが二度と帰らぬ者もいた。けっして見つけられなかった者たちも。

エーレンデュルのクリスマスの物語(サーガ)はそういうものだった。


エーレンデュルが探しまわっていたフロントマネージャーは更衣室にいた。すでに着替えて、コートをはおっているところだった。今日はひどく忙しかった、他の者たちと同様、少しでも早く家に帰りたいと言った。殺人事件のことは聞いている、たしかに恐ろしい話だ、だが自分がその件でなにか手伝えることがあるとは思えない、と。

「私の聞いた話が正しければ、あなたはこのホテルで彼のことをいちばんよく知っている人間ということになる」エーレンデュルが言った。

「それはちがう」と言い、フロントマネージャーはマフラーを首に巻いた。「だれからそんなことを聞いたんですか？」

「彼はあなたの直属の部下だった。ちがいますか？」とエーレンデュルは質問をはぐらかした。

「部下か。ま、そうとも言えるでしょう。彼はドアマンで、私はフロント、チェックインとチェックアウト、それにフロア全体の責任者だから。えーと、店は今日何時までやっていますかね？」

フロントマネージャーはエーレンデュルにも質問にも関心がないようだった。それがエーレンデュルを苛立たせた。このホテルには、地階で殺された男を悲しむ者が一人もいないように見えるのも、不可解なことだった。

「さあ、一晩中とか？　知らないね。あなたのドアマンをナイフで刺し殺したのはだれだろう？　彼を殺したがっていたのはいったいだれだろう？　心当たりはありますか？」

「私の？　彼はべつに私のドアマンじゃない。ホテルのドアマンですよ。まちがわないでほしい」

「なぜズボンが引き下げられてコンドームを性器につけていたのか？　だれが彼の部屋を訪ね

たのか？　その人物はなにをしに部屋に入ったのか？　ホテル内でこのドアマンとつきあいのあった者は？　ホテルの外で彼とつきあいのあった人間は？　仲の悪かった者はいるか？　なぜ仲が悪くなったのか？　なぜ彼はホテル内に住んでいたのか？　どういう取り決めがあったのか？　あんたはなにを隠しているのか？　なぜ私に正直に答えることができないのか？」

「それは……」と言ってフロアマネージャーは黙り込んだ。そしてしまいに「家に帰りたいだけですよ」と言った。「いまの質問ぜんぶに答えることはできない。もうじきクリスマスだ。話は明日でもいいでしょう。私は今日、一分の休みもなしに働いたんだ」

エーレンデュルは冷たく彼を見据えて言った。

「いいですよ。明日にしましょう」

歩きはじめたが、急に足を止めた。ホテルの支配人に会ったときからずっと引っかかっていたことを思い出したのだ。振り返って声をかけた。フロントマネージャーは従業員の出入り口のドアを押して外に出るところだった。

「なぜ彼を追い出そうとしていたのかね？」

「はあ？」

「サンタの男、あんたたちは彼を追い出そうとしていただろう。なぜかね？」

フロントマネージャーはためらった。

「彼はとっくに解雇されているんです」

ホテル支配人は食事中だった。厨房内の大きなテーブルにつき、コックのエプロンを首に巻きつけ、クリスマスディナーのビュッフェ用の大皿から直接食べていた。

「ああ、どんなに私が旨いものが好きか、とうていあなたにはわからんでしょうな」

エーレンデュルが目を瞠って見ていることがわかると、支配人は口のまわりを拭きながら言った。

「それも、人に邪魔されずに食べるのがいちばんだ」

「いやいや、もちろん、わかりますよ」エーレンデュルは言った。

ピカピカに磨き立てられた大きな厨房には、ほかに人はいなかった。エーレンデュルはただただ見惚れるばかりだった。支配人の食べかたは早かった。が、優雅に、いかにも旨そうに食べた。その手の動きはもはやプロフェッショナルといってもいいほどだった。一口一口、すいすいとご馳走が口の中に消えていく。

支配人は、死者が運び出され、エーレンデュル以外の警察官も新聞記者もぜんぶ姿を消したいま、すっかり落ち着いていた。テレビの報道関係者はホテルの中に入ることは禁じられた。ホテル全体が犯行現場と見なされたためだ。ホテル内はいつもの状態に戻った。外国人客は地階で殺人事件があったことをほとんど知らなかった。だがいつもとちがう物々しい警戒ぶりになにかあったのかと尋ねる客もいた。支配人は老人が心臓発作で亡くなったと答えるように従業員に指示した。

「なにを考えているのか、わかるよ。私がブタのように食うと思っているんだろう」と言うと、支配人は手を休め、赤ワインを一口飲んだ。ウィンナーソーセージのようにまるまるとした小指をピッと立てている。

「いやいや。だが、なぜあなたがホテルを運営したいのか、わかりますよ」そう言ってすぐにエーレンデュルは我慢できなくなった。「でもそんなふうに食べていたら、死んでしまう。おわかりでしょうが」とずばり言った。

「私の体重は百八十キロだ。飼育されるブタでもそこまで肥えることはない。子どものころから私は太っていた。痩せていたことは一度もない。だからといってダイエットしようと思ったこともない。ライフスタイルとやらを変えようと思ったこともない。私は元気ですよ。おそらくあなたよりもずっと」

エーレンデュルは太った人間は痩せている人間よりも明るく元気だと聞いたことがあった。だが、そんなことは信じられなかった。

「私よりも元気、ですか?」と言ってエーレンデュルは笑った。「私の健康のことなど、どうでもいい。ところで、なぜドアマンを解雇したんですか?」

ホテル支配人はふたたび食べはじめた。ナイフとフォークを置いたのはしばらく経ってからだった。エーレンデュルは目の前の男をよく観察した。どういう答えがもっとも適切か、エーレンデュルがすでに解雇について知っているいま、どういう表現をしたらいいかを考えている様子だった。

「ホテルは期待した営業成績を上げていない」とやっと彼は説明を始めた。「夏はオーバーブッキングで、クリスマスから新年にかけてもごらんのような満室状況です。だが、それ以外の季節がよくない。経営悪化の原因です。ホテルの経営陣は経費の削減を命じてきた。とくに従業員の削減を命じられている。そこで私は、常時ドアマンをおく必要はないと考えたわけです」

「だが、私の見るところでは、彼はドアマンだけでなく、いろいろとやらされていたようだ。たとえばサンタクロース。何でも屋だったんでしょう。修理したり使い走りをしたり。ドアマン以上の便利な存在だったんじゃないですか?」

ホテル支配人はまた鍋から皿の上に食べ物を取り分け、会話はここでふたたび断ち切られた。エーレンデュルはあたりを見回した。今日の仕事を終えた厨房の者たちは、警察に名前と住所を提示したあと、帰宅が許可されていた。エーレンデュルは死者と最後に話をしたのがだれかまだ突き止めていなかったし、死者の最後の一日がどんなものだったのかもつかめていなかった。なんらかの異常をサンタクロースに認めた者はいなかったし、地階に下りていく人間を見かけた従業員もいなかった。地下の彼の小部屋にいままで訪問者が来ることに気づいた者もいなかった。そもそも、彼がそこに住んでいたのを知っている者はほんのわずかな人間だけだった。そしてなにより、彼とはとくに関係をもちたくないとだれもが思っている様子だった。従業員たちはだれ一人、彼がホテルの外の人間とつきあっているかどうか知らなかった。

ロンリー・ハート・クラブだ。

「必要不可欠な人間などいないもんですよ」と支配人は言い、赤ワインのグラスを手に取った。

小指がまたもピンと立っている。「もちろん、従業員をクビにするのは、いつだって嫌なもの。だが、われわれには、ドアマンを常時おくほどの余裕がない。だから彼は解雇された。ほかの理由などないですよ。なにより、ドアマンの仕事など、あまりなかった。映画スターや外国の国家元首などがアイスランドを訪れるときに、制服を着て迎える。それと、歓迎されない客を閉め出すときぐらいなもんです、ドアマンとして働くのは」

「解雇されたことを、彼はどう受け止めたのだろう？」

「理解したと思いますよ」

「ここの厨房からナイフがなくなっていませんか？」エーレンデュルが訊いた。

「さあ、それは知らない。ナイフ、フォーク、グラスなど、年間何千となくなりますからな。それだけじゃない、タオルとか……。なんですか？　ホテルのナイフが凶器だったというんですか？」

「いや、それはわからない」

むしゃむしゃと食べ続ける支配人を、エーレンデュルはただ目を大きく開いて見ていた。

「彼はこのホテルで二十年も働いていた。それなのにだれも彼のことを知らない。おかしいとは思いませんか？」

「従業員はよく辞める」と支配人は肩をすくめた。「この業界では人の動きが激しいんです。彼のことを知っている人間だっていると思いますよ。だが、だれがだれを知っているか、私は知らない。従業員個々人のことなど私はまったく知りませんよ」

「だが、あなたはずっとここを動かずに働いてきた」

「私をクビにするのはむずかしいでしょうな」

「なぜ彼を追い出すと言ったんですか？」

「そう言いましたっけ、私が？」

「ええ」

「いやあ、それは単に表現の問題でしょう。とくに意味はありませんよ」

「だが、あなたは彼を解雇し、あの部屋から追い出そうとしていた。そんなときに何者かが彼を殺した。最後のころの彼の人生は、バラ色とはとても言えなかったはずですよ」

ホテル支配人はエーレンデュルの言葉を完全に無視し、美食家のエレガントなマナーをもってご馳走を楽しむことに集中していた。

「解雇されたのに、なぜ彼はあの小部屋に住み続けたんですかね？」

「先月の末日には出て行くはずだった。私は何度かそれを彼に伝えていたが、あまり強くは言っていなかったと反省している。ちゃんとそうしていれば、こんなひどい目に遭わなかったはず」

エーレンデュルは支配人が次々にご馳走を胃袋におさめていくのを情けない顔で見ていた。豪華なクリスマスディナーが載った大テーブルに目を奪われたせいか。あの惨めな自分のアパートを思い出したためか。お祭り気分の季節のためか。家には缶詰の食べ物しかない。一人きりで過ごすクリスマス。いつの間にか、問いが口から飛び出していた。無意識のうちに。

「はあ？　部屋ですか？」ホテル支配人は最初エーレンデュルの問いが理解できない様子だった。

「大きな部屋でなくていい」エーレンデュルが付け足した。

「あなたが泊まるというんですか？」

「シングルルームで、テレビもなくていい」

「満室ですよ、いまは。残念ながら」支配人はエーレンデュルを見返して言った。警察官に四六時中見張られるのだけはごめんだという顔つきだ。

「フロントマネージャーは空き部屋が一つあると言っていた」エーレンデュルは嘘をつき、さも本当のようにうなずいた。「支配人と話してくれれば、問題ないと言っていたが」

支配人はエーレンデュルの顔をしばらくじっと見た。それから食べかけのムースに目を落とし、皿を前に押しやった。もはや食欲はなくなったらしい。


その部屋は冷えていた。エーレンデュルは窓辺に立って外を見下ろした。が、見えたのはただ暗い窓ガラスに映った自分の顔だけだった。自分の顔を長い間まともに見たことがなかった。暗い窓に映っているこの男は初老だ、と思った。ガラスに映った自分の顔の背景、外の闇の中に雪がしきりに降っていた。まるで天が裂けて、白い粉が地上にあまねく降り注いでいるようだ。

脳裏にある詩集の言葉が浮かんだ。巧みに翻訳されたヘルダーリンの詩だ。

詩の行を頭の中でたどっていった。そしてガラスに映っている男のことを詠っていると思い当たる数行の詩を探し出した。

壁が立つ、音もなく冷たいままに
風の中、鳴る風見鶏。

4

ドアを軽くノックする音と小声で呼ぶ声が聞こえて、エーレンデュルは寝入りばなを起こされた。

すぐにだれかわかった。ドアを開けると、そこにはやはり娘のエヴァ＝リンドが立っていた。父親と目を合わせてうなずくと、エヴァ＝リンドは黙って部屋の中に入った。エーレンデュルはドアを閉めた。エヴァ＝リンドは小さな机のそばに腰を下ろすとタバコのパッケージを取り出した。

「この部屋はタバコは禁止だよ」と、禁煙の標示に従っていたエーレンデュルが言った。

「そう？」と言って、エヴァ＝リンドはタバコを一本抜き出した。「この部屋、どうしてこんなに寒いの？」

「ヒーターが故障しているらしい」

エーレンデュルはベッドの端に腰を下ろした。下着のパンツだけの姿で、頭から羽根布団をかぶっている。

「パパ、こんなとこでどうしたの？」

「寒くて死にそうだ」

「そうじゃなくて、どうしてホテルなんかに泊まってるの、っていう意味。なぜ家に帰らないの？」そう言うと、エヴァ＝リンドはタバコを深く吸い込んだ。三分の一の長さが一気に燃えて肺の中に取り込まれた。それからゆっくりと鼻から煙を吐き出した。部屋の中に一気にタバコの煙が充満した。

「わからない。いや……」

「家に帰る気がしないってこと？」

「こうするのが正しい気がするんだ。このホテルで、男が一人殺された。もう聞いてるか？」

「サンタクロースの話でしょ？　その人、殺されたの？」

「いや、サンタクロースじゃなくてこのホテルのドアマンだよ。子どもたちのためにサンタクロース役をするはずだったんだ。ところでおまえはどうしてた、元気だったか？」

「ええ、元気」エヴァ＝リンドが答えた。

「まだ働いているのか？」

「うん」

エーレンデュルは娘を見た。かなり元気になったようだ。いつもどおり痩せてはいるが、美しい目の下にできていた黒い隈はほとんど消えていたし、以前のように頬がこけてもいなかった。この八ヵ月、ドラッグには手をつけていないようだ。流産して病院に担ぎ込まれ、生死の境を何日もさまよったあのとき以来。退院して半年は父親のところで暮らし、そのあと仕事を見つけて働きだした。そんなことはこのところ何年もしたことがなかった。そして二ヵ月ほど前、エヴァ＝リンドはアパートを借りて移り、一人で暮らしはじめていた。

「どうしてここにいるとわかった？」エーレンデュルが訊いた。

「携帯に出ないから警察署に電話したの。そしたらここにいるって教えてくれた。ここで訊いたらチェックインしたって言われた。どうしたの？　どうしてこんなところに泊まってるの？」

「自分でもなぜこんなことをしてるのか、わからないんだ。クリスマスは苦手だ」

「うん、あたしも」そう言ってエヴァ＝リンドも黙った。

「弟からはなにか連絡あったかい？」

「シンドリはまだ町の外で働いているらしいの」エヴァ＝リンドが言った。タバコの火がフィルターに燃えついて、チリチリと音を出して燃えはじめ、灰が床に落ちた。彼女はきょろきょろと灰皿の代わりになるものを探したが、見つからないのでタバコを机の上に垂直に立てた。そうやっておけばタバコは自然に消えるだろう。

「それで、母さんはどうしている？」いつも同じ訊きかたをする。答えもだいたい同じだった。

「なんとかやってるわ。あくせく働いてる」

エーレンデュルは羽根布団を頭からかぶったまま座っていた。エヴァ＝リンドはタバコから立ち上る青い煙を見つめた。

「あたし、これ以上我慢できるかどうか、わかんない」と言って、煙を見ている。

エーレンデュルは羽根布団をかぶった下から娘のほうを見た。

そのとき、ドアをノックする音が聞こえた。二人は目を合わせた。ホテルの制服を着た男がドアの外に立っていた。フロント係だと言った。

「部屋の中での喫煙は禁止です」少し開いたドアから部屋をのぞいてフロント係は言った。

「禁煙だと言ったのだが」とエーレンデュルはパンツ一つに羽根布団を体に巻いた姿で言った。

「人の言うことをきかない子なのだ」

「客室に女の子を入れるのは禁止です」男が言った。「少々事情があって」

エヴァ＝リンドは皮肉な笑いを浮かべて父親を見、父親のほうはその視線を受けてからフロント係のほうを見た。

「フロントはこの部屋に若い娘が入ったことを確認しています。それは禁止です。さあ、あんた、出るんだ。いますぐに」

フロント係の男は戸口に立ってエヴァ＝リンドが彼の言葉に従って出てくるのを待っている。エーレンデュルが羽根布団を体に巻きつけた姿で男に近づいた。

「これは私の娘だ」

「ああ、もちろん、そうでしょう」とフロント係は顔色も変えずに言った。

「本当にそうなのよ」とエヴァ＝リンド。

フロント係は二人を交互に見た。

「穏やかに、お願いしますよ」

「それじゃ、出て行って。わたしたちにかまわずに」

男はエヴァ＝リンドを見つめ、それからその後ろに羽根布団を体に巻きつけたまま立っているエーレンデュルに目を移したが、一歩も引かなかった。

「ヒーターが壊れている。ぜんぜん暖かくならないのだ」エーレンデュルが男に言った。

「その子にいっしょに来てもらわないと困るんです」

エヴァ＝リンドは父親を見上げ、肩をすくめた。

「またあとで話すわ。こんな騒ぎ、まったくやんなっちゃう」

「さっきの、これ以上我慢できるかどうかわかんないとは、なんのことだ？」エーレンデュルが娘に訊いた。

「またあとで」と言って、エヴァ＝リンドは部屋を出た。

フロント係はエーレンデュルに愛想笑いをした。

「暖房のことはなんとかしてくれるんだろうね？」

「報告します」と言って、男はドアを閉めた。

エーレンデュルはベッドの端に腰を下ろした。エヴァ＝リンドとシンドリ＝スナイルは二十年以上も前に破綻した彼の結婚が残した唯一の果実だった。エーレンデュルは離婚後子どもたちとほとんど連絡をとらなかった。いや、まったくとらなかったと言っていい。別れた妻のハットルドーラがそれを許さなかったからだ。裏切られたと感じ、子どもたちに会わせないことで彼を罰したのである。エーレンデュルは抵抗しなかった。だが、いまでは、子どもたちに会わせろと要求するべきだったと激しく後悔していた。ハットルドーラ一人に決めさせるべきではなかった。子どもたちは大きくなるとそれぞれ自分から彼を訪ねてきた。すでにそのとき娘はドラッグに手を染め、息子はアルコール依存症の問題を抱え、断酒の施設に何度も出入りしていた。

エヴァ＝リンドが〝たぶんもう我慢できない〟と言ったことの意味はわかっていた。彼女はドラッグをやめるためのプログラムに従っているわけではなかった。助けを得るためにどこか施設に入ってもいなかった。ドラッグ依存から逃れるための闘いを一人でがんばっていた。生きかたのことになると、彼女はいつも一人で、攻撃的になり他の人間を近づけなかった。妊娠したときでさえ、ドラッグをやめられなかった。やめると決めて、何度か短期間やめることに成功したのだが、完全にやめることはどうしてもできなかった。本気だったことはエーレンデュルもよく知っていたのだが、どうしてもドラッグの欲求を断ち切ることができず、もとの状態に戻ってしまうのだった。ドラッグがなぜこんなにも娘をとらえ、なにもかもどうでもいい、ただドラッグさえ手に入れば、という状態に彼女を引き戻してしまうのか、エーレンデュルにはどうしても理解できなかった。命の軽視、自己破滅の誘いの根本的原因は理解できなかったが、自分にも責任があるということはわかっていた。父親である自分が彼女を裏切っていたからだ。彼女のでたらめな生きかたには自分も加担しているのだ。

エヴァ＝リンドが意識不明の状態で病院に運ばれたとき、彼はずっとベッドのそばにいた。医者が、おそらく彼の声は聞こえているだろうと言ったためだ。そばにいることもわかるだろうと。数日後、意識が戻ったとき、彼女が最初に口にした言葉は、パパはどこ、だった。すっかり弱っていて、ほとんど声も出ない状態だった。エーレンデュルが駆けつけたときは眠っていて、目を覚ますまで彼は娘のそばで待った。

しばらくして目を開けて、エヴァ＝リンドは父親を見、笑いかけようとしたが、その笑いはすぐに泣き顔に変わった。エーレンデュルは娘を抱きしめた。腕の中で泣きじゃくる娘をなだめ、体を横たえさせ頭を枕に戻して、頬に流れる涙を拭いた。

「こんなに長い間、どこにいたんだ？」父親は娘の頬を撫で、元気づけるように笑いかけた。

「あたしの赤ちゃんはどこ？」

「病院側からなにも聞いていないのかい？」

「だめだったって、聞いてる。でもどこに安置しているかは聞いていない。見せてもらえていないの。あの人たちはとてもわたしには見るだけの……」

「おまえはもう少しで死ぬところだったからね」

「赤ちゃんはどこ？」

エーレンデュルは手術台にのせられていた小さな生命体を見ていた。小さな女の子だった。生きていればウイドルという名前になるはずの。

「見たいのかい？」エーレンデュルが訊いた。

「ごめんなさい」静かにエヴァ＝リンドが言った。

「なんのこと？」

「あたしがこんなあたしで。赤ちゃんが……」

「おまえがおまえだからといって、おれに許しを請う必要なんてないよ、エヴァ。おまえがおまえだからといって、謝る必要なんてないんだ」

「ううん、謝らなきゃだめなの」

「おまえ一人でなにもかも背負う必要なんてないんだ」

「お願い……」

エヴァ＝リンドは静かにベッドに横たわっていた。エーレンデュルはもう一度娘が力を集めて話すまで待った。長い時間が経った。やっと父親を見て彼女は言葉を続けた。

「お願い、あの子を埋めるのを手伝ってくれる？」

「もちろんだ」

「あの子が見たい」

「いや……」

「あたし、見たいの」とエヴァ＝リンドは繰り返した。「あたし、あの子が見たいの。お願い」

エーレンデュルは少しためらったが、そのあと死体収容所へ行って小さな体を胸に抱いた。名前のないままに葬るのが嫌で、心の中でウイドルと名付けて呼んでいた小さな女の子。エヴァは立ち上がれないほど弱っていたので、彼はその小さな体を病院の白いタオルにくるんで病院の廊下を渡り、集中治療室まで運んできた。エヴァはその子を抱いてじっと見てから目を上げて、父親を見た。

「これがあたしの子どもね」と静かに言った。

エーレンデュルはエヴァが泣きだすと思ったが、彼女は泣きださず、じつに落ち着いていた。罪悪感を感じていたとしても、それを見せなかった。

「泣きたかったら泣いていいんだよ」とエーレンデュルが言った。

エヴァは父親を見て静かな声で言った。

「あたしには泣く資格なんてない」

少しして、エヴァ＝リンドはフォスヴォーグルの墓地にいた。車いすに座って、牧師が祈りの言葉を捧げたあと、土をつかんで三度小さな棺の上にかけるのをまばたきもせずに見ていた。その顔はまったく無表情だった。それから懸命に車いすから立ち上がり、父親が手を貸そうとするのを断って、娘の墓に向かって十字を切ると唇を動かした。エーレンデュルにはそれが泣くのをこらえた唇の震えだったのか、それとも祈りの言葉をつぶやいたためだったのかわからなかった。

それは春のうららかな日で、海面には太陽が輝き、ノイトルスヴィークの入り江には大勢の人々が日の光を楽しんで散歩していた。ハットルドーラは少し離れたところに立ち、シンドリ＝スナイルに至っては墓地の隅、父親からいちばん離れたところに所在なさそうに立っていた。彼らは互いにできるかぎり離れたところに立っていた。血縁関係があるということ以外、なんのやりとりもないバラバラの人間たち。エーレンデュルは家族全員が同じ場にいるのはほぼ四半世紀ぶりであることに気づいた。ハットルドーラのほうを見ると、向こうは視線を避けて背を向けた。だれも一言の言葉も交わさなかった。

エヴァ＝リンドは車いすに腰を下ろした。エーレンデュルが体を傾けて車いすを押さえると、ため息とともに彼女の吐き出す言葉が聞こえた。

「こんなクソみたいな人生！」


エーレンデュルは我に返り、さっきフロント係の男が言ったことの中に、気になる言葉があったのを思い出した。呼び止めようと廊下に出ると、男はエレベーターに乗るところだった。エヴァの姿はない。声をかけられ、男はエレベーターのドアを押さえてエーレンデュルを待ちながら、その姿を上から下までじろじろと見た。頭から羽根布団をかぶり、身につけているのはパンツ一枚だけ、足は裸足だ。

「さっきあんたは『少々事情があって』と言ったが、どういう意味かね？」

「少々事情があって？」とフロント係の男はおうむ返しに言った。

「あんたは『客室に女の子を入れるのは禁止です。少々事情があって』と言った」

「はい」

「それは地階でサンタクロースが殺されたため、という意味かね？」

「なぜそれを知っているんですか……」

エーレンデュルは下着姿の自分を見下ろして、一瞬ためらった。

「捜査担当の警察の者だ」

男は目を瞠(みは)った。その顔にははっきり不信の表情が浮かんでいた。

「なぜ地階の事件と女の子を部屋に入れてはならんという二つのことを関係付けたのかね?」エーレンデュルが続けて訊いた。

「さあ、なんの話かわかりませんが」と、男は苛立ちを見せた。

「もしサンタクロースが殺されなかったら、部屋に女の子を入れるのはかまわないというように聞こえるではないか。これがあんたの言わんとしたことだ。ちがうかね?」

「いいえ。私が『少々事情があって』と言ったというんですか? 憶えがありませんが」

「いや、あんたはそう言った。『客室に女の子を入れるのは禁止です。少々事情があって』とたしかに言った。あんたは私の娘が……」エーレンデュルは上品な言葉を見つけようとしたが、できなかった。「私の娘をコールガールだと思って、部屋から追い出そうとした。理由はサンタクロースが殺されたから、と。それはとりもなおさず、もしサンタが殺されていなかったら、部屋に女を入れるのはオーケーだということではないか。すべてがいつもどおりなら、このホテルは泊まり客が女を部屋に入れるのを許しているのか?」

男はエーレンデュルを睨みつけて訊いた。

「女とは?」

「コールガールのことだ。このホテルはこんどのようなことが起きないかぎり、客室に女が入り込むのを見て見ぬふりをしているのか。そのこととサンタクロースはどう関係があるんだ? 性サービス業の女たちと彼は、なにか関係があったのか?」

「なんのことかさっぱりわかりません」フロント係の男は言った。

エーレンデュルは攻める手口を変えた。

「ホテルで殺人事件が起きたらホテル側が警戒するのはよくわかる。異常なこと、めったに起きないことが起きたらホテルは注目されるのを極力避けたいということもじゅうぶん理解できる。実際にはホテル側になんの落ち度がなくても、評判が落ちては困るだろう。人は好き勝手なことを無責任に言いふらすものだからね。私が知りたいのはそれとは関係ない。サンタクロースはこのホテルで性サービスを提供する女が出没するのとなんらかの関係があったのか、知りたいのだ」

「このホテルで性サービスを提供する女の出入りなど、私はなにも知りません。すでにおわかりのように、私どもは客室に外から女が入り込むことに目を光らせています。さっきのは本当にあなたの娘さんだったのですか？」

「ああ、そうだ」

「私に地獄へ堕ちろと言いましたよ」

「よく言った！」

二日目

5

翌日エーレンデュルがフロントを訪ねると、マネージャーはまだ来ていなかった。具合が悪いとか、町で用事を済ませてから来るから少し遅刻するとかいう連絡はなにもないらしく、フロント係の四十代の女性は、フロントマネージャーがなんの断りもなく休むということは、いままで一度もなかった、いつも時間には厳しい人で、なんらかの理由で休みが必要なら必ず前もって連絡があるはず、と言って首をかしげた。

そう話している間にもフロント係の女性は、国立病院所属の病理学研究所の助手から唾液のサンプルを採取されていた。ほかにも二人、助手がいて、厨房の従業員たちの唾液サンプルを採取していた。また彼らとは別に外回りのグループがあって、その日非番でホテルの外にいる従業員たちの唾液を採取して歩いていた。まもなく助手たちはホテルの全従業員の唾液を採取し終わり、サンタクロースのコンドームについていた唾液と比較することが可能になる。

殺人課の捜査官たちはホテル従業員全員にグドロイグルとの関係と、前日の午後の所在を問いただしていた。殺人課はこの段階で捜査員を総動員して捜査を展開していた。

「しかし、最近辞めた人間とか、一年前に辞めたとかいう人間はどうしますか」シグルデュル＝オーリが尋ねた。ホテルのレストランで、皿の上にイワシの酢漬けやライブレッド、ハム、トーストを取り分け、コーヒーを飲んでいるエーレンデュルのテーブルに腰を下ろした。

「いまの段階では、現在働いている者たちの事情聴取の結果を見てから、辞めた者たちにとりかかればいい」と言って、エーレンデュルは熱いコーヒーをすすった。「被害者のグドロイグルについてはなにかわかったか？」

「いや、ほとんどなにもないです。彼については、だれもあまり知らないようなんです。四十八歳、独身、子どもなし。このホテルでおよそ二十年働いていた。これだけです。あの穴蔵のような小部屋にずっと住んでいたらしい。あのでぶっちょのホテル支配人の話では、最初は臨時のつもりだったらしい。もっとも彼はあまりよく知らないと何度も強調していましたが。前任者に訊いてくれと言ってます。その男がグドロイグルに部屋を貸す取り決めをしたらしい。太っちょの推量では、グドロイグルはその当時借りていた部屋を追い出されたため、当分の間家具などを入れておく場所としてあの穴蔵を借りたらしい。だが、そのうちに本人が移ってきて、住みついてしまったということらしいです」

シグルデュル＝オーリは口をつぐんだ。それからこう言った。

「エリンボルクはあなたが昨夜ここに泊まったと言ってますよ」

「ああ。だが勧められないね。部屋は寒かったし、従業員がやってきてうるさいったらなかった。だが、食事はいい。そういえば、エリンボルクはどこにいる？」

　レストランは活気に満ち、ホテルの客は朝食をとりながら談笑していた。ほぼ全員が外国人観光客で、アイスランド製のセーターを着込み、町に出たとしても十分も歩けばすぐに終わるショッピング街なのに、雪の荒野を歩くためのがっしりしたスノーブーツを履いている。ウエイターたちはコーヒーカップを客のテーブルに用意したり、食事が終わった皿を片付けるのに大忙しだった。レストラン全体に同じクリスマスソングが繰り返し流れている。

「例の事件の裁判が今日始まることは知ってますよね？」シグルデュル＝オーリが訊いた。

「ああ」

「エリンボルクはそっちに行ってます。どうなると思いますか？」

「数ヵ月の執行猶予つきで釈放だろうよ。若い裁判官たちはそれ以上重い判決は下さないんだ。まったく」

「まさか、あの父親、男の子の養育権を保持することはないでしょうね？」

「どうだろう。わからないな」エーレンデュルが言った。

「ひどいな！　あんな男はライキャールトルグの独房に閉じ込めておきゃいいんだ」

　その事件の捜査を担当したのはエリンボルクだった。八歳の男の子がひどい暴力を振るわれて病院に運び込まれた。男の子はどうしても原因を言わなかった。最初は年長の子どもたちが放課後その子を襲い、腕を折り、頬骨を陥没させ、前歯を二本折ったのだと思われた。男の子は命からがら家にたどり着いた。それから少し経って帰宅した父親が警察に通報した。男の子は救急車で病院へ運び込まれた。

その子は一人っ子だった。暴力行為があったとき、母親は精神病院に入院していた。男の子は父親と二人暮らしだった。父親はＩＴ企業の社長で、父子はレイキャヴィクの町のいわゆる高級住宅街にある二階建ての家で暮らしていた。父親は男の子の状態を見てすっかり取り乱し、息子にこのようにひどい暴力を振るった少年たちに仕返しをしてやると叫んだ。彼はエリンボルクに、少年たちが厳しい罰を受けるように取りはからってくれと請うた。

もしその家が二階建てでなかったら、そして男の子の部屋が二階でなかったら、エリンボルクはけっしてある事実に気づかなかっただろう。

「エリンボルクはこの事件ですっかり参ってしまった」シグルデュル＝オーリが言った。「彼女自身、同じ年齢の男の子がいますからね」

「あまり仕事に影響されないようにしないと保たないぞ」エーレンデュルがぼそっと言った。

「はあ？　あなたがそれを言うんですか？」

穏やかな朝食の時間はそこまでだった。厨房から大声が聞こえてきた。レストランの客は目をきょろきょろさせ、見つめ合って首を振り顔をしかめた。男の怒鳴り声が大きく聞こえるが、なにを言っているのかはわからない。エーレンデュルとシグルデュル＝オーリは立ち上がり、厨房へ行った。それはエーレンデュルがクリスマスディナーのビュッフェテーブルから食べ物を指でつまんだときに目ざとく見つけて注意してきたコック長だった。いまその男は唾液のサンプルを採取しようとしているラボの助手に向かって怒りを爆発させていた。

「そのばかばかしい綿棒を持って、とっととここから出て行け！」とコックは、厨房内のテーブルのそばに唾液採取のための小さなカバンを持って立っている五十がらみの女性に向かって叫んだ。男が激高しているのとは反対に女性は落ち着いていた。そのことが男をかえって激しく怒らせているらしい。エーレンデュルとシグルデュル＝オーリが厨房に入ってくるのを見て、男の怒りは頂点に達した。

「おまえらは正気か？　おれがグドロイグルの部屋に行って、やつの一物にコンドームをつけたと本気で疑っているのか？　おまえら、狂っているのか？　ばかばかしいにもほどがある。こんなことにつきあってなどいられるか！　おまえらがなんと言おうがかまうものか！　たとえ部屋に閉じ込められて、鍵が海に捨てられてしまおうが、おれは嫌なことは嫌だ。絶対におまえらの言うことなどに従うものか。馬鹿者どもが！」

　プライドを傷つけられた男は厨房から憤然として出て行った。だが頭にのせた高いコック帽のため、その姿はむしろ滑稽で、エーレンデュルは笑いをこらえた。ラボの助手を見ると、彼女もまた笑いをこらえている様子で、一瞬後二人とも笑いだしてしまった。厨房の緊張がはじけた。集まっていたコックや給仕たちもいっせいに笑いだした。

「みんな、そんなに嫌がるんですか？」エーレンデュルがラボの助手に訊いた。

「いいえ、そんなことはないんです」と助手は答えた。「こんなに激しく抵抗したのはいまの人が初めて。ほかの人たちはそれほど嫌がりませんでした」

　そう言って、助手の女性は笑った。エーレンデュルはその笑顔が美しいと思った。長身で、背丈はほぼ彼と同じくらい、豊かな金髪を耳のところで切りそろえている。明るい色の手編みのカーディガンの襟元から白いブラウスが見えた。ジーンズをはき、全体のファッションによく合う黒い靴を履いていた。

「エーレンデュルです」といつの間にか彼は手を伸ばしていた。

女性はほんのわずか、驚いたようにぴくっと体を引いた。

「そう」と小さくつぶやいて、握手の手を出した。「ヴァルゲルデュルです」

「ヴァルゲルデュル？」とエーレンデュルは繰り返した。彼女の指に結婚指輪はない。そのとき携帯がポケットの中で鳴った。

「失礼」と言って、彼は電話に出た。よく知っている声が彼の名前を呼んだ。

「エーレンデュル？」

「ああ、そうだ」

「携帯電話はどうも苦手でね。いまなにをしている？　まだホテルにいるのか？　移動中か？いや、それともエレベーターの中か？」

「ホテルの中です」と言うと、エーレンデュルは携帯を顔から離して、ヴァルゲルデュルに待っていてと合図して、厨房からレストランへ出、そのままロビーまで出た。電話の相手はマリオン・ブリームだった。

マリオン・ブリームは元捜査官で、エーレンデュルの上司であり、指導官だった。マリオンはときどきエーレンデュルに電話をかけてきて、めったに訪ねてこないのはなぜだと言って責めた。エーレンデュルはもともとマリオンが苦手だったので、儀礼的な訪問さえもしなかった。もしかすると自分によく似ているせいかもしれなかった。マリオンに将来の自分の姿を見るような気がして、できればそんなことは考えたくなかったからかもしれない。マリオンは孤独で、寂しく退屈な晩年を過ごしていた。

「なにか用事ですか？」エーレンデュルが訊いた。

「警察にはまだ一人か二人、なにかあれば私に知らせてくれる者がいる。あんたがそうしてくれなくても」

エーレンデュルはよほど電話を切ろうかと思ったが、いままでマリオンが頼みもしないのに自分からいろいろと捜査を助けてくれたことを思うと、そうむげにもできなかった。

「用件を言って下さい」

「男の名前を教えてほしい。調べてみる。もしかすると、あんたたちにはわからなかったなにかがわかるかもしれない」

「そうですか。まだ警察官の仕事を続けるつもりなんですね」

「退屈なんだ。どんなに退屈か、あんたには想像もつかないだろう。引退してからおよそ十年になるが、毎日ひまでひまでしかたがない。一日が千年の長さに感じられる」

「年金生活者のためのいろんな活動に出てみれば？　たとえばビンゴとか」

「ビンゴ！　ふん」マリオンは鼻の先で笑った。

エーレンデュルは殺された男の名前を教え、短く状況説明をした。そうしたあと、できるだけ失礼にならないように礼儀正しくあいさつをして電話を切った。だがすぐにまた携帯が鳴った。

「なんだ！」エーレンデュルが苛立った声をあげた。

「犠牲者の部屋に紙切れを一枚見つけた」それは鑑識課主任の声だった。

「紙切れ？」

「ヘンリー　18・30と書いてある」

「ヘンリー？　待ってくれ。清掃係の女の子が犠牲者を見つけたのは何時だった？」

「七時ごろだ」

「ということは、このヘンリーなる者がサンタクロースが殺されたときに部屋にいたという可能性があるな？」

「いや、それはわからない。もう一つ」

「なんだ？」

「コンドームは彼自身の持ち物だった可能性がある。ドアマンの制服のポケットにコンドームのパッケージがあった。十個入りのうち三個なくなっている」

「ほかには？」

「小銭の入っている財布、古いネームカードと、スーパーで一昨日買い物をしたレシートが一枚。そして、キーホルダーが一個。鍵が二本ついている」

「どんな鍵だ？」

「一つはありふれた住宅用の鍵で、もう一つはロッカーとかなにかそういうもの用の、サイズの小さな鍵だ」
通話を終えて、エーレンデュルはラボの助手のところに戻ったが、すでにいなくなっていた。

ホテルの客の中にはヘンリーという名前の男が二人いた。一人はアメリカ合衆国から来たヘンリー・バートレット、もう一人はヘンリー・ワプショット、イギリス人だった。イギリス人のほうは部屋の電話に出なかったが、バートレットは警察が会いたいというのを聞いて驚いたようだった。ホテル支配人が心臓発作で死んだ人がいると煙幕を張ったのが功を奏しているようだった。

ヘンリー・バートレットと会うのに、エーレンデュルはアメリカの大学で犯罪学を勉強し、アメリカ社会を知っていることを誇りにしているシグルデュル＝オーリを連れて行った。まるでその国で生まれたように英語を自由に操り、鼻にかかった独特のアメリカ英語を話すシグルデュル＝オーリに閉口しながらも、エーレンデュルは批判めいたことはなにも言わず話を彼にまかせた。

エレベーターで上階へ上りながら、シグルデュル＝オーリは事件が起きた時間に勤務中だった従業員全員の事情聴取が終わり、一人ひとりがその時間どこでなにをしていたか、それを証明する人間の確認も終わっていると報告した。

バートレットは三十歳ほど。株のブローカーで、コロラド州からやってきた男だった。妻といっしょで、夫婦は数年前にアイスランド観光の番組を朝のテレビで見て、その素晴らしい自然と、ブルー・ラグーナ温泉に魅せられてやってきた。すでにブルー・ラグーナには三度も行って楽しんでいると言った。夫婦は本心からクリスマスと新年をこの遠い冬の国で過ごすのを楽しみにしていた。美しい自然にすっかり魅せられ、〝ワンダフル〟を連発していたが、レストランの値段は法外に高いとこぼした。

シグルデュル＝オーリはうなずいた。彼にとっての夢の国はアメリカで、本物のアメリカ人と話をするのがうれしくてたまらなかった。野球の話、アメリカのクリスマスの習慣などを並べ立て、エーレンデュルがもういいだろうと袖を引っ張るまで楽しげに話し続けた。

シグルデュル＝オーリはドアマンをしていた男の死亡状況と、部屋に残されていた紙片のことを話した。ヘンリー・バートレットとその妻は、まるでほかの星から来た生き物でも見るように目を瞠(みは)ってエーレンデュルとシグルデュル＝オーリを見つめた。

「ドアマンのこと、ご存知ありませんでしたか？」シグルデュル＝オーリは恐怖に引き攣った顔の二人に訊いた。

「殺人？　このホテルで？」ヘンリー・バートレットが言った。

「オー・マイ・ゴッド！」と妻がつぶやき、ダブルベッドの上に腰を下ろした。

シグルデュル＝オーリはコンドームのことは話さないでおくことに決めた。代わりに、その紙片の説明をした。ドアマンのグドロイグルがヘンリーという名の男に会う予定だったことを示すものだが、それがいつだったのか、警察はそれを知りたいのだと言った。会うことになっていたのは過去のことだったのか、それともこれから、明日、一週間後、それとも一ヵ月後のことなのか。

ヘンリー・バートレットと妻は、ドアマンとは面識もない、まったく知らない人だと言った。四日前にチェックインしたときには、ドアマンの存在にさえ気づかなかった。二人の警察官から聞いた話にすっかり震え上がっていることはたしかだった。

「ジーザス！」とヘンリー・バートレットが吐き出すように言った。「殺人者とは！」

「アイスランドにも殺人者がいるんですか？」と妻は言い、ベッドサイドテーブルの上の観光パンフレットに視線を投げかけた。シグルデュル＝オーリと最初にあいさつを交わしたとき、彼女はシンディと名乗っていた。

「いいや、めったにいませんよ、シンディ」とシグルデュル＝オーリは言い、ほほ笑もうとした。

「ヘンリーという人物は、ホテルの客とはかぎらないかもしれませんね」

部屋を出てエレベーターを待っているときにシグルデュル＝オーリが言った。「外国人ではない可能性もある。アイスランド人にもヘンリーという名前はありますからね」

「たしかに」とエーレンデュルが相槌を打った。「有名なフィエルトップソン家のヘンリーを始めとして」

6

シグルデュル＝オーリはホテルの元支配人の居場所を突き止め、エーレンデュルとロビーで別れたあと、会いに出かけた。エーレンデュルのほうはふたたびフロントマネージャーを訪ねたが、まだ出勤しておらず、連絡もないままだった。ヘンリー・ワプショットは朝早く鍵をフロントに預けて外出し、だれも姿を見かけていなかった。ワプショットはすでに一週間ほどホテルに滞在していて、チェックアウトまであと二日滞在する予定になっていた。エーレンデュルはワプショットが現れたらすぐに知らせてほしいとフロントに伝えた。

そのとき支配人がエーレンデュルのそばを重い足取りで通った。

「お客さまの邪魔をしていないでしょうな」支配人が言った。

エーレンデュルは支配人の袖を引っ張った。

「このホテルでは売春について、どういう決まりがあるのですか？」と、ロビーに飾られた大きなクリスマスツリーの下で訊いた。

「売春？　なんのことかね？」支配人は大きくため息をつき、ポケットからしわくちゃになったハンカチを取り出して首の汗を拭いた。

エーレンデュルは支配人の目をとらえて、答えを待った。

「突拍子もないことを言い出さないでくれ」支配人がうなった。

「ドアマンはぽん引きのようなこともしていたんですか?」

「いい加減にしてくれ」支配人が押し殺すような声で言った。「このホテルには娼婦……いや売春などおこなわれていない」

「いや、売春はどのホテルでもおこなわれていますよ」

「そうかね? もしかして客の経験があるとか?」

エーレンデュルは答えなかった。

「このホテルのドアマンが売春の斡旋をしていたとでもいうのかね?」と支配人は憤然として言った。「そんなでたらめなこと、よくも言えるものだ。ここはいかがわしいクラブではない。レイキャヴィクで二番目のりっぱなホテルだよ!」

「バーにもロビーにも、客探しの女はいないと言えますか? 部屋までいっしょに上がっていく女はいないと言いきれますか?」

支配人は顔を伏せた。エーレンデュルを敵にまわすのは避けたいと思ったようだ。

「ここは大きなホテルだ」としばらく迷ってから支配人は言った。「すべてに目が届くとはいえないかもしれない。売春であることが明らかならば、もちろんわれわれは見逃しはしない。だが、すべてがそう明らかになるわけではない。なにかおかしいことがあれば、われわれはすぐに対応しますよ。それは当然です。しかし、客が部屋でなにをするかは自由で、われわれの知るところではない」

「客は外国人と田舎の裕福な層の人間たちだと言っていたようだが？」

「そのとおり。しかし、ほかにももちろんいろんなカテゴリーの人間がいる。ここはけっして安いホテルではない。高級ホテルで、ルームチャージもトップクラスだ。スキャンダルは禁物で、そんな噂が流れないように、細心の注意を払ってもらいたい。競争はそれでなくてもじゅうぶんに激しい。すでにこんどの殺人事件のことでわれわれはお先真っ暗なのだから」

支配人の押し殺した声がここでいったん止まった。

「ところで、まだ泊まり続けるつもりですか？　勤務中に捜査対象のホテルに泊まり込むとは、ちょっと異常ではないですかね？」

「唯一異常なことといえば、地階でサンタクロースが死んだことですよ」とエーレンデュルは言い、にっと笑ってみせた。

そのとき厨房で会ったラボ助手の女性が、バーのほうから例のサンプル採取セット入りのバッグを持ってやってくるのが見えた。エーレンデュルはホテル支配人にうなずいてあいさつすると、女性の後ろを歩きだした。女性はホテルの横の出入り口にあるクロークへ向かっているようだ。

「仕事のほうはどうですか？」エーレンデュルが声をかけた。

振り返った彼女は、すぐにエーレンデュルとわかったようだったが、そのまま足を止めずに歩き続けた。

「捜査の責任者はあなたなのですか？」

そう言うと彼女は無人のクロークへ行って、コートを取ってきた。エーレンデュルに一瞬バッグを預けて、コートを着た。

「いや、捜査員の一人にすぎないですよ」

「唾液検査にはだれもが協力的というわけではありませんでしたよ。あのコックだけじゃないわ、抗議したのは」

「まず最初にホテルの従業員をチェックして、関係ないことをはっきりさせ、捜査対象から外したいと思ったのです。採取の際に従業員にそう説明するようお願いしたつもりでしたが」

「でもそれはあまり説得力がないようでした。ほかにも唾液採取の対象があるんですか？」

「ヴァルゲルデュルというのは、古いアイスランドの名前ですよね？」エーレンデュルは質問には答えず、関係ないことを訊いた。

彼女はそれを聞いてほほ笑んだ。

「そうですか……。捜査についてはいけないんですね？」

「そう」

「もし、ヴァルゲルデュルという名前が古い名前だとしたら、なにか？」

「いやあ、べつに、私は……」エーレンデュルはためらった。

「なにかわたしに用事があるのでしょうか？」と言って、ヴァルゲルデュルはバッグを受け取ろうと手を伸ばした。そして、手編みのヴェストを着込み、ひじ当てのついたくたびれたジャケットを着た、目の前に立っている悲しそうな目の中年男にほほ笑みかけた。二人はほぼ同じ年齢だろうが、彼のほうが十歳も年とって見えた。

気がついたとき、エーレンデュルは言葉を発していた。自分でもまったくわからなかった。その女性になにか特別なものを感じたのだ。

それに、指輪もしていなかったし。

「ただ、今晩このホテルで食事をいっしょにしませんかと誘いたかっただけです。レストランでクリスマスディナーはどうですか？　ここはなかなか美味しいのですよ」

その女性についてなにも知らないのに、一気にそう言った。もちろん断られるだろうと最初から諦めているような口調だった。だが、それでも言ってしまった。そしていま、彼女は笑いだすだろうと思った。結婚していて、子どもが四人いて、戸建ての家に住んでいて、サマーハウスもあって、子どもの堅信式や高校卒業試験兼大学入学試験合格パーティーを盛大に開き、つい最近いちばん上の娘を結婚させたばかりで、いまは夫と老後をいっしょに過ごすのを楽しみにしている……。

「ありがとう。とてもすてきなご招待だけど、残念ながら……、受けられません。でも、ありがとう」

ヴァルゲルデュルはバッグを受け取ると、一瞬迷ったように彼を見、それからなにも言わずに歩きだし、ドアを開けて外に出た。エーレンデュルはクロークに足を止めたまま、その姿を見送った。女性に声をかけたのは、考えられないほど昔のことだった。ポケットの中で携帯が鳴りはじめた。上の空のまま、電話をつかんで耳に当てた。エリンボルクだった。

「あの男が法廷に入ってきました」ささやくような低い声だった。

「なに?」エーレンデュルが訊いた。

「父親。二人の弁護士を従えてます。無罪を獲得するのに弁護士が二人必要ってことですかね」

「傍聴人は多いか?」

「いいえ。とても少ない。おそらく母かたの親族でしょう。それとジャーナリストが何人か」

「父親はどう見える?」

「いつもどおりエレガント。スーツにネクタイ姿。まるでこれからどこかの祝賀パーティーに出かけるような格好。あの男には良心というものがないのよ」

「いや、その男にも良心はあるだろうよ」


あのとき、エーレンデュルは医者から許可が出るとすぐに男の子の話を聞くためにエリンボルクに同伴して病院へ行った。男の子は救急治療室からすでに小児科へ移されていた。子どもたちの描いた絵が壁一面に貼り出され、床にはおもちゃが散らばっていて、親と見られる大人たちが疲れきった顔でベッドの端に腰を下ろしていた。どの親も子どもの病気の心配と不安のために何日も眠っていないのだろう。

エリンボルクは男の子のベッド脇にいすを寄せて座った。男の子の頭全体に包帯が巻かれていて、口と目しか見えない。その目には警察官という二人の大人に対する拒絶感がはっきり表れていた。片腕はギプスにはめられて首から白い布でつるされていた。体に巻きつけられている白い包帯が上掛けの下から見える。治療の痕跡だろう。脾臓はなんとか救うことができたらしい。医者はエリンボルクたちに男の子との面接を許可したが、その子が果たして彼らと話をするかどうかは別だと言った。

エリンボルクは自分のことを話しはじめた。名前を言い、警察でどんな仕事をしているか、そしてこんな目に遭わせた人たちをつかまえたい、と言った。エーレンデュルは少し離れたところに立って、二人を見守った。子どもはじっとエリンボルクを見つめている。エリンボルクは親の同席なしに子どもと話をするのは禁じられていると知っていた。父親とは病院で会うことになっていた。しかしすでに三十分も約束の時間を過ぎていたが、父親はまだ来ていない。

「こんなことをしたのはだれなの？」とエリンボルクはしばらくあたり障りのない話をしたあとで核心に入った。

子どもはエリンボルクを見つめ返したが、なにも言わなかった。

「あなたにこんなことをしたのはだれなの？　わたしに話してもだいじょうぶ。二度とこんなことをさせないわ。約束する」

子どもは少し離れたところにいるエーレンデュルのほうを見た。

「同じ学校の男の子たちだったの？　大きい子たち？　あなたを殴った子たちのうちの二人は、前にもそんなことをしていたとわかったわ。ほかの子たちを殴っていた。でも、こんなにひどい殴りかたじゃなかった。その二人はあなたのことを殴ったりしていないと言っているけど、あなたが殴られたとき、その子たちも学校にいたことがわかっている。ちょうどその日の最後の授業が終わったところだった」

男の子は話の間なにも言わずにエリンボルクを見ていた。彼女は学校へ行って校長と教師と話をし、また二人の少年の家庭にも行き、話を聞いてきた。少年たちは男の子に暴力を振るったことはないと言い張った。一人は父親も同席したところでの話だった。

そのとき小児科の医師が部屋に入ってきた。エリンボルクはうなずき、二人は病院を出た。

エーレンデュルは同じ日、少し経ってからエリンボルクが少年の家に行くときも同行した。父親はその日ドイツとアメリカにいる社員と電話で緊急の会議を開いたので、病院へ行くことができなかったと説明した。会議は突発的に開かれたもので、と言い訳をした。病院へ駆けつけたときは、二人の警察官はすでに帰ったあとだったと。

父親が話しているとき、冬の太陽が輝いてリビングルームの窓から家の中に差し込み、大理石の床と二階への階段に敷かれた絨毯を照らした。エリンボルクはリビングの中に立って父親の説明を聞きながら、階段のいちばん下の段とその上の段にシミがあることに気がついた。

冬の太陽の光が当たっていなかったら、けっして目に留まらなかったにちがいない小さなシミだった。

シミは階段の絨毯の上からぬぐい取られていて、ちょっと見には絨毯の毛玉のように見えた。

そのシミは小さな足の形をしていた。

「もしもし、エーレンデュル、まだそこにいますか？」エリンボルクの声でエーレンデュルは我に返った。

「あとで話を聞かせてくれ」

ホテルのレストランの給仕長は四十がらみの男で、ひどく痩せていて、黒いスーツに、黒光りするエナメルの靴を履いていた。レストランに繋がる小さなコーナーに立ち、その日の予約リストに目を通していた。エーレンデュルが名乗り、少し話を聞きたいと言うと、給仕長はよく使い込まれた予約帳から顔を上げ、黒くて細い口ひげを指で撫でた。口ひげの生えている鼻の下のひげ剃り跡は濃く、おそらく朝夕二回ひげを剃らなければならないにちがいない。皮膚は浅黒く、目は茶色だ。

「私はほとんどグドロイグルを知りませんでした」とローサントと名乗った給仕長は言った。

「なんともひどい話ですな。犯人の手がかりはあるのですか？」

「いや、まったく」エーレンデュルは言葉少なに言った。頭の中は、ラボ助手のこと、我が子を虐待していた父親のこと、そしてもうこれ以上我慢できないと言った娘のエヴァのことでいっぱいだった。娘の言葉の意味はわかっていたが、どうか間違いであってほしいと願っていた。

「クリスマス休暇で、忙しいのですね？」とエーレンデュルが訊いた。

「もちろんクリスマスにお客さまが増えるのを願っていますよ。お客さまの入れ替えを三度できるといいのですが、なかなかむずかしい。お客さまの中には、クリスマスのビュッフェで用意されている食事がぜんぶ味わえなかったときは、持ち帰りをしようとなさるかたもいらっしゃいますから。もしかすると地階で殺人があったことで、お客さまが少なくなったかもしれません」

「なるほど」とエーレンデュルは軽く相槌を打った。「グドロイグルを知らないということは、まだここで働きだしてからそれほど長くないということですか……」

「はい、二年です。彼とはほとんど接触がありませんでした」

「ホテルの従業員で、彼をいちばんよく知っていた人はだれだろう？　いや、従業員にかぎらず、彼をよく知っていた人物はだれでしょうかね？」

「いやあ、私は見当もつかない」と言って、給仕長は上唇の上の細い黒口ひげを人指し指で撫でた。「清掃係、ですかね？　唾液のサンプルのことはいつわかるのですか？」

「サンプルのこと、とは？」

「グドロイグルに会っていたのはだれかということですよ。ほら、よく聞くＤＮＡ鑑定というのをするんでしょう？」

「ええ、そうです」

「どこかへ送るんでしょうな？」

　エーレンデュルはうなずいた。

「彼は地階の部屋で客に会ったんでしょうかね？　だれか外の人間に。ホテルとはまったく関係のない人だったかもしれない」

「ここは大勢の人間の出入りがある」給仕長が言った。「ホテルとはそういうものなのですよ。人はアリのようなもの。入っては出る、上から下へ、下から上へ、一瞬たりとも止まることはない。ホテル・レストラン学校で、われわれはホテルとは建物ではない、部屋でもない、サービスでもない、人間だと教わります。そうなのです。ホテルはお客さまそのものなのですよ。それ以外のなにものでもない。お客さまが気持ちよい時間が過ごせるように、落ち着いた気分になれるように。われわれはそのために働いているのです」

「いまの話、記憶に留めましょう」とエーレンデュルは礼を言って立ち去った。

フロントへ行ってヘンリー・ワプショットが戻ってきたかどうかチェックしたが、まだだった。だが、フロントマネージャーは出勤していて、エーレンデュルにあいさつした。そのときまたもやバスが一台ホテルの正面に停まり、ロビーはあっという間に観光客でいっぱいになった。フロントマネージャーは申し訳ない、というようにエーレンデュルに苦笑いを送り、肩をすくめた。話をすることができないのは自分のせいではない、またも別の機会になるのはごらんのようにしかたがないことだというように。

7

グドロイグル・エーギルソンは一九八二年にホテルで働きはじめた。二十八歳のときだった。それ以前はいくつか職を転々とし、最後の職場は外務省の建物の夜警だった。ホテルが常勤のドアマンを雇うと決めたとき、その職を得た。当時、観光産業は上向きで、ホテルは増築され、人をどんどん雇い入れていた。シグルデュル＝オーリに訊かれても、元ホテル支配人はなぜグドロイグルがドアマンの仕事に雇われたのか、憶えていなかった。憶えているのは、その仕事の応募者はけっして多くはなかったということだけだった。

まもなくその仕事は彼にぴったりであることがわかった。いつも清潔だしおしゃれで、礼儀正しく、サービスを心得ていた。必要なら、自分の役割以外のことでも喜んで引き受けた。親兄弟はいない、妻も子どももいない。そのことは当時支配人をしていた男には少々心配のもとだった。それまでの経験から家族持ちのほうが信頼できると思っていた。だが、グドロイグルは家族のことだけでなく、自らのことや過去のことについてはまったく話さなかった。

働きはじめてからまもなくグドロイグルは、部屋が見つかるまでの間、どこかに小さな部屋はないだろうかと元支配人に訊いた。大家に契約を突然破棄されて、正直いって住むところがない。じつは、ホテルの地階の廊下の先に小さな倉庫があるのを見つけた、町でちゃんとした部屋を借りるまでの間、一時的にそこに住まわせてもらえないかと熱心に頼んだ。元支配人がグドロイグルといっしょに地階に行ってみると、たしかにそこにはガラクタがたくさん置かれていて、グドロイグルはそれらを移せそうな場所をほかに見つけたが、ほとんど捨ててもいいものばかりではないかと言った。

ドアマンでときどきサンタクロースにもなった男グドロイグルは、このようにして地階の倉庫に住みつき、けっきょく死ぬまでそこが彼の住居となった。元ホテル支配人はせいぜい二、三週間ぐらいのつもりだった。グドロイグル自身、そのように言ったし、そこは人が住むにはけっして快適とはいえない場所だったからだ。だが、引っ越し先が見つからないまま時が経ち、しまいにはグドロイグルがそこにいるのは当然のようになってしまった。とくに彼が単にドアマンというより警備員のような役割も引き受けるようになってからは。しだいに、必要なときにいつでも駆けつけて仕事をしてくれるグドロイグルがホテルに住み込んでいることは便利だとホテル側も思うようになっていった。

「この元ホテル支配人は、グドロイグルがドアマンとして働きはじめてからまもなく辞めたらしいですが」とシグルデュル＝オーリは話を終えた。エーレンデュルが泊まっている客室で元支配人の話を報告していたのだ。すでに一日も終わり、夕刻になっていた。

「その支配人が辞めた理由はなにか、わかるか？」エーレンデュルが訊いた。ベッドの上に仰向けに寝て、天井を睨んでいる。「ホテルが増築され、新規雇用が増えていたときに、仕事を辞めたわけだ。変ではないか？」

「それについては、ぼくはなにも訊かなかった。もしそれが重要なことなら、もう一度会って訊いてきます。そういえば、彼はグドロイグルがサンタクロース役をしていたことを知りませんでした。彼が辞めてから始まった慣例らしい。とにかくグドロイグルが地下のあの部屋で殺されているのが見つかったと聞いて、悲しんでいるようでした」

シグルデュル＝オーリはなんの飾りもない殺風景な部屋をぐるりと見渡した。

「クリスマス中ここにいるつもりなんですか？」

エーレンデュルは答えなかった。

「なぜ自宅に戻らないんです？」

沈黙。

「ぼくんところへの招待はまだ有効ですよ」

「ありがとう。ベルクソラによろしく言ってくれ」エーレンデュルはなにか考えているようだ。

「なにを考えているんですか？」

「おれがなにを考えようと……、おまえに関係ないことだ。クリスマスは退屈だよ」

「とにかくぼくはもう帰ります」シグルデュル＝オーリが言った。

「子作りのほうはどうなってる？」

「よくないです」

「おまえに問題があるのか？　それとも二人の相性の問題か？」

「わかりません。まだ体を調べてもらってはいません。ベルクソラは調べてもらうつもりのようですが」

「おまえは本当に子どもがほしいのか?」

「それがわからないんです。ぼくはほしいかどうか、本当にわからない」

「いま何時だ?」

「六時半を少しまわったところです」

「もう帰るといい。おれはこれからヘンリー二世(ザ・セカンド)、いや、二番目のヘンリーに会うつもりだ」


ヘンリー・ワプショットはフロントで鍵を受け取ってはいたが、部屋にいなかった。エーレンデュルはフロント係にワプショットの部屋に電話するように頼んでから部屋に行ってみたが、返事がなかった。ホテル支配人に頼んで鍵を開けてもらうことも考えたが、そうするには検事の家宅捜索令状が必要になる。それを得るには二、三時間はかかるだろうと思い、やめることにした。それに、グドロイグルが十八時三十分に会おうとしていたヘンリーが、このヘンリーであるという確証はなかった。


エーレンデュルが廊下に立ってどうするべきかと考えていたとき、五十がらみの男が廊下の角を曲がってこっちにやってきた。くたびれた茶色いツイードの上着、緑色のカーキズボン、青いシャツに真っ赤なネクタイ、そして白いものが交じりはじめた頭の毛を片側から頭のてっぺんのはげかかった部分を隠してもう一方の側までていねいに撫でつけていた。

「あなたですか?」エーレンデュルの近くまで来て、男が英語で言った。「フロントで私に会いたがっている人がいると聞きました。アイスランド人の男性だと。蒐集家ですか？　私に会いにきたのですか？」

「ミスター・ワプショット？」エーレンデュルが声をかけた。「ヘンリー・ワプショットさんでしょうか？」

　彼の英語はけっしてうまくなかった。近ごろでは英語はかなりわかるようになっていたが、話すのは苦手だった。国境を越えた犯罪が増えたため、アイスランド警察は英語の特別講座を開いていて、エーレンデュルはそのいくつかを受講し、少し英語に慣れてきてはいた。英語の本を読むようにもなっていた。

「ええ、私がヘンリー・ワプショットですが、なにか？」

「廊下で話すのもなんですから、部屋に入りませんか？　それとも……？」

　ワプショットは部屋のドアに目をやり、エーレンデュルに目を戻した。

「ロビーのほうがいいかもしれません。用件はなんでしょう？　あなたはだれですか？」

「ロビーへ行きましょう」エーレンデュルが言った。

　ヘンリー・ワプショットはためらいを見せながらもエレベーターへ向かった。ロビーに下りると、エーレンデュルは小さなテーブルといすのある喫煙コーナーへ行き、腰を下ろした。そこはレストランから少し離れたところにあった。ウエイトレスがすぐに注文をとりにきた。ロビーでは旨いクリスマス料理を提供するレストランに向かう人々の動きがすでに始まっていた。

二人はコーヒーを注文した。

「とても変な話ですよ」ヘンリー・ワプショットが言った。「ある男と今日、三十分ほど前にこの場所で会う約束をしていたんですが、その男は来なかったんです。伝言もなかった。それで部屋に戻るとあなたが廊下に立っていて、私はまたここに戻ったというわけです」

「会う約束をしていた相手はだれですか？」

「アイスランド人で、このホテルで働いているとか。名前はグドロイグル」

「あなたはその男とここで十八時三十分に会うことになっていた？」

「そのとおり」とワプショットはうなずいた。「いや、どうして……、あなたはだれですか？」

エーレンデュルは警察官だと名乗り、グドロイグルは死んだ、部屋に紙切れがあって、それにヘンリーという男と十八時三十分に会うと書いてあった、そしていまそれがあなたのことだったとわかったと言った。警察としてはなぜ二人が会う約束をしたのか、その理由を知りたいと続けた。しかし、警察はまたサンタクロースの格好をしたグドロイグルが殺されたとき、ヘンリーという男が部屋にいたのではないかという疑いをもっているとまでは言わなかった。ただ、グドロイグルはこのホテルで二十年間働いていたとだけ言った。

エーレンデュルがこの話をしている間、ワプショットは大きく目を開けて彼を見、こんな話は信じられないというように、ただただ頭を振っていた。

「グドロイグルは死んだのですか？」ワプショットが訊いた。

「ええ」

「殺された？」

「はい」

「おお、神よ」ワプショットはため息をついた。

「あなたはグドロイグルを知っているのですか？」エーレンデュルが訊いた。

ワプショットは呆然としていた。エーレンデュルは質問を繰り返した。

「何年も、長い間、知ってますよ」と言って、ワプショットはにっと笑った。タバコのヤニで汚れた小さな歯の列が見えた。下の奥歯は真っ黒だった。この男はパイプを吸うにちがいないとエーレンデュルは思った。

「最初に会ったのはいつ？」

「いや、一度も会ったことはないのですよ」ワプショットが言った。「彼を一度も見たことはないのです。今日初めて会うはずだった。そのためにアイスランドまで来たんですから」

「グドロイグルに会うためにわざわざアイスランドへ来たというんですか？」

「ええ。まあ、ほかにも用事はありますが」

「それじゃ、彼を知っているとは言えんでしょう。一度も会ったことがないのなら。どういう関係だったんです？」

「いや、関係はなにもない」ワプショットが言った。

「ちょっと待ってください、なにがなんだかわからなくなった」

「なんの〝関係〟もないのですよ」とワプショットは繰り返し、関係という言葉を言うとき指で引用符をつけた。

「そうですか？」

「一方的な賛美とでもいったらいいんでしょうな。もちろん、私の側からの」

エーレンデュルはいまの言葉を繰り返すように頼んだ。この男がわざわざイギリスからやってきたことも、一度も会っていないグドロイグルを長い間賛美してきたということも、理解できなかった。ホテルのドアマンのグドロイグル。長年ホテルの地下の穴蔵のような小部屋に隠れるようにして住み、ズボンを下げたまま心臓をナイフで突き刺された男ではないか。一方的な賛美？　ホテルが開く子どものためのクリスマスパーティーでサンタクロースを演じる男を？

「この話、どう理解していいのか、わからない」そう言ってから急に、部屋の前でワプショットに会ったとき、蒐集家かと訊かれたことを思い出した。「なぜさっき私に蒐集家かと訊いたのですか？　なんの蒐集家だと思ったのですか？」

「レコードの蒐集家かと思ったのです」と言ってワプショットは付け加えた。「私と同じように」

「レコード蒐集家？　どんな種類のレコードの？」

「私は古いレコードを集めている。昔のSPレコードです。それでグドロイグルを知ったのですよ。今晩、やっと会えるところだった。本当に楽しみにしていたのに。彼が死んだなんて、まったくショックですよ。しかも殺されたとは！　だれが彼を殺したいなどと思ったのだろう？」

その問いは心から発せられたように聞こえた。

「もしかして、昨日彼に会いはしませんでしたか?」エーレンデュルが訊いた。

ワプショットは最初その問いの意味がわからなかったようだが、次の瞬間目の前の警察官を睨みつけた。

「あんたは……私が嘘をついていると言っているのかね? 私は……疑われているのかね? グドロイグルの死に私が関係していると思っているのかね?」

エーレンデュルは無言のまま、相手を静かに見ていた。

「まったく狂っている!」とワプショットは声を荒らげた。「私は彼に会うのを何年も、何十年も楽しみにしていたのだ。冗談じゃない!」

「昨日のこの時間、どこにいましたか?」エーレンデュルが訊いた。

「町ですよ。目抜き通りにある古いレコードを売っている店に行き、すぐそばにあるインド料理の店で食事をした」

「このホテルにもう何日も泊まっていますね。なぜいままでグドロイグルに会わなかったのですか?」

「ちょっと待て。彼はもう死んでいると言いましたね? なにを知りたいんです?」

「このホテルに着いてすぐに彼に会いたかったのではないかと。彼に会うのを長い間楽しみにしていたのなら。なぜホテルに着いてからいままで待ったのですか?」

「それは彼が決めたことだから。彼が会う時間と場所を決めたからですよ。まったく、とんでもないことに巻き込まれてしまった」

「どういうふうに連絡を取り合ったのですか？　またさっきの〝一方的賛美〟とはどういう意味ですか？」

ヘンリー・ワプショットの目が泳いだ。

「それは……」

と言いかけたとき、エーレンデュルが遮った。

「あなたは彼がこのホテルにいることを知っていた？」

「はい」

「どうやって？」

「調べたからですよ。蒐集家は蒐集対象については、かなり広範にまた深く調べるもので」

「それで、わざわざこのホテルに？」

「そのとおり」

「レコードを買ったのですか、グドロイグルから？」エーレンデュルが続けた。「それで彼を知るようになった？　二人とも蒐集家で、同じ趣味をもつよしみで知り合った？」

「前にも言ったように、私は彼とつきあいがあったわけではない。ただ個人的に会いたかっただけですよ」

「どういう意味ですか？」

「あなた、彼がどういう人だったか、知らないのですね？　ちがいますか？」

ワプショットはエーレンデュルを見据えて言った。その顔にはグドロイグル・エーギルソンを知らないとはまったく信じられないという表情がありありと浮かんでいた。

「グドロイグルはホテルのドアマンで、警備員もしていた。クリスマスシーズンにはサンタクロースの役を演じていた。これ以外に私が知るべきことがあったのですか?」エーレンデュルが訊いた。

「私の趣味がなにか教えましょうか? あなたが蒐集家について、またレコードの蒐集家についてどれほどの知識をもっているか知らないが、たいていの蒐集家は特別に興味をもつカテゴリーを持っている。ときにはそれが極端な蒐集癖になることもある。とんでもないものを集めるんですよ。たとえば、世界中の航空会社のゲロ袋。わかりますか? 飛行機に乗ると座席のポケットに入っているあの紙袋ですよ。あれを集めている人間がいる。バービー人形の髪の毛ばかりを集めている婦人も知っていますよ」

ワプショットはエーレンデュルの目を見て言った。

「レコードの中でも私が特別に関心をもつ蒐集アイテムがなにか、わかりますか?」

エーレンデュルは首を振った。いま聞いたゲロ袋のことも、バービー人形のことも、英語がよくわかったかどうか自信がなかった。

「私の特別な蒐集アイテムは少年合唱団なんです」ワプショットが言った。

「少年合唱団?」

「単に少年合唱団のレコード蒐集ではない。私が集めているのはボーイソプラノです」

エーレンデュルは聞き間違いかと思い、一瞬ためらった。

「ボーイ……ソプラノ？」

「そうです」

「ボーイソプラノのレコードを集めているのですか？」

「そうですよ。ほかのレコードも集めますが、ボーイソプラノは……なんと言ったらいいか……私が情熱を傾ける対象なんです」

「それで、これらすべてがグドロイグルとどう関係があるんですか？」

ヘンリー・ワプショットはにんまり笑い、それまでずっと手に持っていた革の書類カバンをテーブルの上に置き、中から四十五回転のシングルレコードのジャケットを取り出した。

ワプショットは胸ポケットから読書眼鏡を出して鼻にかけた。エーレンデュルの目が床に落ちた白い紙をとらえた。手を伸ばしてその紙を拾い、ワプショットに渡した。紙にはブレンネルと緑色の印字があった。

「どうも」ワプショットが礼を言った。「これはドイツにあるホテルのペーパーナプキンですよ。まったく変なマニアだと思うでしょう」

エーレンデュルはうなずいた。

「このレコードのジャケットにサインを頼もうと思ったのですよ」そう言って、ワプショットはエーレンデュルにジャケット入りのレコードを手渡した。

ジャケットの表に金色の文字でアーチ状に〝グドロイグル・エーギルソン〟と印刷してある。

十二歳ほどの少年のモノクロ写真。髪の毛をぴったりと梳かしつけ、恥ずかしそうにこちらを見ている。

「素晴らしい、繊細な声の持ち主だった。だが、声変わりが突然に起きて……」そこまで言って、ワプショットは肩をすくめた。悲しみと残念さがその表情に表れていた。「あなたたちアイスランド人が彼のことを知らないのはとても不思議だと思う。彼の死の捜査をしているのなら、昔の彼のことを知らないのはおかしいでしょう。ある時期、彼はかなり知られていたはずです。私の調べたところでは、彼は当時かなり有名な子どもスターだったから」

エーレンデュルはレコードジャケットから顔を上げた。

「子どもスター?」

「グドロイグルの歌声を録音したレコードが二枚ある。合唱団を背景に彼がソロで歌っているものですよ。この国では彼の名前はかなり知られていたと思いますよ。少なくとも当時は」

「子どもスターですか」とエーレンデュルが繰り返した。「シャーリー・テンプルのような、往年の子どもスターだったというんですか?」

「ええ、おそらく。この国は小さいですからね。世界から取り残されたような小さなこの国なら、少なくとも昔彼が歌っていた時代にはおそらくよく知られた名前だったと思いますよ。いまはまったく忘れ去られているようですが。シャーリー・テンプルはほら……」

「リトル・プリンセスを演じた……」エーレンデュルが口の中でもそもそと言った。

「は?」

「彼が子どもスターだったとは驚きです」

「ずいぶん昔のことですが」

「彼の歌声がレコードにおさまっていると？」

「ええ」

「それをあなたは集めている？」

「手に入れようとしているのですよ。私の蒐集カテゴリーはなんといっても少年の歌手ですからね、彼のような。彼はじつに特別な声だった」

「少年の歌手」とエーレンデュルはつぶやいた。シャーリー・テンプルの〈リトル・プリンセス〉のポスターが目の前に浮かんだ。子どもスターについてもう少し訊こうと思ったとき、脇から声が聞こえた。

「ここにいたのですね！」という声に、エーレンデュルは顔を上げた。ヴァルゲルデュルがそこに立ってほほ笑んでいた。サンプル採取セットを入れるバッグはもう持っていなかった。つま先まで届くような長い薄手の黒い革のコートに身を包み、真っ赤なセーターが首元から見える。うっすらと化粧もしていた。

「さっきの誘いはまだ有効ですか？」とヴァルゲルデュルが訊いた。

エーレンデュルは立ち上がったが、ワプショットのほうが彼より一瞬早かった。

「失礼、気がつかなかった……。もちろんですとも」と言って、エーレンデュルはほほ笑んで言った。「もちろんです」

8

クリスマスディナーをたっぷり食べると、二人は隣のバーへ移って食後のコーヒーを飲んだ。エーレンデュルはリキュールを注文し、二人は奥の落ち着いたコーナーに腰を下ろした。ヴァルゲルデュルはあまり長い時間はいられないと言い、エーレンデュルはそれを用心深さからの言葉と受け止めた。もちろん部屋に誘うつもりなどなかったし、そんなことは考えてもいなかった。彼女ももちろん彼がそんなことを考えているとは思わなかったにちがいない。それでもエーレンデュルは彼女の態度にどこか落ち着きのなさを感じ、おそらく尋問を受ける人間がそうするように、警戒網を張っているのだろうと思った。彼女自身、この誘いがどういうものなのか、皆目見当がつかないにちがいない。

彼女は犯罪捜査官と話すのは面白いと言い、どんなことをするのか、犯罪について知りたい、どのように犯人を追及するのか知りたいと言った。エーレンデュルは実際には机の上の退屈な仕事がほとんどだと説明した。

「でも犯罪はどんどんひどくなっているでしょう。新聞にはそう出ているわ。ますます残酷になっていると」

「どうだろう。犯罪はいつでも残酷なものですよ」

「麻薬を扱う犯罪集団があるとか、麻薬の売人がいて若い人たちをその売人たちが麻薬の虜にし、お金を取り立て、払えないと家族まで脅迫するとか」

「そのとおり」とエーレンデュルは、まさにその理由で心配している娘のエヴァのことを考えながら返事をした。「そう、たしかに世界は変わった。暴力がさらに過酷なものになった」

二人は黙った。

エーレンデュルは別の話がしたかったのだが、女性との会話に慣れていなかった。知っている女性たちはこのような状況では役に立たなかった。このような状況……やっぱりこれは、少しはロマンチックな状況といってもいいのだろう。知っている女性の一人はまずエリンボルク。いい友だち、良き同僚。二人の間には長年いっしょに働いて同じ経験をしてきたことによってできた信頼感がある。エヴァ＝リンドは彼が絶えず心配している娘だ。そしてハットルドーラ。彼が大昔結婚してすぐに別れた妻。離婚以来彼女には絶えず憎まれ罵られている。彼の人生には女性といえばこの三人しかいない。たまに一時的なつきあいをした女たちもいたが、すべて気まずさと失望で終わっている。

「でも、きみはどうなの？　どうして気が変わったの？」エーレンデュルが訊いた。

「わからないわ。だれかにこんなふうに食事に誘われたのはもうずいぶん前のこと。あなたはどうしてそんな気になったのかしら？」

「わからない。クリスマスディナーに誘ったのは、本当に自分でも思いがけなかった。なんの用意もなく口から出たことで、自分でも驚いた。女性を食事に誘うなんてことは長いことしたことがなかったので」

　二人は顔を見合わせて笑った。

　エーレンデュルは子どもが二人、エヴァ＝リンドとシンドリ＝スナイルがいると言い、彼女は息子が二人いるが、二人ともすでに家を出て独立していると言った。個人的なことはあまり話したくないらしいと感じ、エーレンデュルは自分もそのほうがいいと思った。彼女の生活に首を突っ込みたくなかった。

「犯人の見当はついたのですか？」

「いや、それがほとんどなにもわかっていない。さっき話していた男は……」

「ごめんなさい。お仕事中とは思わなかったもので」

「いや、それはかまわない」エーレンデュルが言った。「彼はレコードの蒐集家だそうです。昔の、古いレコードを集めている。一つわかったのは、地階で殺された男は昔子どもスターだったということ」

「子どもスター？」

「そう。レコードを出した子どもの歌手」

「子どものスターって、大変でしょうね。まだ子どもだから、大きくなってからの、たくさんの夢や希望があるわけでしょう。でも実際にはそんな夢が実現できる子はめったにいない。そういう子はどうするんでしょうね？」

「どっかの穴蔵に隠れて、だれも自分のことを憶えていませんようにと願うとか」

「実際そうなのかしら？」

「わからない。もしかすると、彼のことを憶えている人が少しはいるのかもしれないが」

「その人が殺されたのはこのことと関係があると思うの？」

「このことって？」

「彼が子どもスターだったこと」

エーレンデュルは現在捜査中の事件についてできるかぎり話したくなかった。嫌な印象を与えない程度にそっけない態度をとりたかった。子どもスターの話を聞いたばかりだったし、まったく予想さえしていなかった展開だったから。しかもなにかありそうという感触があった。

「いや、われわれはまだそれについてなにも知らない。そのうちにわかるでしょうが」

沈黙。

「でも、あなたは子どもスターだったことはないわね？」

「そう。なんの才能もない」とエーレンデュル。

「わたしも同じ。三つのときお絵描きがうまかったそうよ。仕事をしていないときはなにをしているのですか？」最後の問いはしばらく沈黙したあとに出された。

不意をつかれて、エーレンデュルはうろたえた。考えたこともなかった。しばらくしてヴァルゲルデュルがほほ笑んで言った。

「あなたのこと、しつこく訊きたいわけじゃないの」答えが見つからないまま黙っているエーレンデュルにほほ笑みながら言った。

「そう？　ただぼくは……あまり自分のことを話すのに慣れていないもので」

　ゴルフとか、なにかスポーツをしているとはいえなかった。ボクシングに興味をもった時代もあったが、それも興味が失せた。映画館にはまったく行かないし、テレビもめったに見ない。芝居も観にいかない。夏、たまに国内旅行をすることもあったが、それさえ、何年もしていない。働いていないときなにをしているか？　自分でもわからなかった。たいていのときを一人で過ごしていた。

「たくさん本を読みます」と突然思いついて彼は言った。

「どんな本を？」

　また答えに詰まってしまった。彼女はほほ笑む。

「なんだかずいぶん大変そうね、答えるのが」

「事故とか遭難についての本。自然の中での死亡。凍え死んだ人たちのこと。そういうものについて、たくさん本が書かれている。そういうものがよく読まれた時代があるんですよ」

「事故とか遭難について？」

「ほかのこともちろん読みます。歴史も読む。現実に起きたことの記録も、昔のできごとの記録も読む。とにかくいつもたくさん読んでいる」

「昔の、過去のことばかり？」

　エーレンデュルはうなずいた。

「過去のことは実際に起きたことで、人が知っていることだから。だが、もしかすると嘘もあるかもしれない」

「でもなぜ事故とか遭難のことばかり？　人が凍死したりした話？　恐ろしい読み物じゃない？」

エーレンデュルは心の中でほほ笑んだ。

「きみは警察官になるべきだね」

この短い時間に、彼女はエーレンデュルの心のもっとも傷つきやすい箇所をついたのだ。いつもは他人に見せない、感じやすいスポットを。自分自身にさえ隠しているような痛点を。彼はそれを話すのをいつも避けてきた。エヴァ＝リンドはそれに気づいていたが、あえて触れなかった。そのようなものを読む彼の関心がどこにあるのか、読み物と彼の関心を結びつけて考えてはいないだろう。

エーレンデュルはしばらく無言でいた。

「長い間にそうなっただけですよ」と、しまいに言ったが、言うなり後悔した。嘘だったからだ。「あなたはどうなんですか？　あなたは綿棒を人の口の中に入れて唾液を採取する以外の時間はどう過ごしているんですか？」

話の方向を変えようと、冗談を言おうとしたのだが、二人の間に流れていた親密な雰囲気はすでになくなっていた。それは自分のせいだと彼は思った。

「わたしには仕事以外の時間というものは、はっきりいって、なかったと思います」とヴァルゲルデュルは言った。自分は知らないうちに彼がもっとも話したがらない話題に触れてしまったのだと感じていた。なぜそうなったのかわからない、意図しないことだったのに。彼女は恥じ入っていた。エーレンデュルはそれに気づいた。

「また会いましょう、近いうちに」と彼はこの話題を終わりにするために言った。嘘を言ったために拍子抜けした感じだった。

「ええ、そうしましょう、本当に。正直にいうと、わたし、どうしようかと迷ったのよ。でも来てよかった。後悔していません。それをあなたに知っていただきたいわ」

「ぼくも後悔していない」エーレンデュルが言った。

「よかった。今晩はどうもありがとう。ドランビューイも美味しかったわ」と言って、彼女はグラスに残っていたリキュールの残りを飲み干した。同じリキュールが目の前にあったが、彼は手をつけなかった。


ホテルの部屋に戻り、エーレンデュルはベッドに横たわって天井を見つめた。部屋は相変わらず寒く、服を着たままだ。外は雪が降っている。軽く柔らかい、美しい雪片がふわりふわりと地面に落ち、落ちた瞬間に解ける。それは冷たく厳しく容赦ない、人の手足を凍らせて殺してしまう雪とは別のものだった。


「あのシミはなんですか?」エリンボルクが子どもの父親に訊いた。

「シミ?　なんのシミのことですか?」

「この絨毯のシミですよ」こんどはエーレンデュルが言った。エリンボルクと彼は、男の子が入院している病院からまっすぐに父親に会いにきたところだった。冬の日差しが階段の絨毯を照らしていた。階段は少年の部屋のある二階へ通じていた。階段の絨毯にシミがところどころに見えた。

「シミなど一つも見えないが」と言って、父親はしゃがみ込んで絨毯を間近に見た。

「この日差しで見えるんです、シミが」と言って、エリンボルクは窓の外の太陽のほうを見た。太陽はすでにかなり沈んでいて、その強い光がまっすぐに家の中に差し込んでいた。エリンボルクは大理石の階段の上に敷かれている薄茶の絨毯に目を落とした。太陽の光で燃えているように見えた。階段からさほど遠くないところにバー・キャビネットがあった。ガラスのドアの中に強い酒や高価なリキュールの壜が並んでいた。赤と白のワインボトルが部屋のほうに口を向けて横に並んでいる。エーレンデュルの目にガラス扉の片側が拭き取られているのが映った。キャビネットの階段側の棚にわずか一センチほどのこぼれた液体の跡があった。エリンボルクがそれに触ってみると、ベトベトした粘着性のものであることがわかった。

「このキャビネットのそばでなにかありましたか?」エーレンデュルが訊いた。

父親の目がエーレンデュルを射た。

「なんの話ですか?」

「ここでなにかがこぼれたように見える。このキャビネット、あなたは最近拭きましたね?」

「いや。拭いたのは最近ではない」

「階段についている跡ですが」エリンボルクが話しかけた。「もしかするとわたしの見間違いかもしれませんが、子どもの足の跡のように見えますね」

「私にはなにも見えない。さっきはシミと言った。いまは足の跡だと言う。なにが言いたいのですか？」

「子どもが襲われたとき、あなたは家にいましたか？」

父親は口元を締めた。

「暴行の起きた場所は学校だった」エリンボルクが続けた。「学校はもう終わっていましたが、息子さんは残ってサッカーをしていた。家に帰ろうとしたときに襲われた。われわれはそのように解釈しています。息子さんはあなたともわれわれとも話をしません。話したくないようです。怖がっている。警察に告げ口したら殺すぞと男の子たちに脅かされているのかもしれません。われわれに話したら殺すぞと、だれかほかの人間に言われているのかもしれません」

「なにが言いたいのですか？」

「なぜその日にかぎっていつもより早く会社から帰ってきたんです？　昼食時間の少しあとに帰宅しましたね。息子さんは這うようにして家に帰ると、自分の部屋に行った。あなたはその少しあとで帰宅し、救急車と警察を呼んだ」

エリンボルクはそれまでも日中なぜ父親が家にいたのかと疑問に思っていたが、いま初めてそれを口にした。

「息子さんが家に帰ったのを見た人間はいない」エーレンデュルが言った。

「まさか私が……、私が自分の息子に暴力を振るったとでも？　それをさっきからほのめかしているのですか？」

「この絨毯の切れ端を少し持ち帰ってもいいですか？」

「二人とも、帰ってくれ」父親が言った。

「べつになにもほのめかしてはいない。息子さんはいずれ、なにが起きたのか話すでしょう。いまは話さないかもしれない。一週間後、一ヵ月後、一年後かもしれないが、必ず話すようになる」エーレンデュルが言った。

「出て行け！」侮辱されたと感じた父親が、顔を真っ赤にして叫んだ。「あんたなど……、おまえたちなど……。出て行け。いますぐに。出て行けと言っているんだ！」

エリンボルクはその足でまっすぐ病院へ行った。少年はベッドで眠っていた。腕はギプスから外れていた。少年のそばに座り、目が覚めるのを待った。十五分ほど経って、少年が体を動かし、そばに座っている女性警察官に気がついた。すっかり疲れきった顔。だがそれまではいつもいっしょに来ていた、毛糸のヴェストを着た悲しそうな顔のおじさんの姿はなかった。視線が合って、エリンボルクはほほ笑み、考えられるかぎりのやさしさを込めて少年に尋ねた。

「お父さんなの？」

エリンボルクはその晩、家宅捜索令状を持って鑑識課の二人の係官とともに少年の家に戻り、階段の絨毯のシミを調べた。大理石の床もバー・キャビネットも調べ、さまざまなサンプルを採取した。大理石の床から細かな物質を掃除機で採取した。バー・キャビネットのそばの液体も引っ掻いて採取し、少年の部屋のベッドのヘッドボードも調べた。洗濯室へ行き、ふきんやタオルも調べた。掃除機のゴミ袋も外して中を見た。箒の先についているゴミもふるい落として調べた。ゴミ収集の日に表に出すはずのゴミ容器の中も調べた。少年のソックスを一組、その中に見つけた。

父親はキッチンにいた。鑑識課の係官がやってくるとすぐに、父親は弁護士へ電話をかけた。友人である弁護士は駆けつけてきて家宅捜索令状に目を通した。そして友人に警察にはなにも話すなと忠告した。鑑識係官たちが働いている間、エーレンデュルとエリンボルクは同席していた。エリンボルクは父親を睨みつけたが、父親のほうは首を振って視線を外した。

「あんたたちがなにを探しているのか、まったくわからない。まったくなにも」

と父親は繰り返した。

少年は父親を裏切りはしなかった。ただ、エリンボルクが訊いたとき、みる間に涙が込み上げてきたのだった。

鑑識課の主任が二日後電話で連絡してきた。

「階段のシミのことだが」

「ああ、どうだった？」エリンボルクが訊いた。

「ドランビユーイだな」

「はあ？　リキユールのこと？」

「リビングルーム全体、そして階段へ向かうスペース、そして少年の部屋までドランビュ一イの跡がついていた」

　ベッドに横たわり天井を睨みつけているとき、ノックの音がした。起き上がってドアを開けた。エヴァ＝リンドがそっと部屋に忍び込んできた。エーレンデュルは廊下の右左に目を走らせてからドアを閉めた。

「だれにも見つからなかったわよ。パパが家に帰ってくれれば、もっと簡単なのに。こんなとこでなにしているの？　あたしにはちっともわかんない」

「ああ、家に帰るさ、もうじき。心配するな。なんだか落ち着かない様子だね。なにかおれにできることがあるか？」

「父親に会いにくるのになにか特別な理由が必要なの？」と言って、エヴァは小さな机のそばに座り、タバコを取り出した。ビニール袋を床にほうり投げると、父親に向かってうなずいた。

「それ、パパの着替えよ。まだここにいるつもりなら着替えが必要でしょ」

「ありがとう」と言って、娘と向き合ってベッドの上に腰を下ろし、タバコを一本くれと言った。エヴァ＝リンドは二本一度に火をつけた。

「よく会いにきてくれたね」と言って、タバコを吐き出した。

「サンタのおじさんのほうはどうなっているの？」

「ゆっくり進んでいるよ。おまえのほうはどうなんだ？」

「同じよ。最低」

「ママには会ったのか？」

「うん。あっちも同じよ。毎日同じことの繰り返し。仕事、テレビ、寝る。仕事、テレビ、寝る。これがぜんぶなの？　この先ずっとこれしかないの？　パパだって自分を見てごらんよ。まともに暮らしたところで、毎日死ぬまでこんな暮らししかないの？

家に帰りもせずにこんなホテルにしけこんでるじゃない」

エーレンデュルはタバコを深く吸い込んで、鼻から煙を出した。

「おれはなにも考えなかった……」

「そうよ、あんたはなにも考えないんだから」エヴァ＝リンドは口を挟んだ。

「おまえはまさか、また始めようというんじゃないだろうな。昨日ここに来たとき……」

「我慢できるかどうかわからない」

「なにを？」

「このクソ人生よ！」

二人は黙ってタバコを吸い続けた。時間が流れてゆく。

「赤ん坊のことを考えるのか？」としばらくしてやっとエーレンデュルが言った。

エヴァは妊娠七ヵ月で流産した。退院してからしばらく父親のアパートで暮らしたが、ずっと落ち込んでいた。エーレンデュルは娘がすっかり回復したとは思っていなかった。赤ん坊の死は自分のせいだと自分を責めていたからだ。あの日、彼女は父親の携帯に助けてという電話をかけた。父親は彼女の居所がわからず、探しまわってやっと見つけたときは国立病院の近くで血を流して倒れていた。婦人科までたどり着けなかったのだ。彼女自身、数日間生死の間をさまよった。

「このクソ人生」ともう一度言って、エヴァは机の天板でタバコをねじり消した。


ベッドサイドテーブルの上の電話が鳴ったのは、エヴァ＝リンドが帰ってエーレンデュルがベッドに潜り込み、眠りに入ってからのことだった。マリオン・ブリームだった。

「いま何時か知っているんですか？」と言いながら、自分の腕時計を見た。真夜中過ぎだった。

「いや」とマリオン。「唾液のことを考えていた」

「コンドームについていた唾液のこと？」と訊き返したが、エーレンデュルは怒る気力もなかった。

「鑑識がいずれ発見すると思うが、コルチゾールのことを言っておくほうがいいと思ってね」

「鑑識からはなにも聞いていないが、きっとそのうち知らせてくるでしょう」

「それがわかれば、ほかにもはっきりすることが出てくるだろう。地下の穴蔵のような部屋でなにがあったのか、きっと明らかになる」

「ああ、わかった。マリオン。ほかにもなにか？」

「いや、ただコルチゾールのことを教えておきたかっただけだ」

「ではこれで、マリオン」

「ああ、お休み」

三日目

9

翌朝早く、彼らは朝食ミーティングを開いた。集まったのはエーレンデュル、シグルデュル＝オーリ、エリンボルクで、三人はレストランの片隅の小さなテーブルに席をとり、ビュッフェテーブルから取ってきた山盛りの食べ物を満喫した。夜中に雪が降ったが、いまはもう気温は上がっていて、通りに雪はなかった。天気予報によれば、このクリスマスはホワイト・クリスマスにはならず、グリーン・クリスマスだという。クリスマス前の買い物熱は頂点に達していた。街角はどこも車が渋滞し、中心街は人であふれていた。

「あのワプショットという男、何者ですかね？」シグルデュル＝オーリが言った。

エーレンデュルはコーヒーを飲みながら窓の外に目をやり、なんでこう、みんな走りまわっているのか、空しいことだと思っていた。ホテルとは奇妙なところだ。最初は気分転換にホテルに泊まることを考えたのだが、自分がいないときにだれかが部屋に入ってきて掃除をしていくというのは変な感じだった。朝部屋を出る。そして戻ったときにはだれかが部屋の掃除、タオルやシーツの取り替えをし、洗面台の石けんまで新しいものに替わっている。部屋を片付けてくれるだれかがいるわけだが、その人を見ることはけっしてないし、だれが自分の世話をしてくれているのかわからないというのは、おかしな感じだった。

その朝、ロビーに下りて、自分の部屋はもう掃除しなくていいとフロントに伝えた。午前中のうちにヘンリー・ワプショットにレコード蒐集のこととグドロイグル・エーギルソンについて訊くつもりだった。前の晩、ヴァルゲルデュルがやってきて話を中断させたとき、握手して別れたままになっていた。ワプショットは直立不動の姿勢で立ったが、いつまで待ってもエーレンデュルがやってきた婦人を紹介してくれなかったので、自分から名乗り、握手の手を差し伸べ、頭を下げた。それから、疲れているし空腹なので失礼すると言い、食事の前に片付けなければならないことが二、三あると言い訳して立ち去った。

ヴァルゲルデュルと食事しているときには、レストランにワプショットの姿はなかった。部屋で食事をしているのだろうか、とエーレンデュルは思った。ヴァルゲルデュルはワプショットがとても疲れて見えたと言った。そのあとエーレンデュルはクロークまでいっしょに行き、美しい革のコートを彼女の肩にかけ、ロビーの回転ドアのところまで見送った。そこで少し話をしてから、ヴァルゲルデュルは雪の降る外へ出て行った。眠りについたとき、それはもちろんエヴァ＝リンドが帰ってからだったが、ヴァルゲルデュルのほほ笑みが夢の中に現れた。別れるときに交わした握手で、手に残ったかすかな香水の香りと同じようにほのかなものだった。

「エーレンデュル！　ハロー！　ワプショットって、だれなんです？」シグルデュル＝オーリだった。

「イギリス人でレコードの蒐集家だということしか知らない」とエーレンデュルは二人に説明した。「明日ホテルをチェックアウトするはずだ。イギリス警察に問い合わせて、少し調べてくれ。昼前にワプショットに会うことになっている。会えばもっといろいろわかるはずだが、その前に情報がほしい」

「ドアマンがボーイソプラノだったというの？　だれがボーイソプラノを殺そうと思ったりする？」エリンボルクが言った。

「いや、いまもボーイソプラノやってるわけじゃないから」シグルデュル＝オーリが口を挟んだ。

「昔は有名だったらしい」エーレンデュルが言った。「グドロイグル・エーギルソンが歌っているレコードが何枚か出ているらしい。それがいまは少し価値があると見える。ヘンリー・ワプショットはそのためにわざわざイギリスからやってきた。ボーイソプラノと少年合唱団に特別な関心があると言っている」

「ぼくがその方面で少しでも名前を聞いたことがあるのは、ウィーン少年合唱団くらいなものだな」シグルデュル＝オーリが言った。

「ふーん。少年の声に特別の興味をもってるってことね？　少年合唱団のレコードに興味をもつようなタイプの男って、どういう人？　それを考えるべきじゃない？　そういう男って、ちょっと怪しくない？」

エーレンデュルとシグルデュル＝オーリはそろって彼女を見た。

「どういう意味だ？」エーレンデュルが訊いた。

「なにがですか？」とエリンボルクが訊き返した。

「レコード蒐集が怪しいと言っているんじゃないんです。合唱団で歌う男の子たちに興味をもっているのがちょっと怪しいんじゃないかと。レコードに録音されているボーイソプラノの声をもつ男の子に興味をもっているわけでしょう？　これはレコード蒐集とは別のことじゃないですか。あなたたちはちょっとヘンとは思わないの？」と言って、エリンボルクは男たちの顔を見比べた。

「ぼくは、きみのような下品な想像力を持ち合わせていないもんで」と言ってシグルデュル＝オーリはエーレンデュルに目配せした。

「下品な想像力？　よく言うわね。ホテルの地階でズボンを下げた姿でひっくり返ってあそこにゴムをつけていた男は、わたしの勝手な想像の産物だとでも言うの？　ひょっとして、このホテルの客にサンタクロースを礼讃する男がいて、それがまたサンタクロースが十二歳かそこらの年齢のときだけの賛美者で、わざわざイギリスからサンタクロースに会いにきたとでも言う気？　これが怪しくなくてなんなのよ？　二人とも、しっかりしてよ！」

「きみは、これはセックスがらみのことだと言いたいのか？」エーレンデュルが訊く。

「二人ともまるで清らかな修道士ってわけね！」

「イギリス人は単にレコードの蒐集家だよ」シグルデュル＝オーリが言った。「エーレンデュルが言ったとおり、世の中には変なものを集める連中がいる。飛行機のゲロ袋だってその口だろう。それじゃ、きみの理論だと、そんな連中のセックスライフってどうなんだ？」

「どうしてそう盲目でいられるのか、わからないわ！　なにも見えないんだから！　なぜ男って、こうものごとが見えないのかな」

「あのさ、いまそんなこと言ってる場合かい？」シグルデュル＝オーリが言葉を挟んだ。「女はすぐ男にはなにも見えないと言う。まるで女にも見えないことがあるのがわからないみたいじゃないか。口紅がないとか、なんとかがないとかすぐに……」

「あんたたち、本当に話がわからないの？　なにも見えない修道士のじいさんたち」エリンボルクが決めつけた。

「蒐集家とは、どういうものだろう？」エーレンデュルが口を開いた。「なぜ人はある種のモノを集めるんだろう？　なぜある人間はある特別のモノに関心を抱いて、集めるのだろう？」

「ほかのモノよりも価値があるから？」シグルデュル＝オーリが言う。

「ユニークで特別なモノだから探し求めるということはあるだろうな」エーレンデュルが自分で答えを言った。「ほかの人間が持っていないようなモノ。そのために人は集めるのか？　世界中でほかのだれも持っていないモノを所有する優越感のために？」

「そんな人たちって、たいてい変人じゃない？」とエリンボルク。

「変人？」エーレンデュルが訊き返した。

「ええ。エキセントリックというか、ちょっと頭がヘンなんじゃないですか？」

「きみはグドロイグルの部屋のクローゼットでレコードを何枚か見つけたな」エーレンデュルがエリンボルクに言った。「あれはどうなった？　なんのレコードだったか、見たか？」

「あのとき見ただけです。手はつけなかった。あれはまだあそこにあると思いますよ」エリンボルクが答えた。

「蒐集家のワプショットは、どうやってホテルのドアマンのグドロイグルと連絡をとったのかしら」エリンボルクが話を続けた。「どうやって、彼がここにいるとわかったのかしら？　仲介者がいるとか？　イギリスの男が一九六〇年代にアイスランドで発売されたレコードについてなにを知っているのかしら？　この小さな島で、いまから三十年以上も前に歌っていたという少年の話でしょう？」

「仲間内の機関誌かな？」シグルデュル＝オーリが言った。「インターネット？　電話？　ほかの蒐集家から聞いたとか」

「われわれはグドロイグル・エーギルソンについてなにを知っている？」エーレンデュルが訊いた。

「姉がいます」エリンボルクが言った。「父親もまだ生きている。この二人はもちろん彼の死を知らされました。姉がグドロイグルを確認しました」

「ワプショットにも唾液検査をしなければ」シグルデュル＝オーリが言った。

「ああ、もちろん。手配してある」エーレンデュルがうなずいた。

シグルデュル＝オーリはヘンリー・ワプショットについての情報を集めるために出かけ、エリンボルクはグドロイグルの姉と父親に会う役割を引き受けた。エーレンデュルは地下の小部屋に急いだ。フロントを通ったとき、マネージャーが勤務している姿を見かけた。彼とはあとで話すつもりだった。

グドロイグルの部屋のクローゼットにレコードが残されていた。SPレコードが二枚。その一枚のジャケットには〈アヴェ・マリアを歌うグドロイグル・エーギルソン〉と印刷されていた。ヘンリー・ワプショットが見せてくれたのと同じレコードだった。もう一枚のレコードには子どものグドロイグルが少年合唱団の前に立っている姿が写っていた。若い指揮者が指揮棒を持ってそのそばに立っている。〈グドロイグル・エーギルソンのソロ歌唱〉とジャケット全体に大きく印刷されていた。

ジャケットの裏面に稀代の天才ボーイソプラノ歌手についての解説があった。

グドロイグル・エーギルソンとハフナルフィヨルデュル少年合唱団は、いまおおいに注目を集めているが、それはきわめて当然のことである。まだ十二歳にもならないこの少年歌手が素晴らしい将来を約束されていることは疑いのないところである。これはグドロイグル・エーギルソンの二枚目のレコードで、一枚目と同じように、われわれはグドロイグルの美しくも明るい声、力強くも素晴らしい歌をハフナルフィヨルデュル少年合唱団の指揮者ガブリエル・ヘルマンソンの指揮の下で聴くことができる。このレコードは美しい音楽を愛するすべての人々にグドロイグル・エーギルソンが世界でもファーストクラスの歌い手であることを証明するものである。グドロイグル少年はまもなく北欧諸国へ演奏旅行に出かける予定である。

子どもスター、と考え、エーレンデュルはシャーリー・テンプルのポスターに目を移した。あんたはここでなにをしているのだ？　と語りかけた。なぜグドロイグルはあんたをとっておいたのだろう？　なぜあんたが、彼の残した唯一の遺品だったのか？

携帯電話を取り出した。

「マリオン？」相手が応えたとき、彼は問いかけた。

「ああ。あんたか？」と電話の声が言った。

「なにかニュースは？」

「このグドロイグル・エーギルソンという男、子どものころに歌っていた。レコードも出したことがあるらしい。知っていたか？」

「いま、そのレコードを手に持っているところです」

「レコード会社は二十年ほど前に倒産して、レコードは一枚も残っていない。グンナル・ハンソンという男がその会社の所有者で経営者だった。それでそのレコードは社長の名前の頭文字をとってGHレコードと呼ばれていた。会社はヒッピーとビートルズの時代にずいぶん三流レコードを出していたらしいが、だいぶ前に潰れている」

「在庫はどうなったのだろう?」エーレンデュルが訊いた。

「在庫?」

「売れ残っていたレコードです」

「借金精算会社にでもいったのではないか。グンナル・ハンソンの息子たちを追跡して、話を聞いた。レコードの発行部数は多くはなかったようだ。だが息子たちは私がレコードのことを訊くと、ひどく驚いていた。潰れたレコード会社の話はもう何年も聞いたこともないという。父親のグンナルは八〇年代の半ばに死んでいる。息子たちによれば、父親が残したものは借金ばかりだったという」

「いまこのホテルに少年合唱団と少年歌手のレコードを集めているという男が泊まっていて、グドロイグルと会うはずだったが、間に合わなかったと言っているんです。ひょっとしてグドロイグル・エーギルソンのレコードは希少価値があったのかもしれないと思うのですが、どうしたら、調べられるでしょうか?」

「いろんな蒐集家と連絡をとり、話してみることだ。私がしようか?」

「ええ。もう一つ頼みたいことがあるのです。六〇年代にハフナルフィヨルデュル少年合唱団の指揮者をしていたガブリエル・ヘルマンソンという男を探し出してくれませんか? まだ生きているとすれば、電話帳に載っているはず。グドロイグルに歌を教えたのはこのヘルマンソンかもしれない。レコードのジャケットに彼の写真がある。三十歳前後に見える。もし死んでいたら、しかたがありませんが」

「それもあり得るね」

「なにが?」

「死んでいるということ。その場合は、そこまで、ということだね」

「そうです」エーレンデュルは一瞬ためらった。「どうしてわざわざ死のことを?」

「いや、べつに」

「なにも変わったことはないですか?」

「いや。少し仕事をさせてくれてありがとう」マリオンが言った。

「仕事をしたかったようですから。少しは退屈しのぎになりましたか?」

「ああ、おかげで今日一日が助かった。そういえば、唾液中のコルチゾールはチェックした?」

「これからです」と言って、エーレンデュルは電話を切った。


フロントマネージャーはカウンターの内側にある小さなマネージャー室にいた。机に向かい書類に目を通しているとき、エーレンデュルがやってきて中に入り、ドアを閉めた。マネージャーは立ち上がって、抗議の声をあげ、いまから会議に出かけるところで話をするひまはないと言った。だがエーレンデュルはそれを無視して腰を下ろし、両腕を胸の前で組んだ。

「あなたはなにから逃げまわっているんですか?」

「は?　なんの話ですか?」

「昨日、フロントがいちばん忙しい時間にあなたはここにいなかった。ドアマンが殺された晩に、私はあなたと話そうとしたがあなたは逃げ腰だった。いまはまるで針のむしろに座っているような顔だ。知っていますか、あなたはこのままだともっとも怪しい人物と見なされてもしかたがないのだと。グドロイグルをいちばんよく知っているのはあなただと教えてくれた人がいる。だがあなたはそれを否定している。彼についてはなにも知らないと。私はあなたが嘘をついていると思う。グドロイグルはあなたの責任下にいた。いわばあなたの部下だった。少なくとももう少し良心の痛みを感じてもいいではないですか。拘置所でクリスマスを過ごすのは面白いものではありませんよ」

フロントマネージャーはしばらくエーレンデュルを睨みつけ、どうしていいかわからないようだったが、しまいにゆっくりといすに戻った。

「私は本当に関係ない。私があんなことをグドロイグルにすることはあり得ない。私が彼の部屋に行ってあんな……」

殺人事件についてさまざまなことがホテル従業員の間で取り沙汰されていることがエーレンデュルを不安にさせた。厨房で怒りまくったあのコック長は唾液採取の理由を知っていた。このフロントマネージャーにしても、グドロイグルがどんな姿で発見されたか知っているようだ。ホテル支配人が口を滑らせたのか、発見者の清掃係が噂を流したのか、それとも警察官の中に口の軽い者がいるのか。

「あなたは昨日どこにいました?」エーレンデュルが訊いた。

「具合が悪くて、午前中はずっと家にいました」フロントマネージャーが言った。

「だがあなたはそれをホテルに連絡しなかった。医者に診てもらったか、診断書を書いてもらったか？　私が直接その医者に訊きましょうか？　医者の名前は？」

「医者には診てもらっていない。家で休んでいました。いまはずっとよくなってます」と言ってフロントマネージャーは軽く咳払いした。エーレンデュルは思わず笑った。このマネージャーはめったにないほど嘘の下手な男だ。

「なぜこんな嘘をつくのです？」

「私は本当に関係ない」フロントマネージャーは繰り返した。「どんなに私を脅しても、答えは同じです。帰ってください」

「奥さんに訊くこともできる。昨日、ベッドにいるあなたに温かい紅茶を出したかと」

「妻には近寄るな」と突然フロントマネージャーの声がきつくなった。顔が真っ赤になっている。

「いや、そういうわけにはいかない」エーレンデュルが言った。

フロントマネージャーは厳しい目で睨みつけた。

「妻と話すことは許しません」

「そうですか？　それはまたどういう理由で？　なにを隠しているのです？　秘密があるようだ。ますます興味深いことだ」

フロントマネージャーは宙を睨んで、深いため息をついた。

「どうか私にかまわないでください。グドロイグルとは関係ない、個人的な問題が起きて、いまそれをなんとか切り抜けたところなのです」

「それで、その個人的問題とは？」

「あなたに話す必要はないでしょう」

「それはこちらの決めることだ」

「むりやり話させるつもりですか？」

「私はあなたを被疑者ということで捕まえることもできるし、奥さんに話を聞きに行くこともできる立場にいるのですよ」

フロントマネージャーは深いため息をついた。エーレンデュルを見上げて言った。

「ここだけの話にしてくれますか？」

「グドロイグルと関係のないことなら」

「ええ、彼とはまったく関係ない」

「それならいいでしょう」

「妻に一昨日電話がかかってきたのです。グドロイグルが発見されたのと同じ日です」

電話をかけてきたのは妻のまったく知らない女だった。そして旦那さんはいるかと訊いた。それは昼間のことだったが、そんな時間にだれかが電話をかけてきて、旦那さんはいるかというのはそれほどめずらしいことではなかった。彼の職業を知っている人なら、彼が不規則な働きかたをすると知っているからだ。妻は医者で、ときどき夜勤をし、その日の昼も家で眠っていた。夜も勤務の予定だった。電話の女はフロントマネージャーをよく知っている口ぶりで、妻が名前を尋ねると不機嫌になった。

「あなたはだれ？　夫になんの用事？」

女の答えは妻をますます不審がらせるものだった。

「あたしに借金しているのよ、おたくのだんな」

「その女、たしかにうちに電話をかけてやると私を脅してはいたが」とフロントマネージャーはため息をついた。

「それで、だれなんです、その女は？」エーレンデュルの声が響いた。


十日前のこと、フロントマネージャーは夜の町に繰り出して遊んだ。妻はスウェーデンでの医学会議に出かけていて留守だった。三人の友人とレストランで食事をした。昔からの友だちでよく知っている間柄だった。レストランのあとはパブを二、三軒まわり、最後に入ったのは繁華街にあるダンスレストランだった。そこで友人たちとは別れた。それというのも、そこのバーでホテル業界の知り合いに会ったため、そっちと合流してダンスフロアで踊る人々を見ていたからだ。少し酔っぱらってはいたが、判断がつかないほどではなかった。だからこそ、そのあと起きたことがまったく不可解でならなかった。彼はそれまで一度もそんな経験をしたことがなかった。

その女は、映画の場面のように指の間にタバコを挟んで彼に近づき、火を貸してくれる？

と訊いた。彼はタバコを吸わなかったが仕事柄いつもライターを持ち歩いていた。まだ人がところかまわずタバコを吸っていた時代からその習慣が身についていた。女は話しかけてきた。話題は憶えていないが、とにかく二人は話しはじめた。しばらくして彼女はなにか飲み物をおごってくれないかと訊いた。彼はもちろんと言い、女と自分のために飲み物を注文し、ちょうどそのときに空いた隅のほうの席に女といっしょに腰を下ろした。じつに魅力的な女で、軽く体をすり寄せる素振りをした。彼は自分でもなにをしているのかよくわからないまま誘いに応じ体を寄せた。彼はそんなことに慣れていなかった。女は体をぴったりとつけてきた。けっして抵抗せず、なにをしているかわかっている様子だった。もう一杯飲み物を注文しようとして立ち上がった彼に、彼女の手が伸びてきて、腿をさすった。見ると、女はほほ笑んでいた。美人で、じつに魅力的な女だった。自分がなにをしているかよくわかっている顔だった。おそらく彼より十歳ほど若い。

しばらくして、家まで送ってくれないかと彼女が訊いた。遠くないところだったので、彼は送っていった。不安と迷いもあったが、それでも興奮していた。こんなことは初めてだったので、まるで月にでも上ったような気分だった。二十三年間、彼は一度も妻を裏切ったことがなかった。二度か三度、ほかの女にキスをしたことはあったが、こんなことは一度もなかった。

「私はどうしていいかわからなかった」とフロントマネージャーはエーレンデュルに言った。「私の一部はそこからまっすぐ家に走って帰りたいと言っていた。そして別の一部は彼女について行きたかった」

「どっちが勝ったか、わかりますよ」エーレンデュルが言った。

新築の豪華なマンションのドアの前まで来ると、彼女は部屋の鍵を開けた。彼の目にはその仕草さえもセクシーに見えた。ドアが開くと、彼女は彼にぴったりと体をつけてきた。中に入って、と言って手を下のほうに伸ばした。

彼は女の後ろからマンションの部屋に入った。女は飲み物を用意し、二人はリビングのソファに腰を下ろした。彼女は音楽をかけて、手にグラスを持って近づき、真っ赤な口紅をぬった唇の間から白い美しい歯を見せて彼にほほ笑みかけた。グラスをテーブルの上に置くと、ぴったりと体をつけてそばに座り、ズボンのファスナーを静かに下げた。

「私は……、それは……、彼女はベッドでできることを知りつくしていた」とフロントマネージャーは言った。

エーレンデュルは彼を見て、なにも言わなかった。

「翌朝早く、私はこっそり退散するつもりだった。だが彼女は目を覚ましていた。良心の痛みで私は胸が破裂しそうだった。妻と子どもたちを裏切った思いで、耐えられない気分だった。子どもは三人いる。そこから早く出たかったし、すべてを忘れてしまいたかった。二度とこの女に会いたくなかった。だが、私がごそごそと部屋から出ようとしたとき、彼女はすでに起きていた」


女は両肘を立てて起き上がり、ベッドサイドランプをつけた。行くの、もう？　と訊いた。

彼はそうだと答え、遅れてしまった、と言った。大事な会議があるとか、そんなことを言った。

「昨日の晩は、よかった？」女が訊いた。

彼はズボンをはきかけた手を止めて彼女を見た。

「ああ、じつによかった。だが、これは一度きりだ。私はこんなことはできない。悪いが」

「八万クローネでいいわ」と女は落ち着いた声で言った。まるで当然中の当然であるかのように。

彼は当惑した顔で、彼女を見返した。

「八万クローネ」と彼女はもう一度言った。

「なにを言っているんだ？　どういうことだ？」

「昨日の晩のこと」女が言った。

「昨日の晩のこと？　金をとるのか？」

「なんだと思ったの？」女が訊き返した。

彼はその質問の意味がわからなかった。

「あたしのような女をただで抱けると思った？」

言葉の意味がやっと彼の鈍い頭に伝わった。

「だが、初めになにも言わなかったじゃないか！」

「そんなこと、言う必要がある？　八万クローネ払って。そしたら次のときも家まで送ってあげるわ」

「私は断った」フロントマネージャーはエーレンデュルに言った。「そのまま外に飛び出した。女は真っ赤になって怒った。職場まで電話をかけてきて、金を払え、さもなければ自宅に電話してやると脅した」

「そういう女たちをなんといったかな。上品な呼びかただった。エスコートレディ？　そういう女だったのですかね、あなたが引っかかったのは？」

「知らない。だが、女は自分のしていることをじゅうぶんに承知していた。しまいに言葉どおり私の自宅に電話してきて、妻にぶちまけたのです」

「なぜ言われたとおりに金を払わなかったんですか？　そうすれば不愉快な思いをしなくてすんだだろうに」

「金を払ったとしても、簡単にあの女は引き下がらなかったと思う。妻には昨日すべてを包み隠さず話しました。いまあなたに話したのと同じように、すべてを正直に話したのです。私たちは結婚して二十三年です。今回の件はもちろん私が悪いことは言うまでもないが、それでも私は罠にはめられたんだと思う。少なくとも私はそう思います。女は初めから金が狙いだった。そうでなければ、こんなことは起きなかったはずなんです」

「そうか。すべてはその女が悪いというんですね？」

「いやもちろんそうじゃない。だが、それでもやっぱり、これは罠だったと思う」

二人ともしばらくなにも言わなかった。

「このホテルでもいままでこのようなことが起きているのですか？」エーレンデュルが訊いた。

「高級コールガールが出没する？」

「いや」フロントマネージャーが言った。

「そんなことがあったら、あなたが知らないはずはない？」

「警察がそのことを訊きまわっているのは知っています。だが、このホテルでそんなことは絶対にない」

「なるほど」エーレンデュルが言った。

「いまの話、秘密にしてくれますね？」

「その女の名前と住所を言ってください。口外はしない」

フロントマネージャーはためらった。

「クソッ、売女め」とフロントマネージャーはそれまでの仕事上の言葉遣いを一瞬忘れたように罵り声をあげた。

「それで、金は払うんですか？」

「それは妻も私と同じ意見です。一銭も払うつもりはない」

「これは芝居だとは思いませんか？」

「芝居？　意味がわかりません。どういうことですか？」

「だれかあなたに嫌な思いをさせようとしている人間がいて、わざとこんなことを仕掛けたということはないですか？　だれかあなたを恨んでいる人間とかが」

「そんなことは考えられません。私の敵がわざわざ仕掛けた嫌がらせだと言うのですか？」

「敵というほどでもなく、悪ふざけをしようとした友だちとか」

「いや、そんな友だちはいないと思う。それにもしそうなら、ものすごく残酷な悪ふざけだと思う。残酷すぎて、ふざけごととはとても言えない」

「グドロイグルに解雇を伝えたのはあなたですか？」

「なぜそれを訊くのですか？」

「口頭で言ったのですか、それとも文書で？」

「私が口頭で伝えました」

「彼はどう受け止めたか、おぼえてますか？」

「がっかりしていました。もちろん、よくわかります。長い間ここで働いてきたわけですから。私などよりもずっと長く」

「彼が今回の件の裏にいて、仕組んだということは考えられませんか？　もしだれかが仕組んだ罠なら」

「グドロイグルが？　いや、それは考えられません。グドロイグルがそんな卑劣なことをするなんてあり得ない。彼は意地の悪い人間じゃない。まったくあり得ないことです」

「グドロイグルが子どもスターだったということを知っていましたか?」エーレンデュルが訊いた。

「子どもスター? え、どういうことですか?」

「彼は子どものとき合唱団で歌っていた。ボーイソプラノだった」

「いや、まったく知らなかった」

「それじゃここで一つお願いがある」と言って、エーレンデュルは立ち上がった。

「なんでしょう?」

「レコードプレーヤーをどこかで探して、私の部屋に届けてくれませんか?」

フロントマネージャーは話にまったくついてこられない様子だった。


ロビーに出ると、鑑識課の主任が地階から階段を上ってくるのが見えた。

「コンドームの唾液のことでなにかわかった?」

「いま調べているところだ。あんた、なんでコルチゾールはチェックしたか?」

「コルチゾールが唾液の中に過剰にあるというのは、危険を感じていたからだというのは知っている」エーレンデュルが答えた。

「シグルデュル＝オーリが凶器のことを訊いてきた。法医学者によれば、特別なナイフではないらしい。とくに長いわけでもなく、刃先は鋭くギザギザの歯だというのはわかっている」

「つまり、狩猟ナイフでも肉切り包丁でもないということか?」

「そうだ。よくあるふつうのナイフだと法医学の女先生は言っていた。どこにでもあるテーブルナイフだと」

10

エーレンデュルはグドロイグルの小部屋にあったレコード二枚を自分の部屋へ持ち帰ったあと、ヴァルゲルデュルの勤め先の病院へ電話をかけた。所属の科へまわされると、ほかの女性が対応に出た。もう一度ヴァルゲルデュルの名前を言う。しばらくして本人が電話口に出た。

「まだ綿棒が残ってますかね？」とエーレンデュルはいきなり訊いた。

「そういうあなたは事故と遭難のかたですね？」

エーレンデュルの顔に思わず笑いが浮かんだ。

「まだホテルに検査をしなければならない男が一人いる。外国人です」

「お急ぎですか？」

「今日中にお願いしたい」

「いま現場ですか？」

「ええ」

「わかりました。すぐ伺います」

エーレンデュルは電話を切った。〝事故と遭難のかた〟か。笑みがひとりでに顔に広がった。

ヘンリー・ワプショットとは階下のバーで会うことになっていた。下へ行き、カウンターのスツールに腰掛けて待った。ウエイターがやってきて、注文はと訊いたが、彼はただ手を振って断った。が、すぐに呼び止めて、水を頼んだ。それから、バーカウンターの中にあるさまざまなサイズ、さまざまな色のスピリッツやリキュールの酒壜を端からながめていった。

リビングの大理石の床に、透明なガラスの破片が見つかった。バーキャビネットにあったドランビューイの壜のかけらだった。男の子のソックスと階段にもドランビューイが付着していた。箒の先に細かなグラスのかけらが見つかった。そして掃除機の中にも。これらはすべてリキュール壜が大理石の床に当たって砕けたことを意味するものだった。少年はリキュールの液体を踏んでから、階段を上りまっすぐに自分の部屋へ行ったにちがいなかった。階段に残っていた足跡から、少年は歩いて階段を上ったというより駆け上がったと思われた。恐怖に駆られて駆け上がった子どもの小さな足跡。男の子が壜を割ったため、父親が腹を立てて殴る蹴るの折檻(せっかん)をした、それで男の子は病院に運び込まれた、と彼らは推測した。

エリンボルクはヒヴェルヴィスガータにある警察署に父親を呼び出して、鑑識課のまとめた結果と、こんなことをしたのは父親かと警察が訊いたときの少年の反応を話した。そして、自分は少年に怪我をさせたのは父親にちがいないと強い疑いをもっていると告げた。エーレンデュルはこの尋問に同席した。エリンボルクは父親に対し、強い嫌疑がかけられていること、弁護士を同席させる権利があることを説明した。弁護士を呼ぶべきであるとも言った。父親はいまの状況では弁護士を呼ぶ必要はないと考えると答え、自分は子どもに暴力を振るっていない、割れたリキュールの壜の破片が見つかっただけで自分に疑いが向けられたことにむしろ驚いていると言った。

エーレンデュルは取調室にあったレコーダーのスイッチを入れた。

「われわれの推測は以下のとおり」とエリンボルクが言った。感情を押し殺すために、用意した報告書を読み上げるような口調だった。「息子さんは学校から帰ってきた。時間は三時を少しまわったころ。まもなくあなたは帰宅した。その日にかぎってあなたは会社から早く引き揚げたとわれわれは理解している。ことが起きたとき、あなたはすでに家にいたのかもしれない。なんらかの理由で、少年はドランビューイの大壜を床に落とした。そして怖くなって二階の自分の部屋に駆け上がった。あなたは単に腹を立てただけでなく激情に駆られ、折檻するために少年のあとを追った。あなたはそこで自分の子どもに対し病院に運び込まれるほどのひどい暴力を振るった」

父親は無言のままエリンボルクを睨みつけた。

「あなたはなにか道具を手に持って殴ったと思われる。なにか固い物、角が鋭くない物だとわれわれは理解している。ベッドのヘッドボードに子どもを投げつけたとも思われる。繰り返し子どもを蹴っている。警察へ電話をかける前に、あなたは掃除をしている。タオルを三本使って床のリキュールを拭き取った。タオルはのち、家の前のゴミ容器の中に捨てられていた。あなたは床のガラスの破片を掃除機で吸い取り、バーキャビネットもきれいに拭き取った。子どものソックスを脱がせ、ゴミ容器に捨てた。階段に付着したリキュールのシミを洗剤を使って拭き取ったつもりだったろうが、完全には拭き取れていなかった」

「いま言ったことのどれも、立証できないはずだ」と父親が言った。「なぜなら、この推論そのものがとんでもない間違いだからだ。子どもはなにも言っていない。子どもに襲いかかった者たちについて、一言も言っていない。なぜ警察は学校の男の子たちを捕まえないのか？」

「あなたはなぜリキュールについてなにも言わなかったのか？」

「このことと関係ないからだ」

「ゴミ容器の中のソックスのことは？　階段に付着していた小さな足跡のことは？」

「それは壊れたリキュール壜のためだ。私自身がドランビューイの壜を割ってしまったのだが、それは子どもが襲われる二日前のことだ。一杯飲もうとしたとき、壜が床に落ちて割れたのだ。息子のアディはそれを見て怖くなった。壜のかけらがあるから気をつけるようにと注意したのだが、あの子はそのときはもうリキュールを踏んで、そのまま階段を駆け上がって自分の部屋へ行ってしまった。これは息子が襲われたのとはまったく関係のないことで、あんたたちがありもしない話をでっち上げていることに私は驚くばかりだ。なんの証拠もないことだ！　息子は私が殴ったとでも言っているのか？　そんなことはあり得ない。そんなことを言うはずがない。なぜなら私ではないからだ。私は絶対にあの子に暴力を振るったりしていない。絶対に！」

「それじゃ、なぜあなたは、いまの話を初めに話さなかったのですか？」

「初めにとは？」

「私たちがシミを見つけたとき。あなたはなにも言わなかった」

「こういうことになると想像できたからだ。あんたたちは、単に壜が壊れただけのことをアディの身に起きたことと関連させて考えるだろうと。私はことを複雑にしたくなかっただけだ。学校にいた男の子たちがアディに暴行をくわえたにちがいないのだ」

「あなたの会社、破産しかけていますよね」エリンボルクが続けて言った。「あなたは二十人もの従業員をクビにしている。これからもっと増えるでしょう。あなたはひどいストレスを感じているはず。もしかすると、あの家だって……」

「それは単にビジネス上のことだ」

「あなたは子どもに対していままでも数回暴力を振るっているとわれわれは理解している」

「いい加減にしてくれ！」

「医者のカルテを見ましたよ。四年の間に二度もあの子は指を折っている」

「子どもがいればわかるはずだ。子どもというものはしょっちゅう怪我をしたり事故を起こしたりするものだ。冗談じゃない、こんな取り調べはすぐにやめてもらおう」

「小児科の医者は、前の事故のときに不自然なものを感じ児童福祉局に連絡しています。一度目と同じ指の骨折だったからです。児童福祉局の職員があなたに会いにいったはずです。家庭環境の視察をしたけれども、とくに異常なことは見当たらなかった。でも小児科の医者は手の甲に針の痕を発見していたのですよ」

　父親は口をつぐんでいた。

　エリンボルクは我慢できなかった。

「児童虐待のひどい親じゃない！」と吐き出すように言った。

「弁護士と話したい」と言って、父親はそっぽを向いた。


「おはようございますとさっきから言っているんですよ！」

エーレンデュルはハッと我に返った。ヘンリー・ワプショットがそばであいさつをしていた。階段を駆け上がった少年のことを考えていて、ワプショットがバーに入ってきたことにも声をかけられていたことにもまったく気がつかなかった。

すぐに立ち上がって握手した。ワプショットは前日と同じ服装だった。髪の毛は少し乱れていて、だいぶ疲れて見える。彼はコーヒーを注文し、エーレンデュルもそれに続いた。

「前に蒐集家の話をしてましたね」エーレンデュルが言った。

「そう」と言って、ワプショットはしかめ面とも笑顔とも見える微妙な表情を見せた。「みんな孤独な人間ですよ。私同様に」

「イギリスの蒐集家が、たとえばアイスランドの小さな田舎町に美しい声で歌うボーイソプラノの少年がいるなどということをどうやって知るんですかね？」

「ああ、あれは単に美しい声などというものではない。それ以上のこと、もっともっとすごい、素晴らしいものなのですよ。まさに稀有な声と言っていい」

「グドロイグル・エーギルソンの存在をどうやって知ったのですか？」

「同好の輩からですよ。レコードの蒐集家は各自独特なものを集めるということは前にも話したとおり。たとえば合唱のレコードを集めるとすれば、特定の曲を集める者もいれば、特定の曲の編曲を集める者、また特定の合唱団の曲を集める者もいる。しかし中には、たとえば私のように、特別な少年の歌い手だけに蒐集アイテムをしぼる者もいる。ある者は七十八回転のレコードで出されたボーイソプラノだけを蒐集する。七十八回転のレコードは六〇年代で制作が終わっているんですよ。またある者は四十五回転のEPビニール盤に蒐集アイテムをしぼる。それも特定の制作会社から出されたものだけを。つまり、言いたいのは、蒐集アイテムはなんだってあり得る、まったく自由なのです。ある者は特定の曲、たとえば〈ストーミー・ウェザー〉だけを集める。それもさまざまな編曲、さまざまな歌い手、さまざまな演奏の。これで少しはわかるでしょう、蒐集家の多様さが。私がグドロイグルのことを初めて知ったのは、ネット上の日本人のサイトを通してです。日本人はネットに情報を載せ、販売までしている。ヨーロッパの特定アイテムを蒐集している最大の蒐集家は日本人で、彼らは世界中に出向いてあらゆる種類のレコードを買い取る。とくにビートルズとヒッピーの時代のものなら、もうほとんどが日本人に買い占められているといっても過言ではない。このことはレコード蒐集家の間では周知の事実だし、そんなことができる金が彼らにはあるのですよ」

エーレンデュルはここでタバコが吸えるのだろうかと思い、吸えるかどうか試してみることにした。彼がタバコを取り出したのを見て、ワプショットはポケットのしわくちゃになったチェスターフィールドの箱からフィルターなしのタバコを一本取り出した。エーレンデュルが火を貸した。

「ここで吸ってもいいんですかね?」ワプショットが訊いた。

「吸えるかどうかはじきわかりますよ」

「日本人がグドロイグルの最初のシングルを持っていたんです。昨日見せたあのビニール盤SPがそれです。あれは彼らから買い取ったものです。とんでもなく高かったが、後悔はしていません。あれを買ったとき、もともとどこで手に入れたものかと訊き、リバプールの古レコード市でノルウェーのベルゲンから来た蒐集家から買ったものだとわかった。さっそくそのノルウェーの蒐集家に連絡をとると、それはトロンヘイムの潰れたレコード会社から買った古レコードの中の一つだとわかったのです。おそらくその会社がアイスランドのレコード会社に注文したか、あるいはアイスランドのレコード会社が宣伝のために送り込んだものでしょう」

「古いレコードのためにずいぶん大掛かりな調査をするんですね」エーレンデュルが言葉を挟んだ。

「蒐集家は家系図を調べる人々に似ているんですよ。蒐集の楽しみの一つは、原点にたどり着くことです。とにかく一枚手に入れてからは、もっと探しましたが、まったくうまくいかなかった。この少年の歌のレコードは二つしかない。あなたにお見せしたものともう一つしかレコードが出されていないのです」

「とんでもない高額を支払ったということでしたが、グドロイグルのレコードは、つまり、かなり市場的価値があるものなんですか?」

「それは、蒐集家にとって、です。一般的にはそれほど高いものとはいえないでしょう」

「それでも、あなたがわざわざアイスランドまでやってくるだけの価値はある、ということですね？　もっと買おうと思っているのでしょうから。グドロイグルに会おうとしたのはそのためでしょう。彼がレコードをいくつか所有しているのではないかと」

「私はこの間、二、三人のアイスランド人蒐集家に会った。私よりもずっと前からグドロイグルに関心を寄せていた人たちです。残念なことにいまではグドロイグルのレコードはまったくといっていいほど残っていないのですよ。アイスランド人の蒐集家たちはグドロイグルのレコードは持っていない。唯一考えられるのは、ネットを通してドイツ人から買えるかもしれないということ。私が今回アイスランドに来たのは、アイスランド人蒐集家にふたたび会うため、そして長年一方的に賛美してきたグドロイグルに会うためでした。もちろんほかにも、骨董品屋でレコードを探すことや蒐集市場の様子をうかがうこともありますが」

「あなたはこれが生業なのですか？　古いものを売ったり買ったりすることが？」

「いや、とんでもない」と言ってワプショットはチェスターフィールドを深く吸い込んだ。指先が長年の喫煙ですっかり黄色くなっている。「遺産がありましてね。ロンドンにいくつかビルをもっている。それを管理して収入を得ています。でも、たいていは蒐集のために動きまわっている。これはもう情熱(パッション)と呼んでいいものでしょうな」

「あなたが集めているのはボーイソプラノのレコードですよね？」

「ええ」

「今回の滞在でなにか収穫がありましたか？」

「いいや、なにも。この国では、人はなにも残したいとは思わないようですな。ここでは新しいものだけが流通している。古いものはガラクタ同然。私の見るところ、この国では古いレコードはなんの価値もない。ただ捨てられるだけのようです。たとえば人が死んでだれもいなくなった家に残ったものなどはまとめてぜんぶ捨てられてしまう。専門家を呼んで分別してもらうことなどないようだ。なにもかもゴミ焼却所行きです。私は長いことレイキャヴィクのソルパ株式会社というのは蒐集家のためのなんらかの協会かと思っていた。情報のやりとりで何度も挙がる名前ですからね。しかしそのうち、それはゴミ収集の会社で、集まったもののうち少しでも金になりそうなものを選んで蚤の市を開いているのだとわかった。アイスランドの蒐集家たちはそんな中からあらゆる種類の宝物を見つけて、ネットで販売していい儲けをしているというわけです」

「アイスランドはなにか特別の理由で蒐集家にとって興味深い国なんですか？　アイスランドがとくに目を引いているとか？」エーレンデュルが訊いた。

「レコード蒐集家にとってアイスランドが魅力的な点は、なんといっても市場が小さいことですよ。少ない数のレコードを制作して市場に売り出す。レコードは店に短期間置かれ、そのあとは完全に姿を消してしまう。グドロイグルのレコードがいい例です」

「蒐集家にとって、古いもの、壊れているものがすぐに捨てられてしまう国は魅力的というわけだ。文化遺産の救済者のような役割を果たすのは、さぞかし気分のいいものでしょうな」

「そうですね。われわれは文化の破壊に抵抗する、一かたまりのエキセントリックな人間たちということができるかもしれない」ワプショットが言った。

「そのうえ、少しは金儲けもできる、というわけだ」

「ま、そういうことも言えるでしょう」

「グドロイグル・エーギルソンの身になにが起きたのですか？　子どもスターのその後はどうなったのか知りたいものです」

「彼もほかの子どもスターと同じ道をたどりましたよ。大人になった。私は彼のその後をとくに知りませんが、とにかくあのあとはいっさい、大人になってからも歌わなかったことはたしかです。彼のデビューは素晴らしかったが歌ったのは短期間だった。声変わりしてからは特別ではなくなったからでしょう。人々の注目の的ではなくなってしまった。彼にとってはまったく納得のいかないことだったでしょうな。まだ子どもだったときにあれほどの歌を歌って喝采を浴びたのですから。それにはかなりの強さが必要だったはずだし、ましてやその注目を失ってからは尋常ではない試練に見舞われたはずですよ」

ワプショットはカウンターの上の時計にちらっと目を走らせ、それから自分の腕時計に目を落とし、咳払いをした。

「私は今晩の飛行機でロンドンへ帰るつもりです。が、その前に済まさなければならない用事が一つ残っている。まだほかになにかありますか？」

エーレンデュルはワプショットを見据えた。

「いや、これでぜんぶです。が、帰国は明日ではなかったですか？」

「なにかほかにも訊きたいことがあったら、これが私の連絡先です」そう言って、ワプショットは胸ポケットから名刺を一枚取り出し、エーレンデュルに渡した。

「便を変更したのですか？」

「グドロイグルに会えなかったので。ほかの用事はすべて済ませましたから。予定を一日早く切り上げれば、ホテル代が浮きますからね」

「一つだけ、伝えておきたいことがあります」エーレンデュルが言った。

「はあ？」

「もうじき、あなたの唾液検査をしにラボの助手がやってきます」

「唾液検査？」

「殺人捜査の一環です」

「唾液とはまためずらしい。なぜです？」

「いまはその理由は言えません」

「私は被疑者ですか？」

「グドロイグルに関係したすべての人の唾液検査をしています。捜査の目的での検査です。あなただけではありませんよ」

「わかりました。しかしつばとは！　なんだか妙な話だな」

そう言ってワプショットは笑いを見せた。下の歯並びが見えた。タバコのヤニで黒く染まっていた。

11

ホテルの回転ドアを押して二人は入ってきた。男は年老いていて難儀そうに車いすに座り、女はその車いすを押している。小柄で、老人と同じぐらい緊張している。鼻は細く鷲のように鋭く先が曲がっていて、冷たく鋭い目でロビーを見回した。女は五十歳ほどで、厚い茶色の冬コートを着込み、膝までの黒革のブーツを履いている。男は八十歳前後、帽子のつばの下から白髪がはみ出ている。その痩せた顔は鉛色だ。車いすにうずくまり、黒いオーバーコートの袖口から骨の尖った白い拳が見える。黒いマフラーを首に巻き、鼈甲（べっこう）縁の眼鏡をかけている。レンズが極端に厚いため、その目はまるで魚眼のように見える。

女は車いすを押してフロントカウンターまで来た。フロントマネージャーがちょうどオフィスから出てきて、近づいてくる二人に気がついた。

「なにかお手伝いできることはございますか？」

車いすの男はフロントマネージャーを見さえしなかった。だが女のほうは、このホテルに泊まっているエーレンデュルという警察官に会いたいと言った。そのときちょうどエーレンデュルがワプショットといっしょにバーからロビーに出てきた。彼はすぐにこの二人の存在に気がついた。異様な、暗い死の影を漂わせているような気配がしたからだ。

頭にはワプショットに旅行禁止令を出すことができるかどうか、イギリスに帰国するのを防ぐことができるかどうかという懸案があった。しかしそうできるほど確実な嫌疑がない。

いまロビーにいる魚眼の男と鷲鼻の女を見て、エーレンデュルは眉を寄せた。だれだろう。しかもフロントマネージャーが手招きしているではないか。ワプショットにあいさつをしようとして、初めて彼がすでに姿を消していることに気がついた。

カウンターへ近づくと、「あなたに会いにいらしたとのことです」とフロントマネージャーが言う。

エーレンデュルはフロントのロビー側へまわった。魚眼がその彼を帽子のつばの下から睨みつけている。

「エーレンデュルというのはあんたかね?」

老人特有の震える声で車いすの男が言った。

「私になにか用があるのですか?」エーレンデュルが訊いた。鷲鼻が上に向けられた。

「このホテルでグドロイグル・エーギルソンの死亡調査の指揮を執っているのはあなたですか?」女が訊いた。

エーレンデュルはそうだと答えた。

「わたしはグドロイグルの姉です。そして、こちらは父です。もう少し静かなところで話せませんか?」

「車いすを押すのを手伝いましょうか?」と訊いて、彼らの目つきからエーレンデュルは不適切なことを言ってしまったのだと気づいた。女はエーレンデュルの後から車いすを押してバーに入った。エーレンデュルはさっきまでワプショットと座っていたテーブルへ向かった。バーにはほかに人はいなかった。ウエイターまで姿を消している。エーレンデュルはそもそもランチ前にバーが営業しているのかどうかも知らなかった。しかしドアに鍵がかかっていなかったことから、おそらくオープンしているのだろうと思った。単に皆がそれに気がつかないだけのことなのだろう。

女は車いすをテーブルのそばまで近づけると、ブレーキをかけ、エーレンデュルの真向かいに座った。

「ちょうどこれからお宅に伺うところでした」とエーレンデュルは嘘をついた。

エリンボルクが彼らを訪ねることになっていたが、それを命じたかどうか、思い出せなかった。

「警察に家に来てほしくないのです」と女が言った。「そんなことはいままで一度もないことですから。たしかエリンボルクとかいう女性から電話がありました。あなたの部下でしょう。捜査の責任者はだれかと訊くと、あなたの名前を言いましたから。できるだけ早く話を終わらせましょう。警察などといっさい関わりをもちたくないので」

二人の顔には悲しみの痕跡はいっさい見られなかった。家族の死を悼む様子はまったくない。冷たい、人を見下すような態度だ。しかし、なんらかの義務はあると思ったのだろう。警察と連絡をとらなければならないが、明らかにそうするのが不愉快で、嫌々ながらそうしている、しかもそれが相手に知られてもかまわないという態度だった。ホテルで見つかった死体と自分たちとは関係ないといわんばかり。自分たちはそんな世俗的なこととは別の次元にいる人間であると言いたげだ。

「グドロイグルがどんな格好で発見されたか、聞いているかもしれませんが」エーレンデュルが話しはじめた。

「殺されたと知っている」老人が口を挟んだ。「ナイフで。ナイフで刺されて殺されたと」

「犯人に心当たりはありますか？」

「まったく見当もつかないことです」と女が言った。「わたしたち、彼とはまったくつきあいがありませんでしたから。だれとつきあっていたか、交友関係も知りませんし、もちろん彼の敵も知りません。もしそんな人がいたとしたらの話ですが」

「最後にグドロイグルに会ったのはいつですか？」

そのときエリンボルクがバーに入ってきた。テーブルまで来ると、エーレンデュルの脇に座った。彼女を紹介しても、二人の顔は硬く閉ざされたままだった。なにがあっても自分らとは関係ないことと決めている態度だった。

「最後に会ったのは、彼が二十歳ぐらいのときだったでしょう」

「二十歳？」エーレンデュルは耳を疑った。

「さっきも言ったように、彼とはまったくつきあいがなかったので」

「なぜです？」エリンボルクが訊いた。

女はその問いを聞かなかったふりをした。

「わたしたちはわざわざあなたに会いにきたんですよ。それでじゅうぶんじゃありませんか？この人とも話さなければならないんですか？」

エーレンデュルの目がエリンボルクの上に止まった。いつもしかめ面をしているエーレンデュルの顔が少し柔和になった。

「彼の悲運にあなたがたは涙一つ流していないようだ」とエーレンデュルは女の問いには答えずに言った。「グドロイグル。あなたの弟の」と言って、女の顔にその視線を戻した。「あなたの息子の」と言って、こんどは老人の顔を見つめた。「どういうことですか？ 三十年近くもの長い間、なぜ彼に会わなかったのですか？ また、あなたのいう〝この人〟はエリンボルクという名前の警察官です。もしなにかもっと言いたいことがあるのなら、警察署に行って話してもらうこともできるのですよ。そこでなら文句を言いたいことがあれば正式に苦情届を提出していただくこともできますからね。ホテルの外で警察の車が待機していますからこのまま行くこともできます」

鷲鼻は侮辱された口惜しさにますます上に向けられ、魚眼は細まった。

「あの子は自分の人生を生きたのよ。わたしたちはわたしたちで生きてきた。それだけのこと。わたしたちは互いにまったく関係をもたなかった。単にそれだけのことです。それでいいと思ったし、彼のほうもそう思ったのですよ」

「つまりあなたは、最後に彼と会ったのは七〇年代の中ごろだったというんですね？」

「まったく関係がありませんでしたから」と女は繰り返した。

「この長い間、一度もですか？　電話も一度もなかった？　まったくなにもなかったのですか？」

「そうです」女は答えた。

「どうしてまた？」

「それは家族内の問題だ」と老人が言った。「今回のこととは関係ない。まったく関係ないのだ。遠い昔のこと、忘れられたことだ。ほかにも知りたいことがあるのかね？」

「彼がこのホテルにいるということは知っていたのですか？」

「話はたまに聞くことがありましたよ」女が言った。「ここでドアマンをしていたことは知っていました。滑稽な制服を着て、ホテルの客のためにドアを開けているとか。そしてクリスマスにはサンタクロースの格好をしていることも聞いてました」

エーレンデュルは女に目が釘付けになった。それらのことがまるで家族に対する最悪の恥辱であるかのような口ぶりだった。ホテルの倉庫のような地下の部屋で下半身裸で殺されていたことを知ったら……。

「われわれはグドロイグルについてあまり情報をもっていません」エーレンデュルが言った。「友人は多くなかったようです。このホテルの地階の小部屋に住んでいました。人に好感をもたれてはいたようです。子どもたちにやさしかった。だから彼はサンタクロースの役をホテルから頼まれたのです。いまあなたが言っていたサンタクロースの件ですが。だが、われわれは、彼が子どものとき、才能のある歌い手だったということをごく最近知った。まだ少年のときにレコードを二つ出していると。もちろんそれについてはあなたたちのほうが詳しく知っておいでです。わたしが読んだレコードのジャケットには、近いうちに北欧諸国に演奏旅行に出かける予定で、彼の名前が世界的に知られるようになるのは時間の問題だと書いてありました。しかし、なんらかの理由でこれらすべてが中断されたようです。今日（こんにち）では彼の名前を知る者は、エキセントリックなレコード蒐集家たち以外にはほとんどいません。いったいなにがあったのですか?」

エーレンデュルが話している間に、鷲鼻は下を向き、魚眼はどろりと濁（にご）ったものになった。老人は目を伏せてテーブルを凝視し、女は高慢な表情を保とうとしているようだったが、それもしだいに崩れてきた。

「いったいなにがあったのですか?」エーレンデュルは繰り返して言った。そう言いながら、グドロイグルの部屋から二枚のSPレコードを自分の部屋に持ってきておいたのを思い出した。

「べつになにかが起きたわけではなかった」老人が言った。「あの子が声を失っただけだ。早熟な子で、十二歳で声変わりした。それですべてが終わったというだけのことだ」

「その後は歌わなかったのですか?」

「あの子の声は聞くに堪えないものになった」と老人は顔をしかめて言った。「レッスンを受けられる状態ではなかった。なにもしてやることができなかった。彼は歌に関係するものすべてに背を向けた。なにかと反抗的な態度をとり、攻撃的でなんにでも文句をつけた。私にも反抗した。あの子のためになんでもやってきたこの姉に対しても反抗した。私に腹を立て、すべての罪を私になすりつけた」

「もっとひどかったですよ」と女は言い、エーレンデュルを見た。「もうじゅうぶんじゃありませんか？　もっと聞きたいですか？」

「グドロイグルの部屋にはあまりものがなかった」とエーレンデュルはまるで彼女の言葉が聞こえなかったように話を続けた。「彼の声を録音したレコード数枚と鍵が二本あっただけです」

鑑識作業が終わったら返却するように頼んでおいたものが、いま彼のポケットの中にあった。それを取り出すと、テーブルの上に置いた。二本の鍵は小さなポケットナイフといっしょにリングについていた。ナイフの持ち手はピンクのプラスチック製で黒い眼帯と義足の海賊がナイフをかざしている絵があって、その下に海賊（パイロット）と大文字で書かれていた。

女はちらっと鍵に目を走らせると、見たこともないと言った。老人は鼻の上の眼鏡をただして鍵を見つめたが、これまた首を振って、見たこともないと言った。

「一つは住宅の玄関の鍵でしょう」エーレンデュルが言った。「もう一つのほうはおそらくロッカーとかクローゼットのようなものの鍵ではないかと」

二人はまったく反応しなかった。エーレンデュルは鍵を手に取り、ふたたびポケットに戻した。

「レコードは見つけたのですか？」女が訊いた。

「ええ。二つの種類の。もっとあるのですか？」

「いや、その二つ以外はない」と老人は言って、エーレンデュルを見たが、すぐに視線をそらせた。

「その二枚のレコード、もらえますか？」女が訊いた。

「グドロイグルが残したものはすべて、捜査が終わったらあなたたちへ渡されます。ほかに遺族はいないでしょう？　彼の子どもはいないですね？　われわれの調べたところでは、子どもはいないことになっていますが」

「最後に耳にしたときは、独り身だということでしたけど。なにかほかにもまだお役に立てることがありますか？」と女はまるで、ホテルに二人がわざわざやってきたことだけでも大変な貢献をしたかのような口ぶりで言った。

「グドロイグルが大きくなって、声を失ったのは彼の責任ではないでしょう」とエーレンデュルは言った。父娘の傲慢（ごうまん）な態度と冷淡さに無性に腹が立った。息子が一人死んだのだ。弟が一人殺されたのだ。それなのに、彼らはまるでなにごともなかったかのような態度だ。自分たちとは関係ない、彼の人生はずっと前に自分たちの人生とは別のものになったという態度である。なぜそうなったのかをエーレンデュルに話す必要などないと言っているのだ。

女がエーレンデュルを見た。

「ほかになにもなければ」と言って、女は車いすのブレーキを外した。

「ま、これからの展開次第ですよ」エーレンデュルが言った。

「あなた、わたしたちが相応な関心を示したと思っていないようね」女が突然言った。

「私は、そもそもあなたたちはまったく関心を示していないと思いますよ。どういう態度をとろうが、あなたたちの勝手ではありますが」

「そのとおり。あなたには関係ありませんから」

「それでも私は知りたい。あなたたちはこの男の死に対してなにも感じないのか。彼はあなたの弟ではないですか」エーレンデュルは車いすの男に向き直った。「あなたの息子ではありませんか」

「あの人はわたしたちにとっては知らない人でした」と言って、女は立ち上がった。老人は顔をしかめた。

「それは彼があんたたちの期待に応えなかったからですか?」と言ってエーレンデュルも立ち上がった。「十二歳のときにあんたたちを裏切ったから? まだ子どもだったじゃありませんか。あんたたちは彼になにをした? 家から追い出したのか? 外に放り出したのか?」

「なんですか、その話しかたは。わたしたちにそんな話しかたをするとは失礼にもほどがある」女は噛み締めた歯の間から絞り出すような声で言った。いつの間にか、口調が変わっていた。「あんたは自分をなんだと思っているの? 世界の良心のような顔をして、わかったようなことを言わないで!」

「いつからあんたは良心をなくしたんだ?」とエーレンデュルもまた同じ口調でやり返した。

女は憎々しげにエーレンデュルを睨みつけた。それからこんな愚か者にかまっているひまはないとばかりに車いすをテーブルからドアまで一気に押していった。スピーカーからはアイスランド人のオペラ歌手が悲しげな声で〝天の高みからハープの音色を響かせよ……〟と歌っていた。

エーレンデュルとエリンボルクは父娘がホテルのロビーを渡って正面玄関から出て行くのを見送った。女は背筋をまっすぐに伸ばし、その父親は車いすにそれまで以上に深く沈み込み、その頭が振動で少しだけ揺れるのが後ろから見えるだけだった。

〝……そして子どもらはいつまでも……〟

12

　昼食後、エーレンデュルが部屋に戻ると、フロントマネージャーからレコードプレーヤーとスピーカーが二個届けられていた。ホテルはしばらく使用されていなかったプレーヤーを保管しておいたのだ。エーレンデュル自身類似のプレーヤーをもっていたので接続するのにさほど時間はかからなかった。エーレンデュルはＣＤプレーヤーはいまだ買っていない。また、新しいレコードも長い間買ったことがなかった。新しい音楽は基本的に聴かない。職場でヒップホップという言葉を聞いたときは、縄跳び（ホップ）に関係する言葉だとばかり思っていた。

　エリンボルクがハフナルフィヨルデュルへ向かっていた。グドロイグルの子ども時代を調べるためだった。エーレンデュルは父親と姉に訊くつもりだったのだが、二人が突然帰ってしまったのでそのままになってしまった。あの二人にはいずれまた会わなければならないが、その前に、グドロイグルが子どもスターだったころを知っている者たちやクラスメートたちの話をエリンボルクに探ってもらう必要があった。それほど有名になったのならば、グドロイグルがそのためにどんな影響を受けたのか、またまわりの子どもたちはそれをどう受け止めたのか、知りたかった。さらに、グドロイグルが声を失ったときのことを憶えている者、その後の数年、彼がどうなったかを話してくれる者がいれば話を聞きたかった。また当時、彼と仲の悪かった者がいたならば、名前を知りたかった。

これらすべてのことを彼はホテルのロビーでエリンボルクに伝えた。エリンボルクは苛立った。こんなに詳しく説明を受ける必要はないと思ったのだ。この事件を初めから担当しているのだし、自分で考えて捜査するだけの力量は持ち合わせていると思っていた。

「そして最後に、帰り道、ご褒美にアイスクリームを買ってもいいぞ」と彼はエリンボルクをからかって言った。彼女はぶつぶつと不平を口の中でつぶやいてホテルを出て行った。

「そのワプショットという男性を、どうやって見分けるのかしら？」という声がして、振り返るとヴァルゲルデュルがカバンを持って立っていた。

「頭のはげかかったイギリス人。げっそりと疲れた顔、茶色い歯をしたレコード蒐集家。それも少年合唱団のレコードばかりの蒐集家。きみにもすぐにわかるよ」とエーレンデュルは答えた。

「茶色い歯？　少年合唱団のレコードの蒐集家？」

「長い話なんだ。いつかぜんぶ話してあげますよ。いままで採取したものからはなにかわかったかな？　ずいぶん時間がかかっているようだけど？」

彼女に会えて、エーレンデュルはいっぺんにうれしくなった。後ろから声が聞こえたときは、まるで心臓が飛び上がったようだった。重たい気分が一瞬にして晴れて、声に力がみなぎり、息が弾んだ。

「さあ、どこまできたか、わたしはわかりませんけど。なにしろ、採取した数がとても多いので」

「ああ、あの……」エーレンデュルは前の晩のことを謝ろうと思った。「昨夜は失礼してしまった。事故と遭難のこと。山で亡くなる人々についてのぼくの関心をきちんと話せなかった」

「そんなこと、話してくれなくてもいいのですよ」

「いや、話したいのだ。もう一度会ってくれませんか?」

「気にしないで」と言って、彼女はいったん言葉を切った。「どうぞ、そんなに大ごとのように考えないでください。わたし、気にしていませんから。忘れましょう。それでいいでしょう?」

「ええ。もしきみがそれでいいと言うのなら」とエーレンデュルは気持ちとは反対の答えを言った。

「ワプショットはどこにいるのでしょうか?」

エーレンデュルは彼女をフロントまで案内した。部屋の番号を教えてもらうと、彼女はエレベーターに向かった。エーレンデュルはその姿を見送った。彼女はエレベーターホールで立ち止まったが、後ろを振り向きはしなかった。もう一度アタックしてみようと思い、まさに彼女のほうへ向かいかけたときにエレベーターのドアが開き、彼女は乗り込んだ。閉まりかけたドアの間から、彼のほうを見てかすかなほほ笑みを浮かべた。

エーレンデュルはワプショットが滞在している階にエレベーターが止まるのを見てから、自分の部屋に戻るためにボタンを押した。ヴァルゲルデュルの香りがエレベーターの中に漂っているような気がした。

レコードプレーヤーを四十五回転にセットすると、ボーイソプラノのグドロイグル・エーギルソンのレコードを置いた。ベッドの上に横たわり、耳を傾けた。レコードは新品の状態だった。一度もかけられたことがないようだ。傷もなければホコリもついていない。始めに少し雑音があったが、前奏が始まると、そのあとに柔らかく美しい少年の声が〈アヴェ・マリア〉を歌うのが聞こえた。


エーレンデュルは廊下に立って、父親の部屋のドアをそっと開けた。父はベッドの片側に腰を下ろしたまま暗闇を見つめていた。その表情は苦しそうだった。父は捜索に加わらなかった。天候が急変して、高山で二人の息子の行方がわからなくなったあと、彼自身命からがら家にたどり着いた。雪に埋もれた山中を歩きまわり、息子たちの名前を呼んだが、自分の手さえも見えない状況で、雪と風が彼を叩きのめした。父親は深い衝撃を受けていた。高い山まで息子たちを連れて来たのは、放牧している羊を集めるためだった。羊の数はさほど多くはなかったが、何頭か行方不明になっていた。羊を集め、家に帰ろうとしていた。厳しい天候がいまにも始まろうとしていたが、気象予報は良好で、家を出発したとき空は晴れ上がっていた。だが予報は予報にすぎず、空は語ることができない。悪天候は前触れもなくやってきた。

エーレンデュルは部屋に入り、父親のそばに座った。なぜ父親がそこにいるのか、なぜほかの人たちといっしょに捜索に加わっていないのか、彼にはわからなかった。弟はまだ見つかっていない。まだ生きているかもしれない。その可能性はなくなりかけてはいるけれど。それは山から戻った男たちが、食事して、休んで、また出かけていくその顔を見ればわかった。その人たちは近所の人たちや周辺の村々の人たちで、若者も年寄りもいた。犬を連れ、長いストックを雪の中に刺して探し続けていた。エーレンデュルはその方法で見つけられたのだ。同じように弟も見つけられるはずだった。

男たちは高原を一グループが八人から十人で捜索した。ストックを雪の中に突き刺しては、弟の名前を呼んだ。エーレンデュルを見つけてからすでに二日経っていた。悪天候が父親と子どもたちを引き離してからは三日が経っていた。兄弟はしっかり手を握り合っていた。吹雪の中、必死に父親の名前を呼び、父親の声を求めて耳を澄ました。エーレンデュルは二歳年下の弟の手をしっかりと握っていたが、手は寒さでかじかみ、いつの間にかその手を離していた。いつ、その手を離したのかわからない。弟のほうを見たとき、まだ彼は手を握っているつもりだったのだが、弟の姿はなかった。ずっと経ってから、手が離れた瞬間を憶えていると語ったことがあるが、それは嘘だった。手が離れた瞬間がいつだったか、彼は知らなかった。

激しい吹雪の中で、十歳の彼はこのままここで死ぬのだと覚悟した。吹雪は前からも後ろからも横からも斜めからも吹きつけてきた。鋭く斬りつけてきた。あまりの激しさに目も開けていられなかった。冷たく、激しく、容赦なかった。しまいに彼は雪の上に倒れ、そのままその中にうずくまった。そしてこのまま自分は弟といっしょにここで凍え死ぬのだろうと思った。

突然肩に痛みが走って目を開けると、見知らぬ顔が目の前にあった。その男がなにを言ったのか、聞き取れなかった。そのまま眠り続けたいと思った。雪の中から引っ張り上げられ、代わる代わる男たちの背中におぶわれて下山したが、そのときのことはほとんど憶えていない。声は聞こえた。家に着いて、ベッドに横たえてくれた母親の声は憶えている。医者の診察を受けた。足と手に凍傷があったが、大きな怪我はなかった。父親の部屋をのぞいた。まわりで起きていることは自分と関係ないかのように、一人ベッドに座り込み、宙を見ていた。

二日後、エーレンデュルは元気を取り戻した。父親のそばに立った。心細くて怖くてたまらなかった。体力が回復してくると、彼はなんとも言えない罪悪感に苛まれはじめた。なぜ自分が？　なぜ弟ではなく自分が助かったのだ？　もし自分が先に見つからなかったら、みんなは弟を見つけることができたのではないか？　彼はそれを父親に訊きたかった。また、なぜ父親が捜索隊に加わらないのかと訊きたかった。だが実際にはなにも訊かなかった。ただ父親を見つめるだけしかできなかった。深い皺、伸び放題のひげ、悲しみで真っ黒になった両眼。

時間が経っても父親は息子に気づかないようだった。エーレンデュルは父親の手の上に自分の手を置いて、自分のせいか、自分が悪かったのか、と訊いた。弟が消えてしまったこと。自分は弟の手をしっかり握っていなかった、自分がもっと弟をしっかりとみるべきだった、自分が見つかったとき、弟も見つかるべきだったのに、と。彼はそっと話した。おずおずと、すすり泣きをこらえることができずに。父親は頭を深く沈めた。目に涙があふれ、エーレンデュルを抱きしめると彼もまた泣きだした。しまいにその重く大きな体が息子の体といっしょに激しく揺れた。

あのときの思い出がエーレンデュルの胸をいっぱいにした。ふたたびレコードの雑音が聞こえ、彼は我に返った。あのときのことを思い出すのを自分に許すことはめったになかったが、いま思い出は突然よみがえり、彼はまたもや救いようのない悲しみで胸が一杯になった。けっして忘れることはない、またけっして完全に葬ることもできない、一生いっしょに生きていく思いだった。

少年の歌声にはそれほどの力があった。

13

サイドボードで電話が鳴った。エーレンデュルは立ち上がるとレコードの針を持ち上げプレーヤーのスイッチを切った。電話はヴァルゲルデュルからだった。ヘンリー・ワプショットは部屋にいなかったという。フロントに戻って館内放送で探してもらったが、彼はどこにもいなかった。

「検査が終わるまでは出発しないと言っていたはずだが」とエーレンデュルが言った。「チェックアウトしたのだろうか？　今晩の飛行機で発つようなことを言っていたが」

「さあ、わかりません。フロントではなにもわかりませんでした。わたしはもうここにいる時間がありませんが……」

「ああ、もちろんです。すまない。見つけ次第、彼をそちらへ送ります。面倒なことにつきあわせて申し訳ない」

「そんなことありません。それじゃわたしはこれで」

エーレンデュルは迷った。なんと言えばいいのかわからなかったが、そのまま電話を切りたくはなかった。そのときドアをノックする音が聞こえた。きっとエヴァ＝リンドだろう。

「もう一度会いたいのですが。しかし、もういいと言うのならあきらめます」

またノックが聞こえた。こんどはもっとはっきりした叩きかただった。

「事故と遭難の話を聞いてもらいたいのです。もし嫌でなかったら」

「え、どういうことでしょうか?」

彼自身どういうことかわからなかった。娘のエヴァ＝リンド以外の人間に話したことがないのに、なぜいまこの女性に話そうとしているのか。なぜ自分はあのことにかまわずに生き続けようとしないのだろう、いまもこれからも。

ヴァルゲルデュルはすぐには答えなかった。ドアに三度目のノックが響いた。エーレンデュルは受話器を置いてドアを開けに行き、そのままノックの相手を見もせずに受話器に戻った。

「ハロー?　ハロー?」

すでに切れていた。

受話器を戻して振り向いた。見たこともない男が戸口に立っていた。背丈は低く、青い厚手の冬のオーバーコートを着て、首にマフラーを巻き青いハンチング帽をかぶっている。帽子には解けた雪のしずくが残っていて、コートも濡れていた。顔は丸く、唇は厚い。その両眼の下には赤みがかった大きなふくらみが垂れ下がっている。その顔は写真で見たことのあるW・H・オーデンを思い出させた。鼻の先にもしずくがぶら下がっている。

「エーレンデュルというのはあなたですかね?」

「はい」

「ホテルへ行ってあなたに会うようにと言われて来たのだが」と言って男はハンチング帽を脱

いで軽く振ってしずくを払い、鼻の下に垂れ下がっている鼻水を手の甲で拭いた。

「だれに言われて来たのですか？」

「マリオン・ブリームとかいう、会ったこともない人だ。グドロイグル・エーギルソンの死について調べているといって電話してきた。生前彼を知っていた人間と連絡をとっているとか。あなたと会って話をしてくれと言われた」

「あなたは？」

エーレンデュルは男の顔に見覚えがあるような気がしたが、どこで見たのかどうしても思い出せなかった。

「私はガブリエル・ヘルマンソン、昔ハフナルフィヨルデュル少年合唱団の指揮者をしていたことがある。中に入って座ってもいいかね。ここの廊下はじつに長くて……」

「ガブリエル？　ああ、もちろん。入ってください」

男はコートのボタンを外し、マフラーをほどいた。エーレンデュルはグドロイグルのレコードの一つを手に取った。指揮者が笑みを浮かべてカメラのほうを見ているジャケットのほうだ。

「これはあなたですか？」と言って、ジャケットを渡した。

男は写真を見てうなずいた。

「これをどこで手に入れたのかね？　このレコードはもう何年も前から手に入らなくなってしまっている。私はうっかりこのレコードをだれかに貸してしまい、持っていないのだ。人にものを貸してはだめだということだね」

「グドロイグルの手元にありました」

「私はまだ、そう、たしかまだ二十八歳だったと思う、この写真が撮られた当時。信じられんね、時の速さは」ガブリエル・ヘルマンソンは言った。

「マリオンはなんと言ったのですか？」

「べつになにも。私がグドロイグルについて知っていることを話すと、あなたの名前を挙げて、直接に話してくれと言われた。私はレイキャヴィクにどっちみち用事があったので、こうしてやってきたわけだ」

ここでガブリエルは少しためらった。

「電話ではよくわからなかったのだが、男なのか女なのか？　マリオン？　これは男の名前か女の名前か？　電話でそれを訊くのははばかられた。とにかくどっちなのか私にはわからなかった。たいていは声でわかるものだが。相手は私と同じくらいか、ひょっとするともう少し年上のように聞こえたが、それも訊かなかった。変な名前だな、マリオンとは」

男が好奇心をもっているのがわかった。ほとんど熱心すぎるほどに。まるでマリオンの性別を知るのが彼にとってごく重要であるかのような話しかただった。

「私は考えたこともなかったです。マリオン・ブリームという名前のこと。いまちょうど、このレコードを聴いたばかりなのですが」と言って、エーレンデュルはジャケットを指差した。「グドロイグルの歌に心から感銘を受けました。素晴らしい。まだ子どもなのにこんなふうに歌えるとは」

「グドロイグルはおそらくアイスランドが生んだ最高の歌手でしょう」ガブリエルは言って、レコードのジャケットを見つめた。「いま思えば。当時は、彼がどれほど素晴らしいかわからなかった。いや、最近になってようやくそれがわかった気がする」

「最初に彼に会ったのはいつですか？」

「父親が彼を連れてきたのです。一家は当時ハフナルフィヨルデュルに住んでいた。いや、いまでも住んでいるのではないかと思う。母親が死んだばかりで父親は二人の子どもを一人で育てていた。それがグドロイグルで、彼の上にたしか女の子がいたと思う。父親は私が外国で音楽教育を受けて帰国したばかりだということを知っていた。私は学校でも教えていたし、個人レッスンもしていた。合唱団が組めるほど子どもを集めると、私は指揮者に推薦された。合唱団に入るのはやはりここでも女の子のほうが多かったが、私たちはとくに男の子を募集した。そしてある日、グドロイグルが父親に連れられて私のもとにやってきた。十歳だった。その声はすでに素晴らしかった。そして彼は歌うことができた。父親が厳しいこと、子どもに対し要求が高いことはすぐにわかった。彼はグドロイグルにここまで教えたのは自分だと言った。あとでわかったのだが、父親は必要以上に息子に厳しかった。厳しくしつけ、息子が外に遊びに出ることさえも許さなかったという。ほかの子どもたちと遊ぶことも禁じた。この父親は子どもを押さえつけ、自分の思うようにしようとする抑圧的な親の典型といっていい。グドロイグルの子ども時代はけっして幸せなものとは言えなかったと思う」

そこまで一気に言って、ガブリエルは黙った。

「ずいぶんこのことを考えてきたようですね」エーレンデュルが言った。

「私にはなにが起きるかわかっていた」

「なにが起きるか？」

「子どもに対して厳しいしつけと称して押さえつけ、法外な要求を突きつけ、型にはめようとすることほど教育上よくないことはない。際限なくわがままを言う子どもを叱るのとは別のことだ。子どもには道を示してやらなければならない。しつけをすることそのものは当然の親の責務だ。私が言わんとしているのは、子どもが子どもでいることを許さない親のことだ。子どもが子どものままでいること、子どものままでいたいというときに押さえつけ、ねじ曲げ、挫くこと。グドロイグルはあのような美しい声をもっていた。ボーイソプラノの声だった。父親はその声に野望をもった。もしかすると父親は意識的に子どもを押さえつけたのではないかもしれない。意図的な抑圧ではなかったのかもしれない。だが、父親はグドロイグルから子どもの暮らしを奪ってしまった。あの子の子ども時代を支配してしまったのだ」

　エーレンデュルは自分の父親のことを思った。礼儀の大切さを教え、つねに思いやりを示してくれた。唯一求められたのは、行儀よく、ほかの人にていねいに接すること。父親は自分をむりやりねじ曲げてほかの形にしようとしたことはなかった。また、息子を虐待した疑いでまもなく裁判にかけられる父親のことも心に浮かんだ。グドロイグルは子ども時代ずっと父親の期待に応えるために懸命に努力したのだろう。

「宗教的な集団ではよくあることだろうと思う」とガブリエルは続けた。「セクトに生まれた子どもは両親と信仰を同じくするように強制され、勝手が許されないということがある。自由は許されないのだ。自分の生まれた世界から出ることが許されないし、自分の人生を自分で決めることも許されない。子どもは大人になるまでそれがわからないことが多いし、一生わからない人もいるだろう。しかし気がつく人はたいてい十代とか、まだ若いときに気がつき、親と衝突する。子どもは急に親と同じようには生きたくないと言い出し、その結果大きな悲劇となるのだ。私はこれをたくさん見てきた。医者は子どもを医者にしたがる。弁護士も、社長も、パイロットも。子どもに過大な要求を突きつける親がどんなに多いことか」

「グドロイグルの場合もそうだったというのですか？　グドロイグルはそれでもうたくさんだ、もう嫌だと言ったのですか？　彼は反旗を翻（ひるがえ）したのですか？」

ガブリエルは黙った。そしてしばらくして口を開いた。

「グドロイグルの父親に会ったことがあるかね？」

「今朝二人に会いました。父親とグドロイグルの姉に。怒りと敵意をむき出しにしていました。グドロイグルに対して温かい気持ちをもっていないことははっきりしていましたよ。彼の死に涙一つこぼさなかった」

「それで、父親は車いすだった？」

「ええ」

「それは数年後のことだ」ガブリエルが言った。

「数年後？　いつから数えて？」

「コンサートから数年後のこと。あの子が北欧演奏旅行に出かける直前に開かれたまさに最悪としか言いようがないあのコンサートから数えて。父親はノルウェーのしかるべきレコード会社数社にグドロイグルの最初のレコードを送りつけた。ある会社が興味を示し、北欧演奏旅行を企画した。もちろんうまくいけばレコードを作成することも見込んでの話だ。父親はあるとき自分の夢を語った。よく訊いてくれ、父親の夢だよ、グドロイグルのではなく。それはいつかグドロイグルをウィーン少年合唱団といっしょに歌わせることだった。そしてその夢はまさに実現されるところだった。間違いなくそうなるところだったのだ」

「なにが起きたんです?」

「ボーイソプラノの歌い手に遅かれ早かれ必ず起きることが起きたのだ。自然がストップをかけた。それもグドロイグルの人生でまさに最高の機会に。リハーサルのときに起きることもあり得たし、グドロイグルの家でも起き得たのに、よりにもよって最悪の瞬間に……、可哀想な子だった……」

ガブリエルはエーレンデュルと目を合わせた。

「私は舞台の上で少年たちといっしょにいた。少年合唱団は彼といっしょにいくつか歌うことになっていたからだ。会場はハフナルフィヨルデュルの子どもたち、レイキャヴィクの音楽関係者、町のお偉がた、マスコミ関係者でいっぱいだった。このコンサートは大きく宣伝されていて、もちろん父親は最前列の真ん中の席に座っていた。グドロイグルは、かなり年月が経ってから、それは彼が家を出てよそに移ったあとだったが、私を訪ねてきたことがある。そしてあの晩の運命的な経験を語ってくれた。私はその後、たった一晩のできごとが人の人生にこれほど深い傷を与えてしまうことがあるのだと何度考えたかしれない」

バイヤルビオ劇場には空席は一つもなかった。ハフナルフィヨルデュルでもっとも大きな映画劇場だった。聴衆の期待に満ちたざわめきが劇場の天井まで響いた。彼はその素晴らしい劇場にそれまでに二度映画を観にきたことがあり、その二度とも大きな感銘を受けていた。観客席の上の美しい照明灯、少し高くなっている舞台。そこではときに芝居が演じられることもあった。一度目は母親と『風と共に去りぬ』の復刻版を観に、二度目は父親と姉といっしょにディズニー映画を観にきていた。

だがその日、その場にいた人々は銀幕に映る映画を観にきたのではなかった。彼の声を聴きにきたのだ。二つのレコードの声の本人が、生で歌うのだ。彼にはもはや恥ずかしさはなかった。なんと言っていいかわからないおそれのほうが強かった。聴衆の前で歌ったことはいままで何度もあった。ハフナルフィヨルデュル教会や学校で歌ったし、それらの場所でも聴衆は大勢いた。怖くなったり恥ずかしさで胸がいっぱいになるのはいつものことだった。だが、ほかの人が自分の声を聴きたがっているとわかってから、恥ずかしさはなくなった。人々が自分の歌を聴きにくるのはそれなりの理由があるからで、聴きにくる人々がいるかぎり、恥ずかしがることはないとわかったからだ。人々がやってくる理由は彼の歌であり、彼の声だった。まさにそのために人がわざわざ聴きにくるのだ。彼はスターだった。

父親は彼に新聞広告を見せてくれた。〝今宵アイスランド一のボーイソプラノが歌う〟とあった。彼よりも上手な者はいない。父は有頂天になっていた。彼自身よりも父親のほうが興奮しているありさまだった。何日もこのコンサートのことばかり話していた。おまえの母さんが生きていて、おまえがバイヤルビオで歌うと知ったらどんなに喜んだことか。とても言葉では表せないほどだ。

ほかの国の人たちも彼の歌が気に入り、コンサートを開きたいと言ってきた。レコードも出したいと。そうなると思った、私にはわかっていた、と父親は何度も言った。私にはわかっていた、と。そして、周到に演奏旅行の準備を始めた。バイヤルビオでのコンサートをもって準備はすべて整ったことになる。

舞台助手が緞帳(どんちょう)の端から客席をのぞかせてくれた。客席のざわめきが聞こえ、いままで見たこともないような人々、これからもけっして会うことはないであろう人々がホールを満たしていた。指揮者の奥さんと三人の子どもが前から三列目に座っているのが見えた。クラスメートが親たちと来ている。驚いたことにいつものいじめっ子連中も見える。そして父親が最前列の真ん中に姉といっしょに腰を下ろすのが見えた。姉は大きく目を開けてホールの天井を見上げている。母方の親戚も来ている。あまり知らない叔母さんたち。男の人たちは帽子を膝にのせて、緞帳が上がるのをいまかとばかり待ち構えていた。

彼は父親の期待に応えたかった。父親が彼のために、息子のために、息子が最大限可能なかぎり上手な歌い手になるためにどれほどの犠牲を払ってきたか知っていたし、いままさに父親の努力が報われようとしていることも知っていた。彼はこのために血のにじむような努力をした。サボることなど考えられなかった。そうしてみたこともあったが、結果は、父親の激しい怒りを買っただけだった。

彼は百パーセント父親を信じていた。いつもそうだった。歌いたくないときに歌わせられたときさえもそうだった。父親は鞭と飴をもって彼を導き、しまいには必ず息子を自分の思うままにした。初めて知らない人々の前で歌ったときは、苦しかった。舞台に立つのは怖かったし、恥ずかしくてならなかった。しかし父親は動じなかった。彼がクラスメートたちにいじめられてもその態度に変わりはなかった。彼が学校や教会で歌うようになると、クラスメートのいじめはますますひどいものになった。しまいには女の子たちさえも彼をばかにした。ひどいあだ名で彼を呼び、彼の歌いかたの真似をしておどけてみせた。

彼は母親の死からけっして立ち直ることができない父親を裏切れなかった。母親は白血病で、発病してからわずか数ヵ月で死んでしまった。父親は昼も夜も母親につききりで、しまいには病院に泊まり込んで看病した。コンサートの日、家を出るときに言った父親の言葉は、ママのことを考えなさい。どんなにおまえを誇りに思うことか、だった。

合唱団が舞台に整列した。女子は全員、ハフナルフィヨルデュル自治体が用意してくれたワンピース姿で、男子はグドロイグルと同じ白いシャツに黒いズボンだった。舞台に立った子どもたちは聴衆のざわめきを感じて、もじもじしたり、上を向いたり下を向いたりしながらも、全員がベストを尽くす覚悟で奮い立っていた。指揮者のガブリエルが舞台助手に声をかけると、司会者が靴の底でタバコをひねり消した。用意ができた。まもなく緞帳が上がる。

ガブリエルはグドロイグルを呼んだ。

「だいじょうぶだね?」

「はい。満員ですね」

「ああ、そうだ。みんなきみを見るために来ている。忘れるんじゃないよ。みんなきみが歌うのを見るために来ているんだ。おおいに誇りに思っていい。恥ずかしがることはまったくない。いまは少しドキドキするかもしれないが、歌いはじめれば落ち着くはずだ。それはきみがだれよりもよくわかっているよね」

「はい」

「それじゃ、始めようか?」

グドロイグルはうなずいた。

ガブリエルは両手を彼の肩に置いた。

「こんなに大勢の人々を前に歌うのは、最初はむずかしいかもしれない。だが、きみはただ歌い続ければいいんだ。そうすればすべてがうまくいくからね」

「はい」

「司会者は最初の歌が終わるまで出てこない。いままで練習してきたことだ。きみはただ歌いだせばいい。みんながあとに続くから」

ガブリエルは舞台助手に合図をし、指揮棒を上げて合唱団に向き合った。合唱団はすぐに静かになった。全員が指揮者のほうを向いた。全員、用意ができた。

会場の照明が落とされた。ざわめきが静まり、緞帳がゆっくり上がりはじめた。

ママのことを考えなさい。

会場が見えるようになる前に彼の脳裏をよぎったのは、ベッドに横たわっている母親の姿だった。一瞬集中が途切れた。父親といっしょで、二人はベッドを挟んで座った。母親は目も開けていられないほど弱っていた。目を閉じて眠っているように見えたが、ゆっくりと目を開けて彼を見、ほほ笑んだようだった。もう話をすることはできなかった。帰る時間になり、彼と父親は立ち上がった。彼はいつもこのときのことを思い出すと胸が痛くなる。ママにキスすればよかったと思う。これが最後のときとなったのだ。彼は立ち上がり、父親といっしょに病室を出てドアを閉めた。

緞帳が上がった。グドロイグルの目が父親の目と合った。ほかの人たちの存在は消え去った。彼には父親の厳しい目しか見えなかった。

会場でだれかが笑った。

彼は意識を取り戻した。合唱が始まっていた。指揮者が彼にキューを与え、うながした。だが、彼はそれに気づきもしなかった。指揮者は平静を装い、もう一度、最初の小節の合唱を繰り返させた。そしてグドロイグルはこんどはうまくそれに乗り、まさに歌いだそうとしたそのとき、なにかが起きた。

声がおかしかった。

「突然の声変わりだった」寒いホテルの部屋でかつての指揮者ガブリエル・ハルマンソンはエーレンデュルに語った。「声が割れたのだ。のどに雄鶏が飛び込んだ、というのがよく使われる表現だ。それも期待された大きなステージで、ソロの歌い出しのときに。それですべてが終わったのだ」

14

　ガブリエルはエーレンデュルのベッドの端に腰掛けたまま、じっと宙を睨んだ。合唱団の生徒が一人、また一人と、口を閉じていったあのときのことを思い出したのだ。なにごとが起きたのかまったくわからず立ち往生していたグドロイグルは、何度も咳払いしては歌おうとした。父親は立ち上がり、姉は舞台に駆け上がって、弟が歌おうとするのをやめさせようとした。聴衆は最初はどうしたのだろうとささやき合ったが、しだいにそこここで押し殺したような笑いが漏れた。笑いはだんだん広がって大きくなり、口笛を吹く者まで出てくる始末だった。ガブリエルはグドロイグルのそばへ行き、舞台の袖に連れて行こうとしたが、少年の足はまるで釘で打ち付けられたかのようにまったく動かなかった。舞台助手は緞帳（どんちょう）を下ろそうとした。司会者はタバコを指の間に挟んだまま舞台に出てきたが、どうしていいかわからない様子だった。ようやくガブリエルはグドロイグルを動かすことができ、なんとか舞台から引き揚げさせようとしたときのことだった。グドロイグルの姉が舞台に駆け上がり、グドロイグルの手を取って聴衆に向かい、笑うべきことではないでしょうと大声で叫んだのだ。父親はまだ最前列の座席の前に呆然として立っていた。

　ガブリエルは我に返り、エーレンデュルと視線を合わせた。

「私はいまでもあのときのことを思い出すとぞっとする」

「雄鶏がのどに飛び込む？　私は専門外なので、よくわからないのですが……」

「変声期によくあることなのだ。第二次性徴期に入ると、性的発達に伴って声帯が伸びる。だが本人にはそれがわからないので、それまでどおりに声帯を緊張させて歌おうとする。すると声が一オクターブ下がるのだ。とても美しいとはいえない声になる。スイスのヨーデルのような声だが、これが上にはいかず、下に下がる。これはすべての少年の歌い手に共通の問題で、グドロイグルは年齢からいって、まだ二、三年はだいじょうぶそうだったのだが、彼は早熟だったんだろう。ホルモンの変化が年齢のわりに早く始まり、あの晩、それが突然現れたのだ」

「あなたとグドロイグルとの関係はよかったのでしょうね。のちに、彼はあなたを訪ねてこの話をしたのでしょうから」

「ああ、そう言えると思う。私を信用してくれていた。だがそれも時とともに薄れてしまった。人生はそのようなものだろう。私はできるかぎり手伝おうとしたし、彼もそれから少しの間は個人レッスンに来ていた。父親がどうしても諦めなかったからね。息子をなんとしてもプロの歌手にするつもりだった。イタリアかフランスへ行かせたいと言っていた。しまいにはイギリスへ行かせるとまで言っていた。イギリスには昔から少年合唱団の伝統があるからだ。もちろんそこにはスターになり損ねた子どもたちがいっぱいいる。子どもスターほど短命な存在はないからね」

「だが、彼はその後もスターにはなれなかったんですね？」

「そう。あれで終わりになってしまった。大人になった彼の声は悪くはなかったが、ユニークとはいえなかった。しかしなにより、彼は歌うことに興味を失ってしまった。いままでの努力はすべて水の泡。実際の話が、あの晩彼の子ども時代ぜんぶが煙となって消えてしまった。父親はそんな彼をほかの声楽教師のもとに連れて行った。が、そこでもうまくいかなかった。なんといっても、彼の中の火種が消えてしまったのだ。それでも父親のために嫌々ながら彼はやってみようとしたのだが、その後、すべてやめてしまった。そもそも自分はこんなことをしたくなどなかったと彼は私に語った。コンサートで歌うとか合唱団で歌うとか、ソリストになるとか、彼はまったく興味がなかったのだ。すべてが父親の野望だった」

「さっき、その数年後になにかが起きた、と言いましたね？」とエーレンデュルが訊いた。「バイヤルビオ劇場でのコンサートの数年後に。父親と車いすのことだったと思いますが、ちがいますか？」

「しだいに父親と息子の間に亀裂ができた。あなた自身、ここに娘といっしょにやってきたときの父親の態度を見ただろう？　だが、私はすべてを知っているわけではない。知っているのはほんの一部だと思う」

「しかし、いまの話から、グドロイグルと姉は近しい関係だったといえるのではありませんか？」

「それは間違いない。いつも合唱の練習には付き添ってきたし、彼が聴衆の前で歌うときは必ずそばにいた。学校であれ、教会であれ、ほかのコンサート会場であれ。弟に対してやさしかった。しかし、彼女もまた父親に強く支配されていた。父親はめったにないほど強い性格の人だった。一度言い出したことはけっして翻(ひるがえ)さない、無理にでも押し進める。しかし、やさしいときはじつにやさしい人でもあったようだ。彼女はしまいに父親の側に立ったようだ。息子は父親とけっきょく決裂してしまった。なにが引き金になったのかは知らないが、しまいには父親を憎み、舞台で起きたことも父親のせいだと責めた。あのコンサートのことだけでなく、なにもかもが父親のせいでこうなったと怒りを爆発させたのだ」

ガブリエルはしばらく黙った。

「会いにきてくれて話をしたとき、帰る前に彼は、父親に子ども時代を奪われた、そして自分は父親に化け物にされてしまったと言っていた」

「化け物？」

「そう、彼はまさにその言葉を使った。だが、私は彼がなにを言おうとしたのかわからない。それは事故の直後のことだった」

「事故？」

「そうだ」

「なにが起きたのですか？」

「あれはグドロイグルが二十歳前のことだったと思う。彼は高校を卒業して、ハフナルフィヨルデュルからほかの土地に移った。彼とはすでにつきあいはなかったが、思うにあの事故は父親に対する反抗が背景にあったのだと思う。父親に対する長年の恨みと憎しみだな」

「その事故のあと、彼はハフナルフィヨルデュルから出て行ったのですか？」

「ああ、そうだと思う」

「で、いったいなにが起きたのですか？」

「彼らの家には二階への急な階段があった。一度私は彼らの家を訪ねたことがあるから知っている。玄関ホールから二階へ通じる階段だ。木製で幅がとても狭かった。二階に父親の書斎があった。あるときいつものように父親と息子が大げんかをした。そして階段まで来て、息子が父親の胸を押したために父親は階段から転げ落ちてしまったという。それは大変な事故に繋がった。そのあと父親は二度と自分の足で立てなくなってしまった。背骨を折ったために腰から下が麻痺してしまったのだ」

「それは故意だったのでしょうか？　知っていますか？」

「それはグドロイグルしか知らないことだ。それと父親と。このあと、彼は家から追い出された。父親と姉は彼を拒み、二度と会わなくなった。もしかすると、彼が故意に父親を突き落としたと解釈されたのだろう。つまり事故とは言いきれないと」

「どうしてこの話を知っているんです？　グドロイグルがその後家族といっさい交際がないのなら」

「彼が父親を階段から突き落としたという話が町中に知れ渡ったからだ。警察の捜査までおこなわれたのだから」

エーレンデュルはガブリエルを正面からとらえて訊いた。

「あなたが最後にグドロイグルに会ったのはいつですか？」

「まったくの偶然から、このホテルで。私は彼がどこへ引っ越したのか知らなかった。あるときこのホテルで友人たちと食事をした。そのとき、ドアマンに見覚えがあるような気がした。制服を着ていたので、すぐには彼とわからなかった。なにしろすでに二十年以上経っていたので。これは五、六年前のことだ。私は彼に近づき、私を憶えているかと訊いた。そしてそのあと少し話をした」

「どんな話を？」

「差し障りのない話、単なるあいさつだけだった。どうしてた、元気か？　と私は訊いた。彼はほとんど自分のことを話さなかった。私と会ったのが、あまり愉快ではない様子だった。忘れたいと思っていた過去が私と会ったことでよみがえるのが嫌だったのかもしれない。制服を恥ずかしく思っているようだった。いや、なにか別のことだったかもしれない。私は家族のことを訊いたが、家族とはつきあっていないと言っていた。その後は話すこともなく別れた」

「グドロイグルを殺したいと思うような人間に心当たりはありませんか？」

「まったくない。彼はどんな殺されかたをしたのかね？」

その問いは控えめで、顔には悲しみがあり、センセーショナルなことを知りたいという好奇心ではなく、かつて彼が歌を教えた天才少年の最期はどういうものだったのか知っておきたいという気持ちが表れていた。

「その問いには答えられません。現在捜査中なので外部に話すことはできないのです」

「ああ、もちろんそうだろう。当然のことだ。警察が捜査中ということは……。もうじき解決できるのか？　いや、これもばかな質問だった。これにも答えることはできんだろうな。だれが彼を殺したいなどと思ったのか、私にはまったく見当もつかない。なにしろ、彼とつきあいがあったのは大昔のことだから。彼がこのホテルで働いているということだけは、そんなわけで知っていたが」

「グドロイグルはこのホテルでずいぶん長いこと働いていましたよ。ドアマンとして。ほかにもいろんな役目を引き受けていました。たとえばクリスマスにはサンタクロースの役とか」

ガブリエルは深くため息をついた。

「なんという人生だ」

「彼のレコード二枚以外にわれわれが彼の部屋で見つけたのは、壁に貼ってあったポスターだけでした。一九三九年の古い映画のポスターでシャーリー・テンプルの〈リトル・プリンセス〉。そんなものをなぜ彼がとっておいたのか、わかりますか？　部屋にはほかにまったくなにもなかったのです」

「シャーリー・テンプル？」

「ええ。子どもスターの」

「それは決まっているではないか。グドロイグル自身が子どもスターだったからだろう。まわりの人間たちもそういう目で見ていたし、彼自身そう思っていただろう。それ以外考えられないね」

そう言うとガブリエルは立ち上がり、ハンチング帽をかぶってコートのボタンをかけ、マフラーをしっかり首に巻いた。エーレンデュルは部屋のドアを開けて彼を送り出し、その後ろから廊下に出た。

「わざわざ来てくれてありがとうございました」と言って、握手の手を差し出した。

「礼を言われるようなことではない。これは警察のために私ができるほんの些細なことだ。そして可哀想なあの男のためにも」

一瞬彼はなにか言いたそうにした。どう表現していいかわからないという表情だった。

「彼はじつに、じつに純粋な子どもだった」としまいに語りだした。「完璧なほど。彼がいかにユニークであるか、特別であるか、いまに世界に知られる歌手になる、ウィーン少年合唱団の少年たちのような歌い手になると言い聞かせなければならないほど、素直で無垢な子どもだった。なにか、特別なことがあると、この小さな国ではすぐに大ごとになる。その傾向が年々激しくなってきた。つねに敗北者であったこの国では、なにかあると大げさに騒ぎ立てるのだ。グドロイグルは特別な子どもだということで学校でいじめを受けていた。いろんな場面で一人だけスポットライトを浴びて人の噂にのぼるような存在になっていた。だが、コンサートのあと、彼は平凡な子だということになり、一晩にして彼の世界は崩れてしまった。あのような経験をした子が生きのびるには、相当の強靭さが必要だったろうよ」

別れのあいさつをして、ガブリエルは廊下を歩いていった。エーレンデュルはドアの外に立ってガブリエルを見送った。まるでグドロイグル・エーギルソンの話が昔の合唱団指揮者からすべてを吸い取ってしまったかのような後ろ姿だった。

エーレンデュルはドアを閉めて部屋の中に戻った。ベッドに腰掛けてかつてのボーイソプラノ歌手のことを考えた。彼がサンタクロースの衣装を着てズボンを足首まで下ろした姿で見つかったことを思った。どんな道をたどったためにあの倉庫のような狭い部屋で死ぬ羽目になったのか、破れた夢を抱えてどんな気持ちでこの長い時間を生きてきたのか。そしてまた、鼈甲(べっこう)縁の厚いレンズの眼鏡をかけて車いすに座っていたグドロイグルの父親、そして弟のことを話すのも嫌そうにしていた彼の姉のことを考えた。太ったホテル支配人のこと、グドロイグルのことはほとんど知らないと言ったフロントマネージャーのことも考えた。そしてイギリスからわざわざグドロイグルに会いにきたヘンリー・ワプショットのことを思った。グドロイグル少年のやさしく美しい声はいまでも、そしてこれからも聴くに値する美しい声だと言っていた。

気がつくと、いつの間にか彼は自身の弟のことを考えていた。

エーレンデュルはふたたびプレーヤーにレコードを置いた。ベッドに体を伸ばして目をつぶり、子どものときに過ごした家の中に入っていった。

もしかするとこれは弟の歌でもあるのかもしれない。

15

夕方レイキャヴィクに戻ってきたエリンボルクは、まっすぐエーレンデュルに会いにホテルにやってきた。

エレベーターで彼の部屋まで来ると、ドアをノックした。なんの反応もない。もう一度、そしてさらにもう一度ノックした。諦めて戻ろうとしたとき、ようやくドアが開き、エーレンデュルが顔を出した。考えているうちにいつの間にか眠ってしまったらしかった。ハフナルフィヨルデュルで入手した情報をエリンボルクが話している最中もいかにも眠そうだった。彼女は昔の学校の校長に会ってきた。いまではすっかり年をとって体も衰えてしまっていたが、グドロイグルのことはよく憶えていた。そのうえ、去年亡くなった元校長の妻はグドロイグルの母親と親しかったという。元校長からグドロイグルと同じ学年だった三人の名前を聞き、直接話を聞いてきた。三人ともまだハフナルフィヨルデュルに住んでいた。中の一人はバイヤルビオ劇場でのコンサートに実際に行ったという。また昔ハフナルフィヨルデュルで彼らの隣に住んでいたという人や、当時のことをよく知っている町の人たちの話も聞いてきた。

「アイスランドは小さな国なのに、まわりとちがうことは許されないんですよ」と言ってエリンボルクはベッドの上にどかっと腰を下ろした。「みんなと同じでなければならないってわけ」

だれもがグドロイグルの未来はみんなとはちがうものになると思っていた。本人がそう言ったわけではなかった。そもそも自分のことを話したりする子どもではなかった。だが、とにかく彼がみんなとはちがうということはだれもが知っていた。ピアノのレッスンに通っていたし、歌のレッスンも受けていた。初めは父親から、そのあとは音楽の先生、その先生は子ども合唱団の指揮者になった、そしてその後はドイツに留学して帰国した有名な歌手から直接レッスンを受けた。みんな、拍手を送って、グドロイグルを手の届かない高いところに押し上げてしまった。彼は——真っ白いシャツに黒いズボンをはいて舞台からお辞儀をした、髪の毛を七三に分けて梳かしつけた小さな大人。話を聞いただれもが、グドロイグルはきれいな子だったと言った。彼の歌はレコードにもなった。そのうちに外国でも有名になるのだとみんなが思っていた。

グドロイグルはハフナルフィヨルデュルの出ではなかった。一家は北部の出身で、最初レイキャヴィクに移り住み、それからハフナルフィヨルデュルに引っ越してきた。父親はオルガン奏者の子で、若いとき外国で歌唱のレッスンを受けていたという噂があった。戦後アメリカ軍との商売で財を成した親からの遺産でハフナルフィヨルデュルに家を買ったという。その遺産は相当なもので、一生働かなくても食っていけるほどだったらしい。だが、父親はけっしてそんなことを自慢して歩くような男ではなかった。ハフナルフィヨルデュルの町では目立たないようにして暮らしていた。妻といっしょに散歩をしているとき、人に会えば帽子を上げてていねいに会釈した。妻は造船会社の社長の娘だとか。会社の名前を知る者はいなかった。一家はこの町の人々とあまり親しくなかった。彼らのつきあっていた人々は、もしそんな人たちがいるとすれば、レイキャヴィクにいたのだろう。客はめったに来なかった。

近所の子どもや学校の友だちが遊びに誘いにくると、たいてい宿題やピアノや歌のレッスンがあるからと断られた。それでもたまに外に出ることもあり、そんなとき、彼はほかの子どもたちと言葉遣いもちがうし、とても繊細だということがわかった。服などめったに汚さなかったし、水たまりで遊ぶこともなく、フットボールなどからきしだめで、上品な言葉しか使わなかった。ときどき外国の名前の人の話をした。シューベルトとか。ほかの子どもたちが少年雑誌や映画の話をするとき、彼は詩の話をした。詩が好きだからではなく、父親に詩を読むのは歌の解釈に役立つと言われたためらしかった。父親がなにを読むべきか厳しく指導しているということも子どもたちはわかった。毎晩一つ、詩を読むとか。

姉は彼とはまったくちがうタイプだった。性格は硬かった。その点は父親に似ていた。グドロイグルほど厳しい監督下におかれているわけではなさそうだった。だが彼女も歌のレッスンを受けていて、町に合唱団ができたとき弟といっしょに入って歌いはじめた。彼女の友人たちの話では、父親が弟を自慢するのを見てうらやましそうだったという。そのうえ母親は弟がお気に入りだったらしい。母親とグドロイグルはとくに親しく、母親は彼をいつもかばっていたという。

一度、グドロイグルの級友が遊びに誘いにきて玄関ホールに通されグドロイグルが外に遊びに出てもいいかどうかで父親と母親がもめているのを目撃したという。分厚いレンズの眼鏡をかけた父親は階段の中ごろに立ち、グドロイグルはいちばん下の段に、そして母親は、玄関ホールに立ったまま、外に遊びに出てもいいではないかと言った。この子は友だちもあまりいないし、こうして誘いにきてくれることはめったにないのだし、レッスンはあとで続ければいいではないかと。

「レッスンはあとで?」父親が叫んだ。「おまえはこれが好きなときに始めたりやめたりできるようなことだとでも思っているのか? レッスンとはどういうものか、おまえにはわかっていないようだ。おまえにはけっしてわかりはしない」

「でも、この子はまだほんの子どもじゃありませんか。それに友だちもほとんどいないんですよ。いつも家の中に閉じ込めておくなんてこと、できませんよ。子どもらしく過ごす時間だって必要です」

「わかったよ、ママ」とグドロイグルは言い、友だちにこう言った。

「あとで行くから。先に行ってて。きっと行くから」

友だちは外に出たが、まだドアが閉まるか閉まらないうちに、父親が階段の上から怒鳴る声が聞こえた。

「二度とこんなことがあってはならない! 他人の前でけっして私に逆らうな!」

そのうちに、グドロイグルは学校で仲間はずれにされるようになった。上級生のいじめが始まった。初めはたいして害のないものだった。その年頃はだれもがいじめ、いじめられる。校庭で殴り合いのけんかもよくあることだった。だが二年後、グドロイグルが十一歳のとき、いじめは彼に集中するようになった。今日の学校と比べれば、かなり小規模な学校だったが、生徒はみんなグドロイグルが特別な子であることを知っていた。音楽の個人レッスンを受けていて、新しくできた合唱団で歌っていること、放課後ほかの子どもたちと遊ぶことが許されないこと。顔色が悪く体も弱々しい。いつも家の中にいた。以前なら誘いにきた子どもたちもそのうちに来なくなった。代わりに学校で彼をいじめはじめた。学用品を入れたカバンが隠されたり、カバンを開けると中身がなくなっていることもあった。学校帰りに道で小突かれたり服が裂かれたりした。殴られもした。あだ名で呼ばれるようになった。誕生日のパーティーに呼ばれることもなかった。

グドロイグルは自分を護るすべを知らなかった。なにが起きているのか理解できなかった。父親は校長に会いにいって、いじめをやめさせるように頼み、校長は約束した。だがその約束は守られず、グドロイグルはその後も殴られ、空っぽのカバンで帰ってきた。父親は転校させること、別の町に引っ越すことも考えたが、プライドのほうが勝ち、けっして状況を変えようとしなかった。父親は町に子ども合唱団を創設するのに尽力したし、若い指揮者にも満足していた。その合唱団でグドロイグルの才能が開花し、そのうちに当然の評価と称賛を得るようになると確信していた。いじめは（この言葉は当時まだなかったけれども、とエリンボルクは付け加えた）グドロイグルさえ我慢すればすむことだ、と。

グドロイグルはただただこの状態に耐えた。抵抗せず、諦めて、自分の殻に閉じこもった。一心に歌とピアノに没頭し、音楽の力を借りて精神の安定を保とうとしていた。音楽には彼の未来があった。そこに成功が待っていた。そこで自分の能力が発揮できると思った。だが、音楽を練習しているとき以外はひどく落ち込み、母親が死んでからは抜け殻のようになっていた。外ではいつもひとりぼっち。もし級友に会えば勇敢にも笑いかけたが。レコードを出したのもそのころのことだった。新聞に取り上げられた。おまえは特別な子なのだと言った父親はやっぱり正しかったのだと思えた。

バイヤルビオでのコンサートに両親といっしょに来ていた一人の女の子がいた。彼の同級生だった。ほかの者たちが笑っているとき、グドロイグルが姉と指揮者の後ろから舞台裏に引っ込むのを見てその子は涙を流したという。

コンサートのあと、その理由はほとんどだれも知らなかったが、グドロイグルは新しいあだ名をつけられた。

「なんと呼ばれたのだ?」エーレンデュルが訊いた。

「校長は知りませんでした」エリンボルクが言った。「同級生たちの中には思い出せないという人もいたし、言いたくないという人もいました。でもそのあだ名に彼は深く傷ついた。それはどの人も口をそろえて言っていたことでした」

「いま何時だ?」と、急になにかを思いついたようにエーレンデュルが訊いた。

「七時ちょっと過ぎだと思います。なにか、まずいことでも?」

「参ったな。おれは一日中寝ていたことになる」そう言ってエーレンデュルは立ち上がった。

「ヘンリー・ワプショットを探さなければならないんだ。唾液検査を昼間しようとしたのだが、ラボの人間によれば、彼は部屋にもホテルの中にもいないということだった」

エリンボルクはプレーヤーとスピーカーとレコード二枚に気がついた。

「彼の歌、どうなんです?」

「素晴らしいとしか言いようがない。きみも聴くべきだよ」

「わたしは今日はもう帰ります」と言って、エリンボルクも立ち上がった。「クリスマスまでの間、ここに泊まるつもりですか? 家には帰らないんですか?」

「わからない。どうするか」

「うちはいつでも歓迎しますよ。ご存知でしょうけど。ハムも用意したし、牛タンのシチューもありますよ」

「心配しないでくれ」と言ってエーレンデュルは部屋のドアを開けた。「今日はもう家に帰っていい。おれはこれからヘンリーを探すことにする」

「シグルデュル＝オーリは一日中なにをしていたんですか、今日」エリンボルクが訊いた。

「イギリスの警察にヘンリー・ワプショットの記録があるかどうか調べているはずだ。いまごろはもう家に帰っているだろうが」

「それにしてもこの部屋、どうしてこんなに寒いんですか?」

「ヒーターが壊れているんだ」と言って、エーレンデュルは部屋のドアを後ろ手で閉めた。

ロビーまでいっしょに下りてエリンボルクを見送ると、フロントマネージャーのところへ行った。ワプショットは一日中ホテルにいなかったということがわかった。フロントは鍵を預かっていなかったし、チェックアウトもしていない。ホテルの勘定も済んでいなかった。ワプショットは夜の飛行機でロンドンに帰るつもりだと言っていた。エーレンデュルは出国禁止の令状を申請するのにじゅうぶんな理由を思いつけなかった。シグルデュル＝オーリからもなんの報告もない。カウンターの前で彼は地団駄を踏んだ。

「逃げたのかもしれない。夜のロンドン行きの便は何時か知っているか？」

「午後の便は大幅に遅れています」フロントマネージャーが言った。空の便の発着状況の把握は彼の仕事の一部だった。「新しい出発時間は午後の九時だということですよ」

エーレンデュルはその場でいくつか電話をかけた。ヘンリー・ワプショットはロンドン行きの便に予約を入れていたが、まだチェックインはしていなかった。エーレンデュルは空港の出国審査所でワプショットをストップさせ、レイキャヴィクに送り返すように指示を出した。ケフラヴィク空港の警察に渡航をストップさせる理由を考えねばならなかった。なにかいい言い訳が見つからないか思案した。本当のことを話したら報道機関がすぐにも嗅ぎつけるだろうと思ったが、時間がないいま、ほかに口実が見つからなかった。真実を話すよりほかになかった。ワプショットに殺人の容疑がかかっていると。

「ワプショットの部屋にちょっとでいいから入れてくれないか？」とエーレンデュルはもう一度フロントマネージャーに訊いた。「なににも触らないと約束する。ただ、ワプショットが逃げ出したのかどうか知りたいだけだ。部屋の捜査令状をとるにはかなり時間がかかるのだ。ただ部屋を入り口からのぞくだけでいい」

「ホテルのチェックアウトを済ませるために戻ってくることも考えられます」フロントマネージャーが形式張った口調で言った。「飛行機が出発するまでまだじゅうぶんに時間がある。お客さまが戻ってきて、荷物をまとめ、会計を済ませてチェックアウトし、エアポートバスに乗るだけの時間はじゅうぶんにあるのです。もう少し待ったらどうですか？」

エーレンデュルは考えた。

「部屋の清掃をさせたらどうかね？　そしたら私が偶然に部屋の前を通りかかって開いているドアから中をのぞくことができる。いいアイディアではないか？」

「私の立場を考えてください。私どもはなによりもお客さまを第一に考えるのですよ。ご自宅で過ごすのと同じ安全とプライバシーを保証しなければならないのです。私がその原則を破ったと知れたら、お客さまは私どもを信用してくれません。そういうことなのです。おわかりいただけると思いますが」

「われわれはこのホテルで起きた殺人事件を捜査中なのだ。すでにホテルの良い評判とやらは地に落ちたのではないですか？」

「捜査令状を持ってきてください。そうすればなんの問題もありませんよ」

エーレンデュルはため息をついてフロントカウンターから離れた。携帯電話を取り出してシグルデュル＝オーリに電話をかけた。何度も呼び出し音が鳴ったあと、やっとシグルデュル＝オーリが応えた。背後から人声が聞こえる。

「いまなにをしているんだ？」エーレンデュルが訊いた。

「ナイフを使った芸術、といったところです」

「ナイフを使ったなに？」

「クリスマス用のパンに模様を刻んでいるんです。ベルクソラの親族といっしょに。毎年の行事ですよ。もう自宅ですか？」

「イギリス大使館で例のイギリス人についてわかったことは？」

「まだ向こうからの返答を待っているんです。明日の朝までにはわかると思うんですが。なにかあったんですか？」

「あいつ、唾液検査から逃げているんだ」と言ったとき、フロントマネージャーが白い紙を手にこっちに向かってくるのが目に入った。「われわれになんの断りもなしに国に帰ろうとしているようだ。それじゃ明日の朝、連絡をくれ。指を切らないように、な」

エーレンデュルは携帯電話をポケットに戻した。フロントマネージャーが目の前まで来た。

「ヘンリー・ワプショットなる人物について、少し調べました」と言って、フロントマネージャーは紙をエーレンデュルに渡した。「少しはお手伝いしたいと思ったので。こんなことはするべきではないのかもしれませんが……」

「これはなんだ？」と言って、エーレンデュルは紙に書かれた文字に目を通した。ワプショットの名前と日付が並んでいた。

「この三年、クリスマスの時期にワプショット氏はうちのホテルに泊まっているんですよ。お役に立てる情報かどうかわかりませんが」

エーレンデュルは日付を睨んだ。

「あの男、アイスランドに初めて来たような口調だった」

「それについては、私はなにも知りません。ですがこれを見ればわかるように、彼はうちのホテルにいままでも泊まっています」

「それにしても、もしあの男がいままでもこのホテルに泊まったことがある客なら、見ればわかったのではないか？」

「私は憶えていません。このホテルには二百以上の客室があるのです。そのうえ、クリスマス時期にはいつもよりも客の数が大幅に増える。あの方もまた大勢のお客さまの一人ですから、こちらも気づかなくて当然です。それにいずれも長期滞在ではありませんでしたから。二日か三日です。今回が初めてではないということに気づかなかったのですが、この紙をプリントアウトしたときに思い出したことがあります。このお客さまはあなたに似ているところがあるのですよ。特別の要望がありました」

「私に似ている？　特別の要望？」エーレンデュルは眉を寄せた。ワプショットと似ているところがあるとは思いもしなかった。

「あの方も音楽に関心がおありのようで」

「え？　なんの話だ？」

「これを見ればわかりますよ」と言って、フロントマネージャーは紙を指差した。「お客さまの特別なご要望を記録しているのです。ま、ぜんぶじゃありませんが」

エーレンデュルは記録を読んだ。

「このお客さまはレコードプレーヤーを部屋に用意してくれと言ったのです。それも、最新のCDプレーヤーではなく、昔のレコードプレーヤーです。あなたと同じように」

「まったくの大嘘つきだ、あの男」と吐き出すように言って、エーレンデュルはまた携帯電話を取り出した。

16

夜になってヘンリー・ワプショットの逮捕令状が出た。ロンドン行きの航空機に乗るところで逮捕され、ワプショットはヒヴェルヴィスガータの警察署の留置所へ連行された。エーレンデュルはワプショットの泊まっていた部屋を捜索する許可を得た。鑑識課の係員たちが夜中近くになって部屋に到着した。殺害凶器を求めて徹底的に部屋の中を捜索したが、けっきょくなにも見つけられないまま引き揚げた。部屋にあったのはワプショットがわざと置いていったにちがいない旅行カバン、洗面所にあったひげ剃り道具、エーレンデュルが借りたのと同じレコードプレーヤー、テレビ、ビデオ、日にちの経ったイギリスの新聞と週刊誌だけだった。週刊誌の一つは〈レコード・コレクター〉だった。

指紋採取の責任者は部屋の中にグドロイグルの指紋を捜しまわった。テーブルの角、ドア枠まで徹底的に粉を叩きつけて捜した。エーレンデュルは廊下に立って彼らの仕事を見守った。タバコが吸いたかった。クリスマスなのだからリキュールを、できればシャルトリューズを飲みたいと思った。家の肘掛けいすと本が恋しかった。もう家に帰ろうと思った。そもそもなぜホテルに滞在しようなどと思ったのか、いまでは自分でも理解できなかった。自分とどうつきあったらいいのかわからなかったのかもしれない。

エーレンデュルは鑑識の連中が振りかけた白い粉が床に落ちていくのを黙って見ていた。

廊下の向こうから太ったホテル支配人が体を揺らして歩いてきた。手に持ったハンカチで顔から首まわりまでひっきりなしに拭きながら。鑑識官たちが働いている部屋をのぞいて、満面の笑みを浮かべた。

「やっと捕まえたそうですな」と言って、ハンカチでのどを一拭きした。「犯人は外国人だったとか?」

「どこでそんなことを聞いたんですか?」エーレンデュルが訊いた。

「ラジオだよ」と支配人は満足そうに言ってうなずいた。「じつにうれしいことだ。犯人が捕まった。しかもそれはアイスランド人ではなく、うちの従業員でもなかった」ホテル支配人は腹を突き出した。「ニュースでは犯人はケフラヴィク空港で捕まったと言っていた。ロンドン行きの航空便に乗るところだったと。イギリス人ですかな?」

エーレンデュルの携帯電話が鳴りはじめた。

「彼が犯人かどうかは、まだわからないのです」と言って、エーレンデュルは電話に出た。

シグルデュル＝オーリだった。

「署まで来る必要はないです。しばらくはだいじょうぶでしょう」

「きみは家でクリスマスの準備をしていたんじゃなかったのか?」と言ってエーレンデュルはホテル支配人に背を向けた。

「酔っぱらってるんです」シグルデュル＝オーリが言った。「ヘンリー・ワプショットのやつ。

話などできる状態じゃないですよ。一晩寝させて酔いを覚まさせて、明日の朝取り調べしませんか?」

「抵抗したか?」

「空港でですか? いや、まったく。係官たちの話ではまったくおとなしかったそうです。出国審査のところで捕まると、通関の部屋に入れられていた。警察官たちはその部屋から彼を連れ出すとまっすぐに車でレイキャヴィクまで連れてきた。まるで羊のようにおとなしかったそうです。部屋ではおとなしくしていて、車に乗せられるとそのまま眠ったらしい。いまは留置所で眠っていますよ」

「どうもラジオのニュースで伝えられたらしい」エーレンデュルが言った。「逮捕のことだ」ここで彼はホテル支配人のほうを見た。「市民はわれわれが捕まえたのは犯人にちがいないと思うだろう」

「機内持ち込みの手荷物しか持っていませんでしたよ。大きな書類カバン一つだけでした」

「中になにが入っていた?」

「レコードが数枚。古いものです。地下室で見つけたのと同じようなSPレコード」

「グドロイグルのレコードか? たしかか?」

「そのようでした。数枚だけです。ほかのレコードもありました。明日の朝、ぜんぶ見られますよ」

「あの男、グドロイグルのレコードにすっかり入れ込んでいるんだな」

「蒐集レコードの数を増やそうとしているんでしょう。明朝、署でいいですか？」

「唾液検査をするのを忘れるな」

「間違いなくするように、伝えておきます」シグルデュル＝オーリが言い、通話は終わった。

エーレンデュルは携帯をまたポケットにしまった。

「自白したのか？ もう彼は犯行を認めたのか？」支配人が迫った。

「男がこのホテルに以前にも滞在したことがあると知っていましたか？ ヘンリー・ワプショットというイギリス人ですよ、六十歳前後の。私にはアイスランドは今回が初めてのように振る舞ったのですが、じつはいままでも数回このホテルに滞在したことがあるらしい」

「名前だけではわからない。写真はないのかね？」

「用意しましょう。そうすればホテルの従業員の中にこの男に見覚えがある者も出てくるかもしれない。だれかがなにか憶えているかもしれない。ほんの小さなことでも今は重要です」

「これでうまくいけば、この事件は解決する」と言って支配人は深いため息をついた。「殺人事件のせいでずいぶんキャンセルがあった。たいていはアイスランド人だが。外国にはまだ事件のことはさほど知られていない。だがクリスマス・ビュッフェめあてで来る客は減ったし、テーブルの予約も少なくなった。グドロイグルを地下に住まわせたのは失敗だった。親切にするとこういう目に遭うのだ。親切な人間はばかをみるということだ」

「そうですね。あなたが親切な人だということは夜の灯台のようにどこからでもだれにでも見えますからね」とエーレンデュルが言った。

ホテル支配人は皮肉を言われているのかどうか見極めようとエーレンデュルの顔を見たが、エーレンデュルはケロリとしていた。鑑識課主任が廊下に出てきた。支配人に黙礼してからエーレンデュルを脇のほうに呼んだ。

「この部屋はふつうのアイスランド観光客の部屋となんの変わりもない。典型的レイキャヴィクのホテルのダブルルームの様子だ。あんたは望んでいたかもしれないが、凶器はベッドサイドテーブルの上にはなかったぞ。旅行カバンの中には血のついた服はないし、地階で殺された男に関連づけられるものはなに一つない。部屋の中には指紋が無数にあるが、この部屋の宿泊客はよほど急いで逃げ出したのだろう。部屋はまったく片付けられていない。やつはまるでホテル内のバーにでも出かけるような身軽さで出かけたにちがいない。電気シェーバーは充電の最中だし、床には靴まで残されている。スリッパもやつのものだろう。いまのところ言えるのは、やつはとにかく急いでいた、急いで逃げたということぐらいだな」

主任はまた部屋の中に戻っていった。エーレンデュルはホテル支配人に向き直った。

「この階の掃除係がだれかわかりますか？　部屋の掃除は？　女性清掃係、あるいは男性の清掃係、どっちですかね？」

「各階の、各室の掃除係は決まっている。私は係の者たち全員の名前を知っているが、不思議なことに男性の清掃係は一人もいないんだな、これが」

皮肉っぽい言いかただった。まるで清掃は男のすることではない、女の仕事だといいたげだった。

「それで、ここの係はだれなんです?」

「たとえば、あんたが前に話をした女の子だね」

「女の子?」

「そう。地階で話をしたでしょう。死体を見つけた女の子と。死んでいるサンタクロースを見つけた子。ここはあの子の担当の階だ」


そこから二階上の自分の部屋に向かうと、ドアの前にエヴァ＝リンドが座り込んでいた。壁に寄りかかって両膝を抱えて目をつぶっている。眠っているように見えた。近づくと、目を開けて脚を伸ばした。

「まったく、このホテルに来るの、うんざりする。家に帰るつもりはないの?」

「いや、あるよ。おれもそろそろここに飽きてきた」

カードを取り出してドアロックに滑らせると、ドアが開いた。エヴァ＝リンドは立ち上がって、父親に続いて中に入った。エーレンデュルがドアを閉めると、エヴァ＝リンドはまっすぐベッドへ行って体を投げ出した。エーレンデュルは小さな机の前のいすに腰を下ろした。

「こんどのケースはどこまで進んだの?」仰向けに寝て目をつぶったままエヴァ＝リンドが訊いた。ほとんど眠りかけているように見えた。

「なかなかやっかいだ。そのケースという英語、やめてくれないか。事件という言葉があるだろう」

「そんなこと、どうだっていいじゃない」エヴァ＝リンドが目をつぶったまま言った。エーレンデュルは思わず笑みを漏らした。ベッドに寝ている娘を見ながら、もし、ずっと子どものときからいっしょだったら自分はどんな親になっただろうかと思った。過大な要求をしてきただろうか？　勝手にバレエ教室に登録したりしただろうか？　ピアノを習うようにしつこく勧めただろうか？　天才少女になるようにと願っただろうか？　床にリキュールの壜を落としたら、お仕置きをしただろうか？

「パパ、そこにいる？」とエヴァ＝リンドは目を閉じたまま訊いた。

「ああ、いる」とエーレンデュルは疲れた声で言った。

「なぜなにも言わないの？」

「なにを話せと言うんだ？　なぜ話をしなければならないんだ？」

「そうね……。たとえばこのホテルでなにをしているのかとか。そもそもなぜここにいるのかとか」

「わからない。ただあのアパートに帰りたくなかっただけだ。少し気分を変えたかったんだ」

「気分を変えたい？　ここでひとりぼっちでいるのと自分のアパートでひとりぼっちでいるのとどうちがうって言うの？」

「音楽聴きたいか？」話題を変えたくてそう訊いた。そしてこんどの事件を娘に話しはじめた。もっとも、全体をながめるために総括する必要があったからなのだが。サンタクロースの格好をした男がナイフで刺殺されたのを見つけた清掃係の娘の話から、殺された男は昔天才と呼ばれたボーイソプラノで、合唱団で歌っていたこと、彼の歌を収録したレコード二枚はいまレコード蒐集家たちの垂涎の的になっていることまで話した。彼の声は特別であると。

手を伸ばして、まだ聴いていないほうのレコードを取った。賛美歌が二曲。クリスマス時期に収録されたものだろう。ジャケットの表側にはグドロイグルがサンタの帽子をかぶってにっこり笑っている写真が印刷されている。少年の顔に大人の大きな歯。サンタの帽子姿にエーレンデュルは皮肉を感じた。ターンテーブルにレコードをのせると、まもなく少年の美しい声が部屋の中に響き渡った。心の奥まで染み透る澄んだ声だった。エヴァ＝リンドは目を開けてベッドの上に起き上がった。

「まさか！　これなの？　冗談でしょう？」

「素晴らしいだろう？」

「子どもがこんなに美しい声で歌うの、初めて聴いた。ううん、子どもだけじゃない、大人だってこんなに美しい声でこんなふうに歌うの、聴いたことないわ」

娘と父はそのままじっと最後まで歌に聴き入った。エーレンデュルは手を伸ばすと、レコードを裏返して反対側に針を落とした。二人はふたたび聴き入り、最後まで聴くとエヴァ＝リンドはもう一度聴かせてと頼んだ。

エーレンデュルはグドロイグルの家族の話をした。バイヤルビオでのコンサートの話。父親は息子と三十年近くもの間断絶したままだということ、ケフラヴィク空港から逃亡しようとしたイギリス人の話、彼の唯一の楽しみはボーイソプラノのレコード蒐集だということなど、すべて話した。そして、グドロイグルのレコードはいま相当な価値があるらしいと言った。

「だから彼は殺されたんだと思う？　レコードのため？　相当な価値があるということで？」

「わからない」エーレンデュルが答えた。

「いまでも手に入るものなの？」

「いや、むずかしいらしい。だからみんな探しまわっているのだろう。エリンボルクが言うには、蒐集家は希少なものを探すんだそうだ。だが、もしかするとそれはまったく関係ないのかもしれない。このホテルの従業員のしわざかもしれない。グドロイグルの過去などなにも知らない人間のやったことかもしれない」

エーレンデュルはグドロイグルが発見されたときの状況を話すつもりはなかった。エヴァ＝リンドはドラッグに溺れていたころ体を売っていた。彼女はレイキャヴィクの裏社会を知っていた。それでも彼は娘とそんな話をしたくなかった。彼女は自分の人生を生きていて、彼がなんと言おうとしたいようにするだろう。グドロイグルはなんらかの形でホテルで性を買っていたとエーレンデュルは考えていた。そこで彼はこのホテルで性の売買がおこなわれているかどうか知っているかと娘に訊いた。

エヴァ＝リンドは父親をまっすぐに見た。

「可哀想な男」と言った。彼女はまだボーイソプラノのことを考えていたのだ。「小学生のころ、クラスにちょうど彼のような女の子がいたわ。彼女も何枚かレコードを出した。名前はヴァーラ・ドゥッグ。憶えている？　その子もみんなにちやほやされたの。クリスマスソングを歌ってた。ブロンドで、かわいい子だった」

エーレンデュルは首を振った。

「彼女も子どもスターだった。ラジオやテレビで歌ってた。とてもかわいい子だった。お父さんはあまり売れていないポップミュージシャンで、お母さんという人がおかしな人で、娘をスターにしたがってた。その子も学校でいつもいじめられてた。本当にいい子で、いばったりしない、わざとらしいところがない子だったんだけど、いつもいじめられてた。みんなほんとはうらやましかったんだと思う。ちょっとしたことでも後ろ指さしたり、嫌なことを言ったりしてた。陰湿ないじめだった。そのあとその子、学校をやめて働きだした。あたしドラッグを始めたころ、彼女によく会ったけど、ひどい不良少女になってた。あたしよりひどいくらい。すっかり落ちこぼれて、忘れられて。あれがいちばん嫌なことだったたって言ってたわ」

「なにが？　子どもスターだったたってことか？」

「うん。そのせいで彼女は自滅してしまったのよ。そのことからけっして逃れられなかったからね、彼女は。ありのままの自分でいることが許されなかった。母親はひどく冷たい人だったみたい。その子は本当に歌を歌いたいのか、子どもスターでいたいのか、訊かれたこともなかったたって。もちろんその子は歌うのが大好きだったし、スポットライトを浴びることも好きだったけど、そんな生活の中身がどんなものか知らなかったたって。いつもかわいい、人形のようなドゥッグちゃんと呼ばれることの意味も。それから少し経ってやっとわかったのよ、自分がかわいい服を着たかわいい女の子以上ではないのだということが。その子の母親がしつこく望んだ世界的ポップシンガーにはなれないということも」

　エヴァ＝リンドはここまで話すと父親を見た。

「その子は本当にひどい目に遭った。でも、いちばんひどいのは学校でのいじめだったって言ってた。自分なんて生きていてもしょうがないと思わせるからね、いじめは。いじめる側の罵りの言葉、おまえはばか、だめなやつ、死ねという言葉どおりになるんだから」

「グドロイグルも同じような目に遭っている」エーレンデュルが言った。「彼もまた若いうちに家を出た。小さいときにそのような経験をすることは、子どもにとって大変なストレスだろうな」

　二人はしばらく考えに沈んだ。

「このホテルに娼婦が出入りするかって？　もちろんよ」と言って、エヴァ＝リンドはまたベッドに体を伸ばした。「バッカじゃないの、そんなこと訊くなんて」

「なにか知っているのか？　教えてくれないか？」

「娼婦はどこにでもいる。電話番号があって、そこに電話をかければ、送り込まれてくるようになっているのよ。高級娼婦ってやつよ。自分のことを娼婦なんて呼ぶ人はいないけどさ。みんなエスコートレディって言ってるわ」

「このホテルでそんな仕事をしている女たちでおまえが知っている子はいないか？」

「アイスランド人とはかぎらないの。外国人もいるわ。観光客として数週間やってくるのよ。ビザもなく。半年ごとにやってきてはそんなことをしている外国人もいるし」

エヴァ＝リンドは父親を見つめて言った。

「スティーナと話したらいい。あたしの友だちよ。あの子なら知ってると思う。なぜ？　サンタさんは娼婦に殺されたと思うの？」

「いや、わからない」

二人はまた黙り込んだ。暗い部屋の窓から、降り続く白い雪が見える。聖書に雪のことがなにか書いてあった、とエーレンデュルは思った。罪と雪のことが。思い出した。あなたたちの罪が真っ赤だとしても、雪のように真っ白になり得る。

「あたし、またハマりそうなの」エヴァ＝リンドが言った。その声にはなんの緊張も勢いもなかった。

「一人でやめるのはむずかしいのだろう」いままでもエヴァ＝リンドに専門家を訪ねることを勧めてきたエーレンデュルが言った。「おれ以外のだれかが、手伝うことができるといいのだが」

「精神科医みたいなこと、言わないでよ」

「おまえはまだ回復していない。元気になっていないのは見ればわかる。だから、よく知っているやりかたで苦しみを和らげようとするんだろう。そうなったら、前と同じようなアリ地獄になるぞ」

エーレンデュルはそれまで娘に言ったことがない言葉を言いそうになるのを必死にこらえた。

「いつもの説教か」と言ってエヴァ＝リンドはベッドから起き上がった。

よし、言おう。

「赤ん坊を亡くしたことをきちんと受け止めなくてはだめだ」

エヴァ＝リンドの目から怒りが噴き出した。

「もう一つ、おまえがしなければならないのは、クソみたいな人生とおまえが呼ぶところの人生に真っ正面から立ち向かうことだ。おれたちみんな、一人ひとりが立ち向かっている苦しみと、おまえも向き合うことだ。そうすれば、生きているうちにはなにか良いことがある。そのときは喜びを感じ、生きていてよかったと思えるはずだ」

「あんたがそんなこと言えるの？　クリスマスに自分の家に帰ることもできないようなあんたが！　なぜ帰らないかというと、そこにはなにもないからじゃないか！　家に帰ることができないのはうちが空っぽの穴で、もうその穴ん中に潜り込むのが嫌になったからじゃないか！」

「おれはいつだってクリスマスは家にいる」

エヴァ＝リンドは怪訝そうな顔をした。父親の言う意味がわからなかった。

「なに言っているの？」

「それがいちばん嫌なことだ。おれはいつだってクリスマスには家に戻るのだ」

「なに言っているのかわかんない」と言って、エヴァ＝リンドは部屋のドアの前に立った。

「あんたのことはほんとになにもわかんない」

ドアを叩きつけて出て行った。エーレンデュルはそのあとを追いかけようとしたが、すぐに止めた。彼女は必ず戻ってくるとわかっていた。窓辺に行って、暗い窓に映る自分の顔を見つめた。その顔の向こうに白い雪の景色が見えた。

家に帰ること、エヴァ＝リンドの言う空っぽの穴に帰ることを忘れていた。窓から離れてプレーヤーのところへ行き、賛美歌のレコードをかけてベッドに横たわり、ボーイソプラノの声に耳を澄ませた。何十年も経ってから、ホテルの地階で殺された、みんなに忘れられた男。そして聖書の中の、〝雪のように真っ白い罪〟について考えた。

四日目

17

エーレンデュルは翌朝早く目が覚めた。服を着たまま寝具もかけずに眠っていた。ぼんやりとした意識の中、夢に見た父親の姿が薄暗い夜明けの部屋にまだ残っているような気がした。夢の記憶を留めようとしたが、すでにほとんど消えていた。父親はなぜか若かった。元気そうで、深い森の中からほほ笑みかけていた。

ホテルの部屋は相変わらず寒く暗かった。まだ日の出まで数時間ある。横たわったまま、父親のこと、みつからなかった弟のことを考えた。弟を失ったことがいかに自分の人生に打撃を与えたか。胸に大きな穴が開き、その穴は時とともにどんどん広がっていった。穴の縁に留まって、深い穴底をのぞき込む。いつかその穴に飲み込まれてしまうのを恐れながら。

頭を振って眠気を追い払い、今日一日の仕事を考えた。ヘンリー・ワプショット。彼はなにを隠そうとしたのだろう？　なぜ嘘をつき、行きあたりばったりの逃亡を図ったのか？　酔っぱらい、しかも荷物もなにも持たずに。その行動はまったく不可解だ。考えているうちに、いつの間にか入院している男の子とその父親のことに思いが移った。エリンボルクの担当事件だ。彼女から詳細な報告を受けていた。

エリンボルクは男の子が暴力を受けている、それも家庭で暴力を振るわれていると疑うに足る強い根拠があると確信していた。疑いは父親に向けられた。事件は捜査の途中だったが、エリンボルクは逮捕令状の請求をした。そして父親と弁護士が強く抗議する中、一週間の勾留が認められた。その決定が下されたとき、彼女は四人の制服警官とともに父親を迎えにいき、拘置所に送り込んだ。拘置所の廊下を先に立って歩くと、独居房に彼を入れ、鍵を下ろした。ドアののぞき穴から見ると、男は舎房に入れられたときのまま背中を入り口に向けて立っていた。全身に救いようのない悲しみが表れていた。それは親しい人々から切り離されてまるで動物のように檻に入れられたときに人が見せる姿だった。

少年の父親はゆっくり振り返ると、鉄製ドアののぞき窓越しにエリンボルクと目を合わせた。エリンボルクはその窓をぴしゃりと音を立てて閉めた。

翌日、エリンボルクは早朝から尋問を開始した。エーレンデュルも同席したが、尋問を仕切ったのはエリンボルクだった。二人は男と向かい合って座った。部屋には机の上に固定された灰皿が一個あるだけで、男はひげも剃らず、よれよれになったスーツに、首元まできちんとボタンをはめた、皺(しわ)のよったワイシャツ姿だった。ネクタイだけはきちんと結ばれていた。まるで彼の自尊心の象徴のように。

エリンボルクはレコーダーのボタンを押し、尋問を開始した。まず尋問する係官の名前とこの件の登録番号を言った。エリンボルクは周到に用意していた。担任教師から男の子が失読症であること、集中力散漫、学習の結果がよくないことを聞いていた。学校のカウンセラーからは、少年がストレスを受けていること、いつもなにか我慢をしている様子であること、いつも力が足りないと思っている様子が見られることなども聞き出した。またクラスメート、隣人、親戚たちからも話を聞いた。少年と父親のことでなにか話すことがあると思われる人にはすべて当たった。

少年の父親は頑として認めなかった。警察官に自白を強要されていると主張し、訴えてやると言い、質問にはいっさい答えなかった。エリンボルクはエーレンデュルを見てうなずいた。看守がやってきて男を立たせ、舎房に戻した。

二日後、ふたたび尋問が始まった。弁護士が着替えを持ってきたため、ジーンズにTシャツ姿だった。Tシャツは有名ブランドのものらしく、胸に大きなロゴが印刷されていた。今回は彼の口調はちがったものになっていた。三日間拘置所に入れられていたことで、反抗的な態度はおさまり（それがふつうの反応ではあったが）、これからこのままここに居続けるのか、それとも外に出られるのかは、彼の態度次第であることがわかったように見えた。

エリンボルクは男に取調室に裸足で来るように命じた。なんの説明もなく靴と靴下を脱がされ、部屋に入り彼らの前に座ったとき、男はいすの下に足を隠したい素振りを見せた。

エリンボルクとエーレンデュルは前回と同じく、男の真向かいに座った。レコーダーのボタンが押された。

「息子さんの担任教師と話しました」エリンボルクが話しはじめた。「教師とあなたの間で話されたこと、おこなわれたことは他言しないという約束だったとしても、教師はこの件を非常に気にかけていました。お子さんを助けたい、この事件解決に協力したいと思っているのは事実です。教師によれば、あなたは彼女の前で息子さんを一度叩いたそうですね」

「叩いた？　軽く息子の頰を触っただけですよ。あれを虐待とは言えないはず。あの子は人の言うことをきかない。しょっちゅう立ち上がっては走りまわる。じつに手に負えない子なのです。あんたたちにはとてもわからないでしょう。どんなに手がかかる子か」

「だから、叩いてもいいと言いたいのですか？」

「息子と私は仲がいいんです。私はあの子を愛している。あの子を育てる全責任は私にある。母親は……」

「お母さんのことは承知しています」エリンボルクが言った。「もちろん子どもを一人で育てるのは大変だろうと思います。しかしあなたがしたこと、いや、していることは理解しがたい」

男はなにも言わなかった。

「私はなにもしていない」しばらくして男が言った。

エリンボルクの履いている靴が、姿勢を変えたとき男の裸足に当たり、男は痛みで顔をしかめた。

「失礼」とエリンボルクが言った。

男は苦痛を目に浮かべてエリンボルクを見たが、故意に蹴ったのかどうか、判断がつかないようだった。

「教師はまた、あなたが息子さんに過剰な期待を寄せていると言っていました」とエリンボルクはなにごともなかったように続けた。「どうですか。ちがいますか？」

「過剰な期待かどうか、だれが判断するんです？　私はただ、彼がよい教育を受け、将来が開けるようにと望んでいるだけだ」

「それは理解できます」エリンボルクが言った。「しかし、彼はまだ八歳ですよ。そのうえ、失読症で多動性障害のある子だとか。あなた自身、高校も出ていないじゃありませんか」

「私は会社を経営しています」

「でも、倒産しかけていますよね。家も車も、世間に認められた地位も、すべて失おうとしている。いままでは人に尊敬された。昔の友人たちと会うとき、あなたはきっと中心にいたでしょう。ゴルフ旅行などもあなたが中心だったでしょう。これらすべてをあなたはいま失おうとしている。かなりきつい状態のはずです。とくに奥さんが精神病院にいて、息子さんが学校でうまくいっていないのならなおさらのこと。これらすべてがあなたには我慢できないものになって、しまいにりっぱなリビングルームの大理石の床に息子さんがドランビューイの壜を落としたときに爆発したんじゃありませんか？」

父親はエリンボルクを冷ややかな目で見た。顔色一つ変えずに。

「妻はまったく関係ない」

　エリンボルクは少年の母親をクレップル精神科専門病院に訪ねていた。統合失調症を患っていて、幻覚が始まり、幻聴が我慢できないものになるたび入院を繰り返していた。エリンボルクが訪ねたときは強い薬を処方されていて、ほとんど意思疎通ができなかった。いすに座り、上半身を揺らして、タバコ持ってない？　とエリンボルクに繰り返し訊いた。なぜエリンボルクが会いにきたのか、理解できない様子だった。

「私は息子を可能なかぎり、よく育てようと努力している」と取調室で父親は言った。

「手の甲に針を刺しながら？」

「いい加減にしてくれ！」

　エリンボルクは男の姉にも会っていた。弟の子育てはときどき極端に見えると姉は言った。彼女は一度父子を訪ねたときの話をした。男の子が四歳ほどのときで、気分が悪いと父親に訴えて泣いていた。風邪を引いているのかもしれないと彼女は思った。男の子がしばらくしつこく訴えていると、彼女の弟は息子を高く抱き上げて言った。

「どうしたというんだ？」父親は子どもに乱暴に言った。

「なんでもない」と男の子は言い、泣きべそをかいてまもなく静かになった。

「それじゃ、泣くんじゃない」

「はい」

「なんでもないんなら、泣くんじゃない」

「はい」

「いつもとちがうのか？」

「ううん」

「いつもどおりか？」

「はい」

「よし。なんでもないことで騒ぐんじゃないぞ」

エリンボルクはこの話を男にしたが、男はなんの反応も見せなかった。

「姉とはあまりうまくいっていない。そんな話、私はまったく憶えていない」

「あなたは息子さんを病院に運ばれるほどひどく殴ったのですか？」エリンボルクが訊いた。

男はエリンボルクをまっすぐに見た。

エリンボルクは質問を繰り返した。

「いや、私はやっていない。父親が子どもにそんなことをすると本気で思っているのか？　あの子は学校で殴られたのだ」

男の子は退院した。児童福祉局が少年のためにふさわしい施設を見つけてくれた。エリンボルクは父親の尋問が終わるとその足で男の子を訪ね、どんな具合かと訊いた。それまで何度か会っていたが、男の子は一言も口をきかなかった。が、今回はなにか言いたげに彼女を見上げた。

子どもはためらいながら小声で言った。

「パパに会いたい」いまにも泣きだしそうな声だった。

シグルデュル＝オーリがヘンリー・ワプショットを後ろに従えてやってきたとき、エーレンデュルはレストランで朝食の最中だった。ワプショットの後ろには警官が二人控えていた。レコード蒐集家のイギリス人は、前の晩よりは少し酔いが覚めている様子だった。だが髪の毛は乱れていて、その顔には留置所に入れられていたことと酔っぱらっていたことの両方を後悔している様子が浮かんでいた。

「どういうことだ？」エーレンデュルは立ち上がった。「なぜ彼を連れてここに来た？　手錠もはめていないではないか？」

「必要ないでしょう？」シグルデュル＝オーリが言った。

エーレンデュルは改めてワプショットをながめた。

「あなたが署に来るまで待てなかったんです」シグルデュル＝オーリが言った。「なにしろ令状ではこの男を一晩しか留置所に入れておくことができないんですから。すぐにも再逮捕するかどうか決めてください。とにかく、この男はホテルであなたに会いたいと言ってきかない。ぼくとは話そうともしない。あなたでなければだめだと言うんです。まるであなたが長年の友人であるかのような話しかたですよ。釈放しろと要求はしないし、弁護士を呼べとも言わない。イギリス大使館に連絡してくれとも言わない。大使館に助けを求めてもいいのだと教えましたが、ただ首を振るばかりで」

「イギリスからはこの男についてなにか情報を得たのか?」と言ってエーレンデュルはシグルデュル＝オーリの後ろにしょんぼりと立っているワプショットのほうを見ながら言った。

「このあととりかかるところです」とシグルデュル＝オーリはいままでなにもしていないことを隠すように、張り切って言った「もしなにかあれば、知らせます」

シグルデュル＝オーリはワプショットに声をかけ、後ろのテーブルに腰を下ろしていた二人の警官に二言、三言話してからホテルのレストランを出て行った。エーレンデュルはイギリス人に座るように言った。ワプショットはいすに崩れるように座った。

「私は彼を殺してなどいない」ワプショットが消え入るような声で言った。「私が彼を殺したりできるはずがない。私はハエも殺せないような人間です。あんな素晴らしい声の持ち主を殺すなんて、想像することさえできない」

エーレンデュルはワプショットを見据えた。

「彼とはグドロイグルのことかね?」

「ええ、もちろん」ワプショットが答えた。

「彼が素晴らしい声だったのは子どものときの話だ。いまではクリスマスにサンタクロースの役をしていた中年男にすぎなかった」

「あなたにはわからない」

「そのとおり。だが、それをこれからあんたに説明してもらおうと思う」

「彼が襲われたとき、私はホテルにいなかった」皮肉な笑いを浮かべてワプショットは目を上げた。「私はそのころこの国の人たちが捨てるものを見てまわっていた。そのときは、ゴミ収集所にいたんですよ。コンテナに入り込んで、漁って（あさって）いた。ちょうど人が死んで一軒分の家のものが丸ごとぜんぶ運び込まれたところだった。そういう捨てられたものの中に古いレコードがよくあるので」

「だれから？」

「だれから？」

「だれから人が死んで一軒分のゴミが処分されると聞いたのか？」

「ゴミ収集所の職員からですよ。連絡をしてくれれば小額の礼金を払うと言ってあったので。名刺を渡しておいた。このことについてはすでに話したでしょう。古道具屋をまわったり、ほかの蒐集家たちに会ったり、蚤（のみ）の市を見て歩くことなど。蚤の市はアイスランド語でコラポルティドとかいうらしいが。私はほかの蒐集家たちと同じことをしているだけですよ。捨てるにはもったいないものを見つけようとしてるだけです」

「グドロイグルが殺された時間に、だれかといっしょだったか？　だれか、証人がいますか？」

「いや、いません」

「だが、いま言った場所に行けば、あんたを憶えている人間がいるのでは？」

「それはもちろんです」

「それで、なにか見つけたのか？　たとえばボーイソプラノのレコードとか？」

「いや、なにも。今回の旅行ではなんの収穫もなかった」

「なぜ逃げようとした?」エーレンデュルが訊いた。

「家に帰りたかったから」

「ホテルにすべて荷物を残したまま?」

「そう」

「グドロイグルのレコードだけ持って?」

「そう」

「なぜいままで一度もアイスランドに来たことがないように振る舞ったのか?」

「わからない。必要以上に注目を集めたくなかったから。私は殺人とはいっさい関係ないのだから」

「かえって疑われるとは考えなかったのか? 嘘をつくというのはふつう、なにか都合の悪いことがばれないようにするためだろう。私があんたが隠していることを発見するとでも思ったか。たとえば、あんたがこのホテルに以前にも泊まったことがあるとか」

「私は殺人とは関係がない」

「いや、これで逆に、あんたは殺人と関係があるのではないかと私は思うようになった。あんたという人間がどういう人間なのか、特別に興味を抱かせるのに成功したわけだ」

「私は彼を殺していない」

「そもそもあんたはグドロイグルとどういう関係があるのか?」

「それはもう話したでしょう。あれが真実ですよ。私は昔の少年合唱団の歌に興味があるので、彼の歌に関心をもった。まだ生きていると知って、連絡をした、それだけです」

「それじゃなぜ嘘をついた？　あんたはこれまでもアイスランドに来ていた。このホテルに泊まったこともある。グドロイグルにも会ったことがあるのではないか？」

　ワプショットは考え込んだ。

「私は殺人とはまったく関係ない。彼が殺されたと知って、私が彼を知っていたということを警察が気づくかもしれないと思ったら怖くなった。恐怖が募り、すぐにも逃げ出したくなったが、必死にこらえた。そんなことをしたら、わざわざ注意を引くだけだと思ったから。だから二、三日はなんとか我慢した。しかしそのうち我慢できなくなって、逃げ出した。私は神経が繊細なもので。とにかく、私は彼を殺していない」

「グドロイグルの人生について、あんたはどこまで知っていた？」エーレンデュルが訊いた。

「ほとんど知らなかった」

「レコード蒐集家にとって、集めているレコードの歌い手について詳細に調べるのも面白みの一つじゃなかったか？」

「あまりよく知らない。彼があるコンサートで声が出なくなったということは聞いている。レコードは二つしか出さなかったこと、父親と不仲になって……」

「ちょっと待て。そもそもグドロイグルの死をどうやって知ったのだ？」

「どういう意味ですか？」

「ホテル側は宿泊客に殺人があったとは言わなかったはずだ。事故死、あるいは心臓発作と伝えたはず。彼が殺されたとどうして知ったのだ?」

「どうやって知ったかって?　あなたが話してくれたんじゃないですか」

「たしかに私はあんたに話した。そのときあんたはひどく驚いた顔をした。それは憶えている。だがいまあんたは彼が殺されたと知って怖くなった、なぜなら警察があんたと彼を結びつけるかもしれないと思ったからだと言った。だが、それは私があんたに会う前の話だろう。われわれがあんたと彼を関連づける前の話だ」

　ワプショットはなにも言わずエーレンデュルを睨みつけた。人が時間を稼ごうとするとき、このように黙り込むことをエーレンデュルはよく知っていた。いまは黙ってこの男のしたいようにさせてやろう。二人の警察官は少し離れたテーブルに落ち着いて座っている。朝食と言っても少し遅い時間だったので、レストランに人はあまりいなかった。唾液検査に抗議して大騒ぎしたコック長の姿が見えた。エーレンデュルはヴァルゲルデュルのことを思い出した。ラボの助手。いまなにをしているだろう?　彼女は泣くのをこらえている子どもに針を刺したりするだろうか?　それとも足で蹴ったりするだろうか?

「音楽の興味以外に、グドロイグルと共通するものがなにかあったのか?」

「私はこの件と関わりをもちたくない」ワプショットが言った。

「あんたはなにを隠しているんだ?　なぜあんたはイギリス大使館に連絡をとらない?　なぜ弁護士を雇わない?」

「私は殺人のことをこのあたりで人が話しているのを小耳に挟んだのだ。ドアマンが殺されたとアメリカ人たちがささやき合っていた。私はそれを聞いて彼と関係があると警察に睨まれるかもしれないと怖くなった。私はつまり、まさにいまあなたと話しているこういう状況になるのを恐れたのですよ。だから逃げ出した。そんなにややこしい話じゃない」

エーレンデュルは思い出した。アメリカ人たちとはおそらくヘンリー・バートレットと妻だ。シンディよ、と妻のほうが笑いながらシグルデュル＝オーリに自己紹介していたのが記憶にあった。

「グドロイグルのレコードは、いまいったいどのくらいの値がついているのだ？」

「え、なんの話です？」

「あんたがアイスランドでいちばん寒く、暗い時期にわざわざイギリスからやってきて、彼のレコードを探しているくらいだ。よほどの価値があるにちがいない。いったいどのくらいの値段なんだ？　レコード一枚、いくらするのか？」

「売りたかったら競売にかければいいのです。インターネットのオークションもある。いくらで買えるかはそのときどきでちがいますよ」

「しかし、だいたいの予測はできるだろう？　あんただったら、一枚いくらで売る？」

ワプショットは考え込んだ。

「いや、むずかしい。わからないな」

「グドロイグルには、殺される前に会ったのか？」

ヘンリー・ワプショットはためらいを見せてから答えた。

「ええ、会いました」

「18・30と書かれた紙をわれわれは見つけたのだが、あれはあんたと彼が会う時間だったのか？」

「そう。ただし、彼の死んだ前日の時間ですよ。彼の部屋で短時間だけ会った」

「なんのために？」

「彼のレコードのことで」

「それで？」

「本人がいったいどのくらいの枚数を所有しているのか、私は以前から知りたかった。それとももうまったく手元に残っていなくて、私とほかの数人の蒐集家が持っているものが、残っているすべてなのか。彼はいままでそのことについては答えたがらなかった。なぜかはわからない。これは数年前に彼にあてた手紙の中で訊いたことなんだ。そして三年前に彼に初めて会ったときも、私はそのことを訊いた」

「なるほど。それで？　彼は何枚か持っていたのか？」

「それは教えてくれなかった」

「自分のレコードにどれほどの値段がついているか、彼は知っていたのか？」

「ああ、それは、私が彼に教えましたから」

「それで？　いったいどのくらいの値段なんだ？」

ワプショットはすぐには答えなかった。

「今回、三日か四日前に会ったとき、決心したと言ってくれましたよ」とワプショットはやっと口を開いて話しはじめた。「レコードの話をしてもいいと。それで私は……」

ワプショットはここでまた口ごもった。彼は後ろを振り向いて、二人の警官の様子を見た。

「五十万クローネ彼に渡したんです」

「アイスランド・クローネ！」

「アイスランド・クローネですよ。手付金というか……」

「前に、特別に高いものではないと言っていたではないか？」

ワプショットは肩をすくめた。その顔にかすかに笑いが浮かんでいた。

「それは嘘だったというわけだな」

「ええ、まあ」

「手付金？　なんの？」

「彼の持っているレコードの。何枚持っていたのかわかりませんが」

「相手が何枚レコードを持っているかも知らないのに、そんな大金を渡したというのか？」

「はい」

「なるほど。それで？」

「そのあと、彼は殺されてしまった」

「部屋に金はいっさいなかった」

「前の日、私が彼の部屋で五十万アイスランド・クローネを渡したのはたしかです。そのあとのことは知りません」

エーレンデュルはシグルデュル＝オーリにグドロイグルの預金残高を調べるように命じたことを思い出した。答えを聞かなければならない。

「そのとき部屋にレコードはあったのか？」エーレンデュルが訊いた。

「なかったですね」

「それを信じろと言うのか？　あんたの話がすべて嘘ばかりだというのに、信じろと言うほうが無理だ」

ワプショットは肩をすくめた。

「つまりグドロイグルは、殺されたときに五十万クローネもの現金を所持していたということになるのだな？」エーレンデュルが続けた。

「さあ、それはどうですかね？　私が知っているのは、彼に五十万クローネ渡したということ、そしてそのあと彼が殺されたということだけですよ」

「なぜいままでこの五十万クローネの話をしなかった？」

「巻き込まれたくなかったからですよ。その金のために私が彼を殺したのではないかと疑われたくなかったから」

「そうじゃないのか？」

「とんでもない」

沈黙が流れた。

「私を訴えるつもりですか?」

「まだあんたはなにか隠しているという気がしてならない」エーレンデュルが言った。「今晩まで勾留することができる。そのあとのことはまだなんとも言えないが」

「私にあのボーイソプラノが殺せたはずがない。私は彼を心から賛美していた。いまでもそうです。あんなに美しい声の男の子は世界中探してもいない」

エーレンデュルはワプショットを見つめた。「あんたはじつに孤独な人だ」と考えるより早く、言葉が口から出た。

「え、どういう意味ですか?」

「あんたにはだれ一人味方がいない。まったく一人きりだ」

「私は彼を殺していない」ワプショットは繰り返した。「私は殺していない」

18

ワプショットは二人の警官に付き添われてホテルから出て行った。エーレンデュルはグドロイグルの死体を見つけた清掃係の若い娘ウスプが四階にいると知り、エレベーターで上がった。ウスプは洗濯物を山ほど積んだワゴンを押しながら客室から出てきた。仕事に没頭している様子で、エーレンデュルが近くへ行って声をかけるまでまったく気づかなかった。が、見てすぐに彼とわかったらしい。

「ああ、あなたですか」と上の空の顔つきで言った。

従業員休憩室で会ったときよりもさらに疲れている感じで、エーレンデュルは彼女にとってもクリスマスはあまり楽しい時期ではないにちがいないと推測した。そして自分でも思いがけないことに、それを口にしていた。

「クリスマスはあまり好きじゃないんだね？」

ウスプは答えず、ワゴンを次の客室のドアの前まで押し、ノックして一呼吸待ち、そのあとポケットからカードを取り出してドアを解錠して中に入った。念のため部屋に入る前に一声かけ、客がいないことを確かめ、中に入るとすぐに掃除を始めた。ベッドを整え、浴室の床からタオルを拾い上げ、鏡にガラス用洗剤を吹きかけて磨いた。エーレンデュルはウスプのあとから部屋に入り、彼女が働く様子を見ていた。しばらくしてウスプが目を上げ、初めてエーレンデュルに気づいたように言った。

「部外者の立ち入りは禁止なんですけど」

「下の階の三十二号室の清掃係もあんただね。その部屋に泊まっていたのは、イギリス人だった。ちょっと変わった人物でね、ヘンリー・ワプショットという男なんだが、その部屋でなにか目に留まったことはなかったかね？」

ウスプはなにを言われているのかわからないという顔をしてエーレンデュルを見返した。

「たとえば血のついたナイフとか、見なかったかい？」と彼は冗談のつもりで言って、笑いかけた。

「いいえ、なにも」と言って、ウスプは眉を寄せた。「なんですか、ナイフって。サンタを殺したのはその人なんですか？」

「前に会ったとき、きみがなんと言ったか正確には憶えていないが、たしか客の中にはきみたちの体に触ろうとしたりするホテル客がいるというようなことを言っていたね。セクシャルハラスメントではないか？　彼はそういうタイプだったのか？」

「ううん、ちがう。一度しか見かけてないけど」

「そのときは、そういうことは……」

「あたしが部屋に入ったのを見て、そのお客さん、ものすごく怒ったわ」

「怒った？」

「部屋を出ろと怒鳴って。あたし、追い出された。フロントへ行って、どういうことかと訊くと、そのお客さんは掃除はいらないとわざわざ断っていたことがわかった。でも、だれもそれをあたしに伝えなかったのよ。あのアホづらの男たち、そういう大事なことをいままでだって一度も伝えてくれたことがないんだから。あたしは知らないまま、部屋に入って邪魔をして、お客さんに怒られたってわけ。ものすごい怒りようだった。まるであたしに怒れば、上まで通じるみたいに。あたしに怒ったって、しようがないのに。直接支配人にでも言えばいいんだわ」

「彼は謎の多い男だ」

「悪者よ」

「ワプショットのことだよ」

「うん。でも支配人だってそうよ」

「そうか。とにかくその男にとくに変わったところはなかったというんだね？」

「部屋の中の散らかりようはすごかったけど、それはよくあることだから」

ウスプはそれまで忙しく動かしていた手を休め、一瞬立ち止まってなにか考えている様子でエーレンデュルを見上げた。

「なにかわかったんですか？　サンタクロースのこと」

「少しは。なぜ？」

「このホテル、なんだか変なところがあると思って」とウスプは低い声で言い、廊下に首を出して左右を見た。

「変なところ?」エーレンデュルはウスプの口調に不安そうなものを感じた。「怖いことでもあるのかい?　なにかこのホテルのことで不安を感じている?」

ウスプは答えない。

「クビになるのが怖いのか?」

ウスプはちらっとエーレンデュルを見上げた。

「この仕事が、クビになったら困るような仕事に見える?」

「それじゃなんなんだ?」

ウスプはなおも迷っている様子を見せたが、ようやく決心したように話しだした。話してさっぱりしたいと思ったのかもしれない。

「厨房でものが盗まれるんだって。それも頻繁(ひんぱん)に」

「盗まれる?」

「ええ。床に取り付けてあるもの以外はなんでも」

「だれがそんなことをするんだ?」

「あたしから聞いたと言わないでね。コック長。ほかにも何人か」

「それで?　きみはどうしてこのことを知っているんだね?」

「グドロイグルから聞いたの。彼はこのホテルのことなら裏の裏まで知っていたわ」

エーレンデュルはホテルのレストランでクリスマス・ビュッフェのテーブルから牛タンを一

枚手でつまんだときのことを思い出した。ものすごい勢いでやってきたコック長に叱られた。あのときの侮蔑的な声の調子もまざまざと思い出した。

「この話、グドロイグルからいつ聞いたの？」

「一、二ヵ月前かしら」

「なぜ？　グドロイグルはどうしてそれをきみに話したのだろう？　厨房でものが盗まれるということをなぜ彼が心配したのかな？　第一きみは彼を知らないと言っていたと思うが？」

「ええ、そのとおり。あたしは彼を知らなかった」と言って、しばらくウスプは黙った。「厨房の男たちにあたしいつもからかわれていたの。ひどいことを言われた。おまえはいつもやりたがってるんだろう、とか。下劣なあいつら、集まってはあたしにひどい言葉をかけてきた。グドロイグルはそれを聞いて、あたしを慰めてくれたの。聞き流せって。あいつらはみんな泥棒なんだからって。いつかそのことをバラしてやるって」

「バラしてやるとグドロイグルが厨房の男たちに言ったのか？」

「ううん。男たちに直接言ったわけじゃない。あたしを慰めるためにそう言ったんだと思う」

「男たちがなにを盗むって言っていた？　なにか具体的なことを言ってたか？」

「ホテル支配人はこのことを知っているけど、見てみぬふりをしているって言ってたわ。支配人自身、ごまかしているからって。闇ルートで買った酒類をホテルのバーに売りつけているって。レストランの給仕長もグルだって」

「グドロイグルがそう言ったのか？」

「そう。そして上がりを山分けしてるって」

「どうしてこのことを最初に話を聞いたときに言わなかった？」

「こんなこと、関係ないでしょ」

「いや、それはわからない」

ウスプは肩をすくめた。

「とにかく関係ないと思ったから言わなかった。それに、あのときはあたし、グドロイグルがあんな格好で殺されているのを見つけたばかりだったので、なにがなんだかわかんなかった」

「部屋の中に金はなかったかね？」

「お金？」

「かなりの額の金を受け取ったばかりのはずなんだ。襲われたときに持っていたかどうかはわからないが」

「お金なんて、ぜんぜん見なかったわ」

「そうか。じゃ、倒れている彼を見つけたときに金をとったのはきみじゃないんだね」

ウスプはぞうきんを持っていた手をだらりと下げた。

「あたしが盗んだと言っているの？」

「そういうこともあり得る」

「あたしが……？」

「とったのか？」

「まさか」

「きみにはとろうと思えばとれる機会があったはずだ」

「グドロイグルを殺した人間にもそのチャンスはあったわ」

「それはそのとおり」エーレンデュルが請け合った。

「あたしはお金なんか見なかった」

「なるほど」

ウスプはそのまま仕事を続けた。トイレ洗剤を振りかけ、便器の内側をごしごしと磨きだした。エーレンデュルがいることなどまったく忘れたかのように。エーレンデュルはしばらく仕事をするウスプを見ていたが、礼を言うとその場を立ち去ろうとした。

「さっき、部屋に入ってワプショットの邪魔をしたと言ったね？」エーレンデュルはドアの前で足を止め、振り返って言った。「ヘンリー・ワプショットのことだ。きみは部屋の真ん中まで入ったわけじゃなかっただろう、さっきのように部屋に入る前に声をかけたのなら」

「ええ。でもその人あたしの声が聞こえなかったのかもしれない」

「なにをしていたんだ、ワプショットは？」

「言っていいかどうかわからないわ。上の人に怒られるかも」

「ここだけの話にしよう」

「テレビを見てた」ウスプが言った。

「そんなことならべつに秘密にするようなことではないじゃないか」エーレンデュルが首をか

しげた。

「テレビでビデオを見てたのよ。ポルノ。最低」

「ホテルはポルノを入れているのか?」

「ううん、あんなのは入っていない。あんなのはどこでも見られるようなものじゃない」

「どんなフィルムなんだ?」

「児童ポルノ。あたし、支配人に報告したわ」

「児童ポルノ?　どんな種類の?」

「どんなって、詳しく知りたいの?」

「それは何日のことだ?」

「嫌らしい変態男よ」

「それはいつのことなんだ?」

「あたしがグドロイグルを見つけたのと同じ日」

「それでホテル支配人はなんと?」

「なにも。だれにも言うなと言われただけ」ウスプが肩をすくめた。

「きみはグドロイグルが何者か知っているのか?」

「なにそれ?　グドロイグルはドアマンじゃない?　あの人ずっとドアマンしてた。本当はなにかちがう人だったの?」

「そうなんだ。子どものとき。ボーイソプラノで歌っていた。素晴らしい声だったんだ。彼の歌をレコードで聞いたことがある」

「ボーイソプラノ？」

「子どもスターと言っていい存在だった。だが、その後はいけなかった。急に声変わりして、歌えなくなったんだ」

「知らなかった」

「そうだろう。だれもグドロイグルの正体を知らなかったんだ」エーレンデュルはうつむいた。

二人は黙り込み、それぞれの思いに沈んだ。そのまま時間が流れた。

「きみは、クリスマスがあまり好きじゃないんだね？」エーレンデュルが最初の問いを繰り返した。わかり合える友を見つけたような気がした。

ウスプは彼を見返して言った。

「クリスマスって、幸せな人たちのものよ」

二人は目を合わせた。エーレンデュルの顔にさほど皮肉ではないほほ笑みが浮かんだ。

「きみはぼくの娘が気に入るだろうな」そう言って、エーレンデュルは携帯を手に取った。


シグルデュル＝オーリはグドロイグルの部屋におそらく大金があったと思われるとエーレンデュルが言うのを聞いて驚いた。グドロイグルが殺害された時間に古レコードを求めてゴミ収集所や蚤(のみ)の市などをまわっていたというワプショットの話の裏付けをとることに決めた。エーレンデュルからの電話を受けたとき、シグルデュル＝オーリはワプショットの入っている留置室の前にいた。そしてこのイギリス人の唾液検査をするのがいかに困難だったかを上司に話した。

　ワプショットの独居房は過去何人もの不幸な男たちが入れられていたところだった。寝るところもない浮浪者、暴力夫、殺人者、その他大勢の犯罪者がここに入れられた我が身を嘆いて壁に落書きを残した。独居房にはベッドと床にボルトネジで取り付けられた便器だけがあった。ベッドの上には薄いマットレスと固い枕。窓はなかったが高い天井にこうこうと蛍光灯が昼夜を問わず灯されていた。収監された者が昼と夜の時間の区別ができないようにするためだ。

　ヘンリー・ワプショットは重い鉄扉の内の壁側にみじんも動かず立っていた。看守二人が彼を押さえつけた。エリンボルクとシグルデュル＝オーリが同席した。シグルデュル＝オーリの手には裁判官からの唾液採取の令状が握られていた。そこにはもう一人、綿棒を手にラボの助手ヴァルゲルデュルもいた。

　ワプショットはまるで火あぶりの刑に処すため自分を迎えにきた地獄の使者でも見るような目つきでヴァルゲルデュルを睨みつけていた。両眼は眼孔から飛び出さんばかりで、ワプショットはヴァルゲルデュルの手を逃れるために激しく抵抗し、どんなに押さえつけても口を開けようとしなかった。

　しまいに彼らはワプショットを床に押さえつけ、口と鼻を押さえた。ワプショットはたまらず息を吸うために口を開けた。ヴァルゲルデュルはその機会を逃さず、口の中に綿棒を入れてぐるっと回し、ワプショットがゲロを吐き出しそうになった瞬間にさっと綿棒を引っ込めた。

19

ホテルのロビーに戻り、厨房に向かおうとしたとき、エーレンデュルはロビーに立っているマリオン・ブリームに気がついた。古びて毛玉がポロポロできているジャケットを着込み、厚いマフラーを首にぐるぐる巻きにして、やせ細った手を上げて合図している。エーレンデュルはあいさつし、レストランに行って話を聞くことにした。しばらく会っていなかったが、昔の上司マリオン・ブリームは驚くほど老けて見えた。だがその視線は依然として鋭く、相手の気持ちを斟酌(しんしゃく)せずにずばりと言うところなどは昔とまったく変わりがなかった。

「ひどい顔をしてるね」腰を下ろすなりマリオンは言った。「そんなに意気消沈させる原因はなんだろうな」そう言うと、マリオンは上着のポケットからシガレットサイズの葉巻とマッチを取り出した。

「ここはたしか禁煙のはずですよ」エーレンデュルが言った。

「最近はどこもかしこも禁煙だ」と言ってマリオンは細い葉巻に火をつけた。顔が不愉快そうにゆがんでいる。灰色の肌はたるみ、細かい皺(しわ)が広がっていた。血の気のない唇が葉巻をしっかりくわえている。鼻から大きく息を吸い込む。

マリオンとは長年、仕事上さまざまな経験をともにしてきたが、必ずしもいい関係ではなかった。マリオンはエーレンデュルのかつての上司で、指導官でもあった。エーレンデュルは反抗的で、教えられることを素直に受け止められない質だった。上から命令されるのが嫌いで、この点はいまでもほとんど変わりがない。マリオンはその態度が気に食わず、二人はしばしば衝突した。だが、マリオンはそれでもこれ以上良い相棒はいないとわかっていた。それは正直な話、エーレンデュルには家族がおらずすべての時間を仕事につぎ込めるためだったが、同じことが生涯独身のマリオン・ブリーム自身にも言えた。

「なにか言いたいんじゃないか？」マリオンは訊きながら、タバコの煙を吐き出した。

「いや、べつになにも」エーレンデュルが答えた。

「クリスマスはうんざりか？」

「なぜ人はクリスマスを祝うのかが自分にはよくわからない」と言いながら、エーレンデュルは厨房のほうに視線を送り、コック長を目で探した。

「そうか。この時期は喜びと幸福ばかりだからな。なぜあんたは女性とつきあわない？　まだそんな年寄りではないではないか。あんたのような退屈な男の世話をしたがる女はごまんといると思うがね。それだけは請け合うよ」

「それはもう試しましたよ。なぜこんな話をするんです？」

「別れた細君のことを言ってるのか？」

　エーレンデュルはここでマリオンとこんな話をするつもりはまったくなかった。

「こんな話はやめましょう」

「聞いたのだが……」

「やめてほしいと言っているんですよ」エーレンデュルは苛立った声を出した。

「わかった。あんたがどんな人生を送ろうと、たしかに私の知ったことではない。だが、一つだけ言わせてほしい。孤独はゆっくりと確実に人の命を蝕んでいく」マリオンはここで言葉を切り、続けた。「だが、あんたには子どもがいるからちがう、とでも言いたいのか？」

「いい加減にしてくれませんか。あなたは……」

エーレンデュルは黙った。

「私はなんだと？」

「ここでなにをしているんですか？　電話では伝えられないことでもあるんですか？」

マリオンはエーレンデュルを見た。その顔に笑いが広がった。

「あんたがここに泊まっているという噂を聞いたのだ。クリスマスの時期、あんたは家にはいないと。どうしたんだ？　なぜ家に帰らない？」

エーレンデュルは答えなかった。

「あんたはそれほど自分自身に嫌気がさしたのか？」

「やめてくれと言ってるじゃないですか！」

「私はよく知っている。自分自身に嫌気がさすとはどういうことか。自分の愚かさを悔やむ思いを頭から追い出すことができない自分に嫌気がさすんだろう。短い時間なら忘れることもできるが、すぐにそれは戻ってきて、同じ思いが何度も何度も頭の中をぐるぐる回るんだ。酒を飲んで忘れようとする。環境を変えてみる。最悪のときはホテルに泊まってみたり」

「マリオン、お願いだ。かまわないでくれ」

「グドロイグル・エーギルソンのレコードを持っている人間は」と突然マリオンは話題を変えた。「金脈を掘り当てたね」

「なぜ？」

「彼のレコードはいまや宝の山になったからだ。彼のレコードを持っている人間は数えるほどしかいない。いや彼のレコードの存在を知っている人間も非常に少ない。だが一方で、知っている人間たちはどんなに高額でも払おうとする。グドロイグルのレコードは蒐集家の間ではレア・アイテムになっていて、みんな血眼になって手に入れようとしているからね」

「どんなに高額でも、とは？　何万クローネでも？」

「いや、蒐集家たちは手に入るものなら一枚何十万クローネでも支払うだろうよ」

「何十万クローネも！　冗談はやめてください」エーレンデュルは背筋を伸ばした。ハンリー・ワプショットを思い出した。なぜ彼がアイスランドまで来たのか、グドロイグルに会いたがっていたわけがいまはっきりわかった。やはりワプショット自身の言うボーイソプラノの歌手に対する称賛の気持ちからだけではなかったのだ。これでなぜワプショットがなんの約束もないのにグドロイグルに五十万クローネも渡したのかわかった。

「少年グドロイグルは二枚しかレコードを出さなかったようだ」マリオンが言った。「この二枚がとんでもなく高価なものになった理由は、もちろん少年の声が素晴らしいものだったからだろうが、それだけでなく製造した枚数が少なかったことと市場にほとんど出まわらなかったためらしい。現在彼のレコードを所有しているのはごくかぎられた人数のようだ」

「歌っているのが彼だということにもまたなにか特別な意味があるのですか？」

「どうもそうらしい。だが、歌の質、音楽の質よりも、いま言ったようなほかの要素のほうが重く見られてレア・アイテムとなるらしい。音楽はそれほどよくなくても、特定の歌手が特別な歌を歌っていて特定のレコード会社から特定の時代に出されていれば、価値は天井なしになる。芸術的な価値が最初に問われるということはないようだ」

「それじゃ市場に出なかった、売れなかったレコードはどうなったのだろう？　知っていますか？」

「どこにも存在しない。長い間になくなってしまったのか、ま、もしかすると単に捨てられてしまったのかもしれない。それもじゅうぶんにあり得る。発売枚数はごくわずかだっただろう。もしかすると百枚とか。グドロイグルのレコードがとんでもなく高価になったのは、なんと言っても、世界中探してもほとんど出てこないほど希少なものだからだ。もう一つ、この少年のキャリアがごくかぎられた短い期間だけだったということもある。同じ年に出された二枚のレコードしかないのだから。その子は声が出なくなって、二度と歌わなかったらしい」

「コンサートで歌いはじめたときに、突然声変わりしたんです。舞台でです。なんとも可哀想なことに」エーレンデュルが説明した。

「そしてそれから何十年も経って、殺された姿で見つかった、か」マリオンがうなった。

「彼のレコードが何十万クローネもの価値のあるものなら……」

「ん？」

「殺害理由になり得ますね。グドロイグルの部屋にレコードが二枚ありました。それ以外はほとんどなにもなかった」

「それなら、グドロイグルを殺した人間はその二枚にどれほどの価値があるかを知らなかったということになるね」マリオンが言った。

「知っていたら、そのまま置いていくはずはないと？」

「レコードの状態はどうだった？」

「まったく新品同様でした」エーレンデュルが言った。「まるで一度もかけられたことがないようだった。レコードのジャケットにもシミも傷もなかった。レコードもまるで一度も針を落とされたことがないような……」

エーレンデュルはマリオン・ブリームを見据えて言った。

「ひょっとしてグドロイグル自身が市場に出まわらなかったレコードを持っていたのかも？」

「あり得るね」マリオンが相槌を打った。

「グドロイグルは死んだとき鍵を二つ持っていた。まだわれわれはそれらがなんの鍵なのかわかっていない。レコードをどこかに隠していたとすれば、どこだろう？」

「在庫品ぜんぶを彼が持っていたとはかぎらないね」マリオンが言った。「その一部かもしれない。グドロイグル以外のだれが、残りを取ったのだろう？」

「わからない。いまグドロイグルに会いにイギリスから来た蒐集家を一人勾留しています。グドロイグルを称賛している、なんとも正体のわからない男なんですが、逃亡しようとしたので逮捕したのです。いまのところグドロイグルのレコードがどれだけ価値があるものかを知っている、唯一の人物です。自称ボーイソプラノのレコードの蒐集家ですが」

「なにか怪しいところがあるのか、その男?」マリオンが訊いた。

「シグルデュル＝オーリがいま調べているところです。グドロイグルはこのホテルでサンタクロース役をやっていたんですよ」とエーレンデュルはまるでサンタの役がグドロイグルの通常の仕事であったかのように付け足した。

マリオンの灰色の老いた顔がさらにくすんだ。

「グドロイグルの部屋に紙切れが一枚残っていて、〝ヘンリー 18・30〟と書かれていた。数字はおそらく時間で、十八時三十分にヘンリーという男に会うという意味ではないかとわれわれは思った。ヘンリー・ワプショットは殺される前日にグドロイグルに会ったと言ってます」

そう言ってエーレンデュルは考えに沈んだ。

「なにか気になることがあるのか?」マリオンが訊いた。

「ワプショットは本気だということを示すためにグドロイグルに五十万クローネ渡したと言っている。もちろん彼のレコードを買うためにです。襲われたとき、その金は部屋にあったはずですが」

「ということは、ワプショットがグドロイグルに交渉を持ちかけていたことを知っていた人間がほかにいたということか？」

「ええ、たとえば、ですが」

「別の蒐集家か？」

「それもあり得るがわかりません。ワプショットはちょっと変わった男です。なにか隠していることがありそうだ。彼自身のことなのか、それともグドロイグルに関することなのかはわかりませんが」

「その金はあんたたちが行ったときにはなかったということか？」

「ええ」

「もう帰らなければ」とマリオンは立ち上がった。エーレンデュルも立ち上がった。「半日も体力が続かないのだ」マリオンが言った。「そのあとはまったくなにもできない。あんたの娘さんはどうしてる？」

「エヴァですか。あまり調子がよくないようです」

「あんたは家にいて、娘さんとクリスマスを過ごすべきなんじゃないか？」

「そうかもしれません」

「女性関係もなんとか……」

「もういいでしょう」と言ったとたん、エーレンデュルはヴァルゲルデュルのことを思い出した。彼女に電話したかったが、ちょっと気後れしていた。なにを言ったらいいのだ？　自分の過去など、彼女にどう関係があるというのだ？　いや、そもそも自分の人生になど、彼女が関心をもつはずがないではないか？　あんなふうに彼女を誘って食事をするなんて、なんというばかげたことをしてしまったのだ！　どうかしていた。

「あんたが女性といっしょにこのレストランで食事をしていたという噂を聞いた。そういうことは私の知るかぎりいままで一度もなかったと思うが」マリオンが言った。

「だれがそんなことを？」エーレンデュルは驚いて声をあげた。

「いったいだれなんだ、その女性は？」とマリオンはエーレンデュルの問いには答えずに問いかけた。「美人だったと聞いているよ」

「でたらめな噂ですよ」と言ってエーレンデュルは踵(きびす)を返した。だが、マリオン・ブリームはその背中を目で追いながらゆっくりとホテルを出た。その唇に笑いが浮かんでいた。


少し前、ロビーに下りてきたときは、厨房での盗みのことをどう穏やかにコック長から訊き出すかを考えていたのだが、マリオンに会ってからはそんな配慮はすっかり吹き飛んでしまった。厨房に入ってコック長をつかまえると乱暴に壁際に引っ張った。

「おまえは泥棒か？」といきなり訊いた。「この厨房にいる人間はぜんぶ泥棒なのか？　床にネジでとめてあるもの以外はなんでも盗むのか？」

コック長は目を丸くしてエーレンデュルを見返した。

「なんの話だ？」

「なんの話？　聞かせてやろうか。サンタはもしかするとこのホテルで大規模な盗みが横行していることを知ったために殺されたのかもしれないってことだ。ナイフで刺し殺されたのは、盗みの背後にいる人間を知っていたためじゃないか？　あんた、地下に行って、彼がその噂をまき散らさないように、口封じをしたんじゃないのか？」

　コック長はエーレンデュルを睨みつけた。

「気でも狂ったか！」と叫んだ。

「どうなんだ？　厨房からものを盗んだことがあるのか？」

「だれがそんなことを言ったんだ？」コック長が苦々しい顔で訊いた。「そんないい加減なことをだれから聞いたんだ？　ここの従業員か？」

「唾液検査は受けたか？」

「だれから聞いたと訊いてるんだ！」

「なぜ唾液検査を受けようとしない？」

「とっくにやったさ！　あんた、ほんとに狂っているんじゃないか？　ホテルで働く人間ぜんぶに唾液検査をさせるとは。おれたちをばかにするのもほどがある。それでも足りなくて、こんどは泥棒呼ばわりだ。おれはここからキャベツ一個盗んだことはない。なに一つだ！　だれがあんたにこんな嘘を吹き込んだんだ？」

「もしサンタがあんたにとって都合の悪いこと、たとえば、盗みを働いていることを知っていたとしたら、あんたをユスることもできたはずだ。たとえばなにか特別なサービスを求めるとか……」

「黙れ！」コック長が怒鳴った。「あのぽん引き野郎か？　あいつがこんなでたらめをおまえに吹き込んだのか？」

　エーレンデュルは一瞬平手打ちを食わされるかと思った。コック長は顔と顔が触れるほどの距離まで来てピタリと足を止めた。目を上げると、コックの帽子が前に落ちそうになって揺れていた。

「あのぽん引き野郎か？」とエーレンデュルの顔にコックの息が吹きかかった。

「ぽん引きとはだれのことだ？」

「あの太ったブタ野郎さ、支配人とか言ってるが」食いしばった歯の間からコックが言葉を吐いた。

　エーレンデュルの携帯がポケットの中で鳴りだした。二人はにらみ合っていた。どちらも視線を外したくなかった。しまいにエーレンデュルはしかたなくポケットに手を入れて携帯を取り出した。コックはくるりと背を向けて、足早に離れた。

　電話は鑑識課の主任からだった。

「コンドームについていた唾液のことだが」名前を言ってから、主任はさっそく用件を言った。

「だれの唾液か、わかったんですか？」

「いや、それはまだだ。だが、あれをよく調べてみた。中にタバコのくずが見つかった」

「タバコのくず？　シガレットの？」

「いやあ、むしろ噛みタバコじゃないかと思う」

「嚙みタバコ？　そんなの、いまでもあるんだっけ？」

「特定タイプのものなんだ。昔はよくあったんだが、いまでも売られているかどうかは、おれは知らない。調べてみなければ。細かい刻みタバコをそのまま指でつまむか、小さな袋に入ったものを唇の裏と歯茎の間に挟み込むんだ。知っているだろう？」

　コックがドアを蹴る音がした。続いて長い罵倒の言葉が聞こえた。

「ああ、嗅ぎタバコ（スヌース）のことか。コンドームについていた唾液にスヌースのタバコくずが混じっていたと言うのか？」

「ああ、そうだ」

「どういうことだろう？」

「サンタのところにいた男はスヌース愛用者だということだ」

「それでなにがわかる？」

「べつに、いまの状況ではなにも。あんたが知りたいだろうと思って知らせたまでだ。もう一つ、唾液の中のコルチゾールのことだが」

「うん？」

「べつに数値は高くなかった。通常値だった」

「これでなにかわかるのか？　すべて通常どおりだったということか？」

「もしコルチゾール値が高かったら、神経質になっていたとかストレスのために血圧が高くなっていたことを示す。ドアマンといっしょにいた人間は終始落ち着いていたということだ。ストレスもなく、神経質でもなかった。なにも恐れてはいなかったんだろうな」

「なにかが起きるまでは、だな」エーレンデュルが言った。

「そのとおり。なにかが起きるまでは、だ」

通話が終わり、エーレンデュルは携帯をポケットにしまった。コック長はまだ厨房にいて、彼を睨んでいた。

「ホテルの従業員で、スヌース愛好者はいるか?」

「くそくらえ!」間髪を容れずコック長の声が返ってきた。

エーレンデュルは深く息を吸い、ひたいに指を当ててこめかみを揉んだ。そのとき急にヘンリー・ワプショットの歯がタバコのヤニで黒ずんでいたのをまざまざと思い出した。

20

エーレンデュルはフロントカウンターへ行って、ホテル支配人に会いたいと言ったが、あいにく支配人は外出中だった。コック長は支配人を〝あのぽん引き野郎〟と言ったが、そのわけはいっさい言わなかった。あれほど怒りやすい人間はめったにいないが、それでもきっと言いすぎたのだろう。エーレンデュルがどんなに食い下がっても、コック長はそのわけは言わず、ただ不機嫌そうに言い訳をするばかりだった。はっきり言わせるため、エーレンデュルは制服警官を呼んで、コック長を任意出頭させて警察署で話を聞こうかと思った。

しかし、今回はもう少し様子を見ることにした。

代わりに、エレベーターに乗り、ヘンリー・ワプショットの使っていた客室へ行った。部屋のドアに立ち入り禁止の張り紙があった。鑑識課が入ったあと、部屋の中のものはそのままにしてある。部屋に入ると、エーレンデュルはしばらく入り口で立ち止まり、部屋の様子をうかがった。目で嗅ぎタバコ(スヌース)の箱を探した。

部屋はダブルルームで、ベッドが二台あった。両方とも乱れていて、あたかもワプションットが両方とも使ったか、あるいはだれかほかの人間が泊まりにきたようにも見えた。テーブルの上に古いレコードプレーヤーが置いてあり、アンプと二台のスピーカーに繋がっている。別のテーブルに十四インチのテレビとビデオデッキがあった。そばにビデオカセットが二個ある。エーレンデュルはその一つをデッキに入れてテレビをつけた。が、フィルムが始まるとすぐに消した。それは、ウスプの言ったとおり、児童ポルノだった。

ベッドサイドテーブルの引き出し、ワプショットのスーツケース、クローゼットの中、バスルームの棚も見たが、どこにもスヌースはなかった。くずかごも見たが、空っぽだった。

「エリンボルクは正しかったんです」と突然声がした。振り返ると、戸口にシグルデュル＝オーリが立っていた。

「なんのことだ？」

「イギリスからワプショットに関する情報がやっと送られてきました」と言いながら、シグルデュル＝オーリは部屋の中をぐるりと見渡した。

「スヌースを探しているんだ」エーレンデュルが言った。「コンドームについていた唾液にタバコのくず、それもスヌースのくずと思われるものが見つかった」

「あいつがなぜイギリス大使館にも弁護士にも連絡をとらずに、すべてが終わるのを待つ態度をとっているのか、わかりましたよ」

と言って、シグルデュル＝オーリはイギリスの警察から得た情報を上司に報告した。

ヘンリー・ワプショット。独身、子どもはいない。第二次世界大戦が勃発する一年前の一九三八年生まれ。父親は代々ロンドンの中心部に相当な家屋の資産をもっていたらしい。戦争でその一部は破壊されたが、その土地に戦後建てた高級住宅やオフィスビルがかなりの収入をもたらした。ワプショットは生活のために働く必要がなかった。一人息子で、イートンとオクスフォードに通学し最高の教育を受けたが、卒業はしなかった。父親の死後、一族の資産を引き継いだが、父親とちがって彼は会社経営に関心がなく、最低限の役割しか果たさなかった。しまいにはそれもやめて、会社経営はすべて理事たちに任せきりになった。

親と同居していたが、隣人たちの話では変わり者で、内気で社交的ではなかった。唯一の関心がレコード蒐集で、死去した人の家や古道具屋で買い求めた。レコードを求めて世界中を旅行し、噂によれば、彼はイギリスでも有数のレコード蒐集家であるという。

彼は裁判で二度有罪になり、警察の特別警戒対象となっている。罪名は性犯罪。一度目は十二歳の少年に対する強姦で訴えられて有罪になり、刑務所に送り込まれた。相手は切手蒐集の共通の趣味で親しくなった隣家の少年だった。息子の行為を知った母親はその場で倒れたという。事件はイギリスのメディアで大々的に伝えられた。とくにタブロイド新聞はワプショットを上流階級の醜い犯罪者、化け物として吊るし上げた。警察捜査により、彼はほかにも金を払って児童や若い男たちにセックスを強要していたことが判明した。

刑務所から釈放されたころには、母親は他界していて、彼は親の家を売り払って、他所に移り住んだ。数年後、彼はふたたび新聞紙上をにぎわせた。少年二人に金を払ってセックスを強要したという。強姦罪で起訴されたとき、ワプショットはドイツのバーデンバーデンにいてブレンナー温泉ホテルで逮捕された。

しかしながら、二度目のこの事件は、証拠不十分で不起訴となり、彼は海外に移住した。移住先はタイだったが、イギリス国籍は保持し、蒐集したレコードも母国に保存した。その後もレコード蒐集のためしばしばイギリスに滞在している。いまでは母方のワプショットという名前を使っているが、彼の本名はヘンリー・ウィルソン。イギリスから移住したのちも彼が法を犯した行為をしているかどうかは不明で、タイにおける彼の行動に関してはほとんど知られていない。

「別名(インコグニート)で目立たぬように旅行していたわけですよ」報告が終わると、シグルデュル＝オーリは言葉を付け加えた。「変態、しかも最低の変態のタイプじゃないですか。移住先がタイだというのも、合点がいくというもんですよ」

「いまのところはなにも疑われていないんだな？　イギリス警察には」

「ええ、そうです。イギリス警察は彼が移住してくれて喜んでいるにちがいないな」そう言うとシグルデュル＝オーリは付け加えた。「エリンボルクが正しかったんです」

「さっきもそう言っていたようだが？」

「グドロイグルに対するワプショットの関心のありかたですよ。ボーイソプラノのグドロイグルですよ、サンタクロースのグドロイグルではなく。エリンボルクは、ワプショットの関心は性的なものだったと言ったんです。彼女はわれわれを修道士と呼んだでしょう。われわれが彼女と同じような下品な想像をしなかったことで」

「つまり、地下のあの小部屋に入り込んでグドロイグルを殺したのはヘンリーだと言うのか？　あんなに称賛していたボーイソプラノを殺したと？　ちょっとその推理は単純すぎやしないか?」

「ぼくはこの種のことは苦手なんです。こんなことをするやつらの頭がどうなっているのかまったく理解できない。ぼくにはただやつらはみんな病気だとしか思えない」

「ちょっと見でわかるようなものじゃないだろう」と言って、エーレンデュルは緑色のシャルトリューズをすすった。

「ええ、外見からは絶対にわからないですよ」とシグルデュル＝オーリがいまいましそうに言った。

二人はすでにワプショットの部屋を出て、一階のバーに移っていた。カウンターには客が大勢いて、とくに外国人客は興奮した大きな声で話し、アイスランド特産のヤーターを着込み、頬を赤く染めて、見てきたことやアイスランドでの体験を楽しげに話していた。

「グドロイグル名義の銀行口座は見つかったのか?」エーレンデュルが訊いた。タバコを取り出して火をつけ、あたりを見回した。バーの中で吸っている人間は彼以外にだれもいなかった。

「いま調べているところです」と言って、シグルデュル＝オーリはビールを一口飲んだ。

ドアが開いて、エリンボルクが中をのぞいた。シグルデュル＝オーリは手を上げて合図した。エリンボルクは中に入るとカウンター席の彼らのそばに割り込み、ビールを一杯注文した。シグルデュル＝オーリがイギリス警察からの報告を話すと、彼女は顔一面に笑みを浮かべた。

「ほら、わたしの言ったとおりだったじゃない?」と間髪を容れずに言った。

「え、なにが?」シグルデュル＝オーリがしらばっくれた。

「ワプショットの少年たちに寄せる関心は性的なものじゃないかと、わたし言ったでしょ？　グドロイグルに対してもそうだったと思うわ」

「きみは、ワプショットとグドロイグルが地下のあの部屋でなにかしてたと言うのか？」シグルデュル＝オーリが訊いた。

「もしかすると、グドロイグルは強いられたのかもしれないな」エーレンデュルが言った。「なんと言っても、ナイフを突きつけられていたはずだから」

「ああ嫌だ。クリスマスだというのに、そんな図を頭に入れられて家に帰るなんて」

「愉快な図じゃないね」と言って、エーレンデュルはシャルトリューズを飲み干した。もう少し飲みたかった。時計を見た。署にいたなら、ちょうど仕事を終える時間だ。それで少し良心の痛みが薄れ、ウエイターに合図した。

「ということは、あの狭い部屋に少なくともグドロイグル以外に二人、人がいたということになる。というのも、ひざまずいた姿勢の人間がナイフを振りかざしてグドロイグルを脅すなんてことはできなかっただろうから」シグルデュル＝オーリはそう言ってから、具体的に表現しすぎたかと少し心配になってエリンボルクを見た。

「それ、言えてるんじゃない？　話が見えてきたわ」エリンボルクが言った。

「シャルトリューズの味が少し損なわれるが」とエーレンデュル。

「それにしても、なぜワプショットはグドロイグルにナイフを突き刺したんだろう？　それも何度も。まるで正気を失ったように。もし本当にグドロイグルを殺したのがワプショットなら、あの小さな部屋でなにかとんでもないことが起きたか、あの変態男を激怒させるような言葉が投げつけられたか？」

　エーレンデュルはシャルトリューズを部下たちに振る舞いたかったが、二人とも時計に目をやって首を振った。家に帰って準備をすべて終えなければクリスマスは迎えられないという焦りが見えた。

「ぼくはグドロイグルの部屋にいたのは女だと思う」シグルデュル＝オーリが言った。「鑑識課はコンドームについていた唾液のコルチゾール値を測定したが、まったく正常だったらしい。唾液の主はグドロイグルが死ぬ前に、あの部屋から出たにちがいない」エーレンデュルが言った。

「それはあり得ないでしょう。私たちが部屋に入ったときの彼のポジションを考えれば」とエリンボルク。

「だれであれ、グドロイグルとセックスした人間は強制されたのではないと思う。そうでなければコルチゾール値が平常だということはあり得ないだろう」エーレンデュルが言った。「もしコルチゾール値が高かったら、不安とか緊張のもとにセックスがおこなわれたということになるのだろうが」

「それじゃ、相手は娼婦でしょう」シグルデュル＝オーリが言った。「行為を平然と仕事としておこなう人間にちがいない」

「なにかもっと楽しいこと話さない？」エリンボルクが言った。

「こういう話がある。このホテルでは盗みがおこなわれていて、グドロイグルはそれを知っていたというんだ」エーレンデュルが言った。

「それで殺されたと？」とシグルデュル＝オーリが訊いた。

「わからない。このホテルでは娼婦を招き入れることができるらしいともいわれている。ホテル支配人はそれを見て見ぬふりをしているとか。どのくらいの頻度でそんなことがおこなわれているのかは知らないが、これも調べてみる価値はある」

「グドロイグルはそれに関係していたんでしょうか？」エリンボルクが訊いた。

「どうだろう。発見されたときの格好を思えば、それも考えられるな」シグルデュル＝オーリが言った。

「ところで例の父親はどうした？」エーレンデュルが訊いた。

「法廷では顔色一つ変えませんでした」と言って、エリンボルクはビールを一口飲んだ。

「男の子は父親だとは言ってないんだろう？」シグルデュル＝オーリが訊いた。彼もまた関心をもってこの事件を見守っていた。

「石壁のように口を閉ざしたままよ。父親は頑として主張を変えない。息子に暴力を振るったとは絶対に認めない。それに、腕の立つ弁護士を抱え込んでいるわ」

「親権を保持するんだろうか？」

「あり得ると思うわ」

「それで男の子は？　父親のもとに帰りたがっているのか？」エーレンデュルが訊いた。

「そこなんです。この事件でもっとも謎めいているところは」エリンボルクが言った。「あの子はまだ父親に強く縛られているんです。まるであのように暴力を振るわれたのは、自分のせいだとでも思っているみたいなんです」

三人は無言でそれぞれの思いに沈んだ。

「エーレンデュル、クリスマスの間中ここにいるつもりなんですか?」エリンボルクが訊いた。その声には責めるような調子があった。

「いや、帰るつもりだ。エヴァといっしょにクリスマスを過ごすよ。ラム料理(ハンギキョート)でも食べて」

「エヴァはこのごろどうなんですか?」エリンボルクが訊いた。

「まあ、だいじょうぶ。なんとかやっている」そう言いながら、嘘を言っていると二人に思われていると感じた。彼らはエヴァ＝リンドの問題を知っているが、めったにそれについては口にしない。エーレンデュルが話したがらないとわかっていたし、あらためて訊いたりもしなかった。

「明日はもうクリスマスイヴの前日だ」シグルデュル＝オーリがエリンボルクに訊いた。「もう準備はぜんぶできたの、おたくは?」

「ううん、ぜんぜん」エリンボルクが苛立った声で言った。

「レコード蒐集のことだが」エーレンデュルが割り込んだ。

「は?　なんですか?」エリンボルクが訊き返した。

「蒐集なんてことはふつう、子ども時代に始めるものじゃないか?」エーレンデュルが言った。

「おれ自身はそういうことに疎かったが。ものを集めたりなどしなかったから。だが、そんな趣味は、子どものときに始めるものじゃないか？　映画スターの写真とか、飛行機のプラモデルとか。もちろん切手や映画の切符の半券とかレコードとか。たいていの子どもは成長とともに関心をもたなくなるが、中には本なりレコードなり、そのまま一生涯集め続ける者もいるのだろう」

「ということは？」

「うん、蒐集家とはそういうものなんじゃないかと思うんだ。ワプショットを例にとってみようか。もちろん蒐集家がみんなワプショットのように変態であるとはかぎらないが。とにかくなにかを蒐集するという行為は子ども時代へのノスタルジーと関係があるのではないか。子ども時代と関係のある、絶対に失いたくないものや消えてしまいそうなものを大事にとっておきたいという気持ちが蒐集という行為の土台にあるのではないか。そもそも蒐集という行為は子ども時代のなにかを大切に保存したいという気持ちがもとになっているのではないか？　子ども時代の記憶、それを失いたくない、とっておきたい、そして育み育てたいというちょっと病的な願望から発している行為ではないか？」

「それじゃ、ワプショットのボーイソプラノレコードの蒐集は、子ども時代へのノスタルジーから始まっているというんですか？」

「そして、このホテルでその子ども時代へのノスタルジーとやらがよみがえったために、ワプショットの頭の中でなにかが起きたと？」こんどはシグルデュル＝オーリが訊いた。「ボーイソプラノ少年が中年男になっていたから？　そういうことですか？」

「わからない」

この話をしながらも、エーレンデュルは片方の耳でバーの中にいるにぎやかな一行の話に耳を傾けていた。中に一人、アジア人らしい外見でアメリカの発音で英語を話す中年の男に注目した。男は新品と見られるビデオカメラでいっしょにいる団体旅行のメンバーを撮っていた。そのとき突然エーレンデュルの頭にある考えが浮かんだ。ホテルには監視カメラがあるのではないか。まったくチェックしていなかったことだ。ホテル支配人はそれについてなにも言わなかったし、フロントマネージャーにしてもそうだった。エーレンデュルは同僚二人に視線を戻した。

「このホテルに監視カメラがあるかどうか、チェックしたか？」

二人は顔を見合わせた。

「それはきみの仕事じゃなかったっけ？」シグルデュル＝オーリがエリンボルクに訊いた。

「完全に忘れてたわ」エリンボルクが言った。「なにしろクリスマスの準備で忙しくて、すっかり忘れてた」

フロントマネージャーは話を聞いて首を横に振り、この種のことに関してはホテルには厳しい規則があると言った。このホテルには監視カメラはまったく取り付けていない、ロビーであろうが、フロントカウンター、エレベーター、廊下、客室、そう、もちろん客室にはけっしてカメラなど取り付けてはいないと。

「そんなことをしたら、お客さまが来なくなりますから」と彼は真顔で言った。

「なるほど、それはそうだろうな」エーレンデュルは残念そうに言った。短時間ではあったが、監視カメラがどこかにあれば、捜査に利用できる情報が記録されているのではないか、すでに採取した情報や証言と食い違うものがチェックできるのではないか、警察がすでにつかんでいるのとは異なるものが見つかればいいと思ったのだ。

しかたなく、ふたたびバーに戻ろうとしたとき、後ろからフロントマネージャーの声がした。

「ホテルの裏側、南の角に銀行があります。スーヴェニアショップと銀行があって、その入り口からもホテルに入れるようになっているんです。そこを利用するお客さまは少ないですが、銀行には監視カメラがしつらえてあるはずです。もっとも映っているのは銀行のお客さまがほとんどでしょうが」

エーレンデュルは銀行とみやげものの店のことは知っていた。まっすぐにそのコーナーに行ってみたが、銀行はすでに閉まっていた。ドアの前に立って頭上を見ると、ほとんど目につかない角度にカメラのレンズが見えた。銀行の中には人影はない。それでもガラスのドアをどんどんと叩いて人を呼んでみたが、だれも出てこない。しまいにポケットから携帯を取り出して署に連絡し、ここの支店長を探し出すように命令を出した。

待っている間、みやげものの店に入って品物を見てまわった。とんでもなく高価なものばかりだった。グトルフォスやゲイシルなど観光名所の写真入りの皿、北欧神トールをかたどった小さな像、北極ギツネの毛皮のついたキーホルダー、アイスランドの海で見られるクジラのポスター、一ヵ月分の給料ほどの値段がつけられたアザラシの皮のコート。金持ちの外国人のイメージだけに存在するエキゾチックなアイスランドの記念になにか一つ買おうかと思ったが、買える値段のものが一つもなかった。

銀行支店長は四十歳ほどの女性で、これからクリスマスパーティーに出かけようとしていたところを警察に呼び出されて、ご機嫌斜めだった。警察からの知らせに、彼女の頭に浮かんだのは銀行強盗か、という問いだった。自宅を訪ねてきた警察官二人は、同行してほしいと言ったが、その理由は言わなかった。支店長は銀行の前で待ち構えていたエーレンデュルをじろりと睨みつけ、エーレンデュルは緊急に監視カメラをチェックさせてほしいと言った。支店長はそれまで吸っていたタバコの火を使って次のタバコに火をつけた。エーレンデュルは本物のチェーンスモーカーに会ったのはずいぶん久しぶりだと思った。

「明日まで待つことはできなかったの？」その冷たい言いかたに、エーレンデュルは氷のかけらが床に落ちた音を聞いたように思った。敵にはまわしたくないタイプだ。

「それ、命取りになりますよ」と言って、エーレンデュルはタバコを指差した。

「もうしばらくはだいじょうぶよ。なぜわたしをここまで呼びつけたのですか？」

「ここのホテルで起きた殺人事件と関係があるのです」

「それで？」支店長は驚きもしなかった。

「捜査を迅速に進めようと思っているので」と言ってエーレンデュルは笑顔を見せたが、相手はまったく応じなかった。

「もっといい言い訳はないの?」と言って、支店長はついてこいというようにあごをしゃくった。警察官二人はほっとした顔をした。ここまでの道、車の中でさんざん嫌みを言われたにちがいなかった。支店長は銀行の通用口まで行き、コードを打ち込み、ドアを開けてエーレンデュルについてくるように合図した。

オフィスは広くなかった。支店長の部屋に入るとそこには監視カメラに接続されているモニターが四台あった。監視カメラの二つは窓口に、一つは移動式キャビネットの上に、もう一つは入り口の上に取り付けられていた。支店長はモニターをオンにすると、監視カメラは二十四時間撮影していて、すべてビデオテープに記録されて三週間保存される、その後消去されてまた使用されると説明した。ビデオカセットは銀行の真下の地下室にある。

支店長は三本目のタバコを吸いながら地下室に案内した。ビデオカセットには日付とカメラの位置が明記されて、鍵がかけられた戸棚にきちんと保管されていた。

「一日に一回警備会社の人間がやってきて、これを管理しているのよ。わたしはこの記録についてはいっさい関知していません。あなたもよけいなものに触らないでくださいよ」

「ありがたい」エーレンデュルは腰を低くして言った。「それでは殺人事件が起きた日のテープからチェックしていきましょう」

「どうぞ」と言って、支店長は吸い終わったタバコを床に捨て、靴の底でていねいにもみ消した。

エーレンデュルはビデオの中から銀行入り口と書かれたものを探し出し、正確な日付のテープを取り出し、そばにある小さなモニターに電源を入れた。銀行の窓口を映したテープはこの際必要ないと判断した。

支店長は金時計に目を落とした。

「一カセットに二十四時間分映像が記録されてます」

「仕事中はどうしているんですか？」エーレンデュルが訊いた。

「なんのこと？」

「タバコですよ。我慢できますか？」

「あなたに関係ないでしょ」

「それはそうです」

「必要なカセットをぜんぶ持っていってくれないかしら？　時間がないんですよ。もうすでに遅刻しているんです。あなたがこれらぜんぶのカセットを見ている間ここでおつきあいすることはできませんからね」

「もちろんです」と言ってエーレンデュルはキャビネットの中のカセットテープに目を移した。

「殺人のあった日までの二週間分お借りしましょう。つまり十四個ということになりますね」

「犯人はもうわかったんですか？」

「いや、まだです」

「よく憶えているわ、あのドアマンのこと。ここの支店長になってから七年ですからね。礼儀正しい男だったわ」

「最近彼と話をしましたか？」

「いえ、いままで一度も話したことはないわ。一言も」

「彼はおたくの銀行を利用していましたか？」

「いいえ。口座も持っていなかったと思うわ。調べたわけじゃないからわかりませんけど。うちの銀行内で見かけたことはありませんね。金持ちだったの？」

エーレンデュルはカセットテープ十四個を持ってホテルの部屋に戻り、テレビとビデオデッキを持ってくるよう頼んだ。殺人の起きた当日のビデオを見はじめたとき、携帯が鳴った。シグルデュル＝オーリだった。

「ワプショットを再逮捕するか、釈放するか、どちらかにしなければ。いまは決定的な証拠がなにもないですよね」

「本人がなにか文句を言っているのか？」

「いや、一言も話しません」

「弁護士を要求したか？」

「いいえ」

「児童ポルノ所持の罪で逮捕状を請求してくれ」

「児童ポルノ？」

「部屋に児童ポルノのビデオカセットがあった。所持が禁じられている代物だ。彼がそれを見ているのを目撃した証人もいる。非合法であるポルノ所持の罪で引っ張ることができるはずだ。あとはなんとか証拠を見つけるんだ。とにかくタイに逃げられては困る。殺人の前日の彼の行動を裏付ける証拠を見つけ出すんだ。もうしばらく留置所に入れておいて不安がらせることだ。そのうちなにか吐くだろう」

21

エーレンデュルは夜中過ぎまで銀行の監視フィルムを見た。人が映っていない部分は飛ばし、人の出入りのある午前九時から午後四時までの時間を集中的に見た。そのあとの時間、とくに隣のみやげもののコーナーが店じまいしたあとはほとんど人通りがなかった。銀行の自動支払い機のあるホテルの入り口は二十四時間行き来ができたが、夜中から明け方までの時間はほとんど人の出入りがなかった。

グドロイグルが殺された日はとくに目を引くようなことはなかった。そのうちその入り口を利用する人間の顔が見分けられるようになったが、エーレンデュルの知っている人物はいなかった。夜の時間帯には人の姿が出てくるまで早送りし、姿が出てきたらビデオを停止させてよく観察し、また次の人影まで早送りを繰り返した。銀行で用事を済ませたあとそのままホテルに入る者たちもいた。よくよく観察したが、グドロイグルに関連があると思われる者はいなかった。

ホテルの従業員たちがこの入り口を利用していることがわかった。フロントマネージャーと太っちょのホテル支配人もここを利用していた。ウスプがこの入り口から小走りに出る姿もあった。一日の仕事が終わってほっとしたのだろう。一度だけ、グドロイグル本人の姿が見えた。

殺される三日前の日付だった。一人で、カメラの下をゆっくりと落ち着いた足取りで歩き、銀行の中をのぞいたあと、みやげもののコーナーのほうを見、ふたたび銀行の中に入っていった。エーレンデュルは巻き戻してもう一度そのシーンを見た。さらに繰り返し、けっきょくグドロイグルのシーンを四回繰り返して見た。生きているグドロイグルを見るのは妙な感じだった。エーレンデュルはグドロイグルが銀行の中をのぞくところでテープを止め、その顔をよく見た。これがかつてのボーイソプラノ歌手の顔だ。その昔、柔らかな、悲しげな、美しい声で歌った少年。その声はエーレンデュルに昔のつらい記憶を呼び起こさせたのだった。

ドアにノックの音がした。エーレンデュルはビデオを止めてドアを開けた。エヴァ＝リンドが立っていた。

「眠っていたの？」エヴァ＝リンドはエーレンデュルを横目で見ながら部屋に入った。「なに、このビデオの山は？」

「殺人捜査の資料だ」エーレンデュルが言った。

「もうじき解決しそう？」

「いや、まったく進んでない」

「スティーナとはまだ話してないわよね」

「スティーナ？」

「前に話したスティーナよ！　ホテルに娼婦が入り込んでいるかって訊いたじゃない」

「ああ、まだ話していない。だが、ほかのことだが、いいか？　このホテルで働いているウスプという女の子を知らないか？　おまえと同じ年頃で、おまえと考えが似ているような子だが」

「それ、どういう意味？」と言って、エヴァ＝リンドはタバコを取り出し、父親にも一本渡して火をつけ、ベッドの上に腰を下ろした。エーレンデュルは机のそばに座り、窓から真っ暗な外を見た。あと二日でクリスマスだ。その後はまたすべてが平常に戻る。

「どちらかというと繊細で傷つきやすい子だ」

「そう？　あたしをそういうふうに思っているんだ」

エーレンデュルは黙り、エヴァ＝リンドはフンと鼻の先で笑った。同時に煙を鼻の穴から出した。

「それであんた自身はなんの問題もない幸福な人、というわけね」

エーレンデュルは笑いを浮かべた。

「ウスプなんて子、知らないわ。その子がなにか関係あるの？」

「いや、なんの関係もない。いや、少なくともおれはそう思っている。ドアマンが死んでいるのを見つけた子だ。このホテルのことをいろいろと知っているようだ。頭の良さそうな子だ。しっかりしているし、自分を守る方法を知っているようだ。タフな口をきく。それでおまえに似ていると思ったんだ」

「そんな子、知らないわ」と言うと、エヴァ＝リンドは黙り込んだ。エーレンデュルはその姿を見て、同じく黙り込み、二人はしばらくそうしていた。父と娘は会っても話をしないことはそれまでもあった。会えば必ず激しい口げんかになったときもあった。関心のないことは話さない親子だった。天候の話、物価の話、政治の話、スポーツの話、衣服の話など、人が暇つぶしに話すようなことはいっさい話さなかった。そんなことはどうでもよかった。ただただ二人だけのこと、過去と現在の生活、エーレンデュルがいなくなったために家族とはいえないものになった家族のこと、エヴァとシンドリの姉弟の哀れな子ども時代、エーレンデュルに対する母親の憎悪。これらだけが重要で、話と言えばこれらに関することだけ、二人のつきあいはこれらの事柄に絞られていた。

「クリスマスプレゼントにはなにがほしい?」沈黙を破ったのは父親のほうだった。

「クリスマスプレゼント?」

「ああ」

「なにもほしくない」

「なにかほしいだろう?」

「子どものとき、どんなものをもらったの?」

エーレンデュルは考えた。手袋(ミトン)を思い出した。

「いろいろ、小さなもの」

「あたしはいつもママがシンドリのほうにいいものをあげると思ったわ。そのうちママは、あたしにはプレゼントをくれなくなった。ドラッグを買うためにプレゼントを売ってしまうからって。一度、ママからもらった指輪を、売ってしまったことがあるのよ。パパは弟のほうがいいプレゼントをもらったって思ったこと、なかった?」
エーレンデュルは娘が気を遣いながら用心深く近づいてくるのがわかった。たいていの場合、彼女の単刀直入な話しかたに驚かされるのだが、たまにこのようにこっちの気持ちに気を遣いながら、そっと訊き出そうとすることがある。

流産したエヴァが集中治療室に運ばれたとき、医者はエーレンデュルに娘のそばにいて話しかけるようにと言った。話の内容は憶えていないかもしれないが、彼の声、彼の存在を感じるかもしれないと。あのときにエーレンデュルが話したことの一つが、吹雪の中で弟がいなくなったこと、自分だけが発見されたことだった。エヴァが意識を取り戻し、退院して家にしばらく滞在したころ、エーレンデュルは病院で自分から聞いた話を憶えているかと訊いたことがあったが、エヴァはなにも憶えていないと言った。だが、好奇心をそそられたらしく、何度もしつこくそれはなんの話かと訊いてきたため、エーレンデュルはしかたなくそれまでだれにも話したことのない、だれも知らないことを娘に話した。それまで彼は一度も娘に自分の過去の話をしたことがなかった。

そしてエヴァは、さんざん父親が返事に困るような問いを浴びせたが、この話を聞いて、ようやく少し、父親を知ったような気がした。もちろん、まだまだ知らないことがたくさんあったが。いちばん腹の立つ、彼女が父親に突きつけてなんとしてでも答えを得たい問いは、そして親子の関係がこの一点に凝縮される問いは、いまだ答えを得ていなかった。人が離婚するのは特別なことではない。それは彼女にも理解できる。離婚はいまではごくふつうのことで、別れたらそれきり縁を切るケースもよくあることだ。そんなことは知っているし、それについてとやかく言うつもりもない。彼女が理解できないのは、なぜエーレンデュルが妻だけでなく子どもたちとの関係まで完全に絶ってしまったのかということ。妻と別れてから、なぜ子どもたちに関心をもたなかったのか。エヴァのほうから連絡をし彼の前に現れるまで、なぜ自分から子どもたちと連絡をとらなかったのか。暗いアパートにひっそりと暮らしていた彼を見つけたのはエヴァのほうだった。これらすべてをエヴァは父親に突きつけているが、いまだに答えを得ていない。

「弟のほうがもっといいプレゼントを？　いや、いつも同じだったな。昔からのクリスマスの歌にあるようなものさ。ろうそくとか遊びの道具とか。もうちょっといいものがほしいと思ったこともあったが、うちは貧乏だった。当時はみんな貧乏だった」

「でも、その子、パパの弟だけど、その子が死んでからは？」

エーレンデュルは答えなかった。

「エーレンデュル？」エヴァが呼びかけた。

「弟がいなくなってから、クリスマスはなくなった」

弟がいなくなってから、イエス・キリストの誕生日は祝われなくなった。一ヵ月ほど経ったころには、家族の喜びは消え、プレゼントはなくなり、客も来なくなった。それまではいつも母方の家族がイヴの日にやってきてクリスマスの歌をいっしょに歌ったものだった。家は大きくなかったので、みんなが体を寄せ合って座り、家の中は暖かく、明るく灯されたものだった。その年のクリスマス、母親は訪問をしないでくれと親族に断った。父親はすっかり鬱(うつ)状態になり、一日中臥せっていることが多くなった。なにをしても無意味だというように息子の捜索にも参加しなかった。自分が息子を裏切ったために彼は死に、だれがなにをしてももう遅い、すべては自分の責任で、ほかのだれのせいでもないという態度だった。

だが母親はちがった。エーレンデュルにじゅうぶんに気を配り、捜索隊の人々に感謝し励まし続けた。自身もあたりが暗くなるまで捜索に加わり、疲れきって帰ってきたかと思うと、すぐにまた翌朝山に向かった。息子が遭難したことがだんだん確信に変わったときでさえ、彼女だけは同じ熱心さで捜索に出かけた。本格的な冬になって雪が深くつもり、天候が不安定になったとき初めて彼女は山に息子を探しにいくのをやめた。息子は山で行方不明になったという事実をようやく受け止め、遺体の捜索は春まで待たなければならないと理解した。毎日高い山に向かって立ち、呪いの言葉をつぶやいた。息子を奪ったおまえたちよ、巨大な悪魔(トロル)に喰われてしまえ！

弟が高い山の中腹のどこかに横たわって死んでいるという思いはエーレンデュルには堪えがたいものだった。夢の中で弟が雪溜まりの中で吹雪に背を向け、近くに迫っている死と闘っている姿を見るようになった。そしてそんな悪夢から悲鳴をあげて泣きながら目を覚ますのだった。

ほかの人たちが朝から晩まで酷寒の中を捜索に出かける中で、父親がなぜなにもせずに家にいるのか、エーレンデュルには不思議でならなかった。息子が見つからないことで父親は完全に精神が壊れ、まわりと関係がもてない状態に陥っていた。エーレンデュルは悲しみのもつ破壊力をしだいに理解した。父親はそれまでは丈夫で人並みはずれた体力の男だったからである。だが息子を失ったことで父親は生きる力を失い、二度とかつての姿には戻れなかった。

しばらく時間が経ってから、この悲しいできごとについて父親と母親が一度だけ激しい言い争いをしたことがあった。そこでエーレンデュルが耳にしたのは、あの日、母親は夫に山に行ってほしくないと必死で頼んだのだが、彼は耳を貸さなかったということだった。どうしても行くというのなら、あなただけ行って、息子たちは連れて行かないでと母親は懇願した。だが父親は妻の言葉を無視したのだった。

そしてクリスマスは二度と祝われることがなくなった。両親は時とともになんとか関係を修復した。母親は夫が自分の言葉に耳を貸さなかったことについて、その後二度と口にしなかった。父親も妻が行くなと言ったこと、息子たちを連れて行かないでと懇願されて、おまえの知ったことかと腹を立てたことについてけっして触れなかった。あの日は天候に問題はなかった。それで妻がよけいな口出しをしていると不愉快に思ったのだった。悲劇が起きる前に夫婦間で交わした言葉について、けっして口にしないことを二人は選んだ。その沈黙が破られたら、夫婦の絆も断たれると思ったのかもしれない。この沈黙がエーレンデュルに罪悪感を植え付けたことも知らずに。なぜなら、生き残ったのは彼だったのだから。

「ここ、どうしてこんなに寒いの？」と言って、エヴァ＝リンドはヤッケをきつく体に巻きつけた。

「ヒーターが壊れているんだ。それで、なにか相談があって来たのか？」

「べつに。ママはまた新しい男とデートしてるわ。ダンスレストランで会った男だって。変なやつよ。会ったらきっと笑っちゃうわ。いまの時代、ポマードで髪の毛固めている男なんている？　それもなんだか変なウェーブなんかつけちゃってさ。襟の大きなシャツを着込んで、ラジオから昔の流行歌なんかが流れてきたら、指を鳴らして歌いだすんだから、ったく」

エーレンデュルは思わず笑いを漏らした。エヴァ＝リンドは母親のつきあう男たちの話をするときほど軽蔑に満ちた口調になることはない。それも年を追うほどに軽蔑の度合いが増す。

また沈黙が流れた。

「八歳のときのことを思い出そうとしてるんだ」と突然エヴァ＝リンドが言った。「ほとんど思い出せない。その日が誕生日だということ以外は。パーティーのことじゃない。ただ八歳になったその日のことだけ憶えているの。家の前の庭に立って、今日あたしは八歳になると思った。なぜだかわかんないけどそう思ったことだけがはっきり記憶に残ってる。そう、今日はあたしの誕生日。あたしは八歳になるって」

エヴァ＝リンドは父親を見た。

「パパの弟が死んだのは八歳だったって言ってたよね」

「夏に八歳の誕生日を迎えていた」

「どうして見つからなかったの？」

「わからない」

「でも、いまでも山のどこかで眠っているのよね？」

「そうだ」

「白骨になって」

「そう」

「八歳のまま」

「そうだ」

「その子が死んだのは、パパのせいなの？」

「おれは十歳だった」

「うん、知ってる。でも……」

「だれのせいでもない」

「でも、もしかして自分のせいかと思った……？」

「エヴァ＝リンド、なにが言いたいんだ？　これはなんの話だ？」

「離婚してからなぜ一度もあたしとシンドリに連絡してくれなかったの？　なぜあたしたちといっしょにいようと努力をしてくれなかったの？」

「エヴァ……」

「あたしたちなんかどうでもよかったから？」

エーレンデュルは口をつぐみ、窓の外を見た。雪がまた降りはじめた。

「この二つのことに関連があると思うのか？」しばらくして彼が言った。

「あたし、なんの説明も受けてない。だから……」

「弟のことと関係があると？　弟の死にかたと関係があるかと？　この二つは似ていると思うのか？」

「わからないわ。あんたのこと、あたし知らないから。まだあんたを探し出してから何年も経っていないし。それもあたしが探し出したのよね、あんたを。あんたが警察官だということ以外、なにも知らない。あんたの弟のこと以外、あんたはなにも話してくれてない。あんたがどうしてあたしとシンドリを捨てていってしまったのか、あたしにはどうしてもわからない。あたしたち、あんたの子どもじゃないの」

「おまえたちの母さんにすべてまかせたんだ。おまえたちとつきあう権利について、もっと主張するべきだったのかもしれない。だが……」

「関心なかったんでしょ」

「いや、そうじゃない」

「そうに決まってる。ほかにどんな理由があるっていうの？　どうして自分の子どもの責任を取らなかったのよ？」

　エーレンデュルはいすに座ったまま床に目を落とした。エヴァは三本目のタバコをひねって消すと立ち上がり、ドアに向かった。

「スティーナは明日ホテルに来て、あんたに会うって。ランチのころ。すぐわかるわ。豊胸手術したばかりですごい胸してるから」

「連絡してくれたのか。ありがとう」

「どういたしまして」

よそよそしく返事をしながらも、まだドアの前でためらっている様子だった。

「なにか、ほしいものはないのか?」エーレンデュルが訊いた。

「わかんない」

「クリスマスプレゼントのことだよ」

エヴァは父親を振り返って言った。

「あたしの赤ちゃんを返してほしいと願ってる」

そう言うと、エヴァは静かにドアを閉めた。


エーレンデュルは深くため息をつき、しばらくベッドの端に座り込んでいたが、ふたたびビデオテープをチェックしはじめた。クリスマス前のことで忙しそうに人が出入りしている。たいていは紙袋や箱を両手に抱えて。

殺人事件発生から五日前のテープまできたとき、一人の女に目が留まった。最初は気がつかず、飛ばしてしまったのだが、なにかが記憶に引っかかり、テープを戻して再生した。エーレンデュルが反応したのは顔ではなく、女の姿だった。胸を張って頭を上げて歩く姿、その歩きかただった。ビデオが進むと、女が一人ホテルに入る姿が映し出された。それを見てから早送りし、三十分ほど先の時間に今度はその女がホテルから出てくるところが映し出された。女は銀行とみやげものコーナーには目もくれずまっすぐに歩いてきた。

エーレンデュルは起き上がり、モニターを凝視した。

それはグドロイグルの姉だった。

何十年も弟に会っていないと言ったグドロイグルの姉に間違いなかった。

五日目

22

翌朝遅く、エーレンデュルは爆音で目が覚めた。夢も見ずにぐっすりと寝込んでいたので、目が覚めてからもしばらくは朦朧(もうろう)として、意識がはっきりするのに時間がかかった。前夜は夜中過ぎまで銀行の監視カメラのビデオに目を通していたが、グドロイグルの姉と思われる女性の姿はその後は一度も画面に現れなかった。彼女が偶然にそこに映っていたはずはなかった。弟に会いにきたにちがいない。何十年も会っていないと言っていた弟に。

嘘が一つ見つかった。警察捜査においてなにが重要かと言って嘘の発見ほど重要な手がかりはない。

非常ベルのような音がまだ耳元で聞こえている。ようやく意識を取り戻し、それが電話のベルの音であるとわかった。受話器からホテル支配人の声が聞こえてきた。

「厨房まですぐ来てほしい」支配人の雷のような声が聞こえてきた。「ここにあんたの役に立ちそうな男がいる。話を聞いてくれ」

「だれなんです?」エーレンデュルが訊いた。

「事件の日に、具合が悪くて早退した厨房の下働きの男だ。こっちに来てくれ」

エーレンデュルはベッドから飛び起きた。服を着たままで眠っていた。バスルームに行くと鏡にここ数日ひげを剃っていない自分の顔が映った。手で頬のひげをこすると、ジャリジャリという音がした。濃いひげの生えかたは父親譲りだった。

階下に行く前にシグルデュル＝オーリに電話をかけた。エリンボルクといっしょにハフナルフィヨルデュルへ行ってグドロイグルの姉に本署まで任意同行を求めるように指示した。自分はいっしょには行かないが、本署で会おうとだけ言った。呼び出しの理由はシグルデュル＝オーリにも言わなかった。万が一にでも彼らがグドロイグルの姉に話してしまうことを恐れたからだ。エーレンデュルが嘘を見抜いていることがわかったとき、彼女がどんな顔をするか、見たかった。

厨房に入ると、ホテル支配人のそばに異常に痩せた三十歳ほどの男が立っていた。いや、支配人のそばに立てば、たいていの人間は痩せて見えるにちがいないとエーレンデュルは思い直した。実際にはそれほど痩せているわけではないのかもしれない。

「ああ、やっと現れたな」ホテル支配人は腹を突き出して言った。「まるで事件の捜査を指揮しているのは私のようではないか。ほらここにまた参考人が一人いるぞ」

そう言うと、支配人は脇の男を突いた。

「さあ、知っていることを話すといい」

男は話しはじめた。それも、グドロイグルの死体が発見されたその日の昼ごろ、自分がいかに気分が悪かったかを詳細に話しはじめた。その詳しい説明は、厨房のくず入れのふたを取って吐いたところで終わった。

男はきまり悪そうに支配人のほうをちらりと見た。

男はあの日そのまま早退し、けっきょく流行りのインフルエンザだとわかり、しばらく仕事を休んで今日出てきたところだった。一人暮らしでニュースも見ず、今日出勤するまでだれとも話をしていなかったので、グドロイグルの死のことを知らなかった。当然、自分が知っていることをだれにも話す機会はなかった。グドロイグルとくに親しかったわけではないが、事件のことを聞いて本当に驚いた。自分はまだここで働きはじめてから一年ほどしか経(た)っていないけれども、ときどきグドロイグルとは話をしたり、彼の部屋に何度か遊びにいったこともある……。

「ああ、ああ。そんなことはどうでもいいから、肝心なことを早く言いなさい、デニ」ホテル支配人が苛立った声でうながした。

「あの日の午前中、早引きして家に帰る前に、グドロイグルが厨房に現れて、ナイフを貸してほしいと言ったんです」

「厨房のナイフを?」エーレンデュルが訊いた。

「はい。本当はハサミはないかと訊かれたんですが、ハサミはなかったのでナイフを渡しました」

「ハサミを、いや、ナイフを、なにに使うのか、訊いたか?」

「はい。サンタの衣装をどうかすると言ってました」

「サンタの衣装?」

「はい。詳しくは説明しませんでしたが、縫い目を少し開く必要があるとかで」

「それで、そのナイフは返されたのか?」

「いいえ。私がいた間には戻されませんでした。そのあと早退したので、どうなったのか知りません」

「どういうナイフだった?」

「できるだけシャープなのを貸してくれと言われました」デニが言った。

「これと同じようなナイフだった」と言って、ホテル支配人が身を乗り出し、引き出しの中から一本のナイフを取り出した。持ち手の部分は木製で、刀身の部分は刃先がノコギリのようにギザギザになっている。「うちの特製ステーキを注文する客にはこのナイフを添える。食べたことがあるかな? この上なく美味なステーキで、このナイフを使うと、まるでバターを切るように柔らかく感じられるのだ」

エーレンデュルはナイフを受け取ると、よくよく見た。グドロイグルはこのナイフをわざわざ相手に渡したのだろうか、自分の胸を刺す凶器になるとも知らずに。サンタクロースの衣装の縫い目を広げるためというのは単なる口実にすぎなかったのかもしれない。まもなく訪ねてくる人間を警戒して手元にナイフを置きたかったのだろうか。いや、やっぱりサンタの衣装を直すために用意したナイフをテーブルの上に置いていたのかもしれない。だが、突然なにか不測のことが起きたため、相手が近くにあったナイフを使って彼を殺害した、ということなのか。もしそうなら犯人は武器を持って彼の部屋を訪ねてきたのではなくなる。つまり殺すのが目的ではなかったということか。

「このナイフを参考のために署に持ち帰ろうと思う。ナイフの刃と傷が合致するか照合してみなければ。いいですね？」

　支配人がうなずいた。

「犯人はやはりイギリス人かね？　それとも別の人間か？」

「もう少しデニと話をしたいのですが」とエーレンデュルは言い、支配人の問いには答えなかった。

　ホテル支配人はうなずき、そのままそこに立っていた。が、そのうち、気まずそうにエーレンデュルのほうを見た。いつも自分が中心にいるのに慣れているので、エーレンデュルの言葉の真意がわからなかったのだ。やっとエーレンデュルの言わんとしたことがわかると、仕事があるので失礼すると言って引き揚げていった。デニは支配人がいなくなると、ほっとしたようにため息をついて少し緊張を解いたが、それも長くは続かなかった。

「あんたは地下室へ行ってそのナイフをグドロイグルに突き刺したのか？」エーレンデュルがきつい声で迫った。

　デニは両眼を大きく見開いた。

「いいえ」と答えながらも、いまの質問の意味はなんだろうという顔をした。その疑問にさらに次の質問が追い打ちをかけた。

「嗅ぎタバコを使うか？」

「スヌース？　それはいったい……」

「唾液検査は受けたのか？」

「は？」

「コンドームを使うか？」

「コンドーム？」完全に狼狽してデニは訊き返した。

「つきあっている女の子はいるか？」

「つきあっている女の子？」

「妊娠をさせたくないと思っているか？」

デニは答えることもできずに呆然とエーレンデュルを見返した。

「つきあっている女の子はいません」と、ようやく我に返ったデニが言った。その声には残念ながら、というニュアンスがあるようにエーレンデュルには聞こえた。「いったいなぜこんなことを訊くんですか？」

「それは気にしなくていい」エーレンデュルが答えた。「あんたはグドロイグルを知っていた。どういう人間だったかね、彼は？」

「ちゃんとした人でした」

デニは話しはじめた。グドロイグルはホテルが気に入っていたので、ドアマンの仕事を辞めたくなかったらしい。クビになっても、ここから出て行きたくないと言っていた。ホテルで働いていることは彼にとって割がよかった。ここで働いていることで、彼ほど利益を得た人間はほかにいなかったのではないか。格安の食事代で日々レストランの余った食事を食べていたし、洗濯もしてもらい、あの小さな部屋の部屋代は一銭も払ったことがなかったという。だが、クビになったことは衝撃的なことではあるが、それでもなんとかやっていけるだろう、これからは働かなくてもいいかもと言っていた。

「それはどういう意味かな？」エーレンデュルが訊いた。

デニは肩をすくめた。

「わかりません。グドロイグルには秘密めいたところがあったから。私にはよくわからないことをいろいろ言ってました」

「たとえば？」

「たとえば、音楽のこと。酒を飲んだときなど、ときどきわけのわからないことを口走ってました。でも、いつもはおかしなところなどない、ふつうの人だったけど」

「酒癖が悪かったのか？」

「いいえ、そんなことはありません。たまに休みの日に飲む程度で、仕事の障りになるようなことは絶対にしなかった。グドロイグルは仕事に誇りをもってました。そんなにりっぱな仕事とは見えなかったかもしれないけど。あ、ドアマンの仕事のことです」

「音楽について、どんなことを言っていた?」

「美しい音楽が好きだ、と、たしかそんなようなこと」

「なぜこれからは働かなくてもいいと言ったのだと思う?」

「少し金があったんじゃないですかね。これと言って大きな出費はなかったようだから。月給をためていたのかも。貯金が少しあるんだろうと思いました。しばらく働かなくても食べていけるほどの貯金が」

エーレンデュルはシグルデュル=オーリにグドロイグルの銀行口座を調べるように言ったことを思い出した。さっそく訊いてみよう。嗅ぎタバコ(スヌース)にコンドーム、つきあっている女の子と矢継ぎ早に訊かれたことですっかり困惑しているデニをその場に残して、エーレンデュルはロビーへ行った。いきなりフロントマネージャーと大声で口げんかしている若い女の姿が目に入った。フロントマネージャーは女をホテルから追い出そうとしていたが、女のほうはそれを拒んでいるように見えた。これが例の素晴らしい夜とやらをフロントマネージャーに提供した女かと思い、エーレンデュルは早々にその場を立ち去ろうとしたが、若い女はじろじろと彼を見ながら近づいてきた。

「ちょっとあんた、警察官じゃない?」

「待て! すぐにここから失せろ!」フロントマネージャーがその後ろから怒鳴った。

「エヴァ=リンドの言ったとおりだわ」と言って、女はエーレンデュルの頭のてっぺんからつま先までじろじろとながめた。「あたし、スティーナ。あんたがあたしに用があるって、エヴァ＝リンドから聞いてるわ」

エーレンデュルはコーヒーを注文し、二人はバーに腰を下ろした。意識的に彼女の胸を見ないようにしたが、どうしても目がそこに行ってしまう。こんなに巨大な隆起二個が、こんなに痩せて細い体についているのはやはり不自然としか言いようがなかった。襟に毛皮のついたベージュのコートを脱ぐと、大きな胸にぴったり張りついた真っ赤なセーターが現れた。セーターの下にはなにも着ていないらしく、へそが見える。その下に黒い裾広がりのスラックスをはいているが、それがまた尻の割れ目が見えるほど股上が浅い。化粧は濃く、深紅の口紅をぬった唇でにっと笑うと、歯並びのよい真っ白い歯が現れた。

「三十万クローネよ」と言うと、若い女は、かゆいのか、そっと右側の乳房の下に手を入れた。

「豊胸手術代。いくらしたのかと思ったんじゃない？」

「具合がよくないのか？」

「縫い目がね」と女は顔をゆがめて言った。「あまり触っちゃいけないって、言われてるんだけどさ」

「どこに？」

「傷口に。シリコン入れたのよ。三日前に手術したばかりなの」

エーレンデュルは入れたばかりという隆起した乳房から目を離した。

「エヴァ＝リンドとはどうして知り合った？」と代わりに訊いた。

「きっとそう訊かれるだろうって、エヴァ＝リンドが言ってたわ。あんたの聞きたくない答えよ、と言えばいいと言われた。そのとおりだった（トラスト・ミー）わ。エヴァ＝リンドはまた、あんたがさっと助けてくれるって言ってた。ちっちゃなことだけどさ。そしたら、あたしもあんたを手伝ってあげてもいいよ」

「え？　なんのことだ？　話がよくわからないが？」エーレンデュルが訊き返した。

「エヴァ＝リンドはあんたがきっと助けてくれるって言ってたよ」

「それじゃ、エヴァは嘘を言ったんだろう。なんの話だ？　ちっちゃなこととは？」

　スティーナは大げさにため息をついてみせた。

「友だちがさ、大麻でケフラヴィク空港で捕まったのさ。大した量じゃないよ。でも三年入れられるんだとさ。まるで人殺し扱いじゃないか、三年なんて。大麻が少しと錠剤少しなのにさ。冗談じゃない、三年もだよ！　子どもをセックスの対象としたやつだって三ヵ月だよ！　長すぎるじゃないか！　ワンカーどもめ！」

　エーレンデュルは最後の言葉は理解できなかった。またどうやって手伝えと言うのかもまったくわからなかった。スティーナというこの女はまるで聞き分けのない子どものようだった。この世がどんなに大きく複雑なものか、生きていくことがどれほどむずかしいかがわからないようだ。

「ケフラヴィク空港で捕まったのか？」

「そう」

「それじゃおれにはなにもできない。また手伝う気もない。あんたは悪い連中とつきあっているようだな。麻薬の密輸と売春。なぜふつうの勤めをしないんだ？」

「でも、やってみてくれない？　だれかに話してよ。三年も食らうなんて冗談じゃないよ！」

「話をはっきりさせよう」エーレンデュルが言った。「あんたは体を売って暮らしているのか？」

「体を売ると言っても、いろいろあるのよ」とスティーナは言い、肩から下げていた小さなハンドバッグの中からタバコを取り出した。「あたし、グレーヴェンってとこで踊ってるの」と言って、エーレンデュルの耳にささやいた。「でももう一つの仕事のほうが実入りがいいのよ」

「それで？　このホテルの客を相手にしたことがあるのか？」

「もちろん、何度も」

「このホテルの中で働いたのか、それとも外で？」

「このホテルで働いたことなんかないわ」

「いや、つまり、このホテルの客を相手にしたのか、それとも町で拾った客をここに連れてきたのか？」

「それは、そのときどきによるわ。前はあたしがここに来てもだれにもなにも言われなかった。でもあのデブがあたしを閉め出したのよ」

「なぜ？」

また胸が痛むらしく、スティーナはそっと胸の下に手を入れた。エーレンデュルを見て、目で笑ったが、具合がよくない様子だった。

「知ってる女の子で、豊胸手術した子がいるんだけど、失敗でね、いまじゃ胸がビニール袋のように垂れ下がってる」

「そんなに大きな胸がどうしてもほしいのか？」エーレンデュルは訊かずにはいられなかった。

「かっこいいと思わない？」と言って、スティーナは胸を突き出したが、すぐに顔をしかめた。縫い合わせたところが痛むらしい。

「ああ、たしかに……、大きいことは大きいが」

「なんと言っても、いま入れたばかり。新しいのよ」

そのときホテルの支配人がすごい剣幕でバーに入ってくるのが見えた。後ろからフロントマネージャーがついてくる。支配人は数メートルのところで立ち止まり、バーを見渡してほかの客がいないのを確かめると、大声で叫んだ。

「出て行け！　出て行くんだ！　いますぐに失せろ！」

スティーナは後ろを振り返って支配人を見ると、またエーレンデュルのほうに向き直り、目をくるりと天井に向けた。

「ああ、またこいつか、やんなっちゃう」

「ホテルに娼婦を入れるわけにはいかない！」

支配人が金切り声で言った。スティーナの腕を取り、自ら彼女を外に放り出すかのようにぐいと引っ張った。

「触らないで！　いまこの人と話してるんだから」スティーナが立ち上がった。

「胸に気をつけるんだ！」とエーレンデュルはさしあたりなんと言っていいかわからないまま、声をあげた。支配人は目を丸くしてエーレンデュルを見た。「手術したばかりなんだから」とエーレンデュルは急いで言葉を付け加えた。

スティーナと支配人の間に入って、二人を離そうとしたがうまくいかなかった。スティーナは懸命に胸を護ろうとし、少し離れたところではフロントマネージャーがことの成り行きを見ていた。しまいにマネージャーとエーレンデュルの二人が力を合わせて、頭から湯気を上げて怒っている支配人とスティーナを引き離した。

「この女が……私について……言ってることは……すべてでっち上げ……作り話だ！」支配人は息を切らせ、顔一面に汗をかいて全身でぜーぜーと呼吸しながら言った。

「彼女はなにも言っていませんよ」エーレンデュルは支配人を落ち着かせるために言った。

「この女を……外に……出してくれ」

支配人は近くのいすにどしんと腰を下ろし、ポケットからハンカチを取り出して顔の汗を拭いた。

「落ち着けよ、デブ」スティーナがエーレンデュルに目を移して言った。「この人、ピンプなのよ、知ってた？」

「ピンプ？」エーレンデュルはその英語を知らなかった。

「そう。このホテルで働くあたしらからマージンとるの」

「マージン?」エーレンデュルがまた訊き返した。

「いやね、英語知らないの? 歩合のこと。つまり、この人あたしたちの稼ぎ分から上前をはねるのよ」

「この嘘つきめ! 出て行け、この忌まわしい娼婦め!」

「こいつとレストランの給仕長があたしらの稼ぎの半分を取るんだから」と言って、スティーナは胸を安定させるために少し動かした。「あたしがそれを断ったら、出て行け、二度とこのホテルに足を踏み入れるな、って言ったんだから、このデブ」

「嘘っぱちだ」と少し息を整えた支配人が言った。「私はこの種の女たちのことはいつもつまみ出してきた。そう、この女も追い払ったことがある。このホテルに娼婦を入れるつもりはないからな」

「給仕長?」エーレンデュルは細い口ひげの男を思い出した。たしかローサントという名前だった。

「いつもつまみ出してきたって?」スティーナは鼻の先で笑った。「この男があたしたちに電話をかけてくるのよ。関心のありそうな客、金のありそうな客を見つけたら、あたしたちに電話してきて、バーで待っていろと言う。そういうことがあれば、ホテルの人気が上がるって言ってた。外国人とか、一人客とかがカモなのよ。大きな会議があるときも、こいつが電話してくるんだから」

「あんたたちの数は?」エーレンデュルが訊いた。

「何人かエスコートサービスをする女の子がいるわ。高級エスコートレディよ」

スティーナは高級エスコートレディであることに誇りを感じているようだった。豊胸手術をした新しい胸と同じくらい自慢げに話した。

「エスコートサービスだと、聞いてあきれる」やっと呼吸が落ち着いた支配人が言葉を挟んだ。「女たちはホテルの中まで入ってきて、バーでねばって客をとろうとし、部屋まで押しかけるんだ。私が女たちに電話をかけて呼びつけるなど、とんでもない言いがかりだ。娼婦めが」

エーレンデュルはスティーナの話をこのままここで聞くのはまずいと考え、フロントマネージャーのオフィスを少し貸してくれと頼んだ。さもなければ、全員警察署に行くしかない、と。支配人は大げさに大きなため息をつき、スティーナを睨みつけた。エーレンデュルはスティーナをバーから連れ出してフロントマネージャーの小さなオフィスに向かった。支配人はいすから立ち上がろうともしなかった。完全に空気が抜けてしまったようだった。手を貸そうとしたフロントマネージャーをもうるさそうに追い払った。

「その女は嘘つきだぞ！」とエーレンデュルのほうに向かって叫んだ。「話はぜんぶデタラメだ！」

オフィスに入るとエーレンデュルはフロントマネージャーの机に向かって座ったが、スティーナは立ったままで、タバコに火をつけた。バー以外は禁煙であることなどくそくらえという態度だった。

「ここのドアマンを知っていたかい？」エーレンデュルが訊いた。「グドロイグルという男だが」

「うん、とてもやさしい人だった。デブに渡すお金をあたしたちから取り立てる役をしていたのよ。でも、ひどいわね、殺されてしまったなんて」

「グドロイグルは……」

「殺したのはあのデブだと思う？」スティーナがエーレンデュルの話を遮って訊いた。「あのデブ、最低の男。あたしが知っている男たちの中でも、いちばんのワルよ。あたしがなぜこのホテルに出入り禁止になったか、知ってる？　あいつ、あたしたちからピンハネするだけでは満足しなかった。あたしに……。わかるでしょ」

「なんだ？」

「いろんなサービスをさせようとしたんだから。あいつのオフィスに呼び出して、二人きりになったときに……」

「それで？」

「あたし、嫌だと言ってやった。冗談じゃないって。あいつ、ブタのように汗をかくじゃない。頭のてっぺんからつま先まで気持ち悪い。そんなことをしたのはあいつにちがいないと思うわ」

驚かない。あたしは
「あんたはどうなんだ？　あんたはグドロイグルとどんな関係だったのだ？　彼にもなにか特別なサービスをしていたのか？」

「え？　なにそれ？　あの人はそういうことには関心なかったわ」

「そんなことはないだろうよ」と言って、グドロイグルの見つかったときの姿を思い浮かべた。

「まったく関心がなかったとは言えないだろう」

「とにかく、あたしにはそんな関心は見せなかった」と言って、スティーナはそっと胸を持ち上げた。「あたしだけでなく、ほかの女の子たちにも」

「レストランの給仕長もホテル支配人といっしょにこのことに関係していたのか？」

「ローサント？　うん、さっきも言ったとおりよ」

「フロントマネージャーは？」

「あの男はあたしたちをこのホテルに入れたくなかった。ホテルに娼婦はいらないって。でもほかの二人のほうが強かったのよ。フロントマネージャーはローサントを人員整理の対象にしたかったんだけど、あのデブがそれをしぶった。ローサントといっしょに稼ぐ金がばかにできない額だったからよ」

「もう一つ教えてほしいことがある。あんたは嗅ぎタバコ（スヌース）をやるかい？　ほら、歯茎の間に挟み込む、一回分ずつ小さな袋に入っているやつだ」

「まさか。あたしがそんなことするはずないじゃない。こんなにきれいな歯をしているあたしが」

「じゃ、ほかには？　だれかスヌースをやっている人間を知らないか？」

「知らない」

二人はしばらくなにも言わなかった。が、エーレンデュルはどうしても小さな説教をせずにはいられなくなった。エヴァ＝リンドのことが頭にあった。あの子はドラッグを手に入れるために、体を売っていた。それも有名ホテルの客相手ではなく、相手がだれであろうと、いつでも、どこででも金のために体を売るようなことをしていたにちがいなかった。

「なぜこんなことをしているんだ？」とエーレンデュルはできるだけ咎めだてするのではないような口調で訊いた。「胸にシリコンを入れて？　ホテルの部屋で会議にやってきた連中に脚を広げる？　なぜなんだ？」

「エヴァ＝リンドはあんたがきっとそんなことを訊くだろうと言ってたよ。そんなことわかろうとしないでよ。どうせわかりっこないんだから」と言って、スティーナは床に落としたタバコをもみ消した。

開いているドアからロビーをながめていたスティーナの目が大きく見開かれた。ウスプがちょうど前を通り過ぎたところだった。

「ウスプ、まだここで働いてるんだ……」

「ウスプ？　彼女を知っているのか？」そのときエーレンデュルのポケットで携帯が鳴りだした。

「ここはもう辞めたと思ってた。ここに出入りしてたころ、よくあの子と話をしてたんだ」

「なぜ彼女を知っているんだ？」

「同じ……」

「同じ通り（ストリート）を歩いていた？　まさか娼婦仲間じゃないだろうね？」と言いながら、エーレンデュルは携帯をポケットから取り出した。

「ちがう。あの子は弟とはちがうから」

「弟？　ウスプには弟がいるのか？」エーレンデュルが訊いた。

「あたしなんかよりずっとやり手の娼婦のね」

23

エーレンデュルはいま聞いたスティーナの言葉が理解できず、しばらく彼女の顔を見つめていた。ウスプの弟？　スティーナよりもずっとやり手の娼婦？　スティーナは電話に苛立った。

「どうしたのよ？　出ないの？」

「あんたがウスプはもうここを辞めたと思ったのはなぜだ？」

「ひどい仕事だからよ」

エーレンデュルは携帯電話のボタンを押した。

「ずいぶん時間がかかりましたね」エリンボルクの声が聞こえた。

シグルデュル＝オーリといっしょにハフナルフィヨルデュルに行き、グドロイグルの姉にレイキャヴィクの本署まで出頭を言い渡しに行ったのだが、拒まれた。理由はなんだとしつこく訊かれ、彼らが答えないと、車いすの父親を一人おいて出かけるわけにいかないと頑として動かない。だれかかかわりに父親の面倒をみる人間を送り込むと言っても、本署に弁護士を呼んで同席してもらってもいいと言っても、首を横に振るばかりだった。警察署に行くということが嫌なのだという。それを聞いたエリンボルクは、シグルデュル＝オーリの反対を押し切って、それではエーレンデュルのいるホテルならどうかと提案した。まずホテルで話を聞き、そのあと必要なら本署へ行くということではどうだろうかと。グドロイグルの姉は考えた。そうしている間にもシグルデュル＝オーリは力ずくでも本署に連れて行こうとしたが、思いがけなくもグドロイグルの姉はエリンボルクの提案に同意した。近所の人に電話をかけて父親の面倒を頼むと、隣人がすぐにやってきた。必要なときにはいままでもそうしてきたと見えた。ところがいざ出発というときになって彼女はまた抵抗し、シグルデュル＝オーリは怒りを爆発させた。

「いまシグルデュル＝オーリが彼女を連れてそちらに向かっています。本当は拘置所にぶち込みたいほど、彼、かんかんに怒っているんです。グドロイグルの姉はなぜ呼び出されるのかその理由を言えと、それがわかるまではここを動かないと言い張ったのです。その理由は知らないと答えたのですが、もちろん彼女はそんなこと信じなかった。呼び出しの理由は、いったい何なんですか？」

「弟が殺される数日前に、彼女はホテルに来ているんだ。だが、われわれには弟とは何十年も会っていないと言った。なぜホテルに来ていたことを話さなかったのか、嘘をついたわけを知りたい。それを答えるときの彼女の顔が見たいのだ」

「すごい剣幕だと思いますよ、彼女。最後に行かないと言ったときのシグルデュル＝オーリの態度は紳士的とは言えませんでしたから」

「どうした？」

「自分で話すと思います」

エーレンデュルは電話を切った。

「あんたよりもずっとやり手の娼婦とは、どういう意味だ？」

ハンドバッグに手を突っ込んでもう一本タバコを吸おうかと迷っているスティーナに言った。

「ウスプの弟のことだ。なにが言いたいんだ？」

「え、なに？」

「ウスプの弟だ。あんたよりもずっとやり手の娼婦だと言ってたが？」

「ウスプに直接訊けば？」スティーナが言った。

「ああ、そうしよう。だが、あんたが言っていたのは本当にウスプの弟のことか？」

「そうよ。あの子、気まぐれホモなの」

「気まぐれホモ？　なんだそれは？」

「その気になったら男とでもってこと」

「なるほど。それで？　その弟、金で体を売ってるのか？　あんたのように」

「うん、そう言ってもいいよ。あの子、クスリやってるの。いつも追われてる。クスリ代払え、金返せって」

「ウスプは？　あんたはどうしてウスプと知り合いなんだ？」

「学校が同じなの。弟もそうよ。あの姉弟は一つちがいで、弟とあたしが同じ年。学年だけでなくクラスまでいっしょだったの。ウスプって頭パアなのよ」と言ってスティーナは頭を指差した。「頭空っぽ。全国学力テストのあと、学校をやめたのよ。全科目で落第点だったから。あたしはぜんぶ及第よ。高校卒業試験まで受かったんだから」

スティーナは誇らしげににっと笑った。

エーレンデュルはその笑顔を見ながら言った。

「あんたがエヴァ＝リンドの友だちだということは知っているし、今回もいろいろと教えてくれたことはじゅうぶんにわかっている。だが、ウスプは頭が悪いなどというのは、どうかな。第一あの子は豊胸手術などしていないよ」

スティーナはエーレンデュルを見返すと、鼻の先で笑い、一言も言わずにフロントマネージャーのオフィスから出て行った。毛皮の襟のコートを肩にかけ、胸を張ってロビーを歩きたかったのだろうが、その姿はどう見ても誇らしげではなかった。ロビーにはちょうどシグルデュル＝オーリとグドロイグルの姉が入ってきたところで、エーレンデュルはシグルデュル＝オーリの目がスティーナの胸に釘付けになるのを見た。大金を払っただけのことはあったわけだ、とエーレンデュルは心の中でつぶやいた。

ロビーには、ホテル支配人が少し離れたところにいた。スティーナとエーレンデュルの話はすぐに終わると思ったのだろうか。ウスプはエレベーターのそばに立ち、ロビーを渡っていくスティーナを見ていた。その表情から二人が知り合いであることがうかがえた。マネージャーはフロントカウンターのところで目の前を歩いてゆくスティーナが外に出るまで目で追った。そのあとロビーにいるホテル支配人に目を戻し、支配人がその巨体を揺らしながら厨房に消えるのを見送った。ウスプはエレベーターの中に消えた。

「なんでこんな意味のないことをさせるんですか？」

いつの間にかグドロイグルの姉が目の前に立っていた。

「なんでわたしをこんなひどい目に遭わせるんです？」

「ひどい目に遭わせる？」エーレンデュルは訊き返した。「そんなことはないでしょう」

「この男」とグドロイグルの姉は隣のシグルデュル＝オーリを指差した。まだ彼の名前を憶えていないらしい。「この男はじつに失礼な態度をとりました。正式な謝罪を要求します」

「冗談じゃない」シグルデュル＝オーリが鼻の先で笑った。

「わたしの肩を突いて家から外に押し出したんですよ。まるで犯罪者かなにかのように」

「手錠をかけました」とシグルデュル＝オーリが言った。「それを詫びるつもりはありません。冗談じゃない。エリンボルクとぼくに対してこの人はひどい言葉を投げつけた。そして抵抗した。この人は留置所に入れられてしかるべきですよ。公務執行妨害のかどで」

グドロイグルの姉はエーレンデュルを睨みつけたまま、口を固く結び、なにも言わなかった。この人の名前はステファニアというのだった。子どものときのニックネームはなんだったのだろうか、とエーレンデュルは思った。

「わたしはこのような扱いに慣れていませんから」としまいにステファニアは言った。

「警察署に連れて行ってくれ。そしてヘンリー・ワプショットの隣の舎房に入れるように。尋問は明日にしよう」と言ってエーレンデュルはステファニアを見た。「いや、明後日になるかもしれない」

「そんな扱いを黙って受けるいわれはありませんよ」とステファニアが声をあげた。怒りで除しい顔になっている。「どんな根拠でわたしをこんなふうに扱うんですか。わたしを留置所に入れる？　わたしがなにをしたというんですか？」

「嘘をついたからです。ではまた後で」とエーレンデュルは言い、シグルデュル＝オーリを脇に呼んだ。「あとで話がある」

エーレンデュルは踵を返してホテル支配人が少し前に消えた方向に歩きだした。シグルデュル＝オーリはステファニアの手首を引っ張って立ち去ろうとしたが、彼女はその場で足を踏ん張り、一歩も動かなかった。その姿のまま、エーレンデュルの背中を睨みつけた。

「いいでしょう、わかったわ」とステファニアは、シグルデュル＝オーリの腕から身をよじって逃れようとしながら、エーレンデュルの背中に向かって呼びかけた。「これはなんの意味もないことだわ。どこかに腰を下ろして、分別のある人間同士として話しましょう」

「これは、とは？」エーレンデュルが訊いた。

「弟のこと。弟の話をしましょう。あなたはそうしたいのでしょう。それがなんの役に立つのか知らないけど」


二人はグドロイグルの住まいだった地下の小さな部屋へ行った。その場所でと言ったのはステファニアだった。前にも来たことがあるのかとエーレンデュルが訊くと、彼女は否と答えた。何十年もの間、本当に弟に一度も会わなかったのかとエーレンデュルが重ねて訊くと、弟とはなんの連絡も取り合わなかったと以前と同じ答えが返ってきた。エーレンデュルは彼女が嘘をオに残っている。それが弟とは関係がない、偶然であるとは信じられなかった。

ステファニアはシャーリー・テンプルの〈リトル・プリンセス〉のポスターをちらりと見たが、顔色も変えず、なにも言わなかった。姉はクローゼットを開けて、そこにドアマンの制服がかけてあるのを見た。そのあと部屋にあるたった一脚のいすに腰を下ろした。エーレンデュルはクローゼットのそばに立った。シグルデュル＝オーリは、これからハフナルフィヨルデュルでグドロイグルの小学校時代の級友たちに会うと言い、地下室への下り口で別れた。

「あの子はここで死んだというわけね」とステファニアは事実を淡々と述べる口調で言った。その声には悲しみが感じられず、エーレンデュルは以前と同じように、なぜこの女は弟の死になんの感情も表さないのだろうかと不思議に思った。

「心臓をナイフで刺されて」とエーレンデュルが説明した。「凶器は厨房から持ち出されたナイフのようです」と付け足した。ベッドにはまだ血痕が残っていた。

「なんて殺風景な部屋なの」と彼女はあたりを見回した。「こんなところに何十年も住んでいたなんて。いったいなにを考えていたのかしら、あの子」

「その答えをあなたから聞こうと思ったのですよ」

姉は警察官を見上げて、口を固く締めた。

「私にはわかりませんが」とエーレンデュルは続けた。「彼はこれでじゅうぶんだと思ったのではないですか？　世の中には五百平米の屋敷でも足りないという人もいますが。ホテル内に住むことで、彼には得することもあったようですよ。家賃なし、洗濯はただ、とか」

「それで、凶器は見つかったのですか？」

「いや、まだです」

そう言うと、彼は黙り、ステファニアが話しはじめるのを待った。だが、彼女もなにも言わず、しばらく二人は沈黙したままでいた。

「なぜあなたはわたしが嘘をついていると言うのですか？」

「嘘をついているとはっきり言っていいかどうかわかりませんが、あなたは知っていることをぜんぶ話していない。真実だけを話しているわけではない。なにより問題なのは、あなたがなにも言わないことです。グドロイグルの死に関し、あなたもお父さんもなにも言わないのはじつに不思議だ。まるでまったく知らない人の死のように、われ関せずの態度だ」

彼女はしばらくエーレンデュルを見上げていたが、ようやく決心したようだった。

「わたしはあの子と三歳年齢が離れているのです」と突然話しだした。「まだ小さかったけど、あの子が生まれたときのこと、よく憶えています。あの子を抱いて父と母が産院から家に戻ってきたときのことを。それがわたしのいちばん古い記憶だからかもしれないけど。父は初めからあの子を目の中に入れても痛くないほどかわいがった。赤ん坊のグドロイグルの世話はぜんぶ父がしました。父はあの子がまだ赤ん坊のころから、将来特別な人間にしてみせると思っていたんです。時とともにそうなったというのではなく。本当はそうだったらよかったのでしょうけど。あの子が生まれたときからの父親のもくろみだったのです」

「それで、あなたはどうだったのですか？　お父さんはあなたにもなにか才能を見つけた？」

「父はいつもわたしにやさしかった。でも、グドロイグルのことは溺愛していました」

「そしてしまいに彼が壊れてしまうまで追いつめた」

「それはあまりにも簡単すぎる説明よ」ステファニアが言った。「ものごとはそんなに簡単じゃないわ。あなたのような人、警察官なら、そんなことは当然わかっていると思ったわ」

「個人的なことを引き合いに出さないでください」

「そう。もちろん、そうね」ステファニアは素直に同意した。

「なぜグドロイグルはこの狭い粗末な部屋で何十年も過ごすようになったのか、なぜだれにも顧みられなかったのか？　なぜあなたたち父娘はグドロイグルをそんなに激しく拒んだのか？　もしグドロイグルのせいで健康を害し、車いすの人になってしまったのなら、お父さんが彼を恨むというのはわかるかもしれないが、なぜあなたまであれほど冷淡になれたのか、私には理解できない」

「父が健康を害し、ですって？」ステファニアの表情が驚愕に変わった。

「グドロイグルが父親を階段から突き落としたと私は聞いている」

「だれから？」

「だれから聞いたかなどどうでもいいではありませんか。本当なのですか？　彼が父親に障害を負わせたのですか？」

「あなたに関係ないことです」

「そうかもしれない。ただし、それが殺人事件の捜査と関係があれば別です。もしこの話が正しければ、あなたたち二人だけの問題ではなくなりますから」

ステファニアは黙り、ベッドについている血痕を凝視した。エーレンデュルはなぜこの姉は弟の部屋、それも殺された部屋で話したいと言ったのだろうかとふたたび思った。直接訊いてみようと思ったが、なかなか切り出せないでいた。

「昔からこうだったわけではないのでしょう」とエーレンデュルは別の角度から話しはじめた。「あなたはバイヤルビオ劇場の舞台で弟をかばった。彼が声を失ったときのことです。昔、あなたたちは仲がよかったはずです。彼はあなたの大事な弟でした」

「バイヤルビオ劇場でなにが起きたかなんて、どうして知っているのですか？　そんな情報をどこから掘り返したの？　だれから話を聞いたのですか？」

「情報はいろいろなところから集めるのです。ハフナルフィヨルデュルの住民はあのときのことをみんなよく憶えていました。あのとき、あなたは弟の味方だった。子どものときは仲良しだったはずです」

ステファニアは長い沈黙のあと、話しはじめた。

「あれはとんでもない悪夢だった。恐ろしいとしか言いようがなかったわ」

グドロイグルがその晩バイヤルビオ劇場で歌うことになっていた日、ハフナルフィヨルデュルの家は一日中明るいうきうきした気分に満ちていた。ステファニアは朝早く起きて朝食の用意をし、母親のことを思った。自分は母親の役割を果たしていると感じ、誇らしかった。父はときどき、母親の死後よく家族の世話をしてくれているとほめてくれた。なにを頼んでも大人と同じように責任を果たしてくれると。だが、それ以外のことで父親にほめられたことは一度もなかった。自分は父親の視界にはまったく入っていなかった。

ステファニアは母親が恋しくてたまらなかった。最後のころ、病院で母親は、これからはおまえがお父さんと弟の世話をしなければならないと言った。裏切ってはだめよ。約束して、と母親は言った。簡単ではないことよ。わたしにとっても簡単ではなかった。お父さんはきつい、厳しい人で、そのやりかたにグドロイグルが耐えられるかどうかわたしは心配でならないの。なにかが起きたら、おまえは必ずグドロイグルの味方をしておくれ。約束してちょうだい。ステファニアはうなずき、そうすると約束した。そのまま母親が眠りにつくまで手を握り、髪の毛を撫で、ひたいにキスをした。

二日後、母親は息を引き取った。

「今日はグドロイグルを寝坊させてあげよう。彼にとって記念すべき日になるからな」父親がダイニングに入ってきて言った。

彼にとって記念すべき日。

自分にとって、記念すべき日なんてあっただろうか。思い出せなかった。なにもかもが弟を中心にして繰り広げられるからだ。グドロイグルの歌。グドロイグルの録音。発売されたグドロイグルの二つのレコード。北欧諸国への演奏旅行。ハフナルフィヨルデュルでの数回にわたるコンサート。そして今晩のバイヤルビオ劇場でのコンサート。グドロイグルの歌のレッスン。家でレッスンするときはリビングにいる二人の邪魔にならないように息を潜めていなければならない。グドロイグルはピアノのそばに立ち、父親は伴奏し、指導し、励まし、上手に歌うことができれば愛情と理解に満ちた態度を見せ、集中できなければ厳しく注意する。ときには怒り、息子を怒鳴りつける。ときには抱きしめて、おまえは素晴らしいとほめる。

その美しい声のために弟に向けられる注目の千分の一でも自分に向けられたなら。ステファニアは無視されていると感じていた。でも自分には父親の注目を引く特別の才能もない。父親に、おまえの声が取り立てていうこともないふつうの声なのは残念だったな、と言われたことがある。レッスンをしてやるに値しない声だと。だが、彼女自身はそうは思わなかった。父親が、ユニークな声ではないからレッスンしてもしょうがないと見なしているということは、小さいときからわかっていた。姉には弟のような才能はないと決めつけられていた。父親ばかりでなく、父親の代わりに個人レッスンをしてくれた教師にも、合唱団で歌うとか、趣味でピアノを弾くとかはできるだろうが、音楽的才能はないと決めつけられた。

いっぽう弟は、姉とは反対に、素晴らしい声と、めったにない音楽的才能の持ち主と見なされた。だが、ステファニアは、グドロイグルもそうだったが、ふつうの子どもにすぎなかった。彼女は、弟が自分とはちがうということなど、わからなかった。弟は自分となにもちがわないと感じた。それに、母親が病気になってからは、弟を育てているのは自分なのだ。弟は自分の言葉をよく聞き、言われたとおりにし、自分を尊敬してくれた。彼女もまた弟を愛していたが、弟ばかりに注目が行くことがうらやましいという気持ちがまったくないわけではなかった。彼女はその感情を恐れ、だれにも言わなかった。

階段からグドロイグルの足音がした。姿が現れ、父親のそばに座った。

「ママそっくりだね！」と、グドロイグルは姉が父親のコーヒーカップにコーヒーを注ぐのを見て言った。

グドロイグルは母親の話をよくしたし、ステファニアは母親がいなくて寂しいと弟が思っていることをよく知っていた。問題があれば、いつもグドロイグルは姉のステファニアになぐさめを求めた。学校でいじめに遭ったとき、父親がレッスンで声を荒らげたとき、なにかの褒美としてではなく、単になぐさめがほしくて抱きしめてほしいときなど、いつでもそれに応えた。

家の中の雰囲気は一日中明るくうきうきしたものだった。夕方、よそ行きの服を着ていよいよバイヤルビオ劇場に出かける時刻が迫ると、その期待感は絶頂に達したと言ってよかった。父親と姉はグドロイグルといっしょに楽屋に入り、父親は指揮者にあいさつした。観客席に人が入りはじめると、父と姉はそっと目立たないように席に着いた。照明が落とされ、緞帳が上がった。年齢のわりに背の高いグドロイグルが舞台の真ん中に立ち、ついにその憂いに満ちたボーイソプラノの声で歌いはじめた。

ステファニアは息を止め、目をつぶった。

父親に手首をきつくつかまれるまでなにも気づかなかった。父親の激しい息づかいと〝なんということだ！〟という言葉が耳のすぐそばで響いた。

目を開けると父親の蒼白な顔がすぐそばにあった。舞台に目をやると、グドロイグルが懸命に歌おうとしていた。音が、声が、おかしい。まるでヨーデルのようだ。ステファニアは立ち上がって、後ろの観客席を見た。くすくすと笑い声が聞こえた。大声で笑っている者もいた。ステファニアは舞台に駆け上がり、弟を楽屋に連れて行こうとした。指揮者も台から下りてきて、手を貸してくれた。ようやく弟の足が動き、楽屋に引っ込むことができた。父親が一列目の真ん中の席から立ち上がり、石のように固まったままこっちを見ているのが目に入った。

その晩、ベッドに入り、この大きな悲劇の瞬間を思い出したとき、心臓が激しく鼓動しはじめた。それは、いまグドロイグルがどんな気持ちでいるだろうかと心配し、胸を痛めたためではなかった。なぜかはわからないが喜びが湧き上がってくるのを抑えることができなかったのだ。そしてその感情が恐ろしい罪であるかのように感じ、ステファニアは心の奥底深く隠した。

「そのような感情を抱いたことに罪悪感を感じたのですか?」エーレンデュルが訊いた。

「それまで感じたことのないものだったので。そんなこと、思ってもみなかった」

「いい気味だと思ってもおかしくないんじゃありませんか? 身内の者や親しい人間にそんな感情をもつことはよくあると思いますよ。反射的にそう思うこともあると思います。ある種の自己防衛本能というか。ショックを受けたときの」

「こんなこと、あなたに詳しく話すべきじゃなかったのかもしれない。こんな話を聞いたら、わたしに関してあまりいいイメージをもたないでしょう。もしかしてあなたが正しいかもしれないとしても。あのとき、わたしたちはみんな、大きなショックを受けたわ。たしかに、とんでもなく大きなショックだった」

「そのあと、お父さんとグドロイグルの関係はどうなりました？」

　ステファニアは答えなかった。

「人の目に入らない存在がどういうものか、どう感じるか、あなたにわかるかしら？」と答える代わりに訊いた。「平凡で、まったく人の目に留まらない人間の気持ち、わかりますか？　まるでまったく存在しないような扱いを受けるんです。いて当たり前と受け止められる。中心になることは絶対にない。だれも気配りなどしてくれない。だけどすぐそばに、自分の目にはなんの違いもなく見える人間がいて、まるで特別に選ばれたように、まるで親たちやまわりの人たちを喜ばせるために天から送り込まれたように、いつもちやほやされる。それを毎日すぐそばで見せつけられる。毎日、毎週、毎年。それもけっして飽きることなくその称賛はどんどん大きくなってゆくのよ。もうほとんど宗教的な崇めたてと言ってもいいほどに」

　ステファニアはエーレンデュルを見上げた。

「嫉妬してもおかしくないことよね。むしろ人間的と言ってもいい。だからその気持ちを隠しておけなくなって、どっと出てきてしまったのよ。なぜかわからないけど、気持ちがよかったわ」

「これはあなたが弟の失敗を前にして感じた〝いい気味だ〟という気持ちの説明、ですか？」

「わかりません」ステファニアはまた下を向いた。「わたしはそのときいま話したような感情を抑えつけることができなかった。まるで冷たいシャワーのように上から注がれたという感じ。わたしは震えて冷たい水を身をよじって避けようとしたけど、冷たいシャワーは止まらなかった。こんなことが起き得るとさえ、わたしは思っていなかったのに」

二人は黙った。

「弟に嫉妬していたのですね」エーレンデュルが言った。

「ある時期はそうだったかもしれない。でもそのうち、弟が可哀想になりました」

「そして彼を憎みはじめた？」

ステファニアは驚いてエーレンデュルを見た。

「憎悪のこと、わかるの？」

「いや、それほどは知らない。だが、危険なものだということは知っている。ところであなたはなぜ、三十年近くも弟に会っていないとわれわれに言ったのですか？」

「それが真実だからです」

「いや、真実じゃない。あなたは嘘をついている。なぜ嘘をつくのですか？」

「嘘をついたと言って、わたしを牢屋に入れようとしているの？」

「必要ならば。グドロイグルが殺される五日前にあなたがこのホテルに来たのを、われわれは知っている。一方、われわれには何十年も弟に会ったことも話したこともないとあなたは言っている。しかしわれわれはあなたが彼の殺される数日前にこのホテルに来ているという事実を知った。なぜ彼に会ったのですか？　なにより、なぜわれわれに嘘をついたのですか？」

「彼と会う以外の目的で、わたしがこのホテルに来たとは考えられないのですか？　ここは大きなホテルよ。それは考えつかなかったのですか？」

「そんなことはあり得ないでしょう。弟が殺される数日前にあなたがここに来たのは偶然だとでもいうのですか？」

ステファニアがためらっているのがわかった。次のステップを踏み出すべきかどうか迷っているようだ。最初に会ったときに話したことよりもう少し内容のある話を用意しているのかもしれない。だが、それをいま話すべきかどうか、迷っているようだ。

「あの子は鍵を持っていたわ」その声は小さく、エーレンデュルにはほとんど届かないほどだった。「あなたがあのとき見せてくれた鍵です」

グドロイグルの部屋にあった鍵のことだ。キーホルダーには、海賊の絵が描かれた小さなピンクのポケットナイフと鍵が二つついていた。一つはふつうの住宅の玄関の鍵のようで、もう一つは少し小さく、ロッカーとか物置、収納庫のようなもののための鍵に見えた。

「ええ。それがどうかしましたか？　あの鍵を見たことがあるのですか？　どこの鍵か、知っているのですか？」

ステファニアが冷たい笑いを見せた。

「わたしもそっくり同じ鍵を持っているのですよ」

「どこの鍵なんです？」

「ハフナルフィヨルデュルの家の鍵」

「おたくの家の、ですか?」

「そう。父とわたしが住んでいる家の鍵ですよ。家の裏手から入る地下室の鍵。地下室から狭い階段が一階に通じていて、リビングとダイニングに入れるんです」

「ということは……」エーレンデュルはいま聞いたことを理解しようとつぶやいた。「ということは、彼は家の中に入ることができたと?」

「そうです」

「実際に入っていた?」

「ええ」

「だが、あなたたちはつきあいがなかった……。長い間、お父さんもあなたもグドロイグルのことなど考えたこともなかったと言っていた。まったく連絡を取り合わなかったと。なぜ嘘をついたのですか?」

「父の知らないことだから」

「なにを?」

「あの子が来ていたということを。あの子はわたしたちのことが恋しかったのだと思う。一度も訊いたことはありませんけど、そうだったにちがいないの。あんなことをしていたのですから」

「お父さんが知らなかったこととは?」

「グドロイグルがときどき夜中に家に忍び込み、明け方わたしたちが目を覚ますまで音を立てないようにじっとリビングに座っていたということ。あの子は長い間そうしていたのです。でもだれも知らなかった」

ステファニアはベッドについた血痕を見つめて言った。

「ある晩、わたしが目を覚ましてあの子を見るまでは」

24

　エーレンデュルは、呆然として彼女を見つめていた。ステファニアの言葉が頭の中をぐるぐる回っている。いまの彼女は最初に会ったときに見せた、弟に対する冷淡さや傲慢な感じはなく、エーレンデュルはこれまでの自分の態度を少し後悔した。彼女のことも彼女の経験もよく知らないまま決めつけていたと思い、前に会ったときに良心というものがないのかと責めたことを悔やんだ。自分はほかの人たちを責める立場にはいないのだ、と思い返した。たとえ何度もその機会があったとしても。よく考えれば、この女性について自分はなにも知らないではないか。いま目の前に、惨めに、身の置きどころもなく座っている孤独な女性のことを。彼女の人生は〝バラの上で踊るような日々〟ではなかったはず。子どものときは弟の陰で目立たない存在、母親が亡くなってからは十代で父親と弟の面倒を見はじめ、そしていまは父親を裏切らない娘の役割を演じている。おそらく自分の人生を父親のために犠牲にしたにちがいない。

　それぞれが思いに沈んで、しばらく時間が過ぎた。狭い部屋のドアはずっと開いていた。エーレンデュルは立ち上がってそのそばまで行った。なぜか急に、そこにだれかいて、自分たちの話を盗み聞きしていたのではないかという思いに駆られたのだ。薄暗い廊下に顔を出し、左右を見た。だれもいない。二、三歩廊下に出て、目を凝らして奥の突き当たりを見た。そこには明かりが届かず真っ暗だった。そこにだれかが潜んでいるとしたら、グドロイグルの部屋の前を通らなければならず、部屋のドアは開いていたわけだから、自分が気がつかなかったはずはない。廊下にはだれもいなかった。それでも部屋に入りながら、彼は人の気配がするような気がしてしかたがなかった。廊下の奥のほうから最初にここに来たときと同じような匂いがした。なにかがこげたような匂い。それがなんなのか、どうしてもわからなかった。この部屋にいるのは不安で不愉快だった。死んだ人間の姿、殺されたときの彼の姿勢がエーレンデュルの脳裏に焼き付いていた。サンタクロースの衣装を身に着けた男について知れば知るほど、男が気の毒に思えてきた。

「だいじょうぶですか?」部屋の中からステファニアが訊いた。

「ええ」エーレンデュルが答えた。「気のせいだった。廊下にだれかいるような気がしたんです。ほかのところに移りましょう。コーヒーでも飲みますか?」

ステファニアは部屋の中をゆっくりとながめ、うなずいて立ち上がった。二人は廊下を渡って一階のロビーに上がり、レストランに入った。エーレンデュルはコーヒーを二つ注文し、一人は観光客の声に邪魔されない隅のほうに腰を下ろした。

「父がいまわたしのしていることを知ったら、きっと怒るでしょう。家族の話をよその人にするのを極端に嫌う人ですから。家族のプライバシーを重んじる人なのです」

「お元気なのですか?」

「歳のわりには元気だと思いますけど、どうかしら……」

ステファニアは口をつぐんだ。

「家族のプライバシーは警察の捜査では重んじられませんよ。とくにことが殺人事件とあらば」

「ええ、わたしにもやっとわかりました。父とわたしは、この事件には関係ないという態度でやり過ごすつもりでいましたが、殺人事件が起きたら、わたしには関係ないと言うことは許されないのですね。とにかく、こういう状態ではそれはできないということだけはよくわかりました」

「こう解釈して間違いないですか？　あなたとお父さんはグドロイグルとの関係をいっさい絶っていた。が、グドロイグルは夜中、あなたたちの知らないうちに家に忍び込んでいた。なぜでしょう？　どんな理由で彼はそんなことをしたのか？　なにをしていたのか？　なぜわざわざそこまで出かけていったのか？」

「それに関しては、一度も満足のいく答えを聞くことはできなかった。家に忍び込んでからは、ただリビングに二時間ほど座っていただけのようです。そうでなかったら、つまり動きまわっていたら、わたしはもっと早く彼を見つけていたはずですから。毎晩来たわけではなく、一年に数回、何十年もそうしてきたらしいのです。そしてある晩、およそ二年ほど前の明け方の四時ごろ、階下で物音がしたように思い、わたしは飛び起きた。父の寝室は一階にあって、寝室のドアはいつも大きく開け放されているのです。父になにかあったのかもしれないと思った。さらにもう一度音が聞こえ、わたしは泥棒が忍び込んでいるのかもしれないと思った。そっと階段を下りると、父の部屋のドアはわたしが開けたとおりに開いていた。でも廊下に出ると、暗い影が地下への階段を下りていくのが見えたのです。その瞬間わたしは悲鳴をあげてしまった。すると、驚いたことにその影は立ち止まり、戻ってきたのです」

ステファニアはまるでそのときに戻ったように目を大きく見開いて黙り込んだ。

「襲われる、と思った」とようやく言葉を続けた。「わたしはキッチンの入り口に立っていたので、手を伸ばして明かりをつけた。すると彼が見えたのです。あの子には何十年も会っていなかった。そう、若いときから、ずっと見ていなかった。それが弟だとわかるのに、少し時間がかかりました」

「それで、どうしたのですか、あなたは？」エーレンデュルが訊いた。

「彼だとわかったとき、わたしはとても驚いた。なぜなら、わたしはそのとき心底怖かったので、本当はそんなところで電気をつけたりしている間にも警察に電話をかけなければと思っていたのです。わたしの驚いた様子がよっぽどおかしかったのでしょう。彼は笑いだしたわ」

「パパが起きるから静かに」と言ってグドロイグルは口に人指し指を当ててみせた。

ステファニアはいま自分が見ているものが信じられなかった。

「グドロイグル、あなたなの？」とかすれ声で訊いた。

若いころの面影はまったくなかった。長い年月が彼をすっかり変えてしまっていた。目の下がたるみ、薄い唇に色はなく、髪の毛はぼさぼさで、彼女を見るその目にはどうしようもないほどの悲しみがあった。いつの間にか、彼女は弟の年齢を数えていた。年齢よりもずっと老けて見えた。

「ここでなにをしているの？」姉がささやいた。

「なにも」弟は答えた。「なにもしていない。ときどき家が恋しくなるだけ」

「これが、なぜ夜中にやってきて、わたしたちに見つからないようにリビングに座っていたのかという問いに対する唯一の説明でした」とステファニアはエーレンデュルに言った。「『ときどき家が恋しくなるだけ』どういう意味なのか、わからないわ。ママが生きていたころのことを言っているのか、そのあとの、あの子がパパを階段から突き落とす前のころのことを言っているのか。もしかすると家という言葉そのものが彼には意味があったのかも。彼にとってはほかに家はなく、わたしたちのあの家だけが家だったのかもしれない」

「もう行って。パパが起きるわ」

「うん、わかってる。パパはどう？　元気にしてる？」

「ええ、だいじょうぶよ。でも、もちろん、一人ではなにもできない。食べさせたり、体を洗って服を着せたり、外出もいっしょでなければならないし、テレビの前に座らせるのもみんな手伝わなければならないの。テレビではよくアニメを見てるわ」

「あのことで、ぼくはずっと本当に苦しんできた。わかる、姉さん？　ずっとだよ、あれ以来。

こんなふうになりたかったわけじゃない。ぜんぶが思いがけない方向に進んでしまった」

「そうね」

「もともとぼくは有名になんかなりたくなかった。あれは父さんの夢だった。ぼくは父さんの夢を実現することだけを求められていた」

二人はしばらく沈黙した。

「父さんがぼくのことを話すこと、あるの？」

「ないわ。一度もない。あなたのことを話そうとしても、父さんはけっして聞こうとしない」

「いまでもぼくを憎んでいるんだ」

「一生、でしょうね」

「ぼくがこういう人間だから。ありのままのぼくを認められないから」

「それは父さんとあなたの間だけのことだから……」

「ええ」

「ぼくは父さんのためならなんでもやったんだ。それは姉さんも知っているだろう？」

「ええ」

「いつだってそうだった」

「父さんがぼくに期待したすべてのこと。厳しいレッスン、コンサート、録音、すべて父さんが夢見てきたことだった。ぼくの夢じゃない。父さんが満足しさえすれば、すべてがうまくいった」

「ええ、知ってるわ」

「それじゃどうして父さんは、ぼくを許すことができなかったのか？　なぜぼくを受け入れられないんだ？　ぼくは父さんが恋しくてたまらない。それを伝えてくれないか、姉さん？　ぼくはみんなといっしょだったころが恋しい。父さんのために歌っていたころが恋しくてたまらない。父さんと姉さんはぼくの家族なんだ」

「話してみるわ」

「そうしてくれる？　ぼくが寂しがっていると言ってくれる？」

「ええ、そうするわ」

「父さんはぼくに我慢できないんだ。本当のぼくに」

ステファニアはなにも言わなかった。

「もしかすると父さんに反抗したかったからかもしれない。わからない。ぼくはそれでも隠そうとしたんだ。でも、ぼくはこういう人間で、ほかの者にはなれないんだよ」

「もう行くほうがいいわ」

「うん」

グドロイグルはためらった。

「それで、姉さんは？」

「わたしがどうしたというの？」

「姉さんもぼくを憎んでいるの？」

「もう行ってちょうだい。いつ目を覚ますかわからないから」

「ぜんぶぼくが悪いんだ。姉さんの人生がこんなになったのも、姉さんが父さんの世話につきっきりになったのも……」

「もう行きなさい」

「許して」


「事故のあと、グドロイグルが家を飛び出したあと、どうなったんですか？」エーレンデュルが訊いた。「彼の存在は消されてしまったんですか？　まるでそれまでもいなかったかのように」

「ほとんどそれに近いわね。父が弟のレコードをときどき聴いていたのは知ってます。父は隠したかったようですけど、わたしは知ってました。仕事から帰ってくると、父はレコードをジャケットに入れたつもりだったのでしょうが、そのままターンテーブルの上に置きっぱなしになったりしていたので。たまに、弟の話題が新聞に載ったり、一度など弟のインタビュー記事を読んだこともあるわ。昔の子どもスターを特集した記事でした。タイトルはたしか『この子たちはどうなった？』とかいうものでした。ジャーナリストが彼を探し当ててインタビューしたもので、彼はそれが嫌じゃなかったようだけど、わたしにはなぜ彼がインタビューを受けたのか、とても理解できなかった。記事にはみんなに注目されてうれしかったということだけが書かれていたわ」

「彼を憶えていた人が少しはいた、ということでしょう。完全に忘れ去られたわけではなかったのですね」エーレンデュルが言った。

「そうね、少しはいたということね」

「それじゃグドロイグルは、学校でいじめられたことや、お父さんの厳しい訓練、お母さんの死、お父さんに煽られた高い望みが突然ぺちゃんこになってしまったこと、家から追い出されたことなど、そのインタビューでは話さなかったというんですね？」

「なんですか、その、学校でのいじめというのは？」

「グドロイグルはみんなとはちがっていたので、いじめられていたと聞いている。知らなかったのですか？」

「父はべつに彼を煽ってはいなかったと思いますよ。とても現実的で、ものごとがはっきり見える人ですから。父が弟を煽っていたなんて、どこで聞いてきたんですか？　ある時期、たしかに弟は大変な才能があるように見えたと思います。外国でも認められて、この小さなわが国だけにおさまらないほど有名な歌手になると期待されたと思います。父はそれを弟にははっきり言っていました。でも同時に、そういう存在になるには大変な努力と勤勉さと才能がなければならず、それらぜんぶを兼ね備えたとしても、うまくいかないこともあるからあまり大きな期待を抱かないようにと言ってました。父は愚かな人ではありません。そこを間違わないでください」

「もちろん、そんなことは思っていません」

「それならいいですが」

「グドロイグルは一度も自分のほうからあなたたちに連絡をとってはこなかったのですか？　この三十年近い年月の間に」

「ええ、一度も。これはもう前に答えましたよね。わたしたちの知らないうちに家に忍び込んでいたことをのぞけば、まったく一度も。でも家の中に入り込むことはずいぶん前からやっていたらしいけど」

「あなたたちのほうから彼に会いにいくということもなかったのですか？」

「ええ、一度も」

「グドロイグルは母親とはうまくいっていたのですね？」

「母はグドロイグルの太陽でした」

「つまり、母親の死は彼にとっては堪えがたいものだった？」

　ステファニアは深いため息をついた。

「母が亡くなったとき、わたしたちは三人とも大変なショックを受けました。まるで自分の中の一部が死んだように。まさに母こそがわたしたち家族を結びつけていた存在だったのです。ずいぶん経ってから、わたしはそれがやっとわかりました。母がいたのでわたしたちはバランスがとれていたのです。母と父はグドロイグルのことでは意見が合いませんでした。しつけのことで、言い争いがありました。母はもう少しあの子を自由にさせてあげていいのではないかと言い、歌が上手に歌えるなんてそれほど大切なことではないと考えていたようです」

ステファニアはエーレンデュルを見て話を続けた。

「でも、父はグドロイグルを子どもとは見なさなかった。むしろ一つのプロジェクトとして見ていたのだと思います。父自身の手で形作り、創造する芸術作品のような存在と」

「それで、あなたは？　あなたはどう思ったのですか？」

「わたし？　わたしがどう思うかなんて、訊かれたこともなかったわ」

二人は黙った。バーのもう一方の隅にいる外国人観光客たちの笑い声や話し声が聞こえてきた。エーレンデュルはステファニアに目を戻した。深く考えに沈んでいる。バラバラになってしまった家族のことを考えているのだろうか？

「あなたは弟の殺人になんらかの形で関与しているのですか？」エーレンデュルは静かに訊いた。

言葉が聞き取れなかったようなので、エーレンデュルはもう一度問いを繰り返した。ステファニアがエーレンデュルを見つめ返した。

「わたしが？　いいえ、まったくなにも。わたしはあの子が生きていて、わたしと本当に……」

ステファニアは言いかけていた言葉を飲み込んだ。

「あなたとなんですか？」

「わかりません。もしかすると仲直りが……」

彼女はまた黙り込んだ。

「本当に悲しいことよ。ぜんぶ、なにもかも。最初は小さなことだったのに、だんだんそれが大きくなって、しまいにはもう乗り越えられないほど大きくなってしまうんです。グドロイグルが父を階段から突き落としたということは事実です。それをなかったことにはできないわ。でも、人は一つの立場をとると、それを変える努力はしないもの。そうしたくないから、でしょうね。そして時間が経ち、年月が経って、ことが始まったときの気持ちとか状況なんて忘れてしまう。また、人は意識的に、また無意識のうちにも、正しくとらえることができる機会をやり過ごしてしまう。そして気がつくと、もうすべて取り返しがつかないところまで来てしまっていることに気がつくんです。何十年も時が経って……」

ステファニアは深いため息をついた。

「二階で彼を見つけたあと、どうしたのですか？」

「父にグドロイグルの話をしました。でも、父は聞こうともしなかった。いっさい、です。だから夜中にあの子がうちに入っていたことも話せませんでした。でも、わたしは何度か、あの子と仲直りしたらどうだろうかと父に働きかけました。グドロイグルと偶然に町で会ったと言い、父さんに会いたがっていると言いましたが、父は聞く耳をもたなかった」

「あなたに見つかってから、彼は夜中に来ることはなくなったのですか？」

「ええ、わたしの知るかぎり」

ステファニアはエーレンデュルの目を見て言った。

「あれは二年前のこと。そしてそれが彼を見た最後のときです」

25

ステファニアは立ち上がり、帰り支度を始めた。言うべきことはすべて言ったという態度だった。エーレンデュルには、彼女が話していいことと隠したいことを区別し、話していいことだけが語られたように思えてならなかった。彼も立ち上がり、これで今回はいいことにするか、それとももう少し圧力を加えるかと迷った。そして、彼女のやりかたでしばらくやってみることにした。ずいぶん協力的になっているし、しばらくはこの調子でいいだろう。だが、一つだけ心に引っかかっていることがあった。そのことについてステファニアはなにも触れていなかった。

「事故があったために、お父さんが怒り、息子を生涯許さないと思っていることはわかりました。体が不自由になって車いすの生活になったのは息子のせいだと思っているのでしょうから。だが、あなたの気持ちが私にはよくわからない。なぜあなたが同じ態度をとったのか。つまりなぜそう簡単にお父さんの側についたのか。なぜあなたまで弟に背を向け、こんなに長い間関係を絶つことができたのか」

「わたしはもうじゅうぶんに協力したではありませんか。弟の死はわたしたちと関係のないこと。それは弟が家を出てからの生活の中で起きたことで、父もわたしも関係ないの。どうぞ、わたしが正直に話したこと、協力的だったことを理解し、これから先はもう、わたしたちにかまわないでください。うちに来て、わたしの足に鎖を繋ぐような真似はしないで」

ステファニアは握手の手を差し出した。それは、これからはもう近づかないと約束させるようなゼスチャーだった。エーレンデュルはその手を取って、ほほ笑もうとしたが、それは硬い笑顔になった。約束をしたところでなんの意味もないと知っていた。問いはいくらでもあるのに、信じられる答えが少なすぎる。まだ彼女の手を放すわけにはいかない。それにまだ彼女は嘘をついている、いや、嘘とまでは言わなくても、真実を避けている。

「もう一度訊きますが、あなたがグドロイグルの死の数日前にこのホテルに来たのは、彼に会うためではなかったと言うのですね？」

「そう。友人とここのレストランで会うために来たのです。コーヒーを飲んでおしゃべりをするために。本当かどうか、どうぞ彼女に確かめてもいいですよ。あの子がここで働いていることを忘れていましたし、正面玄関は通りませんでしたから」

「チェックさせてもらいます」と言って、エーレンデュルはその友人という女性の名前を書き留めた。「さて、最後にもう一つ。ヘンリー・ワプショットという名前の男を知っていますか？　イギリス人で、グドロイグルの知り合いです」

「ワプショット？」

「ええ、蒐集家です。グドロイグルのレコードを集めている。とくに少年コーラスのレコード、ボーイソプラノのレコードに絞って集めている男です」

「そんな名前、聞いたこともありません。ボーイソプラノに限定してレコードを集めている?」

「レア・アイテムというわけです。ほかにもずいぶん変わったレア・アイテムがあるらしいですよ」航空機の座席ポケットに入っているゲロ袋を例に挙げるのはやめた。「ワプショットによれば、グドロイグルのレコードはレア中のレア、まさに蒐集家の垂涎の的なのだそうです。知ってましたか?」

「いいえ、ぜんぜん。それ、どういうこと? どういう意味ですか?」

「私にもよくわからないのですが、相当価値のあるものらしく、ワプショットはそのためにわざわざグドロイグルに会いにきたとみえる。彼がまだ手元にいくつか持っていたのでしょうかね?」

「さあ。もうなかったんじゃないかしら」

「彼のレコードの売れ残った分はどうなったのですか?」

「ぜんぶ売れたと思いますよ。売れ残っているものがあるとすれば、高い値がついているということですか?」

その声に、必要以上の熱心さを感じ、エーレンデュルはひょっとして彼女はレコードがレア・アイテムになっていることをよく知っていて、彼がどこまで知っているのか探りを入れようとしているのではないかと思った。

「ええ、それはじゅうぶんに考えられます」

「そのイギリス人、いまもまだアイスランドにいるのですか？」

「留置所にいます。あなたの弟さんのことで話していないことがまだかなりあると思いますよ」

「それじゃ、彼が弟を殺した犯人なのですか？」

「ニュースを聞いてませんか？」

「ええ」

「われわれとしては興味深い人物というところですね。それ以上じゃありません」

「どういう人物なんですか？」

　エーレンデュルはイギリス警察から得た情報と児童ポルノの件を話そうと思ったが、やめることにした。それで、ワプショットはレコードの蒐集家で、それもボーイソプラノに限定してレア・アイテムを探している男だが、疑わしいことがあって、現在取り調べ中だと言うに留めた。

　二人はそこで別れた。エーレンデュルはロビーを歩いていくステファニアの後ろ姿を見送った。そのときポケットの中で携帯電話が鳴った。取り出して番号も見ずに電話に出た。驚いたことにそれはヴァルゲルデュルだった。

「今晩お会いできますか？」あいさつもなくいきなり訊いてきた。「まだホテルに？」

「ええ、まだ」と答えながら、エーレンデュルは驚きを隠せなかった。「どういう……」

「八時にバーで、いかがでしょう？」

「ええ、いいですよ。しかし……」

どういう用事なのかと訊こうとしたが、彼女はすでに電話を切ってしまっていた。どんな話があるのだろう、とエーレンデュルは思った。彼女と知り合いになる機会を自分からだめにしてしまったのだ。もはや自分には女性とつきあうことなどできないのだろうと思っていた。そんなところにこの電話だ。どう考えたらいいのだろう。

すでに午後になっていて、空腹でたまらなかったが、レストランへ行く代わりに部屋に戻り、ルームサービスで遅いランチを注文した。まだ何本か目を通さなければならないビデオテープが残っている。ランチが届くまでの間、そのテープをセットして見はじめた。

だが、集中できなかった。テレビのモニターから目を離し、ステファニアの話を反芻しはじめた。なぜグドロイグルは夜中に生家に忍び込んだのだろう？　家が恋しかったと姉に言ったそうだ。『ときどき家が恋しくなるだけ』と。この言葉の陰になにが隠されているのだろう？ステファニアは知っていたのだろうか？　グドロイグルにとって〝家〟とはなんだったのだろう？　彼が恋しかったのはなんだろう？　グドロイグルはもう家族の一員ではなくなっていた。彼といちばん近しい関係にあった母親はとうの昔に亡くなっていた。家に忍び込んでも、彼は姉にも父親にも会わないように気を遣った。昼間は行かなかった。ふつうなら、家が恋しかったらそうするところだが。こんなときにふつうなら、と言うのも変かもしれないが。昔なにかが起きて家族が不仲になった場合、その償いをするために、諍いや怒り、ときには憎悪までを静めて仲直りするために家に行くと言うのなら、昼間堂々と家族に会いにいくだろう。ところが彼は夜の闇に紛れて実家に忍び込み、姉にも父親にも会わず、明け方にそっと出て行くことを繰り返した。和解や許しを求めていたわけではないのだ。彼にとってはもっと大きなもの、彼だけにわかること、人にはけっして説明できないなにかを求めていたのにちがいない。それがたった一語に隠されているのだ。

家(うち)。

家(うち)とはなんだろう?

人生がどうしようもない事態になり、崩壊と不幸の淵に沈んでしまう前に、家族と過ごした子ども時代に戻りたいという思いだろうか? 友だちでもあり親友でもあった母親と父親、そして姉に囲まれて過ごした生家、そこで過ごした時代に戻りたいという気持ちだろうか? 生きていくのが苦しくてこれ以上耐えられないとき、失いたくない思い出、なぐさめとなった思い出を求めて、人の目につかないように生家に忍び込んでいたにちがいない。

もしかすると彼が家に忍び込んでいたのは、宿命と闘うためだったのかもしれない。その家にこそ宿命の原点があったのだから。父親が彼に課した達成不能の大きな夢、ほかの子どもとはちがっていたことの延長線上にあった学校でのいじめ、ほかのなにものにも代えがたい母親への愛情、いつも彼をかばい守ってくれた姉の存在、そしてあの悲劇的なコンサートで受けた打撃、温かい家庭というものがたちどころに壊れ、父親の期待が煙となって消えてしまったあのコンサート。そんな経験をした少年にとって、父親の期待に背くことほど苦しいことがあるだろうか? 彼自身が耐え抜いた試練、父親の苦心、家族全員が耐えてきた苦労が一夜にして砕け去ってしまったのだ。グドロイグルは自分自身も理解できないまま、あるいは自分の同意のないまま、子ども時代を犠牲にしてしまったのだ。そしてなにもかも失ってしまった。父親がグドロイグルの子ども時代をもてあそんでしまったのだ。そしてけっきょく彼から子ども時代を取り上げてしまった。

エーレンデュルはため息をついた。

人はみな、いつか家が恋しいと思うのではないか？

ベッドに横たわっていると、部屋の中でかすかな音がした。どこから音が聞こえたのか、最初はわからなかった。レコードプレーヤーがなにかの具合で動きはじめ、ピックアップがレコードの外に落ちたのかと思った。

寝たまま頭を上げてレコードプレーヤーのほうを見た。いや、動いてはいない。ふたたび同じ音がして、彼はあたりを見回した。部屋の中は薄暗く、あまりよく見えない。窓の外の街灯の光が部屋の中まで差し込んできている。サイドテーブルの明かりを点けようとしたとき、またかすかな音がした。さっきよりは少し高くなっている。エーレンデュルは体が動かせなかった。そのとき、前にもこの音を聞いたことを思い出した。

起き上がって部屋のドアのほうに目を凝らした。薄暗い中に小さな生き物がドアの前の小さなスペースにうずくまってこっちを見ている。青く凍った姿。震え、体が細かく揺れている。洟をすすっている。頭が揺れているのがわかる。

その音に聞き覚えがあった。

エーレンデュルはそれを見つめた。それは笑顔を見せようとするのだがあまりの寒さに体が震えてとても笑うことなどできないように見えた。

「おまえか?」エーレンデュルが胸を震わせて言った。

その瞬間それは姿を消し、エーレンデュルは眠りから飛び跳ねて目を覚ました。そうしながらも彼の目はドアのほうにしっかり向けられていた。

「おまえか?」と彼はうなり、まぶたに留まっている夢の片鱗をつかまえた。ウールの手袋、帽子、アノラック、そしてマフラー。家から山に向かうときの服装だ。

それは弟の服装だった。

弟が冷たい部屋の中で震えていたのだ。

26

エーレンデュルは長いこと窓のそばに立ち、雪が地面に降り積もるさまを見ていた。

しばらくして、やっとまたビデオテープに戻った。グドロイグルの姉はそのあとはモニター画面に現れることはなかった。ほかの知っている人間の姿も現れなかった。ホテル従業員とわかる何人かをのぞけば。

部屋の電話が鳴り、エーレンデュルは応えた。

「ワプショットはけっきょく嘘を言っていないようですよ」エリンボルクだった。「古道具屋やゴミ収集所では彼は有名人でした」

「アリバイの時間は確かめられたか？」

「ワプショットの写真を見せて時間を訊くと、だいたい合っているようでした。少なくとも犯行時間はゴミ収集所をうろついていたようです」

「そうだな。あの男が人殺しとは思えんな」

「あれは子どもに性的虐待をする男ですが、人殺しじゃないようですね。どうしましょうか？」

「そうだな……。イギリスに送り返すのがいいだろう」

受話器を置くと、エーレンデュルは今回の事件を初めから振り返ってみた。なにも見えてこない。エリンボルクと話したことで、例の息子に暴力を振るった父親、彼女が心から憎んでいるあの父親のことに思いが飛んだ。

「あなただけじゃないんですよ」エリンボルクが父親に言った。それはなぐさめの言葉ではもちろんなく、その声には責めの調子があった。父親に、彼もまた我が子に暴力を振るうサディストの仲間であることをはっきりわからせる調子だった。彼が統計上どのグループに属するのか、言い渡す口調だった。

エリンボルクは統計を暗記していた。一九八〇年から一九九九年の間に、虐待され暴力を受けて小児病院に運ばれた子どもの数は四百人近い。そのうちの二百三十二人は性的虐待、四十三人が身体的虐待とそれに準ずる暴力である。薬剤の強制、エリンボルクはこの言葉を繰り返した、薬剤強制とネグレクトもある。書き付けた紙を取り出し、冷静に読み上げた。頭部の打撲、手足の骨折、やけどの痕、引っ掻き傷、咬み傷。もう一度繰り返して読み上げると、エリンボルクはまっすぐに父親の目をのぞき込んで言った。

「この二十年間にこのような虐待で死んだ子どもがこの国には二人いると推察されている。しかし、両方とも裁判事件になっていない」

続けて彼女は、専門家はほかにも灰色の数字があると言っていると言い、言い換えれば、児童虐待の数字はここで挙げられているよりももっと多いはずと付け加えた。

「イギリスでは虐待による子どもの死は一週間に四件です。毎週四人の子どもが暴力を受けて死んでいる。どういう状況で起きるか、知りたいですか?」と彼女は続けた。エーレンデュルは取調室に同席していたが、無言でいた。エリンボルクに手伝いが必要な場合に備えての同席だったが、明らかにその必要はなさそうだった。

父親は膝の上の手に目を落とした。それからレコーダーに視線を移した。まだボタンは押されていない。この尋問は正式なものではなかった。弁護士は同席していないし、父親は抵抗せず、抗議もしなかったし、赦免(しゃめん)を請うてもいなかった。

「いくつか例を挙げましょうか」エリンボルクはそう言って、親が子どもに暴力を振るう理由を数え上げはじめた。「まず、ストレス。それから経済的困窮、病気、失業、片親での育児、あるいはもう一方の親から協力が得られないこと、突然の怒りの爆発」

エリンボルクは父親を睨みつけた。

「これらの理由のどれか、当てはまると思いませんか? 突然の怒りの爆発はどうですか?」

父親は答えない。

「自分を抑えられなくなる親がいる。また自分のやったことに対する良心の呵責(かしゃく)で耐えられなくなって、人が虐待行為に気づいてくれることを願う親さえいます。どうですか? ご自分は当てはまりませんか?」

父親は依然として無言だった。

「子どもを医者に連れて行くんですよ、そういう親たちは」エリンボルクが続けた。「たとえば家庭医に連れて行く。なかなか風邪が治らないとかいう理由で。でも本当は風邪のためじゃない。子どもの体に、たとえば傷とか打撲の痕があるなどの異状があることを医者に見つけてほしいからなんです。そう、発見されたがっているのですよ。なぜかわかりますか？」

父親はまだ黙っている。

「なぜなら、もう終わりにしたいからです。だれかに止めてほしいからです。自分ではもうどうすることもできなくなっていることを止めてほしいからです。医者が異状に気がついてくれることを願っているんですよ」

エリンボルクは父親を睨みつけた。エーレンデュルはなにも言わずに二人を見ていた。エリンボルクがやりすぎているのではないかという気がして不安だった。職業的な役割に徹する努力をしてはいる、この事件で個人的に感じている猛烈な怒りをできるかぎり抑えているとは思う。が、父親はいっさい反応せず、この尋問は終始彼女の一人芝居に終わっていた。彼女にもそれがわかっていて、そのためになおいっそう怒っているのだ。

「おたくの家庭医と話をしました。息子さんの怪我を理由に、彼は二度児童福祉局に通報したと言っています。福祉局は二度のケースとも調べましたが、原因を突き止めることができなかったと言っています。息子さんはなにも言わないし、あなたも協力的でなかったそうです。子どもが怪我をしたという事実を話すのと、怪我をさせたのは自分だと認めるのは別のことです。わたしは調査報告書を読みました。二度目のとき、息子さんはお父さんとの関係はどうなのかと訊かれていますが、質問の意味がわからなかったようです。それでもう一度別の角度から訊かれました。だれをいちばん信じているの？　すると息子さんは、パパ、と答えています。ぼくはだれよりもパパを信じている、と」

エリンボルクはここでいったん黙った。

「ひどい話だと思いませんか？」しばらくして彼女が言った。

エーレンデュルと目を合わせ、それからまた父親に視線を戻した。

「これ、ひどい話だとは思いませんか？」

エーレンデュルは自分もまたその少年のように答えた時期があったと思った。自分も父親を信じていると答えたはずだ。


春になり雪が解けはじめると、父親は高地に行って息子を探しはじめた。エーレンデュルが発見された場所を起点にして、吹雪の中を息子が歩いたかもしれないと思われる範囲をくまなく探した。父は回復に向かってはいたが、依然として激しい罪悪感に苛まれていた。

高地を探し、山岳地帯を歩き、息子の足ではとうてい歩けないようなところまで徹底的に探したが、遺体は見つからなかった。捜索に出かけるとき、夜は山で寝た。エーレンデュルが加わることもあったし、母親もときにはいっしょに探した。近所の人たちが出てきてくれることもあった。それでも弟は見つからなかった。遺体の発見はとても重要なことだった。見つからなければ、その人間は死んだということにはならず、失踪と見なされるだけだからだ。傷口は開いたままで、計り知れない悲しみがその穴を満たしていた。

エーレンデュルは悲しみをだれとも分け合わず一人で背負い、ひどく打ちひしがれていた。それは弟を失ったためだけではなく、自分一人が見つかったという罪悪感のためだった。自分が発見されたのは単に運がよかったからだと思えたが、なぜ自分だったのか、なぜ弟ではなかったのかという意識がいつの間にか強くなっていた。嵐の中で弟の手を放してしまったという罪悪感に加えて、自分のほうが見つからない子どもであるべきだったという思いが彼を苦しめていた。自分のほうが年上で、自分は弟に責任があるからだ。いつだってそうだったではないか。いつも弟の面倒を見てきた。親たちが留守にしたときは自分が弟の世話をしていたし、お使いに行ったときもそうだった。いつだって自分が弟に責任を持ち、当然と思ってやってきた。今回だけ、それが破られてしまったのだ。弟が死んだのなら、自分は助けられるに値しない。なぜ自分だけ生き残ったのかという思いが彼を苛んだ。高地で雪の中に埋まっているのが自分だったらよかったのにとさえ考えていた。

親にはけっしてこんな気持ちを打ち明けなかった。だが、心の中では、もしかすると親たちもじつはそう思っているのではないかと思うこともあった。父親は罪悪感に苛まれ、自分の殻に閉じこもってしまい、母親は悲しみに打ちひしがれていた。それぞれが、こうなったのは自分のせいだと自らを責めていた。二人の間には、どんな叫びよりも大きな圧倒的な沈黙が横たわっていたため、エーレンデュルは一人で自分の闘いを闘わなければならなかった。責任と罪と偶然について考えに考える闘いを。

自分が見つからなかったら、弟は見つかっただろうか？

窓辺に立ったまま、エーレンデュルは弟を失ったことが自分の人生にどのような影響を与えたのだろうかと問うた。影響は自分が思っているよりずっと大きかったのかもしれないと思った。エヴァ＝リンドにいろいろ訊かれるとき、そういう思いが頭をよぎる。娘に単純な答えを与えることはできなかったが、自分の中では答えがどこにあるかを知っていた。エヴァ＝リンドが父親の行動について鋭く問い詰めるとき、彼自身同じ問いを自分に投げかけることもしばしばだった。

ノックの音がして、エーレンデュルはドアのほうを見た。

「入ってくれ！　鍵はかかっていない」

ノックの主はシグルデュル＝オーリだった。一日中ハフナルフィヨルデュルにいて、グドロイグルを知っていた人々に会ってきたのだ。

「なにかわかったことがあったか？」エーレンデュルが訊いた。

「例のあだ名がわかりましたよ。ほら、舞台で失敗してなにもかもがひどいことになってしまってから、グドロイグルにつけられたあだ名のことですよ」

「そうか。だれから聞いたのだ？」

シグルデュル＝オーリはエーレンデュルのベッドに腰を下ろしてため息をついた。パートナーのベルクソラの機嫌が悪いのだ。クリスマスがもうすぐなのに、シグルデュル＝オーリが家にいないことが多く、なにもかも自分一人で準備しなくてはならないと文句を言っているのだ。

すぐにも家に帰って、ベルクソラといっしょにクリスマスツリーを買いにいかなければならない。だが、その前にどうしてもエーレンデュルに会わなければならなかった。ホテルへ向かう途中、電話でベルクソラにそう伝え、必ず急いで帰ると約束したのだが、ベルクソラはそんな言い訳何度も聞いたとばかりにまったく取り合わず、不機嫌になって電話を切ってしまった。

「クリスマスもこのままここにいるんですか？」

「いや」エーレンデュルが答えた。「それで、ハフナルフィヨルデュルでなにがわかった？」

「なんでこんなに寒いんですか、この部屋は」

「ヒーターが壊れているんだ。そんなことはどうでもいい。用件を言ってくれ」

シグルデュル＝オーリはにんまりと笑って訊いた。

「クリスマスツリーは買うつもりですか？　クリスマス前に」

「ツリーを買うつもりだったら、もちろんクリスマス前に買うよ」

「じつは、いろいろ人を介して、ようやく昔グドロイグルをよく知っていたという男に会うことができたんです」とシグルデュル＝オーリは得意そうに言った。これだけを言って、しばらくエーレンデュルをじらすつもりだった。ようやく自分のほうが情報を握っている、優位に立てたという気分だった。

シグルデュル＝オーリとエリンボルクはグドロイグルと同じ学校に通っていた人間、子ども時代のグドロイグルを憶えている人間にしらみつぶしに会って話を聞いてまわった。たいていはグドロイグルを憶えていて、歌が上手で将来を約束されていた、そのためにいじめを受けていたと言った。中には父親にひどい怪我を負わせたときのことを憶えている者もいた。そして一人、シグルデュル＝オーリが思ってもいなかったことを知っていた人間がいた。

それはグドロイグルの級友だった女性で、一人の男に導いてくれた。その女性はハフナルフィヨルデュルの町の新しく開発された側に住んでいた。シグルデュル＝オーリがあらかじめ朝のうちに電話しておいたので、女性は彼の訪問を待ち受けていた。夫はパイロットで、彼女自身は本屋でパートタイムで働いており、子どもはすでに成長して家を出ていた。

女性はグドロイグルについて知っていることをすべて話してくれたが、それでもあまり多くはなかった。年齢のあまりちがわないお姉さんが一人いたはずだと言った。グドロイグルは歌が上手で、すべてがとてもうまくいっていたが、声が出なくなってからどうなったのかはあまり知らない、だから新聞で彼の死について読んだときは本当に驚いたと言った。しかもホテルの地下で殺されて発見されたとは。

シグルデュル＝オーリは女性の話を上の空で聞いていた。すでにほかの級友たちから聞いたことばかりで、新しいことはなにもなかったからだ。女性の話が終わると、グドロイグルのあだ名を知らないか、級友たちからいじめられていたころのグドロイグルのあだ名を、と訊いた。女性は思い出せないと言ったが、シグルデュル＝オーリが腰を上げる様子を見ると、ずっと前にグドロイグルについて聞いた噂がある、もしかすると警察が関心をもつかもしれないことだとあわてて言った。

「そうですか。それで、どんな噂ですか？」すでに立ち上がっていたシグルデュル＝オーリが訊いた。

　女性はその昔聞いたという噂を話した。そして、警察官がその話に興味を示したことで、満足した顔をした。

「それで、その男はまだ生きているんですか？」とシグルデュル＝オーリに訊かれて、女性はたしか生きているはずだと言い、男の名前を言うと立ち上がって電話帳を持ってきた。シグルデュル＝オーリは男の名前と住所を見つけた。レイキャヴィクに住んでいて、名前はバルデュルといった。

「この男に間違いないのですね？」シグルデュル＝オーリは女性に訊いた。

「ええ、たしかだと思います」と女性は言った。それは、いま自分はなにか事件の捜査に決定的な情報を与えたかもしれないと思っている顔だった。「だって、みんなその噂をしていましたもの、当時」

　シグルデュル＝オーリは、一か八か、その足で男に会いにいくことに決めた。すでにもう夕方だ。レイキャヴィクまでの道はきっと渋滞しているだろう。途中でベルクソラに電話をかければいい……。


「寄り道しないで話をしてくれないか？」エーレンデュルが口を挟んだ。

「寄り道じゃありませんよ。あなたにも関係がある話ですから」とシグルデュル＝オーリは口を尖らせて言った。「ベルクソラはぼくがあなたをクリスマスイヴの晩の食事に招待したかどうか知りたがっていましたから。ぼくは、招待はしたけど、答えはまだ聞いていないと言っときました」

「イヴの晩は、エヴァ゠リンドといっしょにうちにいるつもりだ。それが答えだよ。さあ、話を聞こうじゃないか」

「オーケーです」

「そのオーケーと言うのはやめてくれ」

「オーケー」


バルデュルはシンクホルト地区の瀟洒な木造の家に住んでいた。仕事から帰ったばかりだった。職業は建築家。シグルデュル゠オーリはベルを鳴らして、グドロイグル・エーギルソンの殺人事件の捜査を担当している警察官だと名乗った。男はまったく動じず、シグルデュル゠オーリを頭のてっぺんからつま先までよく見て、中に入るように言った。

「正直言って、だれか来るだろうと思っていましたよ。つまり、警察からということですが。こちらから連絡しようかとも思ったのですが、そのままになっていました。警察と話をするのは愉快なことではありませんからね」と言って男はほほ笑み、シグルデュル゠オーリのコートをエレガントに受け取り、コート掛けにかけた。

男の家の中は、すべてがきちんとしていた。リビングルームにはろうそくに火が灯され、クリスマスツリーはすでに飾られていた。リキュールを一杯勧められたが、シグルデュル゠オーリは断った。バルデュルは平均的な身長で、痩せ型、明るい顔をしている。髪の毛は薄くなりかけていたが、その赤毛は明らかに染めている色だった。残っている毛はていねいに七三に分けられている。どこかからフランク・シナトラの歌が低く聞こえていた。

「なぜ警察から人が来ると思ったのですか？」シグルデュル＝オーリは居間の大きな赤い革のソファに腰を下ろしながら訊いた。

「グドロイグルのことで、ですよ」と言って、男はシグルデュル＝オーリの真向かいに腰を下ろした。「いつかきっと探し当てるだろうと思ってました」

「探し当てる？　なにを、ですか？」

「昔、私がグドロイグルとつきあっていたことを」と男は言った。

「なんだ、その、昔グドロイグルとつきあっていた、とは？」エーレンデュルがまたもシグルデュル＝オーリの話の腰を折って訊いた。「その男、なにが言いたいんだ？」

「その言葉どおりですよ」シグルデュル＝オーリが答えた。

「彼はグドロイグルとつきあっていたというのか？」

「はい」

「どういう意味だ？」

「彼らはつきあっていたのでしょう」

「それじゃ、グドロイグルは……？」エーレンデュルの頭にいろいろな考えが浮かんだ。そのどれもがグドロイグルの姉のステファニアの厳しい顔と車いすの父親の前でピタッと止まった。

「このバルデュルという男はそう言っていました」シグルデュル＝オーリは言葉を付け加えた。

「しかしグドロイグルは絶対に人に知られたくなかったのだそうです」

「グドロイグルは人に知られたくなかった？」

「そうです。自分がゲイだということを」

27

シンクホルトの男はグドロイグルとの関係は二人が二十五歳ごろに始まったとシグルデュル＝オーリに言った。ディスコの盛んな時代だったと。当時彼はレイキャヴィクの町外れに小さなアパートを借りていた。二人とも自分のセクシャリティを隠していた。「ホモセクシャルに対する世間の考えはいまとはかなりちがっていましたからね」と言って、男は笑みを浮かべた。「しかし、変化しはじめてもいた」

「ぼくたちはいっしょに住んではいなかった」バルデュルは語りだした。「当時は人の目を気にして、男が二人いっしょに住むことは考えられなかった。当時のアイスランドで、ゲイであることはとてもむずかしかった。ゲイはたいてい外国に移り住みましたよ、知っているかもしれませんが。グドロイグルも別のところに住んで、ときどき、いや、しょっちゅう、ぼくに会いにきていた。泊まっていくこともあった。彼自身は町の西側に一部屋借りていて、ぼくもときどきそっちに行きましたが、インテリアの趣味が合わなくて、向こうには行かなくなった。だからたいていはぼくのところで会っていました」

「どういうふうに知り合ったんですか？」シグルデュル＝オーリが訊いた。

「当時はゲイの男たちのたまり場みたいなところがありました。その一つが町の中央部にあった。ここからもそう遠いところではないけど。バーではなくて、個人の家だった。そこにみんなが集まった。街のバーとかダンスホールなどで、男同士が踊ったら、なにが起きるかわからなかった時代ですからね。バーから叩き出されることだってあった。その家はいろんな場になっていた。カフェでもあるし、宿泊所、ナイトクラブ、相談所、逃避の場所でもあった。ある晩、グドロイグルはそこに友だちといっしょにやってきた。それが彼との最初の出会いでした。あ、コーヒーはどうですか?」

シグルデュル＝オーリは時計を見た。

「もしかしてとても急いでいるのかな?」とバルデュルが訊き、染めた髪の毛をさりげなく掻き上げた。

「いや、そんなことはありません。ただ、コーヒーよりもできれば紅茶のほうがいいのですが」と言いながら、シグルデュル＝オーリはベルクソラのことを思った。時間に遅れたら、猛烈に怒るだろう。時間に厳しく、約束した時間に遅れたら、長いこと怒っている彼女だから。

バルデュルは紅茶をいれるためにキッチンに引っ込んだ。

「彼はとても怖がっていた」とバルデュルは声を上げてリビングにいるシグルデュル＝オーリに話しかけた。「自分のホモセクシャリティを憎んでいるのではないかと思うほどでしたよ。とにかく百パーセント認めてはいなかった。ある意味、彼はぼくとの関係で初めてホモセクシャルであることを自分に認めさせたのではないかと思う。二十五歳にもなっていたのに、彼はまだ迷いの人だった。もちろん、それはめずらしいことじゃない。五十歳過ぎてからゲイであるとカムアウトする男だっているし、長い間結婚していて四人も子どもがいてもホモセクシャルだと告白する男だっている」

「そう、いろんなタイプがいますからね」とシグルデュル＝オーリは自分がなにを言っているかもわからないまま、相槌を打った。

「そういうこと。紅茶は濃いほうがいいのかな？　それとも？」

「彼とは長くつきあったのですか？」とシグルデュル＝オーリは濃いほうがいいと答えながら、訊いた。

「三年ほどかな？　でも最後のころはあまり会わなかった」

「その後は会っていないんですか？」

「会っていない。でも、彼がどこにいるかは知っていましたよ」と言いながらバルデュルは紅茶セットを持ってキッチンから出てきた。「この国のゲイの世界はそれほど大きくないから」

「とても怖がっていたって、どのように？」シグルデュル＝オーリは紅茶のカップをテーブルに並べていたバルデュルに訊いた。クッキーも用意されていた。それはベルクソラが毎年クリスマスのころに焼くのと同じクッキーだった。なんというクッキーだったっけ、と思ったが、思い出せなかった。

「グドロイグルはとても内気で、めったに心を開かなかった。酒を飲んだときぐらいかな、彼がオープンになったのは。どうもそれは父親と関係があるらしかった。父親とは関係を絶っていましたが、グドロイグルは父親と姉さんをとても恋しがっていましたよ。その姉という人ともまったくつきあいがなかったけれど。母親はぼくらが会ったときにはとっくに亡くなっていました。グドロイグルは母親をいちばん恋しがっていた。母親の話をしはじめたら止まらなかった。いまだから言えるけど、少々うんざりするほどでしたよ」

「姉ともつきあっていなかった？　なぜだか理由がわかりますか？」

「さあ、もうずいぶん前のことだからはっきり憶えていないな。それに彼はあまり家のことは話さなかったし。ぼくが言えるのは、彼は本当の自分と闘っていたということ。わかりますか？　彼はいつもほかの人間になりたがっているようだった」

シグルデュル＝オーリは首を横に振った。

「グドロイグルはゲイであることが汚い、不自然なことだと思っていたということですよ」

バルデュルが言った。

「それで、自分と闘っていたと？」シグルデュル＝オーリが訊き返した。

「そう。しかし、それもちがうな。いや、なにもかもねじれてしまってましたよ、彼は。どっちの自分でやっていったらいいのか、正直なところ、わからなかったんじゃないかな。自信というものがなかった。ときどき自己嫌悪に陥っていたと思う」

「グドロイグルの昔のことを知っていますか？　彼が子どもスターだったということを？」

「ああ、もちろん」と言うと、バルデュルはキッチンへ行って入れたての熱い紅茶ポットを持ってきて、カップに注いだ。そしてまたキッチンへポットを置いてきて、二人は熱い紅茶を飲んだ。

「この話、もう少し早く進められるかな？」エーレンデュルはシグルデュル＝オーリの話のテンポに苛立って言った。

「できるだけ正確に伝えようとしているだけですよ」と言いながらシグルデュル＝オーリはまた時計を見た。すでにベルクソラと約束した時間に四十五分も遅れている。

「ああ、わかった。それじゃ続けて」


「グドロイグルは昔のことをあなたに話しましたか？」シグルデュル＝オーリは紅茶カップを皿の上に戻し、手を伸ばしてクッキーを一枚取った。「その、彼が子どもスターだった当時のことですが」

「声を失った、と言ってましたよ」

「悲しんでましたか」

「ああ、それはもう。突然のことだったようで、彼はその話はしたがらなかった。自分は有名だったので、学校でいじめられたと言っていた。それでずいぶん苦しんだらしい。いや、彼自身は有名という言葉を使わなかったな。自分を有名だったとは思っていなかったと思いますよ。父親は彼を有名にしたかった。実際彼は有名になるところだった。しかし、自信がなかった。それに自分の性的なアイデンティティがわかりかけていた。そう、自分がホモセクシャルであるということを自覚しかけていたときだった。でも、彼はこのことについては話したがらなかった。そう、家族のこともそうです。話したがらなかった。もう一枚クッキー、どうですか?」

「いや、もう、けっこうです。グドロイグルを殺したいと思っていた人物に心当たりがありますか? 彼をひどい目に遭わせてやりたいと思っていた人は?」

「とんでもない! そんな人はいないでしょう! あんなに内気で、ハエも殺せないような男を。そんなことをする人間がいたなんて信じられないほどですよ。可哀想なやつ。あんな最期になるとは。犯人の目星はついているんですか?」

「いいえ。ところであなたはグドロイグルのレコードを聴いたことはありますか? いや、彼のレコードを持っていますか?」

「ああ、もちろん。いまでもしょっちゅう聴きますよ。彼の歌は本当に素晴らしい。あのように美しい子どもの声は聴いたことがない」

「大人になってから、彼は自分の歌が好きな様子でしたか? あなたが彼を知ったころ」

「いや、彼は自分の歌を聴こうともしなかった。レコードもかけなかったですね。一度も。どんなにぼくが説得しても、絶対に聴こうとしなかった」

「なぜでしょう?」

「どんなに言っても無駄だった。決して理由は言わなかった。ただただ絶対に自分のレコードを聴こうとしなかった」

バルデュルは立ち上がり、リビングの隅にあった棚の中からグドロイグルのレコード二枚を取り出し、シグルデュル＝オーリの前に置いた。

「これは、彼の引っ越しを手伝ったときにもらったものです」

「引っ越し？」

「ええ。ヴェストゥルバイルの部屋から引っ越すときに手伝ったんです。ほかの場所に部屋を借りて荷物を運んだんですが、荷物と言ってもレコード以外ほとんどなにもなかったけど」

「レコードはたくさんあったんですか？」

「ああ、それはもう、ものすごくたくさんありましたよ」

「なにか特別なレコードでも集めていたんでしょうか？」シグルデュル＝オーリは急に気になって訊いた。

「いや、そうじゃなくて」とバルデュルは言った。「ぜんぶ同じ、彼の二枚のレコードだった」と、グドロイグルのレコードを指差した。「ものすごくたくさん持ってましたよ。売れ残ったものをぜんぶ引き取ったと言ってました」

「段ボール箱にいっぱい、彼のレコードがあったというんですか？」シグルデュル＝オーリは興奮が隠しきれなかった。

「ええ、少なくとも二箱」

「いまその二箱がどこにあるか、知ってますか？」

「ぼくが？　いや、知らない。彼のレコードがいま注目されているんですか？」

「彼のレコードを手に入れることができるなら、人殺しもいとわないという人もいるほどですよ」とシグルデュル＝オーリは思わず言ってしまった。バルデュルの顔に大きな疑問符が浮かんだ。

「それ、どういう意味？」

「いや、なんでもありません」と言って、シグルデュル＝オーリは時計を見た。「もう行かなくては。細かなところで補足情報が必要になったら、また連絡するかもしれません。もしなにか思い出したら、どんなに小さなことでもいいですから、いつでも電話をください」

「正直言って、当時はあまりいなかったんですよ」とバルデュルが突然言った。「いまとはちがう。いまは二人に一人がゲイ、いや、ゲイになりたがっている時代ですけどね」

と言って、ほほ笑みかけた。シグルデュル＝オーリは飲みかけの紅茶がのどに詰まってしまった。

「失礼」とシグルデュル＝オーリが咳き込みながら謝った。

「ちょっと濃かったかな」バルデュルが笑って言った。

シグルデュル＝オーリは立ち上がった。家の主もそうして、出口まで見送った。

「グドロイグルが学校でいじめられたことは知っています」シグルデュル＝オーリは握手しながら言った。「あだ名で呼ばれていたらしい。なんというあだ名だったか、聞いたことがありますか？」

「歌がうまかったとか、合唱団で歌ったとか、フットボールをやらないから女の子のようだとか言われて彼がいじめられていたのは間違いない。ほかの子たちとのつきあいが苦手だったんじゃないかと思う。でも、彼は自分が仲間はずれにされる本当の理由がわかっていたんじゃないかな。彼のあだ名？　聞いたことはないけど……」

バルデュルはためらった。

「え？」シグルデュル＝オーリがうながした。

「ぼくらがいっしょのとき、つまり……」

シグルデュル＝オーリは話がわからず、首をひねった。

「つまり、ベッドで……」バルデュルは言いにくそうだった。

「ああ、ええっ？」

「グドロイグルは、リトル・プリンセスと呼んでくれと言うことがあった」

バルデュルがかすかな笑いを浮かべて言った。


エーレンデュルの目がシグルデュル＝オーリに釘付けになった。

「リトル・プリンセス？」

「ええ、そう言いました」と言って、シグルデュル＝オーリは立ち上がった。「もう家に帰らなくては。ベルクソラはかんかんでしょう。それじゃ、クリスマスは家で過ごすんですね？」

「レコードの入った箱、二つ？　どこに行ってしまったんだ？」

「バルデュルは知りませんでした」

「リトル・プリンセス？　あの部屋にあったシャーリー・テンプルのポスターと関係あるの

か？　なにか説明していたか、その男？」

「いや、彼は意味がわからないらしかった」

「特別な意味はないのかもしれない」エーレンデュルは独り言のように言った。「特別な関係にある者たちの、親しい呼びかただったのかも。もう一つ。グドロイグルは自己嫌悪を感じていたというのか？」

「自信がないようだったとバルデュルは言ってました」

「自分がゲイだったからか、それともほかのことで？」

「それはわかりません」

「訊かなかったのか？」

「いつだって彼には訊くことができますよ。でも、グドロイグル自身のことについてはあまり知らないようでした」

「それはわれわれも同じだ」エーレンデュルが苦々しく言った。「二十年、いや三十年前にゲイであることを隠したかったのなら、そのままずっと隠し続けてきたのだろうか」

「さあ、どうでしょうか」

「いままでおれは、グドロイグルがゲイだと言う人物に一人も会ったことがない」

「それじゃ、これで」と言って、シグルデュル＝オーリはドアまで行った。「今日はもうこれくらいでいいですか？」

「ああ。招待ありがとうとベルクソラに礼を言ってくれ。彼女のことは大事にするんだぞ」

「いつだってそうしてますよ」と言ってシグルデュル＝オーリは急いで部屋を出て行った。エーレンデュルは時計を見、ヴァルゲルデュルと会う時間だと思った。最後のビデオをデッキから取り出して、ビデオカセットの山の上に置いた。そのとき携帯電話が鳴った。エリンボルクだった。例の息子を虐待したと思われる父親の話を検事としたという。

「何年食らうかな？」エーレンデュルが訊いた。

「それが、検事は、あの父親は無罪放免だろうというんです。父親がいまの話を主張し続ければ、罪に問うことはできないだろうと。全面否定しているわけですから。まったく牢屋に入れることはできないというのが検事の見解です」

「しかし、証拠があるだろう？　階段についた足跡とか、ドランビューイの壜のかけらとか。彼が有罪であることを語る証拠が」

「まったく空しくなりますよ。昨日、ある暴力事件の裁判があったんです。ある男が何度もナイフで刺された事件です。犯人は八ヵ月の刑期を言い渡されたんですが、執行猶予付きでした。けっきょく刑期二ヵ月ですよ、傷害事件が。嫌になって当然ですよ」

「父親は、息子の養育を続けていいことになるのか？」

「そうじゃないですか？　唯一いいことは、いいことなんて言いたくないですけど、少年は本当に父親のところに戻りたいらしいんです。わたしにはそれがどうしてもわからない。どうして自分を殴る蹴るした父親にそこまで忠実になれるんでしょうかね？　わたし、この事件は本当に理解できません。なにかが欠けているんじゃないでしょうか？　私たちが見逃したなにかが。とにかく、筋が通らないですよ」

「あとでゆっくり話をしよう」と言って、エーレンデュルは時計を見た。すでにヴァルゲルデュルと会う時間に遅れていた。「一つ手伝ってくれないか？　グドロイグルの姉のステファニアだが、彼女は先日このホテルで友人に会ったと言っている。その女性に電話をかけて確かめてくれ」と言って、名前を告げた。

「もうそろそろそのホテルを引き揚げるときじゃないんですか？」エリンボルクが言った。

「しつこいな、みんな」と言って、エーレンデュルは電話を切った。

28

　ロビーに下りてくると、レストランの給仕長、ローサントの姿が見えた。ここで行動をとるべきかどうか、エーレンデュルは迷った。ヴァルゲルデュルはすでに来ているにちがいない。時計を見て顔をしかめたが、まっすぐに給仕長のほうへ向かった。そんなに時間はかからないだろう。

「娼婦の話をしてもらおうか？」といきなり用件を切り出した。ローサントはホテルの客と見える男性二人と話をしているところだった。男性たちはアイスランド人にちがいなかった。というのも、エーレンデュルの言葉を聞いて最初は驚いたようだったが、次に期待を込めた目つきでローサントを見たからである。

　ローサントは鄭重な笑いを浮かべた。口ひげの端が上がった。客にはていねいに断りを言って頭を下げ、少し離れたところでエーレンデュルに向き合った。

「ホテルはお客さまそのもので、私どもはお客さまに満足していただくのが仕事ですとか御託を並べていたようだが？」

「べつに御託などではありませんよ。ホテル・レストラン学校でそう習ったのです」

「学校では、給仕長がぽん引きの役割をどう果たすのかも教えてくれるのか？」

「なんの話かわかりませんな」

「そうか。それでは教えてやろう。あんたはここで女の斡旋をしているだろう」

ローサントの顔に笑いが浮かんだ。

「女の斡旋?」

「それはグドロイグルの殺しに関係あるのか?　あんたの斡旋業は?」

ローサントは首を振った。

「グドロイグルが殺されたとき、部屋にいたのはだれだ?」

二人はにらみ合ったが、先に視線を外したのはローサントだった。

「私の知っている人間ではない」

「あんた自身ではないか?」

「私にはアリバイがある。警察にはもう届けた」

「グドロイグルは娼婦といっしょだったのか?」

「いいや。それに言っておくが、私は娼婦とはまったく関係ない。ここには娼婦などいない。娼婦のことにしても盗みのことにしても、どこでそんなばかげたことを聞いてきたのか知らないが、まったく根も葉もないことだ。私はぽん引きなどではない」

「しかし……」

「たしかに、男性客には特別の情報を提供している。国際会議にやってくる外国人客、アイスランド人男性も同様だ。女性同伴を望まれるので、できるだけご希望に添えるように努力する。

ここのバーで美しい女性に会って、楽しい時間が過ごせたら……」

「みんながハッピーというわけだ。客は喜ぶのかね？」

「それはもちろん」

「ということは、やはりあんたは斡旋をしているということになるね」

「いやあ……」

「しかし、ずいぶんロマンチックな説明だったね。あんたとホテル支配人はこの件ではパートナーってわけだ。フロントマネージャーもいっしょか？」

「あの男はお客さまのさまざまなご要望に応えようとはしない」

「お客さまのご要望、ときたか。そんな言葉遣いはどこで習うのかね？」

「ホテル・レストラン学校で」

エーレンデュルは時計を見た。

「それで、フロントマネージャーとはどうなんだ？　うまくいっているのかね？」

「ときどきぶつかることもある」

エーレンデュルはフロントマネージャーにホテルに娼婦が入り込んでいるかと訊いたとき、即座に否定されたことを思い出した。もしかすると、彼だけがホテルの評判を本気で気にしているのかもしれない。

「あんたは、フロントマネージャーをちょっとばかり痛い目に遭わせようとしたんじゃないか？」

「は？　なんの話かわからないが？」

「彼はあんたたちの〝内職〟をやめさせようとしていたんじゃないか？」

　ローサントは答えなかった。

「あんただろう、彼に高級娼婦を送り込んだのは。あまりしゃべりまわるなという警告か。あんた自身飲みに出かけたとき、彼を見かけ、それで馴染みの女を送り込んだのだろう」

　ローサントは黙っている。

「なんの話かまったくわからない」しばらくして、同じ言葉を繰り返した。

「なるほど」

「彼はとんでもない堅物でね」ローサントの口ひげがほとんど目に見えないほど上がり、ばかにしたような笑いになった。「お客さまのご要望に応えるべきだということがどうしてもわからないのだから」


　ヴァルゲルデュルはホテルのバーで待っていた。前に会ったときと同じように薄く化粧していて、目鼻立ちがくっきり見えた。黒い革のジャケットの下に白い絹のブラウスを着ている。握手しながら彼女は控えめな笑顔を見せた。エーレンデュルはもしかしてこれは先日の失敗をやり直す機会になるのかもしれないと思った。彼女がなぜ自分に会いたいのか、どうしてもわからなかった。ロビーで最後に話をしたとき、彼女の言葉からはこれ以上はつきあいたくないという感じしか受けなかったからだ。ヴァルゲルデュルはほほ笑んで、なにか飲み物をとりましょうかと訊いた。それともまだお仕事中ですか？

「映画では、仕事中の警察官は絶対にお酒を飲まないのですよね？」

「ぼくは映画は観ない」と言ってエーレンデュルは笑った。

「そうね。あなたは本を読むのでしたね。事故とか遭難のことについての」

二人はバーの隅に腰を下ろし、出入りする人々をしばらく見ていた。クリスマスが近づくほど、人々の声は楽しそうに大きく響くようになる。館内に流れている音楽もやむことなく、ツーリストたちはクリスマスプレゼントの買い物を両手に抱えてやってきて、大声でビールを注文し、にぎやかに飲む。アイスランドでの買い物はヨーロッパでいちばん、いや、ひょっとすると世界でいちばん高いことなどまったく気にする様子もない。

「ワプショットの唾液検査をするのは大変だったようですね？」

「あの人、どういう人なのですか？　とても嫌がったので、数人で床に押さえつけて、口を開けさせなければならなかったのですよ。見ているのが怖いほどだった。あの小さな部屋であんなふうに抵抗して暴れまわるなんて」

「ぼくはあの男がどんな人間なのか、まだよくわからない。アイスランドでなにをしているのか、なにを隠そうとしているのかも」

ワプショットについて詳しく話すつもりはなかった。児童ポルノのことも、イギリスで性犯罪を犯したために刑罰を受けていることも。ヴァルゲルデュルとはそんな話をしたくなかった。それに私生活についてワプショットがあれだけ口をつぐんでいたことは、やはり尊重しなければならなかった。

「あなたは職業上、わたしなんかよりもずっとこんなことには慣れているのでしょうね」

「いや、床に押さえつけられている男の唾液検査はぼくだって一度もしたことはない」

ヴァルゲルデュルは笑った。

「いいえ、そういうことじゃなくて。わたし、こんなふうに夫以外の男の人と二人で向かい合って話をするのは、たぶん三十年ぶりではないかと思うの。ですからもし……、ぎこちなく聞こえたら、ごめんなさい」

「それじゃ、二人とも慣れていないんだ。ぼくも経験が乏しいので。離婚してからもうじき二十五年になりますが。つきあった女性と言ったら、三人もいない」

「わたし、別れようと思うんです」ヴァルゲルデュルは聞き取れないほど低い声で言った。エーレンデュルは目を上げた。

「どういうこと？　きみは夫と別れようとしている？」

「夫とはもうだめだと思うのです。あなたには謝らなければと思って」

「ぼくに？」

「ええ、あなたに。わたしは本当に愚かだった。わたし、あの人に復讐するために、あなたを利用しようと思ったのです」

「話がよくわからない」

「わたし自身、よくわからないんです。知ってからというもの、わたしはもうぜんぜんなにをしているのか、自分でもわからない、めちゃくちゃなんです」

「知ってから？　なにを？」

「あの人がわたしを裏切っていたということを」

ヴァルゲルデュルはその事実を引き受けて生きていかなければならないと決めたような口調で言った。この人はどんな思いでいるのだろう、言葉はまるで空虚に聞こえる、とエーレンデュルは思った。

「いつ、どんなふうに始まったのか、わたしは知らないんです」

ヴァルゲルデュルは黙った。エーレンデュルもなにを言ったらいいかわからず、ただ黙って彼女を見た。

「あなたは奥さんを裏切ったことあるの？」突然ヴァルゲルデュルが訊いた。

「いや、ない。ぼくはそういう理由で別れたのではない。二人とも若すぎた。なにも共通のものがなかった」

「そう」ヴァルゲルデュルはうなずき、しばらくして言った。「そもそも共通のものがあるってこと自体、わたしにはよくわからないわ」

「きみは離婚しようとしているの？」

「なにが起きたのかを理解しようとしているの。向こうがどうしようと考えているかにもよりますけど」

「裏切りって、どのような裏切り？」

「どんな裏切りって、裏切りにそんなに種類があるのかしら？」

「何年も前からなのか、それとも最近のことなのか？　何人もと関係をもっていたのか？」

「同じ女の人と二年もつきあっていると言っているわ。その前はどうだったのかなんて、とても訊けなかった。何人もいたのかもしれない。わたしはまったく知らなかったけど。なにも知らないのよ。ただ夫を信じていただけ。でもある日突然、彼が話しはじめたの。じつはある女の人に出会ったのだと。もう二年もつきあっている、まったくどうしていいかわからないって。最初は彼がなにを言っているのか、ぜんぜんわからなかった。でもそのうち、よくあるようにホテルで会っていたとか……」

「相手の人も結婚しているのだろうか？」

「離婚している人。彼よりも五歳年下よ」

「なぜきみを裏切ったのか、なにか理由を言っていた？」

「わたしのせいだと言うの？」ヴァルゲルデュルがするどく聞き返した。

「いや、そうではなくて……」

「いいえ、もしかすると、わたしのせいなのかもしれない。わからないわ。なんの説明もなかったと思う。あまりに突然のことで、わたしはただ怒りとなにがなんだかわからない、という気持ちでいっぱい……」

「息子さんたちは？」

「息子たちにはなにも話していないわ。二人とももう独立しているから。もしかするとそこに原因があるのかもしれない。息子たちがいっしょに暮らしていたころは、わたしたち夫婦は本当に自分たちのための時間がなかった。でもあの子たちが出て行ってからは、時間がありすぎた。もしかすると、もうお互いのことなど知らなくなっていたのかもしれない。こんなに長い時間いっしょに過ごしてきたのに、見知らぬ者同士のように」

二人とも無言のまま座っていた。

「ぼくに謝る必要なんてない。反対に、ぼくのほうこそ謝らなければ。ぼくは正直じゃなかった。きみに嘘をついていたからね」

「わたしに嘘を?」

「きみはなぜぼくが山で失踪したり、遭難して死ぬ人々に関心があるのかと訊いたけれども、ぼくは真実を話さなかった。じつはほとんどこのことを人に話したことがなく、ぼくにとってはすごくむずかしいことなんだ。ほかの人には関係ないと思っている。自分の子どもたちにさえも。娘が生死の境をさまよったことがある。死ぬと本当に思った。そのときやっとぼくはこの子に話さなければ、と思ったんだ」

「なにを？　なにについて話そうと?」ヴァルゲルデュルがおずおずと訊いた。

「弟が山で凍え死んだということを。八歳だった。しかし遺体は見つからなかった。いまだに見つかっていない」

いま初めてエーレンデュルは、ホテルのバーで、ほとんど知らない女性に、何十年もの間、心の重しになっていたことを話した。もしかすると長い間そうしたいと思ってきたのかもしれない。もはや一人で吹雪の中に立つことができなくなっていたのかもしれない。

「このことは、ある本の中で書かれている。ぼくがひまさえあれば読んでいる山での遭難を扱った本の一つだ。弟が見つからなかったときの状況、どれほどみんなが探したか、そして深い悲しみがぼくの家族を襲ったかについて書かれている。ぼくらの近所に住んでいた農家の男が驚くほど詳しく語っている。文章にしたのはぼくの父の友人だった。ぼくらの名前、家族の内情、そして息子を失った父の反応がすべて赤裸々に書かれている。村の人々が少しでも早く探し出そうと必死に捜索しているときに、父がすっかり打ちひしがれて、部屋に引きこもってただ宙を見つめていたのは、奇妙に見えたのだろう。書いたものを発表していいかと母は訊かれていない。両親はこの話が書かれたことでひどく傷つき苦しんだ。いつかその本をきみに見せてあげよう」

ヴァルゲルデュルはうなずいた。

エーレンデュルは話し続け、ヴァルゲルデュルはひたすら聴いた。話が終わったとき、彼女はいすの背にもたれてため息をついた。

「それで、いまだに見つかっていないのね?」

エーレンデュルはうなずいた。

「あのあとずっと、いや本当のことをいうといまでも、ぼくは、弟は死んでいないと思っているんだ。弟は救われたんだ、と。でも記憶を失ってしまったのではないか。そしていつかきっとぼくたちは出会う。そう思っている。ときどき人ごみの中でぼくは彼を探す。いまどんな姿になっているのだろうかと想像する。しかしどうもそのような反応は、遺体が見つからないときによくあることらしい。ぼくは仕事上そのような例をいくつも見てきた。なにも見つからないからこそ、希望を繋ぐんだ」

「弟さんとは仲がよかったのね」ヴァルゲルデュルが言った。

「そう、仲よしだ」

二人はそれぞれの思いに沈んだ。その間にも客が忙しくバーを出入りした。グラスはすでに空っぽになっていたが、二人ともバーカウンターへ行って注文してくるのがわずらわしかった。しばらく時間が経ってから、エーレンデュルはヴァルゲルデュルが夫の裏切りの話をしてからずっと心に引っかかっていた問いを、ためらいながら口にした。

「まだ彼に復讐しようと思っている?」

ヴァルゲルデュルは彼の視線を受け止めてうなずいた。

「ええ。でもいますぐにじゃないわ。まだ……」

「そうだね。わかった。もちろん」

「その代わりに、あなたがいつも読んでいる失踪や遭難の話の中から、興味深い話を聞かせて」

エーレンデュルはほほ笑み、少し考えてから一つの話を語りだした。それは見ている人々の前で実際に人が消えた話だった。スカーガフィヨルデュルの泥棒、ヨン・ベルクソルソンの話だった。

ヨンは凍った港の海の上を歩いて、数日前に捕ってそのまま凍った海に残してきたサメを引き揚げに氷の穴まで行った。突然南から風が吹き、雨が降りだして氷が割れはじめた。ヨンが立っていた足元の氷が沖のほうに流されだした。そういうとき、船を出して氷の上の人間を助けるのは絶対に無理なのだ。天候が厳しく、氷のかけらは強い南風で沖に流されてしまうからだ。

しまいにヨンの姿は遠く水平線の氷の上で端から端まで駆けまわるのが望遠鏡で見えるだけになってしまった。

29

静かな音楽が流れ、いつの間にか二人は聴き入っていた。しばらくしてヴァルゲルデュルが手を伸ばしてエーレンデュルの腕に触った。

「もうそろそろ行かなければ」

エーレンデュルはうなずいて、立ち上がった。ヴァルゲルデュルは彼の頬に軽くキスをして、一瞬体を寄せた。

いつの間にかエヴァ＝リンドがバーに入っていて、少し離れたところに立っていたことに二人は気づかなかった。エヴァ＝リンドは女が父親の頬にキスをして体を寄せるのを見た。深く息を吸い込むと、一気に二人の前に歩み寄った。

「だれ、このババア」と言って、二人を睨みつけた。

「エヴァ」急に現れた娘に驚いたエーレンデュルが声をかけた。「失礼だぞ」

ヴァルゲルデュルは握手の手を伸ばしたが、エヴァ＝リンドはじろりと見ただけで顔を睨みつけ、差し出された手に視線を戻した。エーレンデュルは二人を交互に見てから、娘を睨みつけた。

「この人はヴァルゲルデュル、ぼくの友人だ」

エヴァ＝リンドは父親を見、ヴァルゲルデュルに目を戻したが、握手はしなかった。ヴァルゲルデュルは困ったような笑いを見せ、そのまま歩きだした。エーレンデュルは追いかけ、ロビーを渡っていく後ろ姿を見た。エヴァ＝リンドが背後から父親に声をかけた。

「どういうこと？　ここのバーで女を拾いはじめたの、あんたも？」

「どうしておまえはそんなに愚かなんだ？　なんという態度だ？　これはおまえに関係ない。おまえが口を出すことじゃない！」

「そう？　ずいぶん勝手だね！　あんたはあたしのやることにいちいち口出しするじゃないか！　でもあたしはあんたがこのホテルでどの女と寝るか、口を出しちゃだめってわけだ！」

「口を慎め！　いい加減にしろ！　なぜそんな言葉遣いをするんだ？」

エヴァ＝リンドは静かになったが、目だけは父親をしっかりと睨みつけている。父親は怒りを爆発させた。

「なにさまのつもりなんだ、おまえは？」娘の顔につばがかかるほどの距離で怒鳴りつけ、ヴァルゲルデュルのあとを追ってロビーを走った。すでにホテルの正面ドアを出て、タクシーに乗るところだった。エーレンデュルが外に出たころには、タクシーの赤いテールランプが建物の角を曲がって消えてしまった。

エーレンデュルはその場に立ち尽くしてタクシーを見送り、自分を罵った。エヴァ＝リンドのいるバーへ戻るつもりはなかった。呆然としたままロビーに戻ると階段を下りて地階に行き、気がついたときにはグドロイグルの小さな部屋に向かう廊下に立っていた。壁に電気のスイッチを見つけてつけると、まだ切れていない電球がところどころ天井から心細い明かりを暗い廊下に放った。グドロイグルの部屋の前まで来ると、ドアを開け、部屋の電気をつけた。最初に目に入ったのはシャーリー・テンプルのポスターだった。

リトル・プリンセス。

軽い足音がどこからか聞こえてきた。まだその人物が現れる前に、エヴァ＝リンドだということはわかった。

「ロビーの案内係の人が、あんたが下へ行くのを見たと教えてくれた」と言って、エヴァは部屋の中をのぞいた。目がベッドの血痕の上で止まった。「ここで起きたの？」

「ああ」

「なにこのポスター？」

「わからない」エーレンデュルは娘を見た。「どうしてあんなふうに振る舞えるんだ？ 人をババアと呼ぶものじゃない。手を差し出されたら、握手するものだ。あの人はおまえになにも悪いことをしていないじゃないか」

エヴァ＝リンドはなにも言わない。

「恥じるべきだぞ」

「ごめん」エヴァ＝リンドが謝った。

が、エーレンデュルには聞こえなかった。ポスターの前に立って、睨みつけていた。シャーリー・テンプル。かわいらしい夏のワンピース、髪にリボンを結んでほほ笑んでいるカラー写真だ。〈リトル・プリンセス〉。一九三九年の映画だ。フランシス・ホジソン・バーネットの原作で、シャーリー・テンプルは外国に出かける父親によって厳格な寄宿学校校長の手にあずけられる賢い少女を演じた。

シグルデュル＝オーリがネットでその古い映画を探し出してくれたが、解説を読んでも、なぜグドロイグルがその映画のポスターを部屋に貼っていたのかはわからなかった。

リトル・プリンセス。

「あたし、ママのことを考えたの」後ろでエヴァ＝リンドが話しだした。「バーであの女の人とパパの姿を見かけたとき。あたしとシンドリにもパパはいっさい関心を示さなかった。あたしたちみんなのことが心に浮かんだ。家族としてのあたしたちを。だって、実際にはどうだって、あたしたちやっぱり家族なんだもの。少なくともあたしの頭の中では」

エヴァ＝リンドは口をつぐんだ。

エーレンデュルは娘のほうを向いた。

「どうしてもわからないの。どうしてあんたがあたしたちをこれほどまでないがしろにしてきたのか。とくにシンドリとあたしを。ほんとにわかんない。それにあんたはわからせようともしてくれない。あんたは自分のことをいっさい話してくれない。ううん、なんについても話してくれない。なにも話さないんだ。あたし、まるで壁に向かって話しているような気がするよ」

「なぜおまえはなんにでも説明をほしがるんだ？　説明できないこともある。ものごとには説明の必要のないものもあるんだよ」

「ふん、おまわりが、そんなことよく言うよ！」

「人は話しすぎる。もっと黙っているべきだ。自分をそんなに簡単に開くべきじゃない」

「あんたはいま、ほかの人のことを話してる。あんたの話しているのはいつもあんたが追いかけている犯罪者たちのことじゃないか。あたしたちはあんたの家族だよ！」

二人はにらみ合った。

「おれが間違っているんだろうな」エーレンデュルが話しだした。「おまえたちの母親には間違ったことをしたとは思わないが、いや、もしかすると、そうだったのかもしれない。わからない。とにかく別れるのがいちばん簡単だった。いっしょに暮らすことが我慢できなかった。だが、おまえとシンドリにはやっぱり間違ったことをしてしまったのだろうと思う。だがおれは、おまえがおれを探し当て、ときにはシンドリを連れてやってくるまで、それに気づかなかった。おれには子どもが二人いて、その子どもたちが成長する間ずっと放っておいて、子どもたちは途中でぐれてしまったなんてことは、まったくおれの意識になかった。いまになってやっとおれの消極性、人生に参加しない生きかたが、そうさせたのだろうかと考えはじめた。なぜこうなってしまったのかを考えた。おまえと同じように。なぜおれは裁判に訴えてでも、養育権を争い、おまえたちを手元に置くためにがむしゃらに闘わなかったのか？　あるいは、おまえたちの母親と子どもたちのことで同意に至るまで心を尽くして話し合わなかったのか。あるいは、校門の外で待って、学校帰りのおまえたちをさらって帰らなかったのかと」

「あんたは単にあたしたちに関心がなかったのよ」エヴァ＝リンドが言った。「それだけのことじゃない？」

　エーレンデュルはなにも言わなかった。

「それだけのことじゃない？」エヴァ＝リンドが繰り返した。

　エーレンデュルは首を振った。

「いや、ちがう。そんなに簡単だったらいいのに、と思うよ」

「簡単？　なに言ってるの？」

「おれは……」

「なによ？」

「どう言っていいかわからないんだが、おれは……」

「え？」

「おれも雪山で消えてしまったような気がするんだ」

「弟が見つからなかったときに？」

「説明するのがむずかしいんだ。いや、説明するのは無理なのかもしれない。ものごとには説明できないことがあって、説明しないほうがいいということもあるのかもしれない」

「パパも消えてしまったって、どういうこと？」

「おれは……、おれの中のなにかが、死んでしまった」

「……？」

「おれは発見され、助けられたが、おれもあのとき死んだのだ。おれの中のなにかが死んだ。あの前には間違いなくあったなにかが。それがなんなのかはわからない。弟は死んだ。そしておれの中でもなにかが死んだのだ。弟の面倒はいつもおれの責任だったのに、あのときおれは弟を裏切った。おれはあれ以来ずっとそう感じてきた。弟ではなくおれが生還したことに罪悪感を感じてきた。あれ以来、おれは責任を引き受けることを避けてきたという気がする。おれは両親に無視されたというわけではなかったかもしれない。おれがおまえとシンドリを無視したのと同じとは言わないが、おれはもう意味のない存在になってしまったように感じた。実際そうだったのかどうかはいまではけっしてわからないが、山から生きて戻ったときおれはそう感じた。そしてその気持ちが変わらずにずっとおれの中にあるのだ」

「十歳からいままでずっと？」

「感覚は時間とは関係ない」

「生き残ったのはあんたで、弟ではなかったために？」

「絶望の中から立ち上がろうと思わなかったわけではない。おまえたちのお母さんに出会ったときおれはそう思ったのだから。だが、その代わりにただおれは、穴を深く掘ってその中に潜り込んだ。そうするほうが楽だったから、そうすれば自分が守られると思ったからだ。おまえが麻薬をやるのと同じだよ。楽になるからだ。その中にいれば安全だと思うからだ。知っているだろう、おまえも。どんなにほかの人を苦しめても、人はやっぱり自分がいちばんかわいいんだ。楽になりたい、助かりたい。だからおまえは麻薬をやり続ける。だからおれは吹雪の中に穴を掘って潜り込むんだ。何度でも」

エヴァ＝リンドは父親を見つめた。父親の言うことがぜんぶ理解できたわけではなかったが、正直に説明しようとしていることはわかった。これが、彼女にはどうしても理解できなかったこと、幼いときからどうしてもわからなかった、そしてついには父親を探し出して訊いてみようと決心させたことに対する答えだった。いまエヴァ＝リンドはほかのだれも、父親自身でさえも、到達できなかったところまでついに到達したのだと思った。いま聞いた思い、父の心の内にあったものは、長い間一度も言葉にされたことがなかったものだ。

「それで、あの女の人は、どうなの？　あの人はどういうところにいるの？」

エーレンデュルは肩をすくめた。開けたふたを早くも閉めようとしていた。

「わからない」

二人は長いことそのまま黙って小さな部屋の中に立っていた。エヴァ＝リンドはもう行かなくちゃと言って、廊下に出た。右へ行ったらいいのか左に行ったらいいのかわからず、暗い突き当たりのほうに向かって歩きはじめたが、すぐにピタリと足を止めた。犬のように鼻をひくひくさせてにおいを嗅いでいる。

「におう？」と言って、鼻を上に向けてにおいを嗅いだ。

「におい？　なんの？」エーレンデュルは戸惑って訊いた。

「大麻（ハシシ）のにおい」

「大麻？　なにを言ってる？」

「ハシシよ。ハシシのにおい。まさかハシシがどんなにおいか、わからないわけじゃないよね?」

「ハシシ?」

「わからないの?　ハシシのにおいがするのが」

エーレンデュルは廊下に出て、あたりを嗅ぎまわった。

「これがハシシのにおいなのか?」

「あたしが知らないはずないじゃない」エヴァ=リンドが苦笑いして言った。

もう一度鼻を鳴らしてにおいを嗅いだ。

「ここでだれかがハシシを吸ったのよ。それもそんなに前のことじゃないわ」

現場検証をしたとき、ここに投光器をつけて明るくしたことを思い出した。だが、どれだけ綿密に検証したのだろうか。

彼は娘を凝視した。

「ハシシか」

「とにかくそのにおいに間違いないわ」

エーレンデュルは部屋の中からいすを持ってきて、廊下の切れていない電球の下に置き、ねじり外した。電球は熱かったので、上着の袖で電球をつかんだ。廊下の突き当たりへ行って、切れている電球と取り替えると、突き当たりの暗闇が急に照らされて明るくなった。エーレンデュルはいすから飛び降り、あたりを見回した。

初めは特別に目を引くものはなかった。だがすぐにエヴァ＝リンドが、突き当たりの部分だけが、廊下のほかの部分と比べて特別念入りに掃除されていると指差した。エーレンデュルはうなずいた。まるでだれかがかがみ込んで廊下の汚れをたわしでごしごしと洗い流したようにシミ一つない。

エーレンデュルはかがみ込んで廊下と壁の合わせ目を廊下に沿って遠くまで見た。壁全体に暖房用のスチームのパイプが走っている。彼は床に膝をついて、スチームパイプの下をのぞき込みながら進んでいった。

まもなく膝をついたまま止まり、パイプの後ろに手を入れてグリグリと動かし、なにかをはぎ取った。立ち上がると、エヴァ＝リンドのほうに戻ってきた。手になにか持っている。

「ドブネズミのクソかと思ったのだが」と言って、手のひらにのせた茶色いものをエヴァ＝リンドに見せた。

「なに、それ？」

「嗅ぎタバコだ」

「スヌース？」

「ああ、そうだ。細かく刻んだタバコの小さな包みだ。唇と歯茎の間に挟み込むんだ。使い終わったものを投げ捨てたか吐き出したものが、パイプの裏側に引っ付いていた」

「だれが？　だれがこんな廊下の奥でそんなことしてたというの？」

エーレンデュルは思い出しながら言った。

「〝あたしなんかよりずっとやり手の娼婦〟か」

クリスマスイヴ

30

ウスプは出勤していて、エーレンデュルの泊まっているすぐ上の階の清掃をしていることがわかった。電話をかけるところから仕事にとりかかった。シグルデュル＝オーリには少し情報を集めてほしかったし、エリンボルクにはグドロイグルの姉のステファニアが弟の殺される数日前にいっしょにコーヒーを飲んだと名前を挙げた友人に確認したか訊きたかった。だが、エリンボルクは自宅におらず、携帯電話にも出なかった。

エーレンデュルは一睡もせずに朝を迎えた。起きるとすぐに窓の外を見た。今年はグリーン・クリスマスにはならないらしい。本格的に雪が降りだしていた。外はまだ暗く、街灯の光が、降り注ぐ雪を照射している。まるでクリスマスイヴの飾りのようだ。

昨晩、地階の廊下でエヴァ＝リンドと別れたとき、自宅で会う約束をした。二人でラム料理（ハンギキョート）を作るのだ。エヴァ＝リンドへのクリスマスプレゼントになにをあげようかと思案していた。彼女は、クリスマスにさまざまな小さなプレゼントをくれた。ある年はソックスを——それは盗んだものだと正直に彼女は言ったが――、また手袋をもらったこともあった。手袋は自分で買ったと言っていたが、もらってすぐにエーレンデュルは棚の上に上げてしまい、使わなかった。エヴァ＝リンドはどうして使わないのとは訊かなかった。それが彼女の美点かもしれないと父親は思った。本当に重要なことだけしか訊かないこと。

シグルデュル＝オーリは頼まれたことをすぐに調べて返事をくれた。情報量は少なかったが、じゅうぶんだった。エーレンデュルは漠然と、それを使って一つの仮説を打ち立ててみようと思った。

前回と同じようにウスプが廊下で仕事をしている様子をしばらく見守った。そのうちにウスプは彼の存在に気づいたようだったが、特別に驚いた様子はなかった。

「そう、やっと起きたんですか」とまるでエーレンデュルがホテルでもっとも怠け者の客であるかのように言った。

「眠れなかったものでね。実を言うと、一晩中あんたのことを考えていた」

「あたしのこと?」と言って、ウスプはワゴンに使用済みのタオルを投げ込んだ。「嫌らしいことじゃないといいけど。そういうことはこのホテルでもうじゅうぶん経験したから」

「いや、下品なことではない」

「デブのやつ、あたしがあんたにありもしないことを告げ口したと言ってかんかんに怒ってる。コック長はあたしがビュッフェテーブルから盗み食いしたとでも言うようにものすごい剣幕で怒鳴るし。あいつら、あたしたちが話をしてること、知ってる。なぜかな」

「このホテルでは、互いが互いを見張ってるのだ」エーレンデュルが言った。「だが、それでいながら、だれも肝心なことは言わない。そういう連中と話すのは、けっこう面倒なものだよ。たとえば、あんただ」

「あたし？」

ウスプは清掃中の客室に入っていった。エーレンデュルは前と同じように、その後ろについて部屋に入った。

「あんたはいろいろ話をしてくれた。おれはその一つ一つを信じた。なぜならあんたが正直に本当のことを言っていると思ったからだ。だが実際は知っていることの一部だけを話していた。それはある種の嘘と言える。われわれに言わせれば、その種の嘘は重大な虚偽行為だ。われわれというのは、警察のことだが。なんの話をしているのか、わかるか？」

ウスプは答えなかった。一心にシーツを取り替えているふりをしている。エーレンデュルはその様子を観察した。なにを考えているかはわからない。まるで部屋の中には自分のほかに人がいないような素振りで仕事をしている。彼を見なければ、いないことにできるとでも思っているのか。

「たとえば、あんたは弟がいることを話さなかった」

「なぜあんたに話さなければならないの？」

「問題を抱えている子だから」

「問題なんて、なにもないわ、あの子には」

「ああ、おれとはまだなにもない。接触がないからね。だが、あんたの弟は問題を抱えていて、あんたにときどき助けを求めてくる」

「なんの話だか、あたしにはわかんない」

「それじゃ、話してあげよう。あんたの弟はすでに二回刑務所に送り込まれている。長期間じゃないが、家宅侵入と窃盗の罪で。まだほかにも見つかっていない盗みがあるだろう。いわゆる犯罪者というには経験の浅い、半人前のチンピラだ、だが、そのチンピラが金のかかるドラッグを始めた。だからいつも金がなくてヒーヒー言っている。いっぽう麻薬の売り手のほうは買い手に金がないことなどいっこうに斟酌しない。いままで何度もあんたの弟をつかまえては痛めつけた。ハンマーで膝を砕くぞと脅かされたこともある。だからいまではドラッグのために盗みを働くだけでなく、いろんな方法で金を稼がなければならなくなった。そう、借金を返すために」

ウスプはシーツを手に持った。

「麻薬を続けるために彼がやっている仕事はいろいろある。あんたもたぶん知っているだろう。大勢の未成年の子どもたちがそんなことをしている。麻薬の世界に堕ちてしまった若者たちだ」

ウスプは依然としてなにも言わない。

「おれの話、わかるか?」

「それ、スティーナから聞いたの？　昨日、ホテルの中で見かけたわ。よくここで見かけるのよ。娼婦と言うんだったら、彼女より根っからの娼婦はいないよ」

「スティーナから聞いたのではない。彼女はまったく関係ない」とエーレンデュルは言って、話題をそらさせなかった。「あんたの弟が地階のグドロイグルの部屋の近くへ行ったことはわかっている。廊下の突き当たりは暗い。光が入らない。そこは人の出入りのないところだ。だが、だれかグドロイグルが殺されたあとごく最近、そこへ行った者がいる。そうなんだ。そういうことに鼻の利く人間が、そこがにおうというんだよ」

　ウスプは大きく目を開けてエーレンデュルを見つめている。廊下の突き当たりがていねいに掃除されていたということ以外、なんの証拠もなかった。だが、いま彼女の反応を見て、自分の言ったことはそれほど真実から遠くないと感じた。もう少し押してみるか？　少し迷ったあと、彼は一歩踏み込んだ。

「嗅ぎタバコ（スヌース）も見つけた。あんたの弟がスヌースをやるようになったのはいつかね？」

　ウスプは相変わらず無言のままエーレンデュルを睨みつけていたが、シーツを持ったその手はしだいに力を失い垂れ下がっていった。しばらく目を落としてそれを見ていたが、やがて諦めたようにシーツをベッドの上に落とした。

「十五歳のときから」と、エーレンデュルにはほとんど聞き取れないような声で言った。

　そのまま次に続く言葉を待ったが、ウスプはなにも言わず、二人はしばらく向かい合って立っていた。エーレンデュルはあえて自分から言葉を発しなかった。とうとうウスプは深いため息をつくと、ベッドの端に腰を下ろした。

「あの子はいつもお金に困っているの」と小声で話しはじめた。「いろんなところからお金を借りまわってる。いつも。脅かされたり殴られたりしても、もっとお金を借りて歩く。たまにお金が入ることがあってもすぐに借金を返すからなにも残らないのよ。両親はもうとっくにあの子のことを諦めてる。十七歳のときにもうあの子はいないものだと思うことにしたのよ。麻薬中毒から脱け出すためのカウンセリングに通わせていたんだけど、すぐにやめてしまった。一週間も家に帰ってこなくて、新聞に広告を出して探したこともあるわ。でもそんなこと、あの子はいっさいおかまいなし。あれ以来、あの子はホームレスよ。家族の中であの子と連絡をとってるのは、あたしだけ。冬になると、あの子をホテルの地階にかくまったこともあるわ。人に追われているとき、地階の廊下の突き当たりに隠してあげたこともある。あそこでは絶対に麻薬はやっちゃいけないと言ったんだけど、あの子は聞かなかった。あの子はだれの言うことも聞かないのよ」

「弟に金を渡したのか？　借金を返すための金を？」

「ええ、何度か。でも、焼け石に水。借金取りは両親のところに押しかけて、脅し、パパの車を壊していった。両親はあいつらを静めるためにできるだけ弟の借金を返したいんだけど、それがとんでもない金額になっているの。あいつら、元金に法外な金利を足していくの。それで少し借りた金があっという間に莫大な借金になってしまう。親たちは警察に相談にいったけど、まだ脅迫だけじゃ、どうすることもできないと言われたの。脅迫だけじゃ人を捕まえることはできないって」

　ウスプはエーレンデュルを見上げた。

「あいつらがパパを殺したら、あんたたち動きだすのかしら」

「あんたの弟はグドロイグルを知っていたか？　知っていたはずだな、地下室にいたのなら」

「ええ、知り合いではあったわ」ウスプが苦々しそうに言った。

「知り合い？　どんな？」

「グドロイグルはお金を払ってた……」ウスプは途中で言葉を飲み込んだ。

「金を？　なにに？」

「あの子がするいろんなサービスに」

「性的なこともか？」エーレンデュルが訊いた。

「ええ、性的なことも」

「どうして知っているんだ、そんなことを？」

「……あの子が、話してくれたから」

「あの日の午後、彼はグドロイグルの部屋にいたのか？」

「知らない。このところ会っていないし、あれ以来……」ウスプは途中でいったん言葉を切ってからまた続けた。「グドロイグルが殺された日のあと、あの子に会っていないから。連絡もないし」

「彼はつい最近地階の廊下に潜り込んでいたと思うんだ。時間的にはグドロイグルが殺されてからのことだ」エーレンデュルが言った。

「でもあたしはあの子を見かけていない」

「グドロイグルを襲ったのは彼だと思うか？」

「わからない。でも、いままであの子がだれかに暴力を振るったことなど一度もないわ。とにかくいつも逃げまわってる。そしてこんどもこのことのせいであの子はどっかに隠れてる。あの子はなにもしていないのに。あの子は人を傷つけるような子じゃないから」

「あんたは弟がいまどこにいるか、本当に知らないんだね？」

「ええ。なんの連絡もないし」

「彼は、前におれがあんたに話したイギリス人のことを知っているだろうか？　ヘンリー・ワプショットという男だ。ほら児童ポルノの」

「知らないと思う。少なくともあたしはそう思う。なぜそんなことを訊くの？」

「あんたの弟はホモセクシャルか？」

ウスプはエーレンデュルの目を見て言った。

「あの子はお金さえもらえれば、なんでもやったということ、あたしは知ってる。でも、ゲイじゃないと思うわ」

「おれが会いたがっていると伝えてくれないか？　もし彼が地階でなにか見ていたら、話を聞かなければならない。また、グドロイグルとどんな関係だったのかも訊きたい。グドロイグルが殺された日に、彼に会っていたかどうか知りたいのだ。頼まれてくれないか？　おれが会いたがっていると伝えてくれ」

「あの子が犯人だと思っているんですか？　殺したのはあの子だと？」

「わからない。彼のほうから出てこなければ、指名手配しなければならなくなる」

ウスプはまったくその言葉に反応しなかった。

「グドロイグルがゲイだということは知っていたのか？」

ウスプは投げやりに言った。

「弟が言ってたことを思うと、そうだったんじゃない？　それにグドロイグルは弟を部屋に呼ぶためにお金を払っていたし……」

ウスプはここで口を閉じた。

「グドロイグルを呼んでこいと言われたとき、あんたは彼が死んでいると知っていたのか？」

エーレンデュルが訊いた。

ウスプはふたたび彼を見上げた。

「いいえ、知らなかった。そんなこと、なぜ訊くの？　あたしがグドロイグルを殺したとでも思ってるの？」

「地階に弟が出入りしていることを、あんたは言わなかった」

「あの子はいつもひどい目に遭うけど、殺したのはあの子じゃない。あたしは知ってるの。あの子はそんなことできない子よ。絶対に！」

「あんたたちは仲がいいにちがいないな。こんなに弟をかばうんだから」

「うん、いつも仲がよかった、あたしたち」と言って、ウスプは立ち上がった。「向こうから連絡があったら、あんたが会いたがっていると言うわ。グドロイグル殺しについて話を聞かなければならないとあんたが言っているって」

エーレンデュルは午後までホテルにいるからいつでも連絡してくれと言った。

「至急だぞ、ウスプ。すぐに知らせてくれ」エーレンデュルの声が真剣に響いた。

31

ロビーに戻ると、フロントカウンターのところにエリンボルクの姿が見えた。フロントマネージャーが彼に気づきエリンボルクが振り向いた。足早にエーレンデュルに向かってくる。その顔には憂鬱そうな表情が浮かんでいた。エリンボルクに関するかぎり、めったにそんなことはない。

「なにかあったのか?」近づいた彼女にエーレンデュルが言った。

「どっか座るところはないですか? バーは開いていないかしら? とんでもないことになったわ。こんな仕事、辞めてしまいたいくらい」

「いったいなにが起きたんだ?」と言いながら、エーレンデュルはエリンボルクの腕を取って、バーに向かった。ドアは閉まっていたが扉はロックされていなかった。二人は中に入った。ドアは開いたものの、バーは開店していないらしかった。壁にオープンタイムの掲示があって、あと一時間で開店することがわかった。二人はボックス席の一つに腰を下ろした。

「今年のクリスマスはもうだめ。こんなに少ししかケーキを焼かなかったことはないわ。もう今晩には親戚がそろってうちに来るというのに……」

「なにが起きたのか、話してくれ」エーレンデュルがうながした。

「もうぜんぜんでたらめなんです。わたしにはあの男の子がわからない。まったく理解できないわ」

「男の子？」

「そうです！　あの子がなに考えてるんだか、わたしにはわからないわ！」

エリンボルクは話しはじめた。前日、家に帰ってケーキを焼くつもりだったのに、クレップルへ行ってしまった。自分でもなぜかわからなかったが、あの父親と息子のことがどうしても頭から離れなかった。以前にも一度、少年の母親と話をしようと思ってその病院に行ったことがあった。そのときは母親の状態は非常に悪くて、とても話などできなかった。昨晩行ったときも、その状態は変わっていなかった。母親はいすに座って体を前後に揺らし、朦朧とした状態のように見えた。エリンボルクはそんな彼女からなにが訊き出せるのかわからなくなった。そもそもは、父親と息子の関係のことでまだはっきりしていないことがなにか訊き出せるのではないかという淡い期待をもってやってきたのだったが。

母親はいつも精神病院にいるわけではなく、たまに入院するだけと聞いていた。安定剤をトイレに流してしまったときなど、自分からやってくる。薬を摂取している間は、なんとか自宅で日常生活ができる。家事もできた。男の子の担任教師に母親のことを訊いたときも、子育てにはなんの問題もないようだとの答えを得た。

エリンボルクはデイルームで母親に会った。看護人に連れてこられた母親はエリンボルクには意味不明の言葉をつぶやきながら、髪の毛をくるくる指に巻きつけていた。エリンボルクは言葉をかけたが、母親は部屋に人がいることさえわからない様子でまったく反応がなかった。まるで夢遊病者のようだった。

エリンボルクはしばらくそうしていたが、家に帰ってクッキーを焼かなければと思い、立ち上がった。母親を部屋まで戻してもらわなければと、あたりを見回した。廊下に看護師が一人見えた。三十歳ほどの男で、重量挙げの選手のようなたくましい体をしていた。白いズボンに白いTシャツ姿で、動くたびに上腕の筋肉が盛り上がった。短髪にごつごつした丸顔で、青い小さな目が眼孔から光っている。エリンボルクは声をかけた。名前を訊きはしなかった。

看護師の男はデイルームに入ってきた。

「そうか、ドーラちゃんが部屋にお帰りか」と言うと、看護師は母親の前まで行って、腕を取った。「今晩はまたずいぶん静かだね」

母親は立ち上がった。ぼんやりと、遠くを見ている。

「あれれ、ずいぶんクスリを飲まされてるな」看護師が言った。

エリンボルクはその口調が不愉快だった。まるで五歳の子どもに話しかけるような調子だ。それに、今晩はずいぶん静かだな、とは、どういうことだろう?

これは訊かなければ。

「子どもに話しかけるような口調はやめてほしいわ」

思ったよりきつい口調になってしまった。

筋肉隆々の看護師はじろりとエリンボルクを見下ろした。

「あんたの知ったことか」

「この人は、私たちみんなと同じように、敬意をもって扱われるべきです」とエリンボルクは言った。自分が警察官であるという身分は明かさなかった。

「なるほどね。だが、べつに、尊敬を欠いた態度をとったとは思わないがね。さあ、ドーラちゃん、行こうか」と言って、看護師は母親を廊下に連れ出した。

エリンボルクはその後ろに従った。

「今晩は静かだとは、どういう意味ですか？　そうじゃないこともあるのですか？」

「ときどきおれはこの人をドクター・キンブルを短くしてドーラと呼ぶんだ。とにかく逃げるのがうまいんだから」

エリンボルクはなんの話かわからなかった。

「なんの話？」

「映画、観てないのかい？　ハリソン・フォードがドクター・キンブルを演じる〈逃亡者〉さ」看護師が言った。

「彼女、ここから逃げ出すの？」

「ここからもそうだが、外出したときもね。最近のことで言えば、町へ出かけたときに逃げられた。もう見つからないとわれわれが覚悟を決めたとき、あんたたちがヒレンムル近くでドーラを見つけて、ここまで連れてきたんだ。そんときのあんたたちだって、敬意をもって扱っているようには見えなかったな」

「〝あんたたち〟？」

「ああ、あんた、警察官だろう？　あんたたちがこの人をここにぶち込んだんじゃないか」

「それ、いつのこと？」

看護師は考え込んだ。男の子の母親が逃げ出したとき、母親とほかに二人の患者を外に連れ出していた当番は、彼自身だった。そのとき彼らはライキャールトルグにいた。彼はその日付をよく憶えていた。重量挙げで、彼が自らの個人レコードを更新した日だったからだ。

それは少年が襲われたのと同じ日だった。

「彼女の夫は、逃亡のことを知らされなかったのですか？」日付に気づいたエリンボルクが鋭く訊いた。

「知らせようとしたときに、あんたたちがドーラちゃんを見つけたんだ。患者が逃げたときは、われわれは少し時間をおいてから行動するもんでね。そうでもしなきゃ、おれたち、やってられないから」

「この人の夫はここで彼女がドクター・キンブル、ドーラと呼ばれているのを知っているんですか？」

「べつにここでそう呼ばれているわけじゃない。そう呼んでいるのはおれだけだ。彼女の亭主は知らないだろう」

「彼女がいままでもここから逃げ出したことがあるということ、彼は知っているんですか？」

「おれはいままでそれを知らせたことはない。いつもちゃんと戻ってくるからね、この人は」

「まったく信じられない話ね」エリンボルクがため息をついた。

「だから逃げ出さないように、強いクスリを与えているんだ」看護師は言った。

「こうなると、話はまったくちがってくるわ」

「さあ、いっしょに行こうか、かわい子ちゃん」と看護師は母親に話しかけ、二人は病室に通じる廊下を歩いていった。


話し終わると、エリンボルクはエーレンデュルを睨んだ。

「わたしは彼だと確信があったんです。父親だと。だけどいま、ひょっとすると母親が看護師の目を盗んで逃げ出し、家に戻って男の子に乱暴し、そこからまた逃げ出したということも考えられる。あの男の子が本当のことを言ってくれさえしたら！」

「なぜ母親が我が子を殴ったと思うんだ？」

「そんなこと、知りません。なにかのお告げに従ったとか？」

「折られた指とか殴られたあとのあざとかはどうなんだ？　いままでにわかっているさまざまな怪我は？　ぜんぶ母親が犯人なのだろうか？」

「わかりません」

「父親とはもう話したのか？」

「いま、彼のところから戻ったところなんです」

「そうか。それで？」

「ま、あの父親とわたしは初めから〝仲良し〟というわけじゃありませんでしたからね。警察が彼の家を家宅捜索して、家中をひっくり返してから、彼は息子に会っていないんです。わたしにひどい言葉を投げつけて……」

「妻のことをどう言っていた？　男の子の母親のことを」エーレンデュルは話を先に進ませたくて声を荒らげた。「疑っていた可能性もあるだろうか？」

「男の子自身はなにも言いませんでした」

「パパに会いたいということ以外は、だ」エーレンデュルが言った。

「ええ、そうです。父親は息子を子ども部屋で見つけ、学校でやっつけられて家に帰ってきたのだろうと思ったのです」

「きみは少年を病院に見舞いにいった。そして殴ったのは父親かと訊いた。そして少年から肯定的な答えを得たと思った」

「わたしは男の子を誤解してしまったのだと思います」エリンボルクが悔しそうに言った。

「あの子の様子から、そう解釈してしまった……」

「だが、いまのところ、母親だという証拠はない。父親ではないという証拠もないが」

「わたし、母親の話を聞くために精神病院へ行ったということ、話したんです、父親に。そして、病院側は息子さんが暴力を振るわれた日の午後、彼女がどこでなにをしていたか把握していないということも言いました。父親はひどく驚いていました。妻が病院から逃げ出すなんて、考えたこともない様子でした。犯人は学校の悪ガキだといまでも信じていますからね、あの父親は。もし乱暴したのが母親なら、息子はそう言ったはずだと彼は言ってます。確信がありそうでした」

「もし本当にそれが母親なら、男の子はなぜそう言わなかったのだろう？」

「母親が好きだからじゃないですか？　わたしには理解できないけど」

「母親が好き？　あんなにひどい暴力を振るわれでも？」エーレンデュルが眉を寄せた。

「あるいは怖がっているためかも」エリンボルクが言った。「ものすごく怖がっているのかも。もし話したら、母親にまたやられるのではないかと。もしかすると、なにも言わないことで、母親を守っているのかも。とにかくわたしにはもうわかりません」

「さて、われわれとしては、どうする？　父親の起訴を取り下げるのか？」

「検事と話します。検事局はどう見るか、訊いてきます」

「ああ、まずそこから始めよう。もう一つ、教えてくれ。グドロイグルが殺される数日前に、ステファニアがこのホテルで会っていたという友人に電話をかけて確かめたか？」

「ええ」とエリンボルクは上の空の様子で答えた。「その日のことで嘘をついてくれと頼まれたそうです。でも実際にわたしが電話したら、とても嘘は言えなかったようです」

「ステファニアのために嘘をつこうとしていたのか？」

「最初、彼女はホテルでステファニアと会っていたと話しはじめたんですが、それじゃ、警察署に来て報告書を出してくれと言ったら、震え上がって泣きだしてしまったんです。嘘をつくことはできないと思ったのでしょう。ステファニアから電話で頼まれたと言いました。ステファニアとは子ども時代の音楽仲間だそうです。もし警察から訊かれたら、その日このホテルでいっしょだったと言ってくれとステファニアに頼まれたと正直に話してくれました。嫌だと言って、断ったけれども、ステファニアになにか弱みを握られているらしく、断れなかったようです」

「おれはステファニアが友だちと会っていたと言ったその瞬間から、真っ赤な嘘だとわかっていた」エーレンデュルが言った。「友だちといっしょだったなんて見え透いた嘘をついて。身に覚えがないのなら、なぜそんな面倒な煙幕を張るのだろう?」

「それじゃ、彼女が弟を殺したのですか?」

「あるいは犯人を知っているのかもしれない」

彼らはコーヒーを飲みながら、男の子とその父親、そして母親の話を、決して簡単ではないにちがいない彼らの家族生活のことをしばらく話した。いつの間にか、エーレンデュルの話になり、エリンボルクはクリスマスイヴはどうするのかとまたもつついた。エヴァ=リンドといっしょに過ごすつもりだとエーレンデュルは答えた。

そして、地階にいるときにエヴァ=リンドが会いにきたこと、ウスプには弟がいて、その弟がもしかすると事件と関係しているかもしれないこと、その弟は首までどっぷり借金に浸かっていることを話した。そしてまだ少しクリスマスまで時間が残っているが、もう休暇をとっていいと言った。

「時間なんてほとんどありませんよ」とエリンボルクは肩をすくめながら言った。クリスマスなんてもうなんの意味もない、掃除にしても料理にしても、親戚がやってくることにしても、どうでもいいという顔をしてみせた。

「クリスマスプレゼントはもらうんですか？」とエリンボルクが訊いた。

「ソックスをもらうかもしれないな。もしかすると」

そう言ってからエーレンデュルは、少し間をおいて言った。

「あの男の子と父親のことで、あまり自分を責めるんじゃないぞ。こういうことはあり得るからね。たしかだと確信していることでも、なにか新しい側面が出てくると迷いが生じるものさ」

エリンボルクはうなずいた。

エーレンデュルはエリンボルクを外まで見送り、別れた。部屋に戻ってチェックアウトの仕度をしよう。ずいぶん長いこと家を留守にしたような気がした。あの空っぽの穴、たくさんの本、安楽いす、ソファに足を投げ出しているエヴァ＝リンドまで恋しくなった。

部屋に上がるエレベーターを待っているとき、いつの間にか音もなくウスプがそばに立った。

「いたわ」とささやく。

「だれが？　あんたの弟か？」

「来て」と言って、ウスプは階段のほうへ歩きだした。エーレンデュルは迷った。エレベーターのドアが開き、エーレンデュルは中をのぞいた。いま自分は犯人を追っている。もしかするとウスプの弟は、姉の懇願により自首しにきたのかもしれない。嗅ぎタバコをやる男だ。だが、エーレンデュルは特別な興奮を感じなかった。事件が解決に近づいても、興奮も勝利感もない。ただ疲れを感じるばかりだった。なぜならこの事件は自分自身の幼年期の思い出をまざまざとよみがえらせたからだ。自分の心の奥にはまだどこから手をつけていいかもわからない問題があることもわかった。いまはできれば仕事を忘れて家に帰りたい。エヴァ＝リンドといっしょに過ごしたい。娘の悩みをいっしょに克服したい。ほかのことを考えるのはもうやめにして、自分のために時間を使いたい。

「来ないんですか？」ウスプの声がした。

「ああ、いま行く」エーレンデュルが答えた。

ウスプのあとから階段を下りて、最初に彼女の話を聞いた従業員の休憩室に入った。あのとき同様、いまもやたらに汚い部屋だった。ウスプは部屋に入るとドアをロックした。ウスプの弟と見える若者が、エーレンデュルが近づいてくるのに気がついて飛び上がった。

「おれはあいつをやっつけたりしていない」と若者は甲高い声で言った「ウスプから、あんたがおれを疑っていると聞いた。でもおれはなにもしていない。なにも悪いことはしていないんだ！」

若者は汚れた青いヤッケを着ていた。肩に大きな裂け目があって、中から白い詰め物が見える。ジーンズは汚れてシミだらけ。足にはぼろぼろの黒い革ブーツ——それは紐で締め上げるタイプだったが——紐はなく、だらしなくぐんにゃりしていた。薄汚れた長い指にタバコを一本はさみ、一服吸っては、煙を吐き出した。声が苛立っていて、まるで檻の中の野生動物のように従業員部屋を行ったり来たりしている。罠にはまった動物が、襲いかかろうとしているような顔だった。

エーレンデュルは後ろのドアのそばに立っているウスプと、動きまわる弟を見比べた。

「ここまで来たのだから、おまえはずいぶん姉さんを信じているんだろうな」

「おれはなにもしていない。ウスプがあんたはだいじょうぶだと言ったから来たんだ。なにか訊きたいことがあるだけだと」

「おまえとグドロイグルの関係を訊きたい。彼にナイフを突き刺したのはおまえか？」

「おれはそんなことしていない」

エーレンデュルは若者を頭のてっぺんからつま先までよく観察した。十代の少年ではなかったが、大人の男でもなかった。その中間で、少年っぽさは残っていたがどこかに粗暴なものを感じさせた。怒りと苦々しさ、エーレンデュルにはよくわからないものがあるように見えた。

「おまえがやったとはだれも言っていない」とエーレンデュルは静かに言い、相手の怒りを鎮めようとした。「おまえとグドロイグルのつきあいはどんなものだった？　どういう関係だったのだ？」

若者は姉のウスプを見たが、ウスプは無表情のままドアのそばに立っていた。弟はまたエーレンデュルに目を戻した。

「ときどきサービスを提供してたのさ。あいつは金を払ってくれた」

「彼を知ったきっかけは？　つきあいは長いのか？」

「あいつはおれがウスプの弟だと知っていた。みんなと同じように、おれたちが姉弟なのは笑えると思ったんだろうよ」

「なぜだ？」

「おれの名前はレイニルというんだ」

「そうか。それで、そのなにがおかしいんだ？」

「レイニルとウスプだぜ。ナナカマドとポプラの木だ。おかしくないか？　それが姉弟の名前なんだから。親たちの冗談さ。まるで植林に興味でもあったみたいによ」

「それで、グドロイグルのことだが？」

「ウスプに会いにきたとき初めてあいつに会った。半年ぐらい前に」

「それで？」

「あいつはおれがだれか知ってた。ウスプがおれのことをあいつに話していたから。ウスプのおかげでおれは地階の廊下にときどき潜り込んで寝泊まりすることができたんだ。グドロイグルの部屋の前で」

　エーレンデュルはウスプのほうを向いた。

「だからあんたはあの廊下をなめるようにきれいに掃除したんだな」

　ウスプは表情も変えずにエーレンデュルの言葉を聞き流した。答えもしない。エーレンデュルはまたレイニルのほうに向き直った。

「そうか。グドロイグルはおまえがだれか知っていた。おまえは彼の部屋の前で寝ることもあった。それで？」

「あいつはおれに借りがあった。金を払うから来いと言われた」

「なぜグドロイグルがおまえに借りがあったんだ？」

「ときどき吸ってやったからさ。それにあいつも……」

「なんだ？」

「あいつにもそうさせてやった」

「グドロイグルがゲイだということは知っていたのか？」

「決まってるじゃないか」

「コンドームは？」

「いつもコンドームを使った。あいつはそれについてはものすごく神経質だった。絶対にリスクを冒したくないと言ってた。おれが病気をうつされているかどうかわからないからと。おれはだいじょうぶなのに」と強く言って、レイニルは姉のほうを見た。

「もう一つ。おまえは嗅ぎタバコ（スヌース）愛用者だな？」

　レイニルは驚いてエーレンデュルを見た。

「それがどうした？」

「よけいなことを訊くな。おまえはスヌースを愛用しているな？」

「ああ」

「グドロイグルがナイフで殺された日、おまえは地下の彼の部屋に行ったのか？」

「ああ、行った。あいつが金を払うと言ったから」

「連絡はどんな方法で来た？」

レイニルはポケットから携帯電話を取り出してエーレンデュルに見せた。

「部屋に入ると、あいつはサンタの衣装を着ようとしていた。クリスマスパーティーのサンタをするから急がなければ、と言った。おれに金を払うと、時計を見て、いや、まだちょっと時間があるな、と言った」

「部屋には大金があったか？　見たか？」

「いや、見なかった。払われた金しか見ていない。だけどあいつ、もうじき大金が入ると言ってた」

「どこから？」

「知らない。でも、たしか金の鉱脈の上に座ってるとか言ってた」

「どういう意味かな？」

「なにか売ろうとしていたらしい。それがなんだか、おれは知らないけど。そういう話も聞かなかったし。あいつが言ったのは、もうじきクソ大金が入るということだけ。いや、あいつはクソ大金なんて言わなかった。そんな言葉遣いはしなかったから。いつも上品な言葉を使った。おれにはわからない言葉もずいぶんあった。あいつ、とんでもなく行儀がよかったからな。すごくいいやつだった。嫌なことなんか一度もされたことがない。いつも気前よく払ってくれた。

あいつよりずっと悪いやつを、おれはごまんと知っている。あいつに呼ばれて行っても、ただ話をするだけのことだってあった。あいつは寂しかったんだ。少なくともそう言ってた。おれ以外に友だちがいないと言ってた」

「彼の生い立ちを聞いたことがあるか？」

「いや、ない」

「子どものとき、スターだったということは？」

「え？　子どもスターだったの？　なんの？」

「ホテルの厨房のナイフを彼の部屋で見なかったか？」

「ああ、ナイフを一本見たけど、どこから来たものかはわからなかった。部屋に入ったとき、あいつはサンタの衣装の縫い目をそれを使ってほどいていた。来年は新しい衣装にしてもらわないと、とか言ってた」

「だが、おまえはもらった金以外に、部屋で金は見なかったんだな？」

「うん、なかったと思う」

「おまえが金を盗んだのではないか？」

「いや」

「部屋にあった五十万クローネを盗まなかったか？」

「五十万クローネ？　あいつ、五十万クローネも持っていたのか？」

「おまえに関する情報によれば、おまえはいつも金に困っている。金は簡単には手に入らない。

いつも借金取りに追われている。やつらはおまえの親を脅かし……」

レイニルは脅すような視線を姉に送った。

「ウスプを見るんじゃない。こっちを見ろ！」エーレンデュルが声をあげた。「グドロイグルの部屋には金があった。おまえに払ったぐらいの半端な金じゃない。〝金の鉱脈〟から金が入ったのかもしれん。おまえは金を見た。もっと金がほしくなった。おまえが彼にしてやったサービスには、もっと支払われてもいいはずだと思った。グドロイグルは拒んだ。そこでけんかになった。おまえはナイフを握って、彼を刺そうとしたが、抵抗された。それでも必死でナイフを振りまわしてついに彼の心臓にとどめをさした。彼は死に、おまえは金を取って……」

「コンチクショー！　デタラメなことを言うな！」

「あれ以来おまえは大麻を吸い、注射を打ち、やりたい放題……」

「ぜんぶデタラメだ！」レイニルが叫んだ。

「話せばいいじゃない」ウスプが初めて口を開いた。「あたしに言ったとおりに、この人にぜんぶ言うのよ！」

「ぜんぶとは？」エーレンデュルが訊いた。

「あいつ、クリスマスパーティーに行く前に少し時間があるから、ちょっとサービスしてくれないかと言った」レイニルが話しはじめた。「金はあるから、特別サービスでやってくれたら高い金を払うと言ったんだ。それで、始めたとき、あのババアが乗り込んできやがった」

「ババア？」

「うん」

「ババアとは?」

「いきなりやってきて邪魔したやつ」

「ぐずぐずしてないで早く言えば!」後ろからウスプの声がした。「だれだか言えばいいじゃない!」

「だれなんだ、その女は?」

「急いでいたんで、ドアに鍵を閉め忘れてた。そしたらいきなりドアが開いて、あのババアが飛び込んできやがった」

「だから、だれなんだ、それは?」

「だれだか知るもんか。とにかくババアだよ」

「それで?」

「知らない。おれは逃げ出した。ババアがあいつに怒鳴っているのが聞こえたよ」

「なぜいままでこの話を警察にしなかったんだ?」

「警察には近づきたくねえからな。おれを追いかけているやつらの中には、怖いにいさんたちもいて、やつらがもしおれがポリ公と話しているのを見たら、おれがタレ込んだと思われる。そしたらおれはもう一巻の終わりよ」

「飛び込んできたというのは、どんな女だった?」

「はっきり見なかった。おれはすぐに逃げたから。あいつは震え上がった。おれを押しのけて、なにか叫んだ。パニックよ。ものすごく怖がっていた。その女のことが心底怖そうだった」

「なんと叫んだんだ?」エーレンデュルが訊いた。

「ステッフィ」

「ん?」

「ステッフィ。それだけ。ステッフィ。あいつ、その女のことをステッフィと呼んでた。心底怖がってたよ、その女を」

32

女はエーレンデュルの泊まっている客室の前に立っていた。エーレンデュルは廊下に立ち止まってその後ろ姿をながめた。最初に父親といっしょに勢いよくホテルに入ってきたときに比べてずいぶん変わったと思った。いまはげっそりと疲れきった中年の女だ。子どものときから住んでいる家から一生涯よそに移ることもなく、身体障害者となった父親の世話をしてきたのだ。エーレンデュルには想像もつかない理由から、この女はホテルにやってきて弟を殺したにちがいない。

エーレンデュルの気配を感じたのか、女は急に振り向いて彼と視線を合わせた。その顔からはなにを考えているか読みとれなかった。この女こそ、エーレンデュルが最初にこのホテルにやってきて、血溜まりに座っているサンタクロース姿の男を見たとき以来、追跡してきた人間なのだ。

女はドアのそばに立ち、彼がドアのロックを外すカードを取り出す近さに来るまで動かなかった。

「いくつか、あなたに話していないことがあるの。いまとなってはなんの意味もないかもしれないけど」

エーレンデュルは、例の女友達のことで嘘をついた件だろうと思い、真実を話す気になったのかと思った。カードで部屋を開けると、彼女は先に立って部屋の中に入り、まっすぐに窓辺に行った。降りしきる雪をじっと見ている。

「天気予報では、グリーン・クリスマスだったのに」

「ステッフィと呼ばれたことがありますか？」エーレンデュルが訊いた。

「子どものとき、そう呼ばれてました」と言って、そのまま窓の外を見ている。

「弟もあなたをステッフィと呼んでいた？」

「ええ。そう呼んでました。いつも。わたしはあの子をグッリと呼んでたわ。なぜそんなことを訊くのですか？」

「弟が死ぬ五日前、なぜあなたはホテルに来たのですか？」

ステファニアは深いため息をついた。

「あなたには嘘をつくべきじゃなかったと思っています」

「なぜその日、ここに来たのですか？」

「レコードのためでした。父とわたしに権利があると思ったから。あの子がレコードをたくさん持っていることは知ってました。売れ残ったものぜんぶを持っていきましたから。もしあの子がそれを売るつもりなら、利益の一部をもらう権利がわたしたちにもあると思ったのです」

「売れ残りを彼がぜんぶ持っていたのですか？」

「父がぜんぶ引き取って、ハフナルフィヨルデュルの家の倉庫に保管していたのですけど、グドロイグルが家を出るとき、これはぜんぶ自分のものだと言って持っていってしまったのです。すべて自分のものだ、ほかのだれのものでもないと」

「グドロイグルがそれを売ろうとしていると、どうして知ったのですか？」

ステファニアはためらった。

「わたし、あなたにヘンリー・ワプショットのことでも嘘をついていたの。彼と会ったことがあるんです。あまり知らない人ですけど、事実をそのまま言えばよかった。わたしと会ったことがあると、彼からは聞いていないのですか？」

「いや、聞いていない。ワプショットはいまほかのことで取り調べ中です。あなたがいままで話してくれたことで、嘘ではないことはあるのですか？」

彼女は答えなかった。

「いまあなたが話すことを信じろというほうが無理だと思うが？」

ステファニアは黙ったまま、雪がしんしんと降るさまにすっかり心を奪われているようだった。嘘などまったく知らない、すべてが真実の時代、彼女自身が降ってくる雪のようにピュアだった時代の自分に戻ったかのように、すっかり気をとられていた。

「ステファニア？」エーレンデュルが呼んだ。

「けんかは歌のことが原因ではなかったの」突然ステファニアが言った。「父が階段から落ちたときのこと。歌のためではなかった。それが最後の、そしていちばん大きな嘘よ」

「何十年も前に、グドロイグルが父親と階段でけんかしたときのこと？」

「あの子が学校でなんと呼ばれていたか、知ってますか？　なんというあだ名で呼ばれていたか？」

「ええ、知っていると思う」

「リトル・プリンセスと呼ばれていたのよ」

「女の子のように合唱団で歌っていましたしね……」

「あの子がママのドレスを着ている姿を見られたからよ」とステファニアはエーレンデュルの言葉を遮って言った。

　そして、向き直った。

「ママが死んだあとのことです。あの子は母親の死をそれは悲しんだ。とくにボーイソプラノで歌わなくなってふつうの男の子に戻ってからは、本当に母がいなくなったことを嘆いていた。父は知らなかったと思うけど、わたしは知っていた。父が留守のとき、あの子は母の装身具を身につけたりしてた。ドレスを着てみることもあったわ。お化粧をすることさえあった。そして鏡の前に立って自分の姿をうっとりと見てた。ある夏の日、家の前を何人か男の子たちが通りかかって、そんな彼を見たの。中にはあの子のクラスメートもいた。うちのリビングルームの窓から覗き見していたのよ。それまでもときどきそうする子どもたちがいたわ。グドロイグルは変わった子だと思われていたから。弟の姿を見て、その子たちは大笑いし、指差してはやし立てた。容赦なかったわ。そのあと、グドロイグルは学校で笑いものにされてしまった。そしてリトル・プリンセスとあだ名で呼ばれるようになったのよ」

ステファニアはしばらく沈黙した。

「あの子はただ母が恋しくてならないのだろうとわたしは思った。あのような格好をするのは、母を身近に感じたいからだろうと思った。まさか、彼に変態の傾向があるとは思わなかった。でもそのあと、はっきりわかったのよ」

「変態の傾向？」エーレンデュルが聞きとがめた。「それがあなたの見かたですか？　あなたの弟はホモセクシャルだ。それだけのことだ。それが許せないのですか？　そのために何十年も弟と関係を絶っていたのですか？」

「あの子がまだ十代のとき、ある日父は、あの子と友だちが言葉にすることもできないようなことをしているのを目撃してしまったの。わたしは彼の部屋に友だちが来ていると知っていたけど、きっと二人で勉強でもしているのだろうと思っていた。その日父はいつもより早く帰ってきて、なにかを探すためにグドロイグルの部屋に入ったの。そして恐ろしいものを見てしまった。父からはなにを見たのか聞いていません。わたしが行ったとき、その友だちは足首まで下げたズボン姿で階段を転がるように駆け下りていくところだった。そして父と弟は二階のホールまで出てきて大声で言い争っていた。わたしはグドロイグルが父を力いっぱい押し、父がバランスを崩して階段を転げ落ちるのを見たわ。ひどい怪我をして、その後自分の足で立てない人になってしまった」

ステファニアは窓の外に目をやって、降りしきる雪にふたたび見入った。エーレンデュルはなにも言わなかった。こんなふうに黙り込むとき、相手はなにを考えているのだろうと推測した。が、なにも思い浮かばなかった。答えは、彼女がふたたび話しはじめたときに自ずと表れた。

「わたしはそれまで一度も中心となったことがなかったの。わたしはぜんぜん大事にされなかった。これを話すのは、自分が可哀想だからではないの。そんな感情をもったのは遠い昔のことよ。あの日以来、なぜわたしがあの子と関係を絶ってしまったかを理解してもらいたいから説明するのよ。あの子とつきあわないようになってよかったと思うことさえある。あなたにそれがわかる？」

エーレンデュルは首を振った。

「グッリがいなくなると、わたしが家の中心になった。あの子ではなく、わたしが、ね。もうけっしてあの子が中心になることはない生活が始まった。わたしは、変なことに、それがうれしかったわ。あの子が約束されていたビッグスターにならなかったのがうれしかった。たぶん、わたしはいつもあの子に嫉妬していたのだと思う。自分で思っていたよりもずっと、あの子が注目の的で、あんなに素晴らしい声をもっているのを妬んでいたのだと思う。あの子の声、それは本当に天使のようだった。まるであの子だけが素晴らしい才能を天から授かり、わたしにはなにもないみたいだった。ただピアノの鍵盤をひづめで鳴らそうとする馬のような存在。この表現、父がわたしにピアノを教えようとしたときに言った言葉よ。わたしには徹底的に才能が欠けていると言ったのよ。それでもわたしは父を崇め立てた。父はいつでも絶対に正しいと思っていたから。それに、父はたいていの場合、わたしにやさしかった。そしてその後父が一人ではなにもできなくなったとき、わたしが父の世話をし、なくてはならない存在になった。そしてなんの変化もなく年月が過ぎていった。グッリは家を出た。父は半身不随になった。そしてわたしは父の世話をした。そういう暮らし。わたしは一度も自分のことを顧みたことがなかった。ただの一度も自分がどう生きたいのかなんて、考えてもみなかった。一度こうと決めた人生の外に一歩も足を踏み出さずに年月が過ぎるってこと、実際にあるのよ。何年も、何年も、何年も」

ステファニアは口をつぐみ、黙って外の雪をながめた。

「わたしは人生をこうやって過ごしてしまったのだ、これでぜんぶなのだということがわかりはじめたとき、ものすごい口惜しさが湧いてきた。そして、わたしはその口惜しさを叩きつける対象を探したわ。わたしの想像の世界では、それは弟以外あり得なかった。しだいにわたしは不満のすべてを彼が原因だと思うようになった。あの子の変態の傾向がわたしたちの生活をめちゃめちゃにしてしまったのだと思うようになったのよ」

エーレンデュルは口を挟もうとしたが、ステファニアは話し続けた。

「ほかにもっといい説明の仕方があるのかもしれないけど、わたしにはこうしかできない。人は固まった生活に自分を閉じ込めてしまうことがあるということ。それもずっとあとになってみると、本当に些細なこと、重要ではないことを根拠にして。どうでもいい、小さなことを、さも重大なことと思い込んでしまって」

「われわれはこう解釈している。あなたの弟は、子ども時代を盗まれてしまったと感じていた。

自分の望んだものではなく、ほかのなにか、たとえばボーイソプラノ歌手、子どもスターになることを押しつけられ、その結果、学校で仲間はずれにされ、いじめられた。そして、舞台で声が出なくなったあとはすべてが水の泡になった。そのうえ、あなたが〝変態の傾向〟と呼ぶものが現れた。大変だったと思いますよ、彼は。もしかすると、あなたがうらやましがっていた周囲からの注目など、彼はほしくなかったのではありませんか？」

「盗まれた子ども時代。そうだったのかもしれないわね」

「グドロイグルは自分のホモセクシャリティをあなたと、あるいはお父さんと話そうとしたことがありますか？」

「いいえ。でも、人は自分の性的傾向はなんとなくわかるものではないかと思いますけどね。あの子が自分のことをどこまでわかっていたかわかりませんが。わたしはそういうことはぜんぜんわかりませんから。なぜ母親のドレスを身につけたりしたのか、当時あの子はわからなかったのかもしれない。人はいつそういうことを自覚するのか……」

「なぜかはわかりませんが、それでも彼はそのあだ名が嫌いじゃなかったようですよ。あのポスターが貼ってあったし、それに……」エーレンデュルは言葉の途中で口をつぐんだ。グドロイグルが恋人にリトル・プリンセスと呼んでくれと言っていたことを姉に話すべきかどうかわからなかった。

「それは、わたしの知らないことよ。でも、たしかにあの子はあのポスターを部屋に貼っていたわ。もしかして、昔のことを思い出して嫌な思いに浸るのが好きだったのかしら？　わたしたちにはわからない側面があるのかもしれない」

「ヘンリー・ワプショット、彼を知ったのはいつですか？」

「ある日、突然うちにやってきて、グドロイグルのレコードの話をしたいと言ったんです。まず、うちに彼のレコードがあるかどうか訊かれました。去年のクリスマスのことです。グドロイグルのこととわたしたち家族のことを、ほかの蒐集家から聞いたと言ってました。そして蒐集家の間ではあの子のレコードはとんでもない高値で取引されていると聞きました。弟と話をしたけれども、売るつもりはないと最初断られたと。でもそのあと気が変わり、レコードを売る用意があると言われたらしいのです」

「そしてあなたは家族にもその利益の一部に権利があると？」

「それがおかしいとは思いませんよ。レコードは両方とも父がお金を出して作らせたものだし」

「ワプショットがレコードのために払おうと申し出た金額は、かなりなものでしたか？」

ステファニアはうなずいた。

「ええ、何百万クローネも」

「われわれが聞いているのと同じですね」

「ワプショットはじゅうぶんなお金を用意しているとわたしは思いました。グドロイグルのレコードが蒐集家の手に渡るのを防ごうとしているのだとわたしは解釈しました。その解釈が正しければ、彼はグドロイグルのレコードが市場に出まわるのを防ごうとしたのだと思います。

とても率直な人で、レコードぜんぶを買い取るのに信じられないほどの金額を払う用意があるようでした。グッリもまた、彼のオファーに同意したらしかった。このクリスマスの数日前のことです。でも、それが突然変わったらしい。だからあんなふうに襲ったのでしょう」

「グドロイグルを襲った？」

「だって、あなたたちは彼を捕まえたじゃありませんか？」

「ああ、それはそうですが、ワプショットがグドロイグルを襲ったという証拠はなにもないのです。いまあなたは突然変わったと言いましたね？　なにが変わったというのですか？」

「ワプショットはハフナルフィヨルデュルまでやってきて、グドロイグルが残っているレコードぜんぶを売ることに同意したと言い、それはわたしの推量ですが、ほかにはもう残っていないか確かめにきたのです。わたしたちは、なにもない、前にグドロイグルが家を出たときにぜんぶ持っていったと言いました」

「なるほど。それであなたはホテルに来たわけだ。自分たちの取り分を要求するために」

「あの子、ホテルの警備員のような制服を着ていたわ。ロビーで、外国人ツーリストのためにスーツケースを車まで運ぶところだった。わたしはそこに立ったまましばらく彼を見ていました。すると向こうから気がついたんです。わたしはレコードのことで話をしなければならないと言いました。あの子は、パパはどうしてると……」

「お父さんがあなたを送り込んだのですか？」

「いいえ、父にはそんなことはできなかった。事故以来、グッリの名前を聞くことさえ嫌がりましたから」

「しかし、彼が最初に発した言葉は、お父さんのことだったのですね?」

「そう。それから地下の小さな部屋に行き、わたしはレコードはどこにあるのと訊いたのです」

「安全なところにあるよ」と言って、グドロイグルは姉に笑顔を見せた。「ヘンリーは姉さんと話をしたと言っていた」

「あなたがレコードを売ってもいいと同意したと言ってたわ、あの人。でもパパはレコードの半分は自分のもので、もし売るならば、収益の半分は自分に権利があると言ってる」

「ぼくは気が変わったよ。だれにも売らないことにした」

「ワプショットはなんと言ってるの?」

「もちろん、嫌がってる」

「ものすごい大金を払うと言ってたわ」

「自分で一枚ずつ売れば、もっと金になるんだ。蒐集家の間ですごい人気らしいからね。ワプショットだって買ったあとそうするに決まってる。もちろん彼は市場に出まわるのを避けるためとか言ってるけど。でもそれは嘘に決まってる。売って、金を儲けるに決まってるんだ。ぼくから安く買って。みんながぼくをだしにして金儲けをしようとする。パパがそのいい例だよ。こんどだって同じ手じゃないか。なにも変わっていない。なに一つ」

二人は長いこと見つめ合った。

「うちに来て、パパと話して。もうあまり長くないと思うの」

「ワプショットはパパと直接話したの？」

「ううん、ワプショットが来たとき、パパはいなかった。わたしが会って、パパに伝えたの」

「それで？　パパはなんと言ってた？」

「なにも。ただ、自分には半分の権利があるとだけ」

「それで、姉さんは？」

「わたしがどうだというの？」

「なぜ、姉さんはうちを出ないいんだ？　結婚して自分の家族をつくらないいんだ？　姉さんは自分の人生を生きてないじゃないか。姉さんの人生はどこにあるんだ？」

「あんたが座らせた車いすにあるんじゃないの！」とステファニアは叫んだ。「よくもわたしの人生をあれこれ言えるわね！」

「パパは昔ぼくの人生を支配したように、姉さんの人生を支配してるんだね」

ステファニアの中でなにかが切れた。

「だれかがパパの世話をしなくちゃならないのよ。パパのかわいい子ちゃん、パパの目の中に入れても痛くない石が、情けないホモになってしまって、父親を階段の上から突き落とし、家を飛び出てしまったからね。そのまま何十年も音沙汰なし。でも、実際は夜中に忍び込んで、明け方パパが目を覚ます前にそっと姿を消すなんてことを何十年もやってきたのよね、あんたは。あんたはいまでもパパに金縛りにされているじゃない。あんたはパパから逃げ切ったと思っているかもしれないけど、自分をよく見てごらん！　よく見てごらんよ！　冗談じゃない！　あんたは何者でもない！　哀れなホモじゃないの！」

ステファニアは口をつぐんだ。

「ごめん。こんな話、するんじゃなかった」グドロイグルが謝った。

ステファニアは答えなかった。

「パパがぼくのことを訊くことある？」

「一度もないわ」

「ぼくの生き方を認めてないんだ。パパはありのままのぼくを認めてはくれないんだ。ぼくを受け入れることができないんだ。こんなに時間が経ったいまでも」

「なぜこれを話してくれなかったのですか、いままで」エーレンデュルが言った。「なぜかくれんぼの遊びなどしていたのですか、こんなときに？」

「かくれんぼの遊び？　遊びなんかじゃないわ。家族の弱みを話したくなかっただけです。父親とわたし自身を守りたかった。わたしたちの家族生活を守りたかった」

「それが、グドロイグルに会った最後ですか？」

「そうです」

「たしかですか？」

「そうよ」ステファニアはエーレンデュルと視線を合わせた。「たしかとは?」

「あなたの弟が若い男といて、ちょうど何十年も前にお父さんが目撃したのと同じ光景を、あなたも見たのではないですか? そして激怒したのでは? あなたの不幸な人生の原因となったことがまさに目の前でおこなわれているのを見て、あなたは終止符を打とうと思ったのでは?」

「いったいなんの話……?」

「証人がいるのですよ」

「証人?」

「そのときグドロイグルといっしょだった人間です。金をもらってあなたの弟にさまざまなサービスをしていた若者ですよ。地階の部屋で最中の二人をあなたは目撃した。若者は逃げた。あなたは弟に襲いかかった。すぐそばにあったナイフが目に入り、それで弟をめった刺しにした」

「嘘よ!」ステファニアが叫んだ。ようやくエーレンデュルが本気で話しているのだと気づき、自分に疑いがかけられているのだとわかった。いま聞いた言葉が信じられなかった。

「証人がいる……」とエーレンデュルは話し続けようとしたが、ステファニアがそれを遮った。

「証人って? 証人ってだれ?」

「弟を殺したのは自分ではないというのですか?」

そのとき部屋の電話が鳴りだした。それと同時にエーレンデュルのポケットで携帯電話も鳴りだした。ステファニアにちょっと待てという視線を送ったが、彼女はきつく見返した。

「電話に出なければ」エーレンデュルは彼女に待ってくれという合図をした。

ステファニアは部屋の隅まで動き、棚の上からグドロイグルのレコードを取ってジャケットから出した。エーレンデュルが部屋の電話に応えている間、彼女はそのレコードをしみじみとながめた。電話をしてきたのはシグルデュル＝オーリだった。エーレンデュルは携帯電話にも応え、ちょっと待ってくれと言った。

「殺人事件のことで連絡があって、あなたの携帯番号を教えたのですが、電話が行きましたか？」電話口に戻ってきたエーレンデュルにシグルデュル＝オーリが訊いた。

「いまその男から携帯に電話がかかってきている」エーレンデュルが言った。

「これで事件は解決したと思います。まずその男の話を聞いてください。そのあとぼくに電話をください。車が三台そちらに向かってます。エリンボルクが一台に乗っています」

エーレンデュルはシグルデュル＝オーリからの電話を切り、携帯を取り上げた。男は自己紹介をしたのち用件を話した。男が話し終わる前に、エーレンデュルは自分が抱いていたすべての疑問に答えを得た。シグルデュル＝オーリの言うとおり、これで事件は解決したと納得した。通話は長いものになった。携帯電話を切る前に、エーレンデュルは男にこの話をすべて本署に報告するように頼んだ。そのあと彼はエリンボルクの携帯に電話をかけ、命令を与えた。そこでやっと電話を切り、ステファニアに目を向けた。ちょうどグドロイグルのレコードをターンテーブルに置いたところだった。

「昔は、このようなレコードを録音したとき、ほかの音も入ってしまうことがよくあったものよ。当時はいまのように厳密じゃなかったから。それに技術もそれほど発達していなかったし、スタジオもそんなにりっぱじゃなかったしね。背景に自動車の走る音が聞こえたりして。知ってました？」

「いや」とエーレンデュルは答えながら、なにを言いたいのだろうかと思った。

「たとえばこのレコードだけど、よく耳を澄ますと、異なる音が聞こえるの。でも、それに気づく人はまずいないと思う。その音が入っていることを知っている者以外はね」

ステファニアはボリュームを上げた。エーレンデュルは耳を澄ませた。するとたしかに、歌の途中に小さくほかの音が入っているのがわかった。

「これはなんの音？」

「父よ」ステファニアが言った。

彼女は同じところをもう一度かけた。エーレンデュルの耳にたしかになにか言葉らしきものが聞こえたが、なんと言っているのか、わからなかった。

「これ、お父さんの声ですか？」

「父がグドロイグルの声はまさに天使の歌声だと言っているんです」とステファニアは昔を思い出すように言った。「マイクの近くに立っていたのに、思わず口からその言葉が漏れてしまったのです」

ステファニアはエーレンデュルを見つめた。

「父は昨晩亡くなりました。食後、ソファに横になり、いつものとおりうたた寝をし、そのまま逝ってしまった。わたしはリビングに入るなり、父が死んだとわかりました。父に触る前にわかったのです。医者は心臓麻痺だと言いました。それでわたしはホテルに来たのです。なにもかもきちんと片付けたくて。いまとなってはもうどうでもいいことですけど。なにもかも、もうどうでもいいことなんです」

ステファニアはその音の入っている部分をもう一度かけた。エーレンデュルの耳にこんどははっきり言葉が聞こえた。メロディーの陰に、まるで註のように挿入されていた。

〝天使の歌声〟。

「わたしはグッリが殺された日、父が会いたがっている、仲直りしたがっていると伝えるために、地階の彼の部屋に行きました。父に、グッリが家の鍵を持っていて、わたしたちに気づかれないように何年も家の中に忍び込んでいたことを話したのです。あの子がいまでも父に会いたいか、和解などまったく考えられないことなのかわからなかったけれども、やってみようと思ったの。地階のあの子の部屋のドアは開いていて……」

声が震えだした。

「あの子は血だらけになって横たわっていた……」

声が続かない。

「……サンタクロースの衣装を身に着けたまま……ズボンは足元に引き下げられ……血まみれになって……」

エーレンデュルがステファニアの体を支えた。

「ああ、神様。わたしは一度もこんな……、こんなひどいことを見たのは初めてで、とても言葉にできない。なにも考えられなかった。ただ怖かった。そこからすぐ離れようということしか頭になかった。見たものをないことにしようと思った。そう、いままでのわたしの生きかたと同じ。わたしと関係ないことだと自分に言い聞かせた。わたしがそこにいたかどうかなど、なんの意味もないことだと。すべては終わったのだ、わたしとは関係のないことだと。子どものように、知らん振りを決めたのです。なにも知りたくなかったし、父にも話しませんでした。だれにも話さなかった」

ステファニアはエーレンデュルを見上げた。

「わたしはあの場で助けを求めるべきだった。警察に電話するべきだった。でもあの光景は恐ろしく……とても考えられないもので……わたしはその場から逃げた。とにかく逃げようと、それしか考えられなかった。この恐ろしい場所から逃げること、だれにも見られないうちに」

ステファニアが話を止めた。

「わたしはいままでもあの子から逃げていたのよ。いつもあの子を見ないようにして、いないことにしてきた。ずっと、いままで、一生……」

涙が止めどなく溢(あふ)れでて頬を伝った。

「わたしたちはずっと前にすべてをちゃんと元どおりにすることができたのに、それをしなかった。わたしがそれをするべきだったのよ。それがわたしの犯した罪。死ぬ前に、父もそうしたがっていたのに」

二人は黙って外を見た。雪はいつの間にか降りやんでいた。

「でも、いちばんひどいことは……」

心にある言葉が耐えられないかのように、ステファニアは震えた。

「彼は死んでいなかった、のでは？」エーレンデュルが訊いた。

ステファニアはうなずいた。

「あの子は一言、言ったんです。それから死んだの。わたしが戸口に立ったときに、わたしの名前をため息をつくように口にしたのです。昔あの子が呼んでいた名前を。そう、わたしたちが子どもだったときにあの子が呼んでいたわたしの呼び名を。ステッフィ、と」

「そして彼らは、それを聞いた。ステッフィと」

ステファニアは驚いてエーレンデュルを見た。

「彼らとは？」

そのときドアが突然大きく開かれ、エヴァ＝リンドが現れた。ステファニアを睨みつけ、それから父親を、そしてまたステファニアに目を戻し、首を振った。

「いったい何人とつきあっているのよ？」

と言って、激しく責める目を父親に向けた。

33

ウスプの様子に少しでも変化があるかと、エーレンデュルはしばらくその働く姿を見ていた。後悔しているか、良心の呵責を感じているか、動きにそれが表れているか見たかった。

「どう、ステッフィという女、見つかった?」廊下に立っているエーレンデュルを見て、ウスプが声をかけてきた。使用済みのタオルを洗濯かごのワゴンに突っ込み、新しいタオルのセットを持って客室に入っていった。エーレンデュルはゆっくりと部屋の前まで足を運んだ。

娘のエヴァ=リンドのことが頭にあった。ステファニアがだれかを説明してなんとかわからせると、しばらくここで待っていてくれと言った。あと少しでホテルから出る、そうしたらいっしょに家に帰ろうと言い聞かせた。エヴァ=リンドはふたたび怒りを爆発させ、いままでの人生がいかにひどいものだったか、それはすべてあんたのせいだと父親を責め立てた。エーレンデュルはなにも言わず、黙って彼女の言葉を聞いた。なにを言ってもよけいに彼女の怒りをかき立てるだけだとわかっていたからだ。エヴァ=リンドがなぜ怒っているのか、彼は知っていた。父親に怒っているのではなく、自分に怒っているのだ。また始めてしまったのだ。制御できなくなっているのだ。

こんどのドラッグはなんなのか、彼はわからなかった。時計をちらりと見た。

「は？　あんた、急いでるの？　世界を救うためにまた行くの？」

「ここで待っていてくれないか？」

「ふん、さっさと行けば」しゃがれた、意地の悪い声だった。

「おまえはなぜそんなに自分をいじめるんだ？」

「黙れ！」

「ここで待っててくれるか？　長い時間じゃない。これが終わったら家に帰ろう。それでいいか？」

エヴァ＝リンドは答えない。うなだれて、横目で窓の外を見ている。

「すぐに戻るから」父親が言った。

「行かないで」という声が漏れた。きつい調子はなくなっている。「どうしていつもすぐどこかに行ってしまうの？」

「どうした？」

「どうした？」怒りがふたたび爆発した。「我慢できないのよ！　ぜんぶよ。このばかばかしい人生ぜんぶ！　いまも、これからもずっと、どうしようもないわ！　この腹立たしい人生、どうしたらいいって言うの！　生きていていいことなんてなにもない。生きようなんて思う人がいるのが信じられない。なぜ？　なぜ？」

「エヴァ、これは……」

「あたし、あの子が恋しくてしかたがない！」ため息といっしょに言葉が吐き出された。

エーレンデュルは娘を両腕で抱きしめた。

「毎日よ。朝目が覚めたときから夜寝るときまであの子のことをずっと考えてる。あたしがあの子にしてしまったことを考えない日はないんだ！」

「それはいい。毎日彼女のことを考え続けるんだ」

「でも、それは本当に大変なの。いつも、いつだって、頭の中にいるんだもの。絶対にいなくならない！　どこへ行ったらいいの？　どうしたらいいの？」

「あの子のことを忘れないようにすることだね。考え続けるんだ。いつも。そうすればあの子がおまえを助けてくれるだろう」

「ああ、あの子が生きてたら！　あたしはあの子に本当にひどいことをした！　あんなことをする人間なんて生きていてもしょうがない。自分の子どもにあんなことをするなんて」

「エヴァ」

エーレンデュルは娘をしっかり抱きしめた。娘は父親の胸に抱かれ、二人はそうしてベッドの端に腰掛けたまま、窓の外の降りしきる雪をなにも言わずに見ていた。

しばらくして、エーレンデュルはここで待っていてくれとささやいた。用事が終わったら、いっしょに家に帰って、クリスマスを祝おうと。見つめ合って、エヴァ＝リンドはうなずいた。落ち着いていた。

エーレンデュルは一階下の開いている客室ドアの前に立ち、しばらくウスプの働く姿を見ていたが、頭の中はエヴァのことでいっぱいだった。一刻も早く彼女のもとに戻らなければ。車で家に帰り、いっしょにクリスマスの用意をするのだ。

「ステッフィとは話をしたよ」と客室の中に向かって言った。「本名はステファニアで、グドロイグルの姉さんだ」

ウスプがバスルームから出てきた。

「それで？　やってないとでも言うの？」

「いや、やっていないとは言っていない。罪の意識があって、自分がどこでなにを間違えたか、いつ、なぜと考えつめている。苦しんでいる。が、やっと整理がついてきたようだ。むずかしいことなんだ。なにしろ間違った方向へ行ってしまったことを正すには、もう遅すぎるからね」

「それで、認めたの？」

「ああ、認めた。ほぼぜんぶと言っていい。言葉ですべて認めたわけではないが、自分の犯した間違いについては、ほぼぜんぶわかっていると言っていい」

「なにそれ？　ほぼぜんぶって？」

ウスプは足も止めずにエーレンデュルのそばを通ると、洗剤の入ったスプレーとぞうきんを手に取り、またバスルームに入っていった。エーレンデュルは客室に入り、仕事をするウスプをながめた。それは、謎がまだ解けていなかったとき、彼女が友だちと言ってよいほど打ち解けた前回とほぼ同じ光景だった。

「ああ、ほぼぜんぶだ。殺し以外はね。それだけは、彼女は罪をかぶるつもりはない」

ウスプはガラス磨きの洗剤を鏡に吹きかけ、表情一つ変えなかった。

「でも、レイニルは彼女を見たのよ。彼女がナイフを自分の弟の胸に刺すのを。それは否定できないはずよ。その場にいたということを否定できないはずだわ」

「そうだ。たしかに彼女は弟が死ぬときその場にいた。ただ、グドロイグルの胸にナイフを刺したのは、彼女ではなかったということだ」

「でも、レイニルは見たのよ。どんなにその女が否定しても、彼は見たんだから」

「あんたはいったいいくら借金があるんだ？」

「あたし？」

「ああ、いくらある？」

「あたしがだれに借金してるって言うの？　なんの話？」

ウスプはまるで鏡を磨くことが生きるか死ぬかを左右することであるかのように、勢いよく磨きはじめた。もしその手を止めれば、すべてが終わってしまうかのように、まるで仮面が落ちて両手を上げて降参と言わなければならなくなるとでもいうように。どんどんスプレーしては拭き、磨き上げ、鏡に映る自分を見ようともしなかった。それは昔の不幸な貧民の話だった。その中に、ある一文が心に浮かんだ。エーレンデュルはそんな彼女の姿をながめていたが、その子は世界の孤児だった、という文章があった。

「同僚にエリンボルクという女性警官がいて、あんたが救急病院に運ばれたときのことを調べたんだ」とエーレンデュルは話しはじめた。「そこは強姦救援センターでもあった。半年ほど前のことだね。男たちは三人で、場所はロイザバトン近くの山小屋だ。あんたはそれ以上のことはセンターのスタッフに言わなかった。知らない男たちだったと言ったね。金曜の夜、出かけたときに誘拐され、その山小屋に連れて行かれ、三人の男に強姦されたと」

ウスプは激しく鏡を拭いていた。エーレンデュルはいまの話を聞いても彼女が手を休めようともしないのを見ていた。

「あんたは男たちについていっさいなにも話さなかったし、届けも出さなかった」

ウスプはなにも言わない。

「あんたはここで働いているが、ドラッグを買えるほどの給料はもらっていない。ときどき金を返して、なんとかまたクスリがもらえるようにしていたが、いつも脅かされていた。借金を返さなければどうなるか、あんたはわかったわけだ。ギャングたちの言葉は脅しだけじゃないことが、骨身に沁みてわかったわけだ」

ウスプはかたくなにエーレンデュルから目をそらしていた。

「ホテルの従業員は盗みなんかしていない。そうだろう?」エーレンデュルが言った。「捜査を混乱させるために言ったことだろう?」

廊下で靴音が聞こえた。エリンボルクが四人の制服警察官といっしょに立っている。エーレンデュルは手を上げて、待つように合図した。

「弟のレイニルもまったく同じ状況にいた。ひょっとして同じ帳面に借金額が書かれているんじゃないのか？　案外冗談じゃなく、本当にそうしているかもしれないぞ。弟には、やつらは殴る蹴るの暴行をくわえた。もちろん脅迫もした。両親まで脅迫された。だが、おまえたちは警察にやつらの名前を言うことができない。単なる脅しなら、警察はなにもできないとやつらは知っている。それに実際やつらがなにかしても、たとえばロイザバトンであんたを強姦しても、あんたはやつらの名前を言わない。弟にしてもそれは同じだ」

エーレンデュルはここで黙り、ウスプを見据えた。

「さっき電話がかかってきた。警察内の者で、麻薬取締官だ。ときどき垂れ込み屋から電話がかかってくるんだそうだ。町の噂や業界の噂をしゃべってくれる者たちだ。昨日の晩遅く電話がかかってきて、半年ほど前に若い娘が強姦された、その娘はクスリの運び屋に金が払えなくて困っていたが、二日ほど前に急に全額払いにきたという。自分の分だけでなく、弟の分まで耳をそろえて払いにきたそうだ。この話、聞いたことあるかい？」

ウスプは首を振った。

「知らないと言うのか？」エーレンデュルがもう一度訊いた。「麻薬取締官に電話してきた人間はその娘の名前を知っていたよ。サンタクロースの衣装を着た男が殺されたホテルで働いている娘だと言ったそうだ」

ウスプはまた首を振った。

「われわれはグドロイグルの部屋に五十万クローネという金があったことを知っている」エーレンデュルが言った。

ウスプはようやく鏡を磨くのをやめ、両手を体に沿って下ろして鏡に映った自分の顔を見つめた。

「やめようと思ったのよ」

「クスリのことか?」

「でも、あいつらはおかまいなしに借金を取り立てに来た」

「だれなんだ、そのあいつらというのは?」

「あたし、あの人を殺すつもりなんかなかった。いつもあたしに親切だったから。でも……」

「金を見たのか?」

「あたし、お金が必要だった」

「金のために、グドロイグルを殺したのか?」

ウスプは答えない。

「あんたの弟とグドロイグルの関係がどんなものだったのか、知らなかったのか?」

ウスプは口を閉じたままだ。

「金のためか? それとも弟のためか?」

「その両方かもしれない」ウスプが小声で答えた。

「金がほしかったのだね?」

「ええ」

「それと、グドロイグルに弟が利用されているのを見て」

「ええ」

弟はひざまずいていた。ベッドの上には金の束がいくつも見えた。目の隅にナイフが見えた。次の瞬間、彼女はなにも考えずにそれをグドロイグルの胸に突き刺した。彼は腕を体の前に出して、襲いかかってくるナイフから逃げようとしたが、彼女はところかまわず何度も刺し、ついに相手は力尽きて後ろに倒れ、動かなくなった。心臓から血がポンプの水のようにドックドックと流れ出た。

血だらけのナイフ、真っ赤に染まった手、返り血を浴びた清掃の制服。弟はとっくに部屋から逃げ出して、階段のあたりから様子をうかがっていた。

グドロイグルが苦痛のうめき声をあげた。

あたりは静まり返っていた。ウスプはグドロイグルを、そして手に握りしめていたナイフを見下ろした。

そのとき弟が部屋をのぞいた。

「だれか階段を下りてくるぞ」

弟は金の束をわしづかみにすると、姉の手を引っ張って部屋を飛び出し、廊下の突き当たりの暗がりに身を隠した。近づいてきたのは女だった。二人は息を殺し、見つからないように祈った。女は暗がりのほうを見たが、なにも気がつかない様子だった。

女は部屋の中を見て、小さな叫び声をあげた。そして彼らの耳にグドロイグルの声が響いた。

「ステッフィ?」うめきながら発した最後の声だった。

その後はなにも聞こえなかった。

女は部屋に入ったが、すぐに出てきた。あとずさりして廊下に出ると、壁にぶつかった。そして、あたりを見回しもせず足早に立ち去った。


「あたしは上っ張りを脱ぎ捨て、ほかの制服に着替えた。レイニルは逃げてしまってもういなかった。あたしはそのまま働き続けることにした。それしかできなかった。そうしなければ、あんたたちにすぐにバレると思った。そのあと、クリスマスパーティーが始まるからサンタを迎えにいけと言われた。断れなかった。人の目を引くようなことはできなかった。あたしは地階に行って、グドロイグルの部屋の前で立ち止まった。ドアはさっきのまま開いていたけど、あたしは入らなかった。上の階に戻って、迎えにいったけどサンタは死んでいたと報告した」

ウスプは下を向いた。

「最悪なのは、グドロイグルはいつだってわたしにやさしかったってこと。もしかすると、だからあたしはあんなに腹を立てたのかもしれない。だって、あの人はここのホテルでたった一人親切な人だったのに、弟を娼婦のように使っていたんだ。無性に腹が立って……」

「あいつらがあんたにしたことを思い出したんだね?」

「あのブタ男たちを警察にチクったってしょうがない。だって、どんなにひどい強姦だって、殺されるほどひどいことをされたって、あいつらはせいぜい一年か二年で出てくるんだから。

あんたらだってなにもできやしない。助けてくれるところなんてどこにもない。金を払うほかないんだ。やっぱりあたしはあの人をお金のために殺したんだよ。いや、レイニルのためかもしれない。もうわかんない……」

ウスプは黙った。

「あたし、すっかり頭に血が上ってしまった」と彼女はまた話しだした。「いままで一度もそんなふうになったことなかった。腹が立って、気が狂いそうだった。あの山小屋で起きたこと、ぜんぶ思い出した。あいつらがしたこと、ぜんぶもう一度目に浮かんだ。あたしはナイフを握って、手が届くところぜんぶにめちゃくちゃに突き立てた。細かく切り刻みたかった。あの人は抵抗したけど、あたしは彼が動かなくなるまでナイフで何度も何度も刺し続けた」

ウスプはようやくエーレンデュルを見た。

「ものすごく大変だった。人を殺すのがこんなに大変だとは、思いもしなかった」

エリンボルクが部屋の戸口に姿を現した。中でなにが起きているのか、なぜ自分たちが待たされているのか、わからない様子だった。

「ナイフはどこだ?」エーレンデュルが訊いた。

「ナイフ?」と言って、ウスプはエーレンデュルの前まで来て立ち止まった。

「ああ、あんたが使ったナイフだ」

ウスプは一瞬迷ったようだった。

「もとの場所に戻しておいた」と言った。「従業員の休憩室で念入りに洗ってから、あんたたちが来る前に、もとあったところに戻しておいた」

「それで、いまはどこにある？」

「どこって、あるべきところにあるんじゃない」

「厨房か？　厨房の食器棚か？」

「ええ」

「このホテルにはあんなナイフが五百はあるだろう」エーレンデュルが信じられないという調子で言った。「どうやって見つければいいんだ？」

「クリスマス・ビュッフェのテーブルから始めれば？」

「クリスマス・ビュッフェのテーブル？」

「いまごろはきっとだれかが使ってるわ」

34

エーレンデュルはウスプをエリンボルクと四人の警察官に引き渡すと、エヴァ＝リンドの待っている部屋へ急いだ。カードでドアを開けると、エヴァ＝リンドが部屋の窓を大きく開けて窓枠に横座りし、数階下の地面に降り落ちる雪をながめていた。

「エヴァ」とエーレンデュルはため息をついた。

エヴァはなにか言ったが、彼の耳には届かなかった。

「さあ、おいで」と言いながら、そっと彼女に近づいた。

「とても簡単そうに見える」エヴァ＝リンドが言った。

「さあ、おいで。いっしょに家に帰ろう」

エヴァ＝リンドが振り向いた。そのまま時が止まったようだった。それからうなずいて言った。

「そうね。さあ、いっしょに行こうか」とほとんど聞こえないようにささやき、床に足を下ろして立ち、窓を閉めた。

エーレンデュルは娘の前まで行って、ひたいにキスをした。

「おれはおまえの子ども時代を奪ってしまったか？」と彼は静かに訊いた。

いま、その目は黒かった。

エーレンデュルはじっと娘の目に見入った。ときどきそこに白鳥が見えることがある。

「いや、なんでもない」

「え？」

エーレンデュルの携帯電話がロビーへ下りるエレベーターの中で鳴った。すぐに声の主がわかった。

「メリー・クリスマスと言いたくて」ヴァルゲルデュルだった。小声で、ささやくような声だった。

「ありがとう。きみにもメリー・クリスマス」

ロビーまで来て、エーレンデュルはレストランにちらりと視線を走らせた。クリスマス・ビュッフェのテーブルのまわりには大勢の外国人ツーリストが集まって、美味なクリスマスの料理を皿に取り分けては、さまざまな言語であいさつを交わし、話していた。そのざわめきがロビーまで聞こえてくる。エーレンデュルは、その中のだれかが殺人の凶器となったナイフを手に持っているかもしれないという想像をしないではいられなかった。

フロントへ行って、フロントマネージャーにローサントがあの高級娼婦を送り込み、法外な料金を吹っかけさせたのかもしれないと話した。マネージャーはそんなことではないかと思っていたと言った。彼はホテルのオーナーに支配人とレストランの給仕長の仲介活動のことを知らせたが、結果はどうなるかまだわからないと言った。

少し離れたところからホテル支配人が驚いた顔をしてエヴァ＝リンドを見ていた。エーレンデュルは気がつかない振りをして引き揚げようとしたが、向こうから近づいてきた。

「礼を言いたいのだよ。ホテル代はもちろん、こちら持ちでけっこう」

「いや、それはもう済ませた」エーレンデュルが言った。「それじゃ、これで」

「ヘンリー・ワプショットはどうなるのかね？」と言いながら支配人はエーレンデュルの鼻の先まで近づいた。「あの男をどうするつもりかね？」

エーレンデュルは立ち止まった。エヴァ＝リンドと手を繋いでいた。彼女はうさんくさそうに支配人を斜から見た。

「イギリスに送り返す。ほかになにか？」

支配人はその場で腹立たしそうに足踏みをした。

「会議参加者に女がどうのというデタラメな話については、どうだ？」

エーレンデュルは失笑した。

「なにか心配なことでも？」

「ぜんぶ嘘だからな」

エーレンデュルはエヴァ＝リンドに腕をまわし、出口のほうに歩きだした。

「さあ、どうですかね」

ロビーを歩きながら、エーレンデュルはまわりの人間が立ち止まり、あたりを見回していることに気づいた。甘いアメリカのクリスマスソングが聞こえなくなったとき、エーレンデュルは心の中でにんまりと笑った。フロントマネージャーが要望に応えてくれたのだ。彼は売れ残りのレコードのことを思った。どこにあるのだろう。ステファニアに訊いたが、まったく知らないと言う。そして、弟はきっと絶対に見つからないようなところに隠してしまったのだろうと言った。

レストランのざわめきが静まった。ロビーでも、ホテルの客たちが驚いた顔で見つめ合い、それから天井に目を上げて、美しい歌声がどこから聞こえてくるのか確かめようとしていた。ホテルの従業員たちまでが静かに立ち止まり、歌声に耳を澄ませた。まるで時が止まったような瞬間だった。

父と娘はホテルを出た。エーレンデュルはその美しい賛美歌をグドロイグルのソプラノといっしょに心の中で歌い、ふたたび望郷の思いに深く引き込まれた。

おお、父よ、この短い人生にわずかでも光を与えたまえ……。

訳者あとがき

この「訳者あとがき」は本文のあとにお読みください。

この作品『声』はレイキャヴィク警察犯罪捜査官エーレンデュルを主人公にする、アイスランド作家アーナルデュル・インドリダソンの警察小説シリーズの三作目である。

内容を簡単に紹介すると、第一作『湿地』と第二作『緑衣の女』に続いて舞台はアイスランドの首都レイキャヴィク。それも外国人観光客がバスを連ねてやってくるような大きなホテルで、時期は一年中でもっとも忙しいクリスマスシーズン。広いロビーはクリスマスデコレーションで飾り立てられ、客のあいだをクリスマスソングが流れ、チェックインの客たちが長蛇の列をなす賑わいである。

そんな華やかな雰囲気のホテルの地下室で、こともあろうに赤い衣装に白い付けひげのサンタ姿のドアマンが殺害されているのが発見される。半裸の姿で胸を刃物でめった刺しにされていた。男は長年ホテルのドアマンとして働きながら、人目を避けるように薄暗い廊下の奥の倉庫まがいの小部屋に住んでいた。唯一の飾りが壁に貼られた昔のシャーリー・テンプルの映画〈リトル・プリンセス〉のポスター。中年男の部屋にはいかにもそぐわない代物だった。

エーレンデュルは男の前歴を洗う。そして思いがけないことに子ども時代は有名なスターだったことを知る。それもボーイソプラノの歌手だ。グドロイグル・エーギルソン。だが、いまでは彼の名を知る者はいない。

ホテルの従業員たちも知らなかった男の正体をエーレンデュルに教えてくれたのは、古いレコードの蒐集家、イギリス人ヘンリー・ワプショット。この人物が話を思いがけない方向に展開させる。蒐集家ワプショットは現代のアイスランド人気質をエーレンデュルに教える。もしかすると実際のアイスランドもそうなのかもしれないと思わせるくだりだが、古いものをガラクタと見なして捨て、新しいもの高価なものを買い求める傾向だ。そんな風潮を知っている外国人蒐集家たちがやって来て、蚤の市やゴミ収集所で宝物を探しまわる。ワプショットもそんなレア・アイテムを探す一人だが、エーレンデュルと話す彼の様子は落ち着きがない。

ここまでは殺人事件の状況説明だが、その先にアーナルデュル独特の深い心理描写が始まる。殺された男グドロイグルには長いこと絶縁状態の父親と姉がいるとわかる。遠い昔に家族の中でなにがあったのか。グドロイグルのレコードを聴き、その魂を奪われるような美しい声に、いつのまにかエーレンデュルは重い心の扉を開き、自分の子ども時代に思いを馳せる。口の重い彼は子ども時代のできごとをだれにも話したことがない。話せないのだ。しかし、妊娠七ヵ月で流産し、生死の境をさまよった娘のエヴァ＝リンド（エーレンデュル自身はエヴァとしか呼ばないが）には、彼女が昏睡状態のときに語って聞かせたことがある。

殺された男の家族とエーレンデュル自身の子ども時代の家族、そして離婚して家を出て以来会ったことがなかった娘のエヴァ＝リンドと息子のシンドリ＝スナイル、つまり彼のいまの家族。この三つの家族の内実が並行して描かれる。いやもう一つ、暴力を振るわれた小学生の男の子とその父親の話がサイドストーリーとして影を落とす。

殺人事件の追及が、いつのまにか、エーレンデュル自身の心の深淵を覗くことに繋がっている。今回のこの作品は、警察官という職務を離れた彼個人を物語る側面が強く出ている。彼の口の重さ、人付き合いの悪さ、喜びや晴れがましいことから遠ざかろうとするその性格が形成された子ども時代の事件が説明される。だれにも話せなかったその経験を、今回彼はあらためて娘のエヴァに話すが、もう一人、彼の心を開かせる人物が現れる。ヴァルゲルデュルという今回の事件捜査で新しく登場した女性である。ヴァルゲルデュルとの関係が今後どう展開されるか、まだこの回では先が見えない。

この作品のテーマは家族と見ることもできる。それも絵に描いたような仲良し家族ではなく、大きな喪失を経験したり、裏切りや恨みを抱えたりした家族の関係を目をそらさずに描いている。和解はあり得るのか。ふたたび心を通わせて人生の拠り所にすることはできるのか。

二〇一〇年にレイキャヴィクにアーナルデュルを訪ねたとき、一番大切なのは家族、子どもだと語っていたのを思い出す。それは彼自身の暮らしの中で、子どもが中心にあることを話していたときだったが、広く、人間にとって、すべての始まりは子ども時代にある、子ども時代にどのような経験をするかにあるという話でもあった。この作品は前の二作に続いて、手遅れになる前に子どもたちを見てほしい、子どもの思いをなによりも大切にしてほしいというアーナルデュルの切なる訴えに思えてならない。

アーナルデュルの目はつねに現在から過去に向けられる。社会も家族もいまの状態は偶然にできたものではなく、必ず原因があって結果があるのだという歴史家としての観察がある。エーレンデュル・スヴェインソンという一人の犯罪捜査官の目を通して、私たちは現代の〝ものを捨てる文明〟の中で、心や愛情といった目に見えない大切なものまでないがしろにしてしまっているのではないか、我が子を所有物のように扱ったり、無視したり放任したりするのは、親子の関係まで役に立つかどうかで計るようになってしまっているせいではないかと気づかされ、ぎくりとさせられる。

アーナルデュルは、現実に起きた事件の犯人追跡よりも、歴史を遡(さかのぼ)って、過去にあった事件を解明するほうに興味があるようだ。彼の作品に歴史小説の要素が多分にあるのもそのせいだろう。前作の『緑衣の女』も次の第四作の『湖の男』(仮題)も、現在の謎を過去に遡って解き明かす手法をとっている。自分の書いた作品の中で、犯人逮捕までを描いたのは、いまのところ一作しかないとアーナルデュルはスウェーデンの新聞アフトン・ブラーデット紙で語っている。

アイスランドは人口三十三万人ほどの国。北海道より少し大きな面積の、北極に近い大西洋に浮かぶこの氷の島は、九世紀にヴァイキングが移り住んで以来外からの大きな人口移入はなかったため、何百年にもわたって家系を遡ることができる国であると言われている。学校の子どもたちは、ちょっと話をしたりするとクラスメートの中に必ず遠い親戚がいることがわかるという。大人になってから知り合ったもの同士でも曾祖父、高祖父が同じであることを発見することがよくあるとのこと。アイスランド人はみんな大きな家族のようなもの、どこかで血筋が繋がっていると聞いたことがある。

今回、アイスランドがどんな国かを調べていて、興味深いことがわかった。一つは、アイスランドは年間殺人発生率が世界で四番目に低いこと。二〇一二年国連（UNODC）の犯罪統計などをもとにした「世界の殺人発生率　国別ランキング」によると、一位がホンジュラス（一〇万人あたり九〇・四〇件）、二位がベネズエラ（五三・七〇件）、南米、アフリカ、アジアの国々が続いたあと、西欧諸国の中で初めて一〇九番目にアメリカ合衆国（四・七〇件）。北欧ではノルウェーが一五二位、フィンランド一六九位、このあとヨーロッパ諸国が続き（フランス一八八位、イギリス一八九位）、デンマーク一九八位、スウェーデン二〇二位、そして本書の国アイスランドが二一四位（一〇万人あたり〇・三〇件）とくる。驚くべきことに、日本が二一五位で殺人発生率はアイスランドと同じく〇・三〇件とある。次がシンガポールの二一六位（〇・二〇件）。最後がリヒテンシュタイン二一七位、モナコ二一八位で共に〇・〇〇件。日本はアイスランドと同率ながら、世界で四番目に人口当たりの殺人発生率の低い国ということだ。大発見である。本当だろうか？　アイスランドの殺人発生率が低いことは前から知っていたが、数字で確かめようとして、思いがけない発見をした。日本が世界でもっとも殺人の少ない国の一つとは！　森の中で女性の胴体が見つかったとか、海の中に沈められていた女性のバラバラの遺体が引き上げられたとかいうニュースが毎日のように報道されている日本なのに、世界的に見ればもっとも殺人の少ない国の一つに数えられるということは、それだけ世界各国では殺人が横行しているということだ。震撼させられる事実である。

思いがけない発見はもう一つあった。こちらは喜ばしい発見である。北欧五ヵ国は世界に冠たる男女平等の国々だが、女性参政権を見ると一八九三年にニュージーランドが世界初。二番目がオーストラリアの一九〇二年。三番目が一九〇六年ロシア帝国領のフィンランド。四番目一九一三年ノルウェー、五番目が一九一五年デンマークとアイスランド。少し飛んで一九一九年スウェーデンと、北欧女性たちは二十世紀の初頭に早くも選挙権を獲得している。どの国も男性たちの嘲笑をものともせず、女性の声を国政に届けるために闘って勝ち取った選挙権である。（日本女性の選挙権は一九四五年の第二次世界大戦の終結まで待たなければならなかった。敗戦によって与えられた権利だった。その年に女性が選挙権を得た国は他にフランス、イタリア、ハンガリーがあった）

もうひとつあとがきの場を借りて、アイスランドには国民の母と呼ばれ慕われている女性がいることを紹介したい。

アイスランドの女性たちは国連の国際女性年だった一九七五年、十月二十四日の「女の休日」にゼネストをおこなった。女性運動のレッド・ストッキングが音頭をとったストライキである。成人女性の九〇%がその日休暇を取り、男女平等待遇と平等賃金を求めて大集会を開き、政府に揺さぶりをかけ、短期間で大きな成果を得た。その勢いでアイスランドは一九八〇年、世界で初めて選挙による女性大統領を誕生させた。ヴィグディス・フィンボガドッティルがその人である。離婚経験者、シングルで養子を迎えていることなどの世間的なハンディキャップをものともせず、ヴィグディスは国民の高い支持を得、四度の大統領選に勝利し、一九九六年まで十六年間大統領を務めた。「小さな国の役割」を重んじ、一九八六年、当時のソ連のゴルバチョフ大統領とアメリカのレーガン大統領のレイキャヴィク・サミットを実現したのもヴィグディスである。これが東西冷戦終結のきっかけとなった。

二〇〇八年のリーマンショックのあと国家経済が破綻したときに、当時の大統領ではなくすでに引退していたヴィグディスが国民に、希望を捨てず一致団結して国を建て直そうと演説し、勇気づけた逸話は、アイスランドでは知らない人がいないほど有名である。

アイスランドに軍隊はない。NATO加盟国だが、一九四四年の独立後、一九五一年から駐留していたアメリカ軍は二〇〇六年に駐留を終了している。一九六〇年代から、首都レイキャヴィクからアメリカ軍基地のあったケフラヴィクまでの五〇キロ以上もの道のりを毎年何百人、ときに何千人もの人々が基地撤廃を求めて行進をおこなった。ヴィグディスもしばしば行進に参加した市民の一人だったという。

第一作『湿地』と第二作『緑衣の女』は二年連続で北欧ミステリ賞であるガラスの鍵賞を受

賞し、その勢いで『緑衣の女』は二〇〇五年のＣＷＡゴールドダガー賞を獲得して、アーナルデュル・インドリダソンは世界中のミステリファンの耳目を集め、北欧の本格派ミステリ作家の座を獲得した。今回の『声』も二〇〇五年にスウェーデン推理作家アカデミー最優秀翻訳ミステリ賞（マルティン・ベック賞）を受賞している。他にもこの作品は、二〇〇七年にフランス推理小説大賞翻訳作品部門、同じく二〇〇七年にフランスの８１３賞最優秀翻訳長編部門を受賞している。

二〇一五年六月

文庫版に寄せて

アーナルデュル・インドリダソンの邦訳第三作目の『声』がこの度文庫版で出版されると聞き、とてもうれしく思います。単行本の形でお求めいただき読んでくださった皆さんのおかげです。文庫本になって、より一層多くの方々に読まれますようにと願っています。

インドリダソンの作品はジャンル的にはミステリに入るのかもしれませんが、わたしは社会小説と呼んだらいいのではないかと日頃から思っています。インドリダソンは一つの事件を通してその社会に潜む病巣をえぐり出し、人間のもつ悪意、暴力、抑圧と支配を真っ向から描くことを恐れない作家です。

『声』は、卓越した才能をもった子どもの、その後の人生を描いた作品です。またこの本は、親が子どもの味方にならないでどうする？　と強く訴えるものでもあります。子どもに秀でた才能があろうとなかろうと、子どもの性的個性がどうであろうと、その子の一番の味方になれとインドリダソンは読む者に訴えかけます。

二〇一六年度、日本では文部科学省の公表によれば、小中高校におけるいじめは三十二万件を超えたという。自殺した子どもは二百四十四人もいます。いつの時代でもどの国でも子どもの自殺など、一人もあってはならないのに。

インドリダソンは世の中で一番大切なのは子どもであるという考えの持ち主です。親は子どもを守る最強の砦であれと主張します。子どもが世の多数派に属さないとき、親に認められないことは子どもにとってとても辛いことです。しかし、もし親が自分を受け入れてくれれば、子どもはそれを支えに自己肯定して生きていける。この本は子どものありのままを受け入れようと私たちに語りかけます。子どもの人権を認める考え方です。このような考え方はアイスランド、ヨーロッパ、日本、アジアなどという国籍や地域とは関係なく、人権に関する共通の理解と大事な価値観となって今では世界中に広まっています。それでも親の期待や学校の規則、世間一般の評価などで締め付けられ、今日も息を潜めて暮らしている子どもたちが北にも南にも、西にも東にもたくさんいるにちがいありません。つぶされた子どものハートを持った大人たちもまた然りです。

『声』は世界的に高く評価されていますが、日本でも二〇一五年度に第七回翻訳ミステリー大賞を受賞しています。

最後にこの場を借りて常にインドリダソンの本を大切に扱ってくださる東京創元社編集部の小林甘奈さん、いつも私の力不足を補ってくださる校正者の方々に改めてお礼を申し上げます。

二〇一七年十一月

柳沢由実子

本書は二〇一五年、小社より刊行されたものの文庫化である。

検印
廃止

訳者紹介　1943年岩手県生まれ。上智大学文学部英文学科卒業、ストックホルム大学スウェーデン語科修了。主な訳書に、アーナルデュル・インドリダソン『湿地』『緑衣の女』、マイ・シューヴァル／ペール・ヴァールー『ロセアンナ』等がある。

声

2018年1月12日　初版
2022年1月21日　再版

著者　アーナルデュル・インドリダソン
訳者　柳沢由実子（やなぎさわゆみこ）

発行所　（株）東京創元社
代表者　渋谷健太郎

162-0814／東京都新宿区新小川町1-5
電話　03・3268・8231-営業部
03・3268・8204-編集部
URL　http://www.tsogen.co.jp
萩原印刷・本間製本

乱丁・落丁本は、ご面倒ですが小社までご送付ください。送料小社負担にてお取替えいたします。

ISBN978-4-488-26605-9　C0197